정복자 칭기스칸

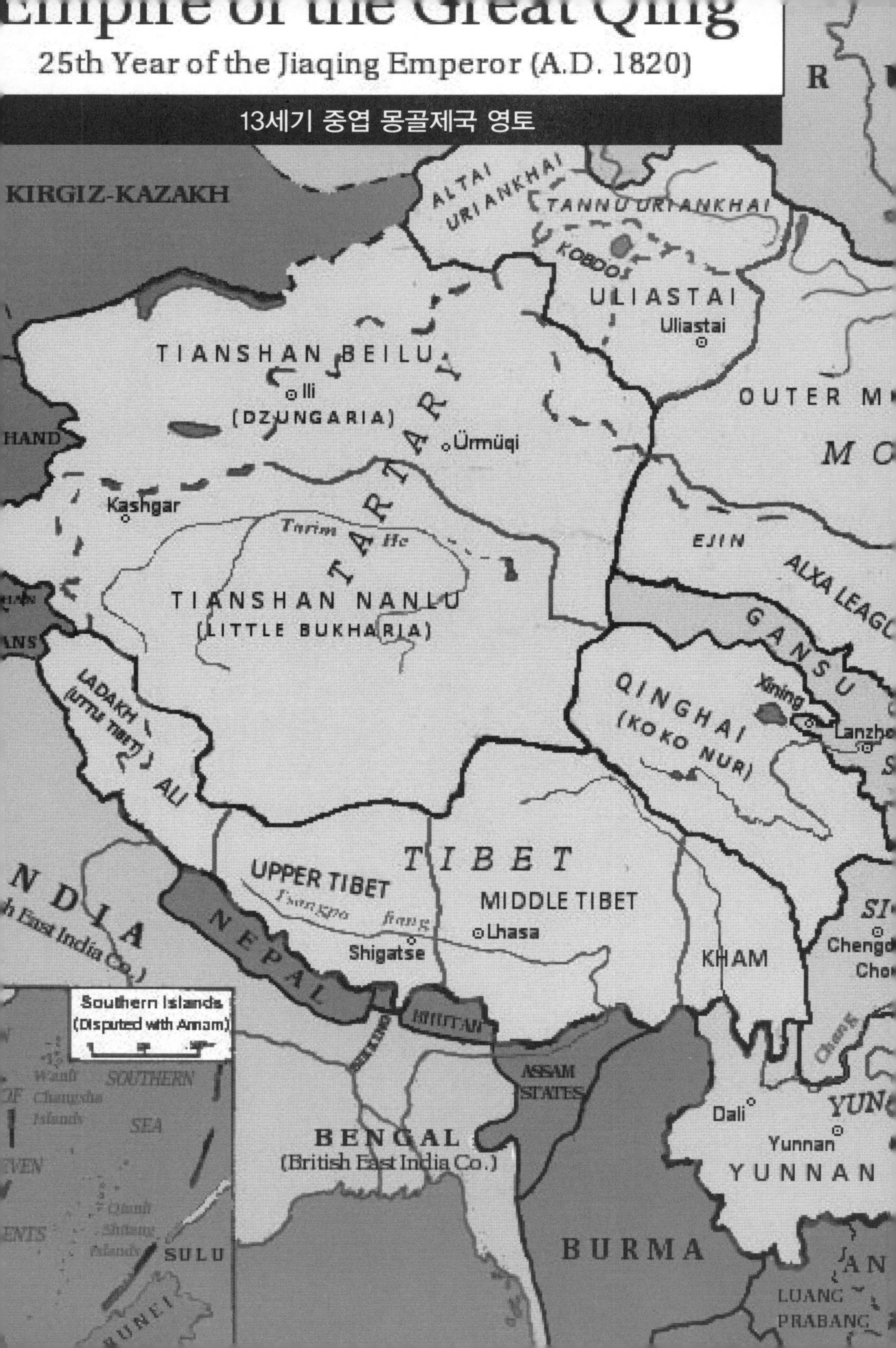

13세기 중엽 몽골제국 영토

SIA

Yakesa

Heilong S.

HEILONGJIANG
(SAHALIYAN ULA)

Kuye
Island
(Jilin)

(claimed by Q
but not explor

Boli

MANCHURIA

Nen

Qiqihar

JILIN

EASTERN
SEA

Songhua

Haishenwei

Jilin

OLIÁ

INNER MONGOLIA

Fengtian

LIAO-
DONG

KOREA

SOUTHERN SEA

Kuku-Khoto

Jingshi

He

Baoding

Tianjin

BO HAI

JAPAN

ZHILI

Taiyuan

SHANXI

Jinan

SHANDONG

GREAT
EASTERN
OCEAN

Xi'an

Luoyang Kaifeng

JIANG-
SU

NXI

HENAN

Jiangning

Suzhou

ANHUI

JIANGJIANG

Shanghai

HUBEI

Anqing

Ningbo

Wuchang

Hangzhou

ZHE-
JIANG

GREAT
SOUTHERN
OCEAN

RYUKYUS

Changsha

Nanchang

JIANGXI

MIN-ZHE

LEGEND

HUNAN

Fuzhou

FUJIAN

0   200   400   600 mi

Guilin

Xiamen

Taiwan
Island
(Fujian)

Boundaries, provinces, an
claims of Qing China, 18

ANGXI

Guangzhou

Taiwan

LIANGGUANG

GUANGDONG

Dongsha
Islands

Qing protectorates and
military governorates, 1

Boundaries and claims o
Modern China

SOUTHERN SEA

Tributary states

Hainan Island

PHILIPPINES
(SPAIN)

Disputed territories, 18

정복자 칭기스칸

초판 인쇄 2018년 8월 20일
초판 발행 2018년 8월 25일

김영진 편역

펴낸곳 문지사
등록 제25100-2002-000038호
주소 서울특별시 은평구 갈현로 312
전화 02)386-8451/2
팩스 02)386-8453

ISBN 978-89-8308-533-7 03810

값 16,000원

정복자 칭기스칸

김영진 편역

문지사

편역자의 말

20세기에 들어 두 가지 사건이 벌어지면서 칭기스칸의 수수께끼 가운데 일부를 해결하고 기록도 정정할 예기치 않은 기회를 맞게 되었다. 우선 칭기스칸의 사라진 역사가 포함된 귀중한 원고를 판독하게 되었다. 몽골인에 대한 편견과 무지에도 불구하고 수백 년 동안 학자들 사이에서는 칭기스칸의 삶을 기록한 전설적인 몽골 텍스트를 본 적이 있다는 이야기가 가끔 흘러나왔다.

멸종되었다고 여겨지는 희귀동물이나 귀중한 새의 경우처럼 그 텍스트를 보았다는 소문은 학문적 열의보다는 오히려 회의적 태도를 자극했다. 그러다가 마침내 19세기에 베이징에서 한자로 적힌 문서 사본이 한 부 발견되었다.

학자들은 한자 자체는 쉽게 읽을 수 있었지만 의미는 이해할 수 없었다. 이 한자들은 13세기의 몽골어 발음을 옮겨 놓은 일종의 암호였기 때문이다. 학자들은 각 장에 달린 간단한 한문 요약문만 읽을 수 있었다.

이 요약문을 통해 텍스트에 담긴 이야기의 암시는 얻을 수 있었지만, 문서 전체의 내용은 해독할 수 없었기 때문에 감질만 날 뿐이었다. 이 문건을 둘러싼 수수께끼 때문에 학자들은 이것을 「몽골비사蒙古秘史」라고 불렀고, 이것이 그 후 이 문건의 이름이 되었다.

20세기 대부분의 기간 동안 몽골에서 「몽골비사」를 판독하는 것은 목숨을 걸어야 하는 위험한 일이었다. 공산주의자들은 일반인이나 학자들이 이 책을 손에 넣지 못하게 막았다. 이 텍스트의 낡고, 비과학적이고, 비사회적인 관점이 부적절한 영향을 줄 수도 있다고 생각했기 때문이다.

그러나 「몽골비사」를 둘러싸고 지하 학술 운동이 전개되었다. 초원지대의 유목민 야영지마다 귀에서 귀로 새로 발견된 역사 이야기가 퍼져나갔다. 마침내 이들도 몽골의 관점에서 서술된 역사를 가지게 되었다.

몽골인은 주위의 우월한 문명을 괴롭힌 야만인이 아니었다. 몽골 유목민에게「몽골비사」는 칭기스칸 자신이 보내준 선물 같았다. 그가 희망과 영감을 주려고 자신의 민족에게 돌아온 것 같았다. 700년 이상의 침묵 끝에 그들은 이제 다시 그의 말을 듣게 되었다.

공산주의자들이 공식적으로 금지했지만 몽골인은 다시 이 문건을 잃지 않겠다고 결심한 것 같았다. 1953년 스탈린 사후 짧은 기간 정치 해금이 이루어지고, 1961년에 몽골이 국제연합에 가입하게 되자 몽골인은 용기를 얻었다. 그들은 다시 자유롭게 자신의 역사를 탐사하려 했다.

몽골은 1962년에 칭기스칸 탄생 800주년을 기념하는 우표를 준비했다. 정부 내의 서열 2위였던 투무르 오치르는 오논강 옆 칭기스칸의 탄생지에 콘크리트 기념물을 세워도 좋다고 허가했다. 그뿐만 아니라 몽골제국 역사의 좋은 면과 나쁜 면을 평가하기 위한 학술대회도 후원했다. 우표의 그림도 기념물 위에 단순한 선으로 그려놓은 그림은 모두 칭기스칸의 사라진 술데, 즉 그가 정복에 나설 때 들고 다녔으며, 그의 영혼이 깃들어 있는 말총 영기를 묘사하고 있었다.

거의 800년이 지났음에도 술데는 여전히 몽골인들에게 깊은 감정을 불러일으켰다. 한때 몽골인이 정복했던 사람들 일부도 그 의미를 심각하게 받아들이는 것 같았다. 러시아인은 우표에 영기를 그린 것이 민족주의가 다시 나타나는 조짐이며, 이것이 호전적인 행동으로 변할 가능성이 있다고 판단했다. 소련은 위성국가가 독립적인 길을 걸을지도 모른다는, 나아가 예전에는 동맹자였지만, 이제는 소련의 적이 된 몽골의 다른 이웃인 중국 편을 들지도

모른다는 공포를 느끼자 화를 내며 비합리적으로 대응했다

몽골 공산주의자들은 우표의 발매를 금지하고 학자들을 탄압했다. 당 간부들은 투무르 오치르가 '칭기스칸의 역할을 이상화하는 경향'을 드러내는 반역적 범죄를 저질렀다는 이유로 그를 공직에서 쫓아내고 외딴 곳으로 추방했다. 그것으로도 모자라 끝내는 도끼로 찍어 죽였다.

공산주의자들은 자신의 정당(공식 명칭은 인민혁명당) 내부 인사들을 숙청한 뒤 몽골 학자들의 작업으로 관심을 돌렸다. 당은 그들에게 '반당분자, 중국의 첩자, 방해공작을 벌인 자들, 해충' 등의 낙인을 찍었다. 그 뒤의 반민족주의 캠페인 과정에서 당국은 고고학자 페를레를 감옥에 보냈다. 페를레는 투무르 오치르의 스승이라는 이유, 몰래 몽골제국의 역사를 연구했다는 이유만으로 엄혹한 조건에서 수감생활을 해야 했다. 교사, 역사학자, 시인, 가수들 역시 칭기스칸 시대의 역사와 어떤 식으로든 관련만 있으면 험한 꼴을 당했다.

실제로 당국은 몇 사람을 비밀리에 처형하기도 했다. 어떤 학자들은 일자리를 잃고 가족과 함께 집에서 쫓겨나 한 데서 몽골의 가혹한 날씨와 마주해야 했다. 이들은 아파도 치료를 받을 수 없었다. 많은 사람들이 방대한 몽골 땅 여러 곳에 흩어진 추방지까지 걸어가야 했다.

이 숙청 기간에 칭기스칸의 영기는 완전히 사라졌다. 어쩌면 소련이 몽골인을 응징한다며 파괴해 버렸을지도 모른다. 그러나 이런 야만적인 탄압에도 불구하고, 아니 어쩌면 그런 탄압 때문에 수많은 몽골 학자들이 독립적으로 「몽골비사」를 연구하기 시작했다. 비방과 왜곡에 시달리던 자신의 역사를 제대로 이해하기 위해 목숨을 건 것이다.

몽골 바깥에서는 여러 나라의 학자들, 특히 러시아, 독일, 프랑스, 헝가리

학자들이 「몽골비사」를 판독하여 현대어로 번역하는 작업에 달려들었다.

그들은 몽골 내부의 자료에 접근할 수 없었기 때문에 매우 어려운 조건 하에서 일을 했다. 「몽골비사」는 1970년대에 고대 몽골어를 연구하는 오스트레일리아의 헌신적인 학자 이고르 드 라케빌츠의 세심한 감독과 분석을 받아 한 번에 한 장*씩 몽골어와 영어로 발표되기 시작했다. 같은 시기에 미국인 학자 프랜시스 우드먼 클리브스도 따로 꼼꼼하게 번역을 했으며, 이 성과는 1982년 하버드 대학 출판부에서 책으로 펴냈다. 그러나 이 텍스트를 이해하려면 암호를 번역하고 내용을 번역하는 것만으로는 부족했다. 이 문건은 몽골의 왕가 내 소수를 대상으로 쓴 것이고, 이들은 당연히 13세기의 몽골 문화만이 아니라 지형도 알고 있어야 했다. 이 점 때문에 번역을 해놓아도 이해가 쉽지 않았다. 사실 이 원고의 역사적 맥락과 전기적 의미는 묘사된 사건들이 일어난 장소에 대한 꼼꼼한 현장 분석이 없으면 파악하기가 어려웠다.

1990년에 갑자기 공산주의가 붕괴하면서 소비에트의 몽골 지배가 끝이 났다. 이것이 두 번째 중요한 사건이다. 소련이 물러가면서 아시아 내륙의 몽골 세계가 마침내 외부인들에게 개방된 것이다. 그들은 하나 둘 이 보호 지역으로 과감하게 발을 들여놓기 시작했다.

몽골 사냥꾼은 사냥감이 가득한 골짜기로 짐승을 잡으러 진입했고, 목자들은 이 지역 주변에서 가축에게 풀을 먹였다. 가끔 모험가들도 들어갔다. 1990년대에는 높은 수준의 과학 기술 장치로 무장한 외국인 몇 팀이 들어가 칭기스칸 가족의 무덤을 찾기도 했다. 이들은 많은 매혹적인 유물을 찾아냈다. 하지만, 궁극적 목표물에는 이르지 못했다.

목차

3

1
초원의 배고픈 늑대들

제1장

초원의 배고픈 늑대들

몽골족이 세계사 속에서 그 첫 모습을 드러낸 것은 8세기 중엽, 흑룡강의 중상류인 에르군네강 유역에서였다. 그때 그들은 주변의 몇몇 제국들에 눌려 에르군네강 부근에 조용히 잠복해 있었다. 그러던 중 9세기 중엽 키르키즈 족이 막강한 위구르 제국을 붕괴시키면서 기존의 국제 정세에 금이 가기 시작했다. 비슷한 시기에 중앙아시아를 지배하던 토번 제국과 중원의 당 제국도 붕괴 조짐을 보이게 되었다.

위구르·토번·당 3대 제국의 와해와 쇠퇴는 눌려서 지내던 군소 세력들에게 일대 발흥의 기회를 주었다. 몽골족도 그때를 틈타 몽골고원의 오논강과 켈루렌강 일대로 이동해 갔다. 그들이 마침내 대망의 몽골고원 진입에 성공하게 된 것은 11~12세기 무렵이었다.

몽골 왕국이 성립될 당시 고원의 곳곳에는 유력한 유목 부족들이 자리잡고 있었다. 고원의 절반은 광활한 대초원지대지만 그 나머지는 원시림과 호수,

그리고 반사막 지대로 이루어져 있었다. 때문에 고원에 거주하던 유목 부족들 간에는 살고 있는 지역에 따라 사육하는 가축의 종류와 생활양식에 차이가 있었다. 때문에 서로 다른 길을 선택해 간 여러 부족들 중 몽골고원의 정세를 변화시킬 수 있게 된 세력은 타타르·나이만·메르키트·타이치오트·몽골의 다섯 부족이었다.

몽골왕국 성립 후 고원을 둘러싼 주변의 3대 세력은 금·서하·서요였다. 그중 고원의 정세에 가장 민감한 반응을 보일 수밖에 없었던 세력은 중원의 금나라였다. 금나라의 여진족은 자신들이 확고한 우위를 지킬 수 있을 때까지 대화와 타협을 인정치 않는 철저한 제로섬 게임의 신봉자들이었다. 따라서 그들이 몽골고원에 개입하는 순간 고원 내의 세력들은 재앙에 휩싸일 수밖에 없었다.

금나라의 대對 북방 내지 유목민 정책의 주안점은 거란과 마찬가지로 몽골고원에 커다란 세력이 형성되는 것을 사전에 막는 데 있었다. 고원 내의 제 세력들을 서로 분열, 대립시키는 그 정책은 가장 적은 비용으로 가장 큰 효과를 거둘 수 있는 방법이기도 했다. 금나라는 먼저 타타르부를 분열시킨 뒤 그들을 자신들의 변방 용병 부대로 삼았다. 그들을 통해 고원 내의 늑대들이 호랑이로 성장하지 못하도록 감시했다.

타타르부를 앞세운 금나라의 대 북방정책은 즉각 효력을 발휘해 고원 안의 세력들은 서로 물고 물리는 싸움을 하기 시작했다. 금나라의 개입 정책으로 인해 가장 큰 피해를 본 세력은 몽골부였다. 몽골부는 카불칸 때 몽골왕국이라는 정치적인 독립체를 결성한 후 인근의 타타르는 물론 금나라의 변경까지 공격했던 고원의 문제아였다. 몽골고원의 가장 배고픈 늑대였던 몽골부는 금나라와 타타르의 집중 견제를 받아 2대 칸인 암바카이칸이 사로잡히는 최악의 상황으로까지 몰렸다.

타타르의 용병부대에 사로잡힌 암바카이칸은 금나라로 끌려가 나무로 만들어진 당나귀 형틀에 못 박혀 죽었다. 〈몽골비사蒙古秘史〉에는 그가 죽음을 앞두고 남긴 다음과 같은 내용의 유언이 실려 있다.

나는 타타르인에게 잡혔다. 너희들은 다섯 손가락의 손톱이 모두 닳아 없어질 때까지 열 손가락이 모두 마모될 때까지 나의 원수를 갚아다오.

당시 몽골부가 처한 처절한 상황을 그대로 보여주는 유언이었다. 타타르 용병부대를 통한 금나라의 납치와 테러는 귀한 자와 천한 자를 가리지 않고 행해졌다. 때문에 위기에 싸인 몽골부는 최후의 결전을 준비하게 되었다. 그들은 후계 칸의 자격을 제시한 암바카이칸의 유언에 따라 키야트 씨족 출신인 괴력을 가진 용사 코톨라를 3대 칸으로 선출했다.

코톨라를 옹립한 몽골부는 출정에 앞서 몽골족을 지켜주는 하늘, 즉 멍케 텡거리('영원한 하늘'이라는 뜻으로 커케 텡거리, 즉 '푸른 하늘'과 동의어)에게 가호를 빌었다. 그러나 역사상 13차전(몽골부가 타타르부와 13번 전쟁을 했었기에 붙여진 이름)으로 알려진 몽골부와 타타르부 간의 전쟁은 몽골부가 분전했음에도 불구하고 몽골 측의 패배로 끝났다.

타타르전에서의 패배는 코톨칸의 전쟁 수행 능력에 대한 타이치오트 씨족 귀족들의 반발을 불러일으키게 되었다. 그 같은 반발은 키야트와 타이치오트 씨족 간의 내분으로 발전했으며, 몽골왕국은 결국 역사 속으로 사라졌다.

몽골왕국의 붕괴는 질서가 잡힌 대규모 늑대 집단을 개개의 늑대들로 흐트러뜨린 사건이었다. 원래부터 배고픈 집단이었던 몽골부의 붕괴는 몽골고원의 질서를 무너뜨릴 수 있는 변화를 몰고 오기에 충분했다. 그들은 끼리끼리 무리를 지어 적과 동지를 가리지 않고 서로 물어뜯었다.

몽골고원은 금나라가 원했던 대로 늑대들의 싸움터로 변하고 말았다. 지도자를 잃은 몽골부는 안팎에서 이전투구를 벌였다. 그런 가운데 몽골부의 새로운 칸을 꿈꾸는 자들이 기지개를 펴기 시작했다. 칭기스칸의 아버지 예수게이 바아토르도 그들 중의 하나였다.

한편 금나라의 대 북방 정책은 날이 갈수록 잔인해져 세종(1161~1189)은 나치스의 유태인 학살과 같은 '유목민 줄이기 정책'을 만들었다. 몽골고원의 남자들을 모두 죽여 없앤다는 계획이었다. 세종의 유목민 말살 계획은 3년마다 어김없이 실행되었다. 3년 주기의 말살 계획은 몽골 부족들에게 골수에 스미는 원한을 심었다. 건장한 남자들은 무참히 학살되었고, 여자와 아이들은 굴비처럼 엮어져 산동이나 하북의 농가에까지 팔려 나갔다.

"진정한 영웅은 난세에 태어난다"는 말은 고원에서도 통하는 것이었던가. 몽골부에서 수많은 왕권 후보들이 등장했 다. 그들 중의 대부분은 몽골왕국의 지배 씨족이었던 타이치오트나 키야트계 귀족들이었다. 그들 씨족은 그 규모가 다른 씨족의 10여 배가 될 만큼이나 컸 다.

몽골왕국 붕괴 이후 두 씨족에는 약 20개의 독립적인 무력 집단이 존재하고 있었다. 카불칸과 암바카이칸의 후예들이 이끄는 그 무력 집단들은 서로가 서로를 노리며 대화나 타협을 거부했다. 특히 키야트나 타이치오트 씨족의 귀족들은 '13차전'을 기점으로 해서 상대방을 타타르부 이상으로 증오하고 경멸하고 있었다.

초기의 주자들 중에서 가장 빛을 발한 사람은 키야트계 출신의 예수게이 바아토르였다. 예수게이가 처음으로 능력을 과시한 것은 몽골왕국과 타타르부 간의 13차전에서였다. 그는 이 싸움에서 코리 보카와 테무진 우게를 비롯한 타타르족의 귀족들을 사로잡았다.

몽골부가 타타르부에게 밀리는 상황에서 거둔 예수게이의 놀라운 공적은 주위의 주목을 받기에 충분했다. 예수게이가 그때 태어난 첫아들에게 적장의 이름인 '테무진'이라는 이름을 붙여준 것도 자신의 공적을 과시하려는 의도가 있었을 것이다. 그러나 그가 주목받게 된 진짜 배경은 다른 데에 있었다.

예수게이는 카불칸의 둘째 아들인 바르탐 바아토루의 3남으로 태어났다. 그의 큰형은 키야트 창시오트 씨족의 시조인 멍게투 키얀이며, 둘째형은 네쿤 타이지다. 그는 뒤에 나오는 칭기스칸과 애증을 주고받았던 코차르 베키의 아버지인 사람이다. 또한 예수게이의 막내동생은 칭기스칸 때까지 생존했던 다리타이 오드치킨이다.

고대 몽골 사회에서는 거의 대부분의 유산을 장남이 상속했으며, 나머지 아들들에게 돌아가는 몫은 아주 적었다. 이는 예수게이에게 있어서도 예외가 아니었다. 당시 몽골고원은 능력이 있는 자에게는 기회를 얻을 수 있는 땅이었다. 예수게이에게는 누구도 갖지 못한 능력과 자질이 있었다. 그것은 뛰어난 대화와 타협술이었다. 하지만 그는 정직한 타협자라기보다는 권모술수로 무장된 냉혹한 타협자라고 말할 수 있었다. 상대편에게 두려움을 품게 만드는 그 같은 능력은 '13차전'을 계기로 행동에 옮겨졌다.

예수게이의 첫 번째 대화 상대는 타이치오트 씨족의 귀족인 타르코타이 키릴토크였다. 그는 암바카이칸의 장남인 아달칸의 아들로, 타이치오트 씨족에서는 가장 강력한 무력을 가진 자였다.

양 씨족의 귀족들이 극렬하게 대립하는 상황에서 맺어진 예수게이와 키릴토크 간의 동맹은 종전의 사고를 뛰어넘는 파격적인 사건이었다. 많은 사람들의 비난 속에서 탄생한 이 동맹은 두 인물을 일거에 몽골부의 실력자로 부상시켰다. 다른 한편으로 그들은 피를 나눈 형제나 사촌들로부터 고립되는 불이익을 감수해야 했다.

예수게이의 두 번째 대화 상대는 케레이트부의 실력자 옹칸이었다. 예수게이가 옹칸에게 접근하는 수법은 그가 얼마나 타이밍을 기민하게 포착하고 행동하 는 냉철한 도박사였는지를 극명하게 보여주었다.

옹칸은 예수게이와 나이가 같은 또래로, 피비린내나는 형제간의 유혈극을 거쳐 대*칸에 오른 인물이다. 그러나 그는 대칸이 된지 얼마 지나지 않아 숙부인 구르칸의 쿠데타를 만나 실각당할 위기에 처한다. 궁지에 몰린 옹칸은 위기에서 탈출하기 위해 자신의 딸을 메르키트부의 족장인 토그토아 베키에게 주는 등 동맹자를 찾는데 혈안이 되어 있었다. 그러나 그 같은 노력도 헛되이 옹칸은 고립되어 갔고, 쿠데타의 주인공 구르칸은 서서히 케레이트부의 대칸으로 인정받기 시작했다. 그 같은 절망의 순간에 예수게이가 옹칸 앞에 등장해 그의 입지를 회복시켜 주었다. 그리고 옹칸이 감격에 겨워 눈물을 줄줄 흘리며, 다음과 같은 의형제의 맹약, 즉 안다의 맹약을 맺었다.

태어난 곳은 달라도 죽는 곳은 같다.

이 카라툰의 안다 맹약은 뜻밖의 재난을 당해서 죽은 예수게이가 어린 아들 칭기스칸에게 남겨준 가장 고귀한 선물이라고 말할 수 있을 정도인 야망의 결정판이었다.

예수게이의 세 번째 대화 상대는 중립적인 태도를 취하던 몽골 내 씨족들이었다. 그들에 대한 접근법은 정략 결혼이었다. 아마도 장성할 아들들이 줄줄이 남아있던 예수게이에게 있어서 정략 결혼이라는 유혹은 매우 달콤한 꿈이었을 것이다.

제2장

약혼녀를 고르러 가다

몽골고원에 불어오는 바람은 대부분 북서쪽 극지방으로부터 온다. 이 바람은 얼마 안 되는 습기를 북쪽 산악지대에 대부분 쏟아버리기 때문에, 고비라고 알려진 남부 지역은 건조한 상태에서 벗어나지 못한다. 이 삭막한 고비사막과 어느 정도 비가 뿌리는 북쪽 산악지대 사이에는 방대한 초원이 펼쳐져 있다. 여름에 비가 오면 초원은 녹색으로 변하고, 유목민들은 풀을 찾아 이곳으로 들어온다.

몽골의 헨티산맥은 높이가 약 3천미터 정도에 불과하지만 지구에서 가장 오래된 산맥으로 꼽힌다. 등반 장비가 있어야만 올라갈 수 있는 험하고 젊은 히말라야산맥과는 달리 늙은 헨티산맥은 수백만년 동안의 침식으로 평탄해져 약간의 고생만 각오하면 말을 타고 올라갈 수 있다. 물론 계절은 여름이어야 하고 몇 개의 봉우리는 제외해야 한다. 산맥의 양 옆에는 습지가 있다. 긴 겨울에는 이 습지들이 단단하게 얼어붙어 덩어리를 이룬다. 산비탈의 우묵하게 팬 곳에는 눈과 물이 쌓이면서 얼어 처음에는 빙하처럼 보이지만 짧은 여름에는 코발트 빛깔의 아름다운 호수로 변한다. 봄이면 얼음과 눈이 녹아 호수의 물이 넘치면서 산 아래로 흘러내려 작은 강이 여러 개 초원을 가로지른다. 이 강들은 여름에 한창 날씨가 좋을 때면 풀과 함께 에메랄드빛으로 반짝거리지만, 날씨가 나쁘면 몇 년 동안 불에 타버린 것처럼 갈색을 띠기도 한다.

테무진은 그 해 7월의 어느 날, 아버지와 함께 어머니의 고향인 올코노오트 부족의 취락지를 찾아 동쪽으로 가고 있었다.

완만한 기복을 이루고 있는 초원을 세 마리의 말들이 달려가고 있었다.

선두에서 달리는 말 위의 아버지 예수게이는 위엄이 넘치는 얼굴을 가지고 있었다. 바로 뒤를 따르는 회색에 가까운 수말에 탄 테무진은 볼에서 턱까지가 통통한, 아직도 어린 티가 남아 있는 소년이었다.

테무진은 자기가 탄 말의 고삐 말고도 밤색털 말의 고삐를 쥐고 있었는데, 그것의 안장에는 여행에 필요한 자질구레한 물건들을 펠트(양털이나 그밖의 짐승 털을 원료로 하여 습기·열·압력을 가해 만든 물건)로 싼 짐이 실려 있었다.

예수게이 일가는 몽골고원에 흩어져 거주하는 몇 개의 부족들 중 몽골 부족의 명문인 보르지긴 씨족에서 갈라져 나온 키야트 씨족에 속해 있었다. 이 예수게이는 아직 30대가 되지 않은 사나이지만, 이미 뛰어난 용사로서의 명성을 갖추고 있었다. 그는 전투에도 술에도 강했으며 무거운 위압감까지도 가지고 있는 인물이었다.

키야트 씨족은 오논강 가까이에 목초지를 가지고 있었다. 남쪽으로 내려가면 케룰렌강이 흐르고 있어서 기름진 목초지가 많아진다. 또한 오논강과 케룰렌강은 합류하여 큰 강인 흑룡강이 되어 타타르 해협까지 이르게 된다.

두 사람이 키야트 씨족의 취락지를 떠난 것은 나흘 전이었다.

예수게이의 눈은 야숙하기에 적합한 장소를 찾고 있었다. 저녁 식사를 하기에는 아직 일렀지만 급하게 가야 하는 여행도 아니었으며, 그의 목은 술을 원하고 있었다.

"아, 목이 타는 것 같구나……!"

예수게이는 가죽부대에 담겨져 있는 마유주를 나무잔에 따랐다.

먼저 하늘의 정령을 위해 몇 방울의 술을 약지로 튕겨서 뿌리고 대지의 정령을 위해서도 똑같은 동작을 취한 다음 술잔을 입으로 가져갔다.

예수게이와 아내인 허엘룬 사이에는 테무진을 첫째로 각각 두 살 터울인 카사르·카치온·테무게와 딸 테물룬이 있었고, 예수게이가 애첩 사이에서 얻은 벡테르와 벨구테이가 있었는데, 벡테르는 테무진보다 나이가 약간 많았으며 그들은 모두 같은 게르에서 기거하고 있었다.

그들 부자가 올코노오트 부족의 고장으로 가는 이유는 예수게이가 자기 아내와 같은 씨족에서 아들의 약혼자를 골라야겠다고 생각했기 때문이었다.

밤하늘에는 어느새 하얀 달이 얼굴을 내밀었고 기온이 떨어지기 시작했다.

예수게이는 먼 곳에서 늑대의 울음소리가 들리지 않는지 귀를 기울인 다음 불쑥 말했다.

"너는 말을 잘 다루니 별 문제가 없을 거라고 생각된다만 여자란 원래 날뛰는 말과 같은 존재다. 조금이라도 방심하면 제멋대로 행동하게 된다는 이야기야. 아내를 얻으면 절대로 고삐를 늦춰서는 안 된다. 알겠니? 회초리를 휘두르는 것만으로는 안 돼. 말의 땀을 닦아 줄 때처럼 상냥하게 애정을 베풀어 주는 것도 필요하다. 그리고 아이를 많이 낳게 해야 해. 아이를 많이 낳지 못하는 여자는 물이 없는 강과 같은 것이다."

"알겠어요."

"이 아버지가 타타르 족과 싸워 그들의 우두머리를 죽이기도 하고 타이치오트 일족을 복종케 만들었다고는 하지만, 아직도 적은 많다. 따라서 우리

키야트 씨족 내부에서 분쟁이라도 일어난다면 일치단결해서 싸울 수 없게 된다. 부부도 형제도 서로 믿게 되지 않으면 밝은 미래는 없다. 이 아버지는 그것을 걱정하고 있는 것이다."

"아… 네…."

"순진하고 어질며 몸이 튼튼한 아가씨를 찾게 되면 좋겠는데……."

예수게이는 나무 막대기로 불을 휘젓고는 계속해서 술을 마셨다.

"싸움터에 나가는 남편이 안심하고 집을 맡길 수 있는 여자가 아니면 안 돼. 너의 어머니처럼 말이야."

그의 아내 허엘룬은 옹기라트 씨족의 한 분파인 올코노오트 부족에서 족장의 딸로 태어났다. 옹기라트 씨족은 키야트와 타이치오트계 귀족들이 주축이 된 몽골부의 패권 전쟁에서 중립을 지키고 있었다. 그 한 갈래인 올코노오트 씨족은 씨족의 전멸을 몰고올지 모르는 싸움에 개입하지 않으려고 노력했다. 옹기라트 씨족이나 그 방계의 씨족들이 싸움에 휘말리지 않고 중립을 지킬 수 있었던 비결은 정략 결혼 정책이었다.

옹기라트 씨족의 정략 결혼 정책은 어느 면에서 고원의 실력자들의 위상을 엿볼 수 있는 풍향계였다. 부모의 뜻대로 결혼 상대가 정해지는 몽골 사회에서 씨족장들의 딸들은 씨족의 안위를 결정하는 동맹의 보증수표였다.

옹기라트 씨족은 몽골 씨족의 처갓집이라 불릴 만큼 딸들을 몽골 용사들에게 대거 출가시켰다. 그러나 주변의 유력 씨족이나 부족의 실력자들에게도 간간이 딸들을 출가시켰다. 특히 몽골부가 내전에 휩싸인 뒤부터는 그렇게 하는 경우가 늘어났다. 올코노오트 씨족장의 딸인 허엘룬은 그 와중에 메르키트부의 족장 토크토아 베키의 사촌동생에게 출가하도록 결정되었다.

허엘룬이 정략적으로 결혼할(엄밀히 말하면 결혼 당할) 남자의 이름은 예케 칠레두였다. 칠레두는 '수족 마비', '병기가 있는' 이라는 뜻이다. 칠레두는 신체적인 결함이 있는 인물이었던 것이다. 메르키트부의 족장 베키로서는 그럼에도 불구하고 허엘룬을 자신의 사촌동생에게 출가토록 한 올코노오트 씨족장의 결단이 평생 잊지 못할 만큼 고마웠다.

그러나 올코노오트 씨족장의 결정은 보르지긴계 몽골 씨족에게는 일종의 배신감을 안겨주었다. 메르키트부는 몽골부가 사력을 다해 분투한 타타르전(13차전)에 동참하지 않고 수수방관한 얌체 같은 이웃이었다.

그런 상황에서 등장한 인물이 미혼의 예수게이 바아토르였다. 그는 명문가의 여성을 맞아 처갓집의 도움을 받기를 원했다. 재력과 미모를 갖춘 옹기라트 씨족의 여인이 몽골고원의 맹주를 꿈꾸는 청년 예수게이 앞에 존재했다는 것 자체가 어찌 보면 비극이었다.

냉철한 계산가였던 예수게이는 그 여인을 약탈하기로 작정했다. 그 여인을 약탈했을 경우 생기는 이익은 두 가지였다.

하나는 보르지긴계의 오랜 처족인 옹기라트 씨족과 몽골족의 적대 세력인 메르키트부 간의 결혼 동맹 시도를 사전에 파괴했다는 상징성이었다. 이 영웅 담은 청년 예수게이를 순식간에 부르지긴계 씨족의 자랑스런 용사로 만들어 줄 것이었다.

또 하나는 올코노오트 씨족장의 사위라는 칭호였다. 몽골부의 맹주가 되기를 바라는 이 청년에게 강력한 처갓집의 존재가 큰 힘이 될 것이라는 사실은 두말 할 필요가 없었다. 부수적으로 그가 보르지긴계의 결혼 전통을 수호하기 위해 사랑하는 다른 여인들을 포기했다는 공동체에 대한 헌신의 미담까지 붙어 다닐 가능성도 있었다. 실제로 <몽골비사>에 허엘룬의 납치 사건이 대서특필된 것을 보면 당시 예수게이의 행동은 만민의 칭송을 받는 미담이었던 것 같다.

예수게이와 허엘룬은 그렇게 만났다. 용의주도한 사나이 예수게이는

몽골의 대평원

허엘룬과 예케 칠레두가 몽골의 결혼 관습에 따라 초원의 신성한 장소에서 첫날밤을 치르기 전에 기습해 신부를 약탈했던 것이다. 어린 신부는 말을 탄 사람들이 덮칠 것이라고는 생각도 못하고 작고 검은 수레 앞쪽에 앉아 있었다. 그러다가 야수 같은 사나이의 습격에 그녀는 입맞춤 한 번 못하고 오직 눈빛만 마주쳤던 신랑을 애절한 슬픔 속에서 떠나보내야만 했다.

예수게이와 두 형들이 신혼부부를 급습하자, 칠레두는 공격한 자들을 수레에서 떼어내기 위해 즉시 앞으로 내달았다. 그러나 허엘룬은 남편이 공격 자들을 그들의 땅에서 속일 수 없다는 것을 알았다. 잠깐 따돌려봐야 곧 다시 올 것이 분명했다.

허엘룬은 십대 소녀에 불과했지만 남편의 목숨을 살리기 위해서는 자신이 그 자리에 남아 납치범에게 굴복해야 한다고 생각했다.

칭기스칸을 낳아 황금씨족을 탄생시킨 몽골의 성스러운 어머니 허엘룬, 〈몽골비사〉에 따르면 허엘룬은 남편이 자신의 계획을 따르도록 이런 식으로 설득을 했다고 한다.

"살아만 있게 되면 방마다 수레마다 처녀들이 당신을 기다리고 있게 될 거예요. 당신은 다른 여자를 찾아 신부로 삼을 수 있고, 그 여자를 나 대신 허엘룬이라고 부르면 돼요."

이어서 허엘룬은 얼른 저고리를 벗어 신랑에게 주면서 "빨리 달아나라"고 다그쳤다. 그녀는 헤어지는 선물로 저고리를 그의 얼굴에 던지며 말했다.

"이걸 가져가요. 내 냄새를 맡으며 가요."

칠레두는 아내의 납치범들로부터 도망치면서 아내의 저고리를 얼굴에 갖다 댔다. 그녀를 보기 위해 하도 자주 돌아보는 바람에 길고 검은 변발이 채찍처럼 그의 가슴과 어깨를 번갈아 두드려댔다. 허엘룬은 남편이 고개를 넘어 시야에서 영원히 사라지자 자신의 가슴에 담긴 감정을 한껏 토해냈다.

그녀가 크게 소리를 지르는 바람에 〈몽골비사〉에 따르면 오논강이 물결치고, 숲과 골짜기가 울렸다.

보르지긴계의 귀족인 예수게이에게 딸을 약탈 당한 옹기라트 씨족은 이처럼 냉혹한 현실 앞에서 눈을 감은 채 그들의 좌우명을 어루만질 수밖에 없었다.

우리는 다른 씨족의 사람들처럼 나라의 지배권을 가지고 다투지 않는다. 오직 아름다운 여인으로만 승부할 뿐이다. 또 혼인의 과정이 아니라 결과만 인정할 뿐이다.

흔히 유목민족 약탈혼의 전형으로 잘못 알려진 예수게이의 허엘룬 납치 사건은 메르키트 혈통 콤플렉스라고 해도 좋을 만큼 비극의 씨앗을 제공하게 되었다. 허엘룬은 예수게이의 정실正室이 된 후 테무진·카사르·카치온·테무게 등 네 명의 아들과 테물렌이라는 딸 하나를 낳았다.

칭기스칸이 태어난 장소 델리온 볼다크는 오늘날 몽골국 이마크의 다달솜에 위치한 고르반 노르(세 개의 호수) 지역으로 고증되고 있다. 델리온 볼다크란 '비장脾臟 모양을 가진 산'이라는 뜻을 가진 몽골어다.

자주 되풀이되는 이야기에 따르면, 허엘룬의 첫아기는 오른손에 뭔가 신비하고 불길한 것을 쥐고 세상에 태어났다. 젊은 어머니가 깜짝 놀라 손가락을 하나씩 펴보니 손가락 마디뼈만한 크기의 크고 검은 핏덩어리가 드러났다. 갓난아기는 어머니의 자궁 어딘가에서 이 핏덩이를 움켜쥐고 바깥세상으로 나올 때도 손에서 놓지 않았던 것이다.

예정에 없던 결혼 생활을 하게 된 허엘룬은 테무진을 낳은 후 심한 가슴앓이를 했다. 남편 예수게이에게는 소치겔이라는 미모의 여인이 첩으로 있었기 때문이다. 테무진이 태어난 지 1년 전에 별도의 게르(격자 구조물 둘레에 모전을 묶어서 만든 원형의 주거용 천막)에 들어와 살고 있던 그 여인은 허엘룬과 번갈아 가며 예수게이의 아들들을 낳았다. 그 여인 소생의 두 아들이 벡테르와 벨구테이다.

예수게이의 시대는 안팎으로 불길한 구름들이 고원의 곳곳에서 피어나고 몰려오던 격동의 시대였다. 이 때 예수게이는 보르지긴 씨족의 구성원이었고, 보르지긴 씨족은 더 강력한 타이치오트족의 명령을 따르고 있었다. 그리고 예수게이는 테무진이 태어나기 전에도, 그 후에도 밤낮으로 타타르 부족에 대한 복수 생각에 골몰하고 있었다.

"어쨌든 토오릴과 안다(의형제)가 되기로 한 것은 잘 된 일이다. 이번에 또 타타르와 싸우게 되면, 우리에게 가세해 줄 것이 틀림없으니까 말이야."

예수게이는 고기를 먹고는 나무잔에 철철 넘치도록 다시 술을 따르면서 혼잣말처럼 중얼거렸다.

하늘에 나타난 첫 번째 별이 빛나기 시작하자 밤은 빠르게 어둠을 짙게 만들었다. 시냇물 소리가 더욱 분명해졌다고 느끼면서 예수게이는 방목한 세 마리 말들의 움직임을 눈으로 좇고 있었다. 밤이 되면 말을 방목하는 것은, 조금 이라도 야생으로 돌아가게 함으로서 난폭한 성미를 되찾게 하고 기운차게 달리는 힘을 유지하기 위해서였다.

예수게이는 취한 눈으로 아들을 응시했다. 테무진은 이미 가벼운 숨소리를 내며 잠들어 있었다. 일단 입으로 가져갔던 나무잔을 풀밭에 놓은 예수게이는 아들의 발밑에 덮어진 벨트를 고쳐 주었다.

밤하늘 가득히 별들이 빛나고 있었다. 그것을 우러러보는 예수게이의 눈에 문득 밤하늘을 찢는 것처럼 흐르는 별똥별 하나가 보였다.

제3장

버르테

12세기의 초원에는 수십 개의 부족과 씨족이 유목민들답게 서로 이합집산하면서 살아갔다. 초원지대의 모든 부족들 가운데 몽골족과 가장 가까운 친족은 동쪽의 타타르족과 거란족, 그리고 더 동쪽으로 만주족, 서쪽으로 중앙아시아의 여러 투르크족이었다.

이 세 인종 집단은 시베리아의 일부 부족들과 문화, 언어 유산을 공유하고 있는데 실제로 이들 모두가 시베리아 출신일 가능성도 있다. 몽골족은 타타르족과 투르크족 사이에 자리를 잡고 있어 외부인들은 그들을 혼동하는 경우가 많았다. 그래서인지 몽골족은 가끔 '푸른 투르크족'이나 '검은 타타르족'으로 알려지기도 했다.

지난밤에 술을 잔뜩 마셨는데도 예수게이가 잠에서 깨어난 시간은 일렀다. 예수게이 부자는 아침 안개 속에서 한 조각의 치즈만 먹고 출발했다. 이른 아침의 공기는 차가웠고 빠른 속도로 달리는 말들이 토해 내는 입김은 하얀 덩어리가 되면서 흩어졌다.

그는 사돈될 사람에게 선물로 줄 것이 말 한 마리밖에 없었기 때문에, 테무진을 몇 년 동안 일꾼으로 쓰고 그 대가로 딸을 내줄 가족을 찾아야 했다. 테무진으로서는 이 여행이 오논 강변의 고향을 떠나는 첫 모험이었다. 여행자는 낯선 땅에서 길을 잃기 쉬웠으며, 세 가지 위험도 각오해야 했다. 야생 동물, 거친 기후, 그리고 무엇보다도 다른 인간이었다.

얼마나 끝없는 초원을 달렸을까. 시간은 어느 새 다시 정오를 지나 저녁 무렵이 되고 있었다. 멀리 전방에 두 개의 산이 보이는 지점에 이르렀을 때 예수게이가 천천히 말의 속도를 늦추면서 중얼거렸다.

"저게 누구지?"

체루체산과 치쿠루쿠산 사이로 뻗어 있는 계곡 전방의 언덕에서 예수게이와 동년배로 보이는 사나이 하나가 말에 탄 채 그들을 바라보고 있었다.

예수게이가 본능적으로 허리에 찬 검에 손을 갖다 대자, 그 사나이는 미소 지으며 말을 걸어왔다.

"어디서 오는 누구시오?"

"보르지긴의 예수게이 바아토르라고 하오. 당신은?"

상대가 맨손인 것을 안 예수게이가 경계심을 풀며 대답하자, 그는 다가오면서 다시 물었다.

"옹기라트의 데이세첸이라고 하오."

"내 아들에게 아내와 동족인 올코노오트의 아가씨를 신부로 맞이하게 해주려고 가는 길이요."

"호오, 그래요? 그 구렁말은 신부 집에 줄 납채納采(신랑집에서 신부집에 혼인을 청하는 의례)로군요?"

"그렇소."

"올코노오트 부족은 우리 옹기라트와 같은 일족, 따라서 당신은 우리들 과도 사돈……."

데이세첸이라는 사나이는 그렇게 말하더니 테무진에게 시선을 던졌다.

"몇 살이지?"

"아홉 살입니다."

상대방의 눈을 똑바로 쳐다본 테무진이 또렷한 목소리로 대답하자, 데이 세친은 다시 예수게이를 보면서 말했다.

"예수게이 바아토르여, 당신 아들의 얼굴이 굉장히 잘 생겼습니다."

"네?"

"실은, 제가 어젯밤에 이상한 꿈을 꾸었기에……."

"꿈이라니요?"

"하얀 매가 태양과 달을 움켜쥐고 날아와 내 손에 그것을 떨어뜨리는 꿈이 었소. 때문에 말을 달리면서 그 꿈이 무엇을 의미하는 것일까 하고 생각하다가 여기까지 오고 말았소. 그런데 여기서 우리가 이렇게 만난 것을 보니 아무래도 그 꿈은 당신이 얼굴이 빛나는 이 아이를 데리고 온다는 것을 알려준 것임에 틀림없소."

듣고 있던 예수게이가 매우 이상하게 생각하며 물었다.

"따님이 있으신가 본데, 몇 살이나 되었지요?"

"딸은 둘이 있는데, 당신 아들에게 어울리는 아이는 열 살입니다."

'테무진보다 한 살 연상이로군. 영리한 아가씨라면 손 위인 것이 좋다. 이 사나이의 정중한 말솜씨도 마음에 들고…….'

예수게이는 차분하게 상대방을 평가한 뒤에 잠시 생각하다가 말했다.

"좋소."

데이세첸은 이윽고 예수게이 바아토르와 말머리를 나란히 했다. 테무진은 그 뒤를 따라가기 시작했다.

　이윽고 천막들이 띄엄띄엄 흩어져 있는 취락지에 도착했는데, 소년들은 양을 방목하러 나가고 젊은이나 어른들은 말을 조련하는 시간이었던 만큼 사람들의 모습은 거의 보이지 않았다.

　제일 큰 게르 앞에 이른 데이세첸은

"손님이 오셨다."

하고 안을 향해 큰 소리로 말하면서 펠트 겉문을 위로 걷어올렸다.

"자, 사양하지 마시고…… 어서!"

"예."

　게르 안으로 들어선 예수게이의 눈에 깔끔한 옷차림을 한 두 여자의 모습이 들어왔다. 데이의 부인으로 보이는 여자는 치즈를 만드는 통 앞에서 얼굴을 돌리고 있었고, 작은 체격의 소녀는 빗자루로 바닥을 쓸고 있었다.

"저의 아내인 코탄과 딸 버르테입니다."

　데이는 두 사람을 소개하고는 손짓하여 딸을 부르며 다시 말했다.

"보르지긴의 키야트 씨족 예수게이 바아토르와 그의 아들 테무진이다. 청소는 나중에 하고 이쪽으로 잠깐 오너라."

'호오, 참으로 아름다운 아가씨로군!'

　예수게이는 조용히 앞으로 다가선 소녀를 보며 눈이 휘둥그레졌다.

　데이는 먼저 손님을 위해 술상을 준비하라고 아내에게 말했다.

"아가씨가 손수 땋은 건가?"

　예수게이는 버르테의 볼 양쪽으로부터 가슴까지 길게 땋아 늘어뜨린 몇 가닥의 머리카락을 보면서 물었다.

"네."

　버르테는 수줍어 하면서 맑은 목소리로 대답했다.

어르헝 강 주변 초원의 몽골의 유적

천장의 채광창을 통해 쏟아져 들어오는 눈부신 햇살을 받은 그녀의 목은 싹트기 전의 어린 나무와도 같은 싱그러운 냄새를 발산하고 있는 것만 같았다.

예수게이가 만족스러워하고 있는데 가장의 자리에 좌정한 데이가 옆자리를 가리키며 예수게이에게 말했다.

"일부러 우리 집에 들러주셨고, 이제 곧 해도 집니다. 좋은 대접을 할 수는 없습니다만, 오늘 밤은 우리와 함께 식사하신 뒤에 여기서 묵어주시지요."

"감사합니다. 그렇게 하겠습니다."

노얀(족장)으로서의 위엄을 갖추며 대답한 예수게이는 화살통과 허리에 찬 검을 풀어 놓고 테무진을 데이의 맞은편에 앉게 하고는 모피 위에 앉았다.

"자, 어서."

데이는 예수게이에게 은잔을 내밀어 마유주를 따르고 자기의 잔도 채웠다.

"어떻습니까?"

데이가 은잔을 든 채 물었다.

"인간은 첫인상이 중요합니다. 제 딸이 마음에 드셨습니까?"

"예. 결정했습니다. 당신만 좋다면 따님을 우리 집안의 장식으로 받고 싶소이다."

버르테가 마음에 든 예수게이는 시원스럽게 대답했다.

"부모로서 기쁘기가 더할 수 없는 말씀, 송구스러울 뿐입니다. 하지만 서두르실 일 없습니다. 먼저 우리들의 만남을 축하하며 건배합시다."

"내 아들은 힘이 세고, 사냥도 잘하며 일도 잘합니다. 틀림없이 만족해 하실 거라고 생각합니다."

약혼이 결정되면 남자는 여자의 집에서 살며 일을 하게 된다. 그것은 결혼 초에도 마찬가지이며 모처혼(모계사회에서 볼 수 있는 것으로 신랑이 신부의 집안 쪽으로 거처를 옮기는 혼인 방식)이 당연한 것으로 되어 있었다. 이런 약혼 관계에서는 버르테와 테무진의 경우처럼 여자아이가 남자아이보다 나이가 약간 더 많았기 때문에, 적당한 시기에 남자아이에게 성관계를 가르치는 것이 례였다.

"예수게이 바아토르와 테무진의 건강을 위해 건배!"

"데이세첸 일족이 더욱 번성하는 일과 좋은 회답을 기대하며 건배!"

두 사람은 은잔을 머리 위로 들어 올렸다 내리고는 천천히 입에 술을 부었다.

이윽고 밖에 나갔던 아들들과 맏딸이 돌아오자, 데이는 그들에게 예수게이와 테무진을 소개하고 두 사람을 초대한 이유를 설명했다.

데이의 아내가 정성들여 만든 숫양 요리를 맛있게 먹은 예수게이는 자기도 모르게 말이 많아져 밤이 깊어졌을 때까지 타타르와 싸웠을 때의 일과 장래의 희망에 대해서 데이에게 이야기했다.

"내일 올코노오트 땅으로 가실 겁니까?"

데이가 취침 시간이 되었다는 것을 알리기 위해 은잔을 술상 위에 엎으며 물었다.

"아닙니다. 이젠 그럴 필요가 없어졌소. 이미 버르테를 며느리로 맞이하기로 결정했으니까."

"좋습니다. 제 딸을 드리겠습니다. 말할 필요도 없는 이야기겠지만 아들은 사위로서 우리 집에 두고 가셔야 합니다."

"물론이지요."

다음 날 아침이 되자, 데이는 아내에게 다시 술을 준비시켰다.

코탄은 전날과는 달리 지름이 30cm나 되는 도기 잔에 마유주를 가득 채워서 들고 왔다.

"내 딸 버르테를 예수게이 바아토르의 아들 테무진의 신부로 삼는다."

술잔을 높이 들고 말한 데이가 한 모금 마시고는 그것을 예수게이에게 건네주었다.

"데이 세친의 딸 버르테를 내 아들 테무진의 아내로 맞이하겠소."

예수게이는 데이를 똑바로 바라보면서 말하고는 술잔을 들어 입으로 가져갔다.

그 후에 술잔은 테무진과 버르테에게 전해졌고 약혼자끼리도 약속을 굳게 다지겠다는 약속을 한 뒤에 술을 마셨다.

드디어 이별해야 할 시간이 왔다.

아침 식사를 끝낸 예수게이는 데이의 아내가 철철 넘치도록 술을 담아준 가죽부대와 말린 양고기가 든 헝겊 주머니를 들고 그들의 천막에서 나왔다.

"열심히 해라. 테무진!"

배웅 나온 아들의 어깨를 힘주어서 두들긴 예수게이는 말에 올랐다.

"부디 몸조심해서 돌아가십시오."

데이가 말하자 예수게이는 씨익 웃으며 대답했다.

"어젯밤에 말씀드렸듯이 우리 보르지긴족의 조상은 푸른 늑대요. 내 몸에는 그 피가 흐르고 있으니 두려울 것이 하나도 없소. 그럼 아들을 잘 부탁하오."

다시 한 번 아들의 얼굴을 똑바로 본 예수게이는 채찍으로 말을 때리며 소리쳤다.

"하아, 가자."

예수게이를 태운 말이 빠르게 멀어지기 시작했다. 테무진은 아버지의 모습이 보이지 않게 된 뒤에도 한동안 그 자리에 서 있었다.

제4장

예수게이의 변사

그로부터 열흘 정도가 지난 어느 날 아침.

게르 안에서 테무진과 몰이꾼 몇 명을 데리고 사냥하러 갈 준비를 하던 데이는, 갑자기 들려오기 시작한 말발굽 소리를 듣고 화살을 만지던 손길을 멈추었다.

"테무진, 안에 있나?"

"아는 사람의 목소리냐?"

"예. 듣던 목소리예요."

"그래?"

데이가 의아해 하며 테무진과 함께 밖으로 나오자 그와 같은 연배로 보이는 사나이가 아침 햇살을 받으며 말 잔등에 앉아 있는 모습이 눈에 들어왔다.

"아, 역시 멍리크였군……."

테무진은 목소리를 듣는 순간 생각했던 콘크탄족의 장로 차라카 노인의 아들이 그곳에 있었기 때문에 웃어주려고 했는데, 너무나 지쳐 있는 그의 모습을 보자 갑자기 얼굴이 굳어졌다. 상당히 오랜 시간 동안을 전력 질주해 온 모양으로 말과 사람 모두가 지친 숨을 토해 내면서 많은 땀을 흘리고 있었다.

"네 아버지가 부탁해서 말이야……."

그렇게 말하면서 멍리크는 미끄러져 떨어지듯이 말에서 내렸다.

"이야기는 안에 들어가 듣기로 합시다. 테무진은 말의 땀을 닦아주어라."

"네."

"무… 물을 한 그릇만 주십시오."

게르 안으로 들어선 멍리크는 데이의 가족에 대한 인사도 하는 둥 마는 둥 하며 너무나 목이 마른지 심하게 기침을 해댔다.

"그처럼 땀을 많이 흘리고서 물을 마시면 좋지 않습니다. 양젖이라면 몸을 따뜻하게 해줍니다. 지금 곧 짜 오도록 하겠소."

데이가 충고하자, 멍리크는 머리를 저었다.

"염려해 주셔서 고맙습니다만, 지친 제 몸은 물을 원하고 있습니다."

버르테가 떠다준 물을 멍리크가 단번에 마시는 것을 기다렸다가 데이가 물었다.

"내 사위 테무진에게 무슨 용무가 있기에 그토록 급하게 오셨습니까?"

"예수게이 바아토르가 테무진에게 전할 말이 있으니 급히 집으로 돌아와 달라고 했습니다."

"그것뿐입니까?"

"그렇습니다."

'으음, 얼마나 급한 일이기에 그토록이나 말을 달리게 했단 말인가? 이 사나이는 잠도 제대로 자지 못한 것 같은데…….'

데이는 뭔가 깊은 까닭이 있는 것 같다고 생각하면서 말했다.

"알겠소이다. 그렇게 하시지요."

"감사합니다. 그럼, 지금 당장 출발하고 싶으니 대신 타고 갈 말을 빌려주실 수 있겠습니까? 서둘러야 하기에……"

"그렇습니까? 알겠습니다."

잠시 후 급히 여행 준비를 끝낸 테무진은 데이 일가의 식구들에게 정중히 인사를 하고 그곳에 올 때 타고 온 말에 올라탔다.

멍리크는 데이의 하인이 골라 준 검은색 수말을 타고 있었다.

"아버님을 뵙고 곧 돌아와야 해요."

배웅하는 데이의 아내 코탄이 테무진에게 상냥하게 말했다.

"네."

테무진은 땋아내린 머릿단만 자꾸 만지작거리고 있는 버르테에게 웃는 얼굴을 돌리면서 말했다.

"곧 돌아올 거야. 버르테……."

테무진은 그녀의 커다란 눈동자에 물기가 어리는 모습을 놓치지 않았다.

멍리크는 옹기라트 씨족의 취락지가 뒤로 보일 때까지는 보통 속도로 달렸는데, 체쿠체루산과 치쿠루쿠산이 바라보이는 곳까지 오자 소리치듯이 말했다.

"테무진, 달려라. 나를 앞질러도 상관없으니 마음껏 달려!"

"네?"

"하아!"

"철썩!"

멍리크가 갑자기 채찍을 휘두르자 검은 수말은 마치 새까만 총탄처럼 북서쪽에 위치한 키야트의 땅을 향해 달려가기 시작했다.

"왜 이렇게 서두르는 거지요?"

가까스로 검은 말과 나란히 달리게 되었을 때 테무진이 묻자 멍리크는 수수께끼 같은 대답을 내뱉을 뿐이었다.

"너의 집에 도착하면 알게 된다."

"예……?"

　두 사람은 입을 다문 채 오직 키야트 땅을 향해 말을 달렸다.

　처음으로 데이세첸과 만났던 장소를 빠른 속도로 달려 지나가고, 산 사이의 협곡도 등 뒤로 보내자, 어느덧 일몰이 가까워졌고 두 사람은 야숙을 하게 되었다.

　버드나무들이 듬성듬성 서 있고 가까이에서 냇물이 흐르는 장소에 말을 세운 두 사람은 말의 땀을 닦아주고는 물을 마시게 했다.

　두 사람은 모닥불 앞에서 데이의 아내가 마련해준 양고기와 치즈를 먹었다, 술도 마유도 충분히 있었다.

　"오늘 밤은 몸이 피곤해서 내가 먼저 자겠다만 졸음이 오면 언제라도 나를 깨워라."

　술 몇 잔을 가볍게 마신 멍리크가 그렇게 말하면서 펠트로 몸을 감았다.

　'도대체 아버지는 무슨 이야기를 하려는 것일까? 멍리크가 이렇게 정신이 나간 사람처럼 서두르는 까닭은 무엇일까?'

　모닥불을 지켜보던 테무진은 출발할 때 던졌던 질문을 다시 한 번 자신에게 던졌다.

　이틀째도 사흘째도 두 사람은 키야트 땅을 향해 달리기만 했다. 멍리크는 평소에도 과묵한 편이기는 했지만 필요 없는 말은 별로 하지 않았다. 그것은 야숙하는 시간이 되었을 때도 달라지지 않았다.

　모닥불을 쬐면서 멍리크가 물은 것은 데이의 가족에 대한 것과 세첸이라고 불리우는 데이가 어떤 인물인가에 대해서뿐이었다.

"우리 집 식구들은 모두 잘 있지요?"

테무진이 자기 가족의 안부에 대해서 묻자, 멍리크는

"그래. 모두 잘 있어."

하고 짧게 대답했을 뿐 무엇 때문인지 그 이상의 구체적인 이야기는 하지 않았다. 밤기운이 빠르게 차가워지고 있었다.

몸을 한 차례 크게 떤 테무진은 나무 막대기로 거칠게 모닥불을 휘저었다.

어딘가 먼 곳에서 늑대가 울어대는 소리가 들려오고 있었다.

"오늘 밤엔 네가 먼저 자도록 해라."

멍리크가 마지막 술을 잔에 채우면서 말했다.

"졸립지 않아요."

테무진은 마른 가지를 불꽃 속에 던져 넣었다.

"지금 자 두지 않으면 밤중에 교대할 수 없다. 그리고 내일은 집에 도착하는데, 어떤 일이 기다리고 있어도 놀라지 말아야 한다."

"놀라다니요? 무슨 일인데?"

"집에 도착하면 모두 알게 될 거다."

멍리크는 또다시 수수께끼 같은 말만 했다.

"그럼 먼저 자겠어요."

테무진은 펠트로 몸을 감쌌다. 하지만 쉽사리 잠이 올 리가 없었다.

이윽고 키야트 씨족의 취락지에 당도한 테무진은 불과 보름 정도 떨어져 있었을 뿐인데도 그리움이 북받쳐 오르는 것을 느꼈다.

"어쨌든 무사히 도착해서 다행이다."

예수게이 일가의 게르 앞에 이른 멍리크는 책임을 다했다는 듯이 짧게 중얼거렸다.

한데 그와 함께 말에서 내리는 순간 테무진은 자극적인 강한 냄새가 갑자기 자기에게 달려드는 것을 알아차렸다.

'아니, 이건 향냄새가 아닌가? 무엇 때문에 지금 향을 피우고 있는 것일까?'

테무진이 이상하게 생각하며 멍리크의 얼굴을 쳐다보자, 그는 대답 대신 안을 향해 소리쳤다.

"테무진을 데리고 왔소."

"돌아왔습니다."

테무진은 작은 소리로 말하면서 게르 안으로 들어섰다. 천막 안에는 가족들이 모두 모여 있었는데 어머니 허엘룬 옆에는 멍리크의 아버지인 차라카 노인과 종인 야순 할멈이 앉아 있었다. 숨이 막힐 정도의 향 연기는 천장에 열려 있는 창문으로 빠져나가고 있었다.

테무진은 본능적으로 그 장소가 이상한 분위기에 휩싸여 있다고 느꼈다.

"네가 돌아왔구나. 테무진……."

정면의 자리에서 일어난 어머니가 비척거리면서 테무진에게 다가왔다.

'아니, 저건…….'

그제야 테무진은 완전히 초췌해진 어머니의 등 뒤쪽에 검은 천에 싸인 물체가 가로놓여져 있는 것을 보았다.

허엘룬은 울어서 퉁퉁 부은 눈으로 아들을 똑바로 쳐다보다가 손을 잡으며 말했다.

"아버지는 하늘로 향하는 길에 들어서셨다. 네가 돌아올 때까지 어떻게 해서라도 살아있어 주셨으면 했는데, 뜻대로 되지 않았다."

'아버지가 돌아가셨다고?'

테무진의 가슴에 불에 덴 것 같은 충격이 느껴졌다.

한동안은 그 말을 믿을 수가 없었다. 믿고 싶지도 않았다.

테무진은 어머니의 얼굴을 뚫어지게 쳐다본 뒤에 동생들에게서 차라카 노인 쪽으로 시선을 옮겨 갔다. 등을 곧바로 펴고 앉아있던 차라카 노인은 연민의 정이 담긴 눈길을 그에게 보내주었지만, 동생들은 나쁜 짓을 하다가 들키기라도 한 것처럼 눈길을 떨구었다.

"자, 마지막 이별이니 아버지의 얼굴을 똑똑히 보도록 해라."

어머니의 목소리는 마치 먼 계곡의 저편에서 들려오는 것 같았다. 테무진은 빠르게 검은 천 앞으로 다가섰다.

"헉…….."

테무진은 자기도 모르게 얼굴을 돌렸다.

그곳에 있는 것은 인간의 얼굴이 아니었다. 가까스로 머리의 형태를 유지하고 있었지만, 그것은 머리카락이 빠져 있었으며 부패한 상태였다.

"테무진, 눈을 돌려서는 안 된다."

차라카 노인의 목소리가 들려오고 있었다.

"예수게이 바아토르는 하늘로 갔다. 인간에게는 죽은 자의 얼굴을 봄으로써 생전의 추억을 보다 선명하게 되살리는 힘이 있다. 테무진, 지금은 그처럼 추하게 보여도 그는 네 아버지였던 사람이다. 그분이 너를 키우고, 적과 싸우며 이 가족을 지켜왔던 것이다. 똑바로 봐 두어야 한다."

"아아, 어째서… 어째서 이런 일이……."

테무진이 온몸을 쥐어뜯으며 절규하듯이 더듬거렸다.

"실은 말이다."

허엘룬이 설명하려고 하자, 차라카 노인이 한 손을 들어 올리며 제지했다.

"기분이 안정되도록 뭔가 마시게 해 줘요. 이야기는 내가 해주겠소."

"돌아오셨군요."

야순 할멈이 마유가 들어 있는 도기 잔을 테무진에게 살며시 내밀었다. 그녀의 눈도 울었기 때문인지 퉁퉁 부어 있었다.

테무진은 마유를 마시려고 했지만 손이 떨려서 입으로 들어가는 것보다 바닥에 떨어지는 것이 더 많았다.

차라카 노인이 이따금 "골골" 하고 목을 울리는 소리를 내면서 이야기하기 시작했다.

"돌아오던 길을 서두르던 네 아버지 예수게이가 들판에서 모닥불을 피우고 흥겹게 놀고 있던 10여 명의 사나이들과 만나게 되었다. 예수게이는 긴 여행으로 인해 몹시 목이 말랐던 터라 술 한 잔을 청해서 마셨다. 타타르인들이 자기를 죽이려고 꾸민 계략인줄 모르고 말이야. 돌아가는 도중에 예수게이는 술에 취한 느낌이 다른 때와는 달리 좋지 않아 몇 번이나 가슴을 쓰다듬었다. 말을 세우고 목 안으로 손가락을 찔러 넣어 위 속에 든 것을 토해 냈지만 기분은 더욱 나빠질 뿐이었다. 말에 채찍질을 하려고 해도 손에 힘이 들어가지 않았다. 결국 말 등에 몸을 내맡기고 집으로 향하게 되었는데, 말은 본능적으로 자신이 사육된 장소로 돌아갈 수 있지만 주인이 아무런 명령도 내리지 않았기 때문에 보통 걸음으로 걸었고 제멋대로 멈춰 서서 풀을 뜯어 먹기도 했다. 의식이 몽롱해진 예수게이가 자기 집에 도착한 것은 그로부터 사흘이나 지나서였다. 환각증세에 빠진 예수게이는 게르에 발을 들여 놓는 순간 무너지 듯이 쓰러지고 말았다."

이어서 멍리크가 테무진에게 말했다.

"모처럼 혼인을 맺은 집의 가장에게 예수게이 집안의 약점을 알려주고 싶지 않았기 때문에 사실을 숨겼던 거다."

"오는 도중에 이야기해 줘도 되었을 텐데……."

테무진이 아쉬워하자, 멍리크가 다시 말했다.

"여행 중에는 언제 무슨 일이 일어날지 모른다. 네 아버지처럼 술자리를 벌이고 있는 적의 부족들을 만나 네가 그만 '아버지가 돌아가셔서 가는 길이다'라고 입을 잘못 놀리게 되기라도 하면 낭패스러워질 거라고 생각했기 때문이었다.”

차라카 노인이 끼어들며 침울해진 테무진의 마음을 위로했다.

“예수게이가 집에 돌아올 수 있었던 것은 하늘의 도움이 있어서였다. 도중에 말에서 굴러 떨어졌다면 고향에 뼈를 묻을 수도 없었을 것이다.”

예수게이의 시신은 볼다크산 기슭으로 운반되었다. 남향 언덕의 햇볕이 잘 들고 전망이 좋은 장소가 선정되어 바위에 눕혀졌다.

바위에 기댄 자세로 눕혀진 벌거벗은 시신은 늑대나 까마귀가 먹어치우거나, 자연스럽게 그대로 썩으며, 영혼은 그 바위에 스며들어 정령을 만나게 된다고 믿어져 오고 있었다. 그것이 바로 풍장이다.

제5장

친구 자무카

허엘룬에게 남겨진 일생은 험난하기만 했다. 예수게이가 남긴 잔혹한 업보까지 뒤집어써야 했다. 모든 키야트계 귀족들은 이 과부와 고아들을 싸늘하게 외면했다.

그 당시 예수게이의 무력 기반은 자신이 구축한 키야트 보르지긴족과 연합세력인 타르코다이 키릴토크의 타이치오트 씨족이었다. 그들의 동맹은 밖에서 보기엔 단단했지만 자세히 들여다 보면 두 마리의 독사가 상대의 빈틈을 노리며 꿈틀거리는 형국이었다.

타이치오트 씨족은 그때까지 세 세대 동안 예수게이의 보르지긴 씨족을 지배해왔다. 그러나 싸움과 사냥을 도와줄 예수게이가 사라지자 두 과부와 어린 일곱 자식은 쓸 데가 없다고 판단했다. 오논강의 가혹한 환경에서 아홉 명의 입이 몹시 부담스러웠던 것이다.

초원지대의 전통에 따르면 허엘룬 납치를 돕기도 했던 예수게이의 형들 중의 하나가 그녀를 아내로 받아들여야 했다. 몽골의 결혼제도에 따르면 예수게이가 다른 부인 소치겔이 낳은 아들 중의 하나라도 가족을 부양할 나이만 되었다면 허엘룬의 남편이 될 수 있었다.

몽골 여자들은 죽은 남편의 가족에 속한 훨씬 어린 남자와 결혼하는 경우가 많았다. 그렇게 하면 젊은 남자는 신부의 가족에게 선물을 주거나 신부를 얻기 위한 노력을 하지 않고도 경험 많은 부인을 얻을 수 있었기 때문이다. 그러나 허엘룬은 아직 젊은 여자였음에도 20대 중반이었을 것이다. 어지간한 남자가 부양하기에는 자식들이 너무 많았다. 게다가 고향에서 먼 곳으로 납치되어 온 여자로서 남편 될 사람에게 가족의 부나 가족 간의 유대도 제공할 수 없는 처지였다.

남편은 죽고 다른 남자들은 데리고 가려 하지 않았기 때문에 허엘룬은 이제 가족 외부로 밀려나게 되었는데, 그런 사람은 누구도 도와 줄 의무가 없었다. 허엘룬이 이제 그 무리의 일원이 아니라는 메시지는 몽골족이 늘 관계의 상징으로 이용하는 음식을 통해서 그녀에게 전달되었다.

봄에 전 칸의 미망인인 두 늙은 할멈은 가족의 조상에게 드리는 연례 제사 음식을 마련하면서 허엘룬에게 알리지 않았다. 이것은 그녀에게 제사 음식을 나누어 주지 않겠다는 의사 표현이었고, 나아가서 그녀는 가족의 일원이 아니라는 통보였다.

이제 허엘룬과 그녀의 가족은 스스로 생계를 유지하고 자신들을 보호해야 했다. 한편 타이치오트 씨족은 오논강 하류에 있는 여름 근거지로 내려갈 준비를 하면서 허엘룬과 그녀의 가족들은 두고 가기로 결정했다.

서기 1172년의 어느 날, 타이치오트 씨족의 가족들은 일제히 이동하기 시작했다.

약 1시간이면 조립할 수 있는 게르를 접고 이동하기 시작한 것은 그들

뿐만이 아니었다. 예수게이가 고생하면서 생활을 돌봐주었던 키야트 씨족의 가족들까지 이동에 가담하고 있었다. 전 재산을 포장마차와 말에 실은 일행은 당연히 모든 가축도 이끌고 있었기 때문에 취락지에는 자욱한 먼지가 솟아올랐다.

지팡이를 짚은 차라카 노인이 타르코다이 키릴토크의 앞을 막아서며 소리쳤다.

"예수게이 바아토르의 은혜를 원수로 갚을 생각인가? 그대는 예수게이와 동맹을 맺은 사이가 아니었던가?"

노인은 어떻게 해서든지 그를 설득시키려고 두 팔을 벌리며 행렬의 앞을 막았다.

그러자 창을 든 채 말에 타고 있던 타르코타이 키릴토크는

"깊은 샘의 물은 마르고, 단단한 돌은 깨지고 말았다. 동맹이 파기되었으니 남은 자가 죽은 자의 모든 것을 차지하는 것은 당연한 일이다."

하고 내뱉더니 "퉤"하고 침을 뱉었다.

"조금만 머리를 써서 잘 생각해 보자. 괴로울 때마다 일치단결하는 것, 그것이 우리의 자랑이었다. 괴로움 다음에는 반드시 행복이 찾아온다. 우리의 수호신은 틀림없이…….

차라카 노인이 거기까지 말했을 때 타르코다이 키릴토크가 창을 겨누어 그의 가슴을 쿡쿡 찌르면서 일갈했다.

"방해하지 마라. 영감!

"우욱!"

차라카 노인은 온몸을 난자당한 채 그 자리에 고꾸라지고 포장마차들은 천천히 움직이기 시작했다.

마침 현장을 목격한 테무진은 죽어가는 노인을 도와주러 달려갔다. 하지만

당시 열 살짜리 소년이었던 테무진은 아무것도 할 수가 없어 고통과 분노를 느끼며 흐느껴 울기만 했다.

10년 전에 납치를 당할 때도 냉정한 판단력을 보여주었던 허엘룬은 새로운 위기 앞에서도 결단과 힘을 보여주었다. 허엘룬은 타이치오트 씨족이 그녀의 가족을 버리고 가지 못하게 하려고 마지막으로 과감한 노력을 기울였다. 타이치오트 씨족의 수치심을 자극해 보기로 한 것이다. 허엘룬은 죽은 남편의 말총 영기를 들고 말에 올라타 떠난 사람들을 쫓아갔다.

오논강 하류가 되는 지점에서 일행에 따라붙은 그녀는 영기를 머리 위로 높이 쳐들고 공중에 사납게 휘두르며 달아난 사람들 주위를 맴돌았다. 허엘룬의 행동은 죽은 남편의 상징을 흔드는 것일 뿐 아니라, 그녀를 버리고 떠나는 부족민에게 그의 영혼 자체를 보여주는 것이었다. 그녀는 강바람에 영기를 펄럭이면서 절규했다.

"지금이라도 돌아가면 배반 행위를 꾸짖지 않겠다. 어서 이동을 단념하고 나와 함께 돌아가자."

평소에 그다지 말이 없었던 허엘룬은 본래의 다부진 성격을 드러내면서 각 포장마차 앞으로 다가서며 설득하기 시작했다.

"내 남편 예수게이는 타타르가 먹인 독이 든 술 때문에 죽었다. 지금 여기서 흩어진다면 타타르와 싸워 복수할 수가 없다."

그러나 이반한 행렬은 말고삐를 늦추지 않으며 전진하고 있었다.

"암바카이칸이 못 박혀 죽기 전에 했던 말을 잊었단 말인가? 일치단결하여 타타르와 싸우지 않고 그의 원한을 풀어주려고도 하지 않는다면 당신들은 인간이 아니다!"

"타타르와의 복수전은 타이치오트 일족이 해줄 것이다."

타르코다이 키릴토크가 귀찮다는 듯이 비웃자, 허엘룬은 피를 토하듯이 소리쳤다.

"내 아들들은 머지않아 타타르와 싸울 수 있는 강한 용사들이 될 것이다. 테무진이 성인이 될 때까지만이라도 기다려주기 바란다."

"아무래도 우리가 지나쳤던 것 같다."

허엘룬의 열성적인 호소에 마음이 흔들린 한 사나이가 중얼거렸다.

"테무진이 어른이 될 때까지는 곤란하겠지만, 그가 부하들이 많은 데이세첸의 사위가 되었다고 하니 얼마 동안만 참아보기로 하자."

그는 예수게이의 영혼 앞에서 부끄러움을 느꼈다. 예수게이의 영혼으로부터 초자연적인 복수를 당할 것이 두려웠는지 이영을 취소하고 말을 되돌렸다. 그러자 몇 가족인가가 호응하며 그 뒤를 따랐다. 그러나 밤이 되자 그들은 다시 하나씩 몰래 빠져나가면서 허엘룬이 기르는 가축들까지 끌고 갔다. 이것은 두 과부와 일곱 자식에게 다가올 겨울에 굶어죽으라고 말한 것이나 다름없었다.

차라카 노인이 상처가 악화되어 죽은 것은 그로부터 얼마 지나서였다. 차라카와 그의 아들 멍리크는 예수게이가 어린 테무진에게 남긴 유일한 인적 재산이었다. 차라카 일가는 샤먼 혈통을 지닌 집안이었는데, 멍리크 역시도 장례식을 끝낸 뒤 어디론가로 떠났다.

그러나 이 가족은 죽지 않았다. 허엘룬은 엄청난 노력을 기울여 가족 모두를 구했다. 그녀는 매일같이 모자를 단단히 눌러쓰고 치마를 바짝 여미고 밤낮없이 그녀의 굶주린 다섯 자식들을 먹일 음식을 찾아 강의 상 하류로 뛰어다녔다. 그러면서 작은 열매를 찾기도 했고, 노간주나무 막대기로 강가에서 자라는 식물의 뿌리를 캐기도 했다.

테무진은 어머니를 돕기 위해 초원의 쥐를 잡으려고 날카롭게 깎은 뼈가 달린 나무 화살을 만들었으며, 어머니의 바느질용 바늘을 구부려 낚시바늘도

징기스칸의 무덤으로 전해지는 몽골의 유적.

만들었다. 나이가 들자 소년들은 더 큰 사냥감도 잡을 수 있었다.

이들은 기아선상에서 거의 짐승들처럼 살아갔다. 모두들 거친 삶을 살아가는 땅이었지만, 이들은 거기에서도 초원 생활의 가장 밑바닥까지 추락한 것이다. 〈몽골비사〉는 이러한 생활을 이겨낸 어머니 허엘룬을 다음과 같이 찬미하고 있다.

여장부로 태어난 어머니 허엘룬!
복타모자를 단단히 매고 허리띠로 델을 치켜올리며
아이들을 키운 어머니 허엘룬!
밤낮으로 오논강변을 오르내리며
얼리르순^{야생과일}과 모일손^{야생과일}을 주워
배고픈 아이들을 먹였다.
위엄과 행복을 가지고 태어난 어머니 허엘룬!
상나무 막대기로 수둔^{식용식물}이나
치치기나^{식용식물}를 파서
축복받은 아이들을 먹였다.
어머니 허엘룬이 야생파와 망기르손^{야생마늘}으로
키운 아이들은
이윽고 칸들이 될 만큼 크게 자랐다.
엄격한 어머니 허엘룬!
그녀가 자오가소^{야생과일}로 키운 아이들은
법도 있고 현명하게 자랐다.
아름다은 어머니 허엘룬!
그녀가 캐온 부추와 망기르손을 먹고 자란 철부지 아이들은

두려움을 모르는 훌륭한 용사들이 되었다.

이 싯구는 육식생활을 하는 유목사회에서 초근목피로 연명해야 했던 칭기스칸 일가의 처참한 상황을 전해준다. 그러나 허리띠로 델(한국의 두루마기와 같은 옷)을 치켜올려서 매야 했던 비참한 생활의 와중에도 그녀는 권위의 상징인 복타모자만큼은 벗지 않았던 강철 같은 어머니였다.

고대의 몽골인들은 남녀 모두 두루마기처럼 헐렁헐렁한 겉옷을 걸치고 있었다. 그러나 기혼 여성들은 그 옷의 허리띠를 매지 않았다. 과부 허엘룬이 허리띠를 맸다는 표현은 생존을 위해 몸부림쳤던 처절한 모습을 묘사한 것이라고 말할 수 있다.

그런데 어떻게 해서 그처럼 비천한 지위에 있던 추방당한 아이가 몽골족의 위대한 칸이 되었을까?

〈몽골비사〉에서 테무진이 어른으로 커가는 이야기를 살피다 보면 아이에게 깊은 상처를 준 이 초기의 사건들이 그의 성격을 형성하는데, 나아가서 그가 권좌에 오르는 데 중요한 역할을 했다는 핵심적 실마리를 발견하게 된다.

테무진은 그의 가족과 함께 비극을 견뎌내면서 초원지대의 엄격한 카스트 구조에 도전하고, 자신의 운명을 주도하고, 가족이나 부족보다는 신임하는 동료와 동맹을 맺어 이것을 일차적인 지지기반으로 삼겠다는 강한 결의를 굳히게 되었던 것으로 보인다.

테무진은 우선 자무카라는 이름을 가진 몇 살 연상의 소년과 이런 강력한 유대를 맺었다. 자무카의 가족은 오논강변 테무진의 야영지 근처에 여러 번 게르를 쳤으며, 그가 속한 자다란 씨족은 테무진 아버지의 씨족과 먼 친척이 되는 관계였다. 이상적인 몽골 문화에서는 친족 관계가 다른 모든 사회적 원리를 지배했다. 친족으로 이루어진 망 외부에 있는 사람은 바로 적이 되고,

가까운 친족 관계일수록 그 유대는 더욱 가까워졌다.

테무진과 자무카는 먼 친척 관계였지만 더 가까워지고 싶었다. 형제처럼 되고 싶었던 것이다. 테무진과 자무카는 어린 시절에 두 번이나 영원한 형제 관계를 맺자고 맹세했으며, 몽골 전통에 따라 의형제가 되었다. 이 운명적인 이야기는 테무진의 인생 초기의 축을 이루는 사건으로, 필요한 자원들을 배치하는 테무진의 탁월한 능력을 분명하고 세밀하게 보여준다. 테무진은 이 능력을 바탕으로 역경을 이겨내고, 나아가 초원지대를 지배하는 여러 부족의 폭력적 성향을 길들이게 된다.

테무진과 자무카는 사냥과 낚시를 하고 놀이를 하면서 우정을 돈독히 유지해 나갔다. 놀이라고 하지만 이것은 사실 아이들에게 일상활동에 필요한 기술을 가르치기 위한 방편에 가까웠다. 몽골족의 아이들은 남녀를 가리지 않고 말을 타고 성장했다. 그들은 아기 때부터 부모나 나이 든 형제와 함께 말을 탔으며, 몇 년만 지나면 혼자서 말을 타고 다니게 되었다.

보통 네 살이면 안장없이 말을 타는 데 익숙해졌으며, 결국은 말등에 올라서는 방법도 익혔다. 아이들은 말등에 올라선 채 상대를 말등에서 떨어뜨리는 시합을 했다. 다리가 등자에 닿을 만큼 길어지면 말을 탄 채로 활을 쏘고 올가미를 던지는 법도 배웠다. 장대에 대롱대롱 매달려 바람에 흔들리는 가죽 주머니들이 과녁이었다. 아이들은 말을 탄 채 거리와 속도를 바꾸어가며 목표물을 맞히는 연습을 했다. 이런 놀이에서 터득한 기술은 훗날 기마병으로서 활동할 때 귀중한 자산이 되었다.

양의 복사뼈로 만든 주사위와 비슷한 조각을 갖고 노는 공기놀이도 있었다. 사내아이들은 모두 이러한 뼛조각을 네 개씩 가지고 다니며 이것으로 미래를 점치기도 하고, 의견 차이를 해소하기도 하고, 그냥 놀이를 하기도 했다. 나아가 자무카와 테무진은 얼어붙은 강에서 컬링(얼음판에서 둥근 돌을 미끄러뜨려 과녁에 맞히는 놀이) 비슷한 격렬한 놀이를 하기도 했다.

〈몽골비사〉에 그들이 스케이트를 탔다는 이야기는 나오지 않지만, 다음 세기에 이곳을 방문한 한 유럽인은 이 지역의 사냥꾼들이 발에 뼈를 묶고 운동 삼아 또는 짐승을 추적하기 위해 얼어붙은 호수나 강을 가로질러 달린다고 기록했다.

이런 기술은 나중에 몽골군에게 큰 도움이 되었다. 다른 군대와는 달리 몽골군은 얼어붙은 강이나 호수에서도 쉽게 움직이고 심지어 싸움도 할 수 있었기 때문이다. 유럽인들은 얼어붙은 볼가강이나 도나우강이 외침의 방어선 노릇을 한다고 믿었다. 그러나 몽골족에게는 오히려 상대의 방비가 가장 허술한 철에 말을 타고 성벽까지 다가갈 수 있는 간선도로가 되었다.

테무진은 어린 시절에 주로 가족의 생존을 위해 일을 했다. 훗날 위대한 정복자가 된 아이의 삶에 대한 어떤 자료에도 오논강에서 자무카와 함께 놀이를 했다는 것 외에 다른 여가활동은 언급되지 않는다.

테무진과 자무카가 처음으로 의리의 맹세를 한 것은 테무진이 열한 살 때쯤이었다. 두 아이는 이 맹세의 상징으로 장난감을 교환했다. 자무카는 테무진에게 노루 수컷의 복사뼈를 주었고, 테무진은 자무카에게 같은 복사뼈지만, 작은 놋쇠 조각을 박아 넣은 것을 주었다. 이것은 먼 곳에서 온 진귀한 보물이었을 것이다.

다음해에는 어른들처럼 화살촉을 서로 선물했다. 자무카는 송아지 뿔 두 조각을 가져다가 구멍을 뚫어 호각으로도 쓸 수 있는 화살촉을 만들어 주었다. 테무진은 사냥꾼들의 오랜 관습대로 어린 시절부터 호각 화살촉으로 다른 사람들은 무시하거나 판별할 수 없는 소리를 내서 비밀리에 교신을 했다.

두 번째 맹세 의식을 할 때 소년들은 서로의 피를 약간씩 삼켜 영혼의 일부를 교환하기도 했다. 어쨌든 이런 맹세를 통해 두 소년은 안다(의형제)가 되었다.

안다는 자유롭게 상대를 택하기 때문에 피를 나눈 형제들보다 유대가 더 강했다. 자무카는 테무진이 평생 동안에 얻은 유일한 안다였다.

자무카의 씨족은 다음 겨울에 그곳에 오지 않았다. 그 후 몇 년 동안 두 소년은 헤어져 살았다. 그러나 어린 시절에 맺어진 이 유대는 훗날, 테무진이 권좌에 오르는 데 중요한 자산이자 장애가 된다.

제6장

형을 죽이다

테무진은 이렇게 일찌감치 자무카와 친밀한 유대를 나누었지만 집에서는 배다른 형 벡테르가 가끔 권위적으로 못살게 구는 바람에 화를 내고는 했다. 두 소년이 사춘기에 이르면서 형제간의 경쟁은 더 심해졌다.

몽골 유목민의 가족생활은 지금과 마찬가지로 보통 엄격한 위계질서의 지배를 받았다. 들짐승과 날씨 때문에 일상적으로 수많은 위험과 마주하게 되는 몽골족에게는 아이들이 부모의 말에 무조건 복종하는 것이 관행이었다. 몇 시간이든 몇 달이든 아버지가 집을 비우면 장남이 그 역할을 대신했다. 장남은 동생들의 모든 행동을 통제하고, 할 일을 나누어주고, 마음대로 무엇을 주거나 빼앗을 수 있었다. 맏형은 동생들에게 절대적인 권력을 행사했다.

벡테르는 테무진보다 나이가 약간 많았으며 아버지가 죽임을 당한 뒤 집안에서 점차 가장 나이가 많은 남성으로서의 권력을 행사하기 시작했다. 그리고 테무진은 처음에는 아주 사소해 보이는 일 때문에 분노를 터뜨렸다.

테무진이 쏜 종다리를 벡테르가 가져가 버렸기 때문이다. 어쩌면 벡테르는 자신의 권리를 보여주기 위해 그냥 종다리를 가져간 것인지도 모른다. 실제로 그런 이유에서 그런 행동을 한 것이었다면, 벡테르가 테무진에게 그런 식으로 자신의 권력을 행사한 것은 지혜로운 일이 아니었다.

그 사건이 있었던 직후의 어느 날, 테무진과 그의 바로 아래 친동생 카사르는 배다른 두 형제 벡테르, 벨구테이와 함께 오논강가에 앉아 낚시를 했다. 테무진 이 고기를 잡았지만 배다른 형제들이 그것을 채갔다. 테무진과 카사르는 화가 나서 울분을 참지 못하고 어머니 허엘룬에게 달려가 그 일을 이야기했다. 그러나 허엘룬은 자신의 두 아들이 아니라 벡테르 편을 들어 형과 싸우지 말고 그들을 버린 적 타이치오트 걱정이나 하라고 야단쳤다.

허엘룬이 벡테르 편을 든 것은 테무진이 받아들일 수 없는 미래를 보여준 것이나 다름없었다. 벡테르는 맏아들로서 동생들의 행동을 통제할 수 있을 뿐 아니라 여러 가지 특권을 누릴 수 있었다.

거기에는 자신의 친모를 제외한, 아버지의 미망인 누구에게나 성적인 접근을 할 수 있는 권리도 포함되어 있었다. 벡테르는 죽은 남편의 형제들이 결혼해주지 않는 미망인 허엘룬의 짝이 될 수 있는 유력한 후보였다. 그는 아버지가 다른 부인에게서 낳은 아들이기 때문이었다.

파국으로 치달을 수도 있는 긴장된 순간에 허엘룬은 성이 나서 아들들에게 '미녀' 알란의 이야기를 해주었다. 알란은 몽골족을 세운 여자 조상으로 남편이 죽고 나서 양자로 들인 아들과 함께 살면서 아들을 몇 명 더 낳았다. 이 이야기에 감추어진 의미는 분명해 보였다.

벡테르가 나이가 들면 허엘룬은 그를 남편으로 받아들여 그를 완전한 의미의 가장으로 삼겠다는 뜻이었다. 그러나 테무진은 벡테르가 가장이 되는 상황은 용납할 수 없다고 판단했다. 테무진은 벡테르 문제를 놓고 어머니와 감정적으로 맞선 뒤 화가 나서 문간의 모전 덮개를 옆으로 밀쳐버리고 ─몽골 문화에서는 매우 무례한 행동이었다─ 밖으로 나갔고 동생 카사르도 그 뒤를 따랐다.

두 형제는 벡테르가 초원을 굽어보는 작은 언덕에 가만히 앉아 있는 것을 보았다. 그들은 풀을 헤치고 조심스럽게 벡테르에게 다가갔다. 테무진은 형제들 중에서 가장 활솜씨가 좋은 카사르에게 우회하여 언덕 앞쪽으로 가라고 말하고 자신은 뒤쪽에서 언덕을 올라갔다. 그들은 쉬고 있는 사슴이나 풀을 뜯는 가젤에게 다가갈 때처럼 소리를 내지 않고 벡테르에게 다가갔다.

그들은 쉽게 공격할 수 있는 위치에 이르자 각각 소리없이 활에 화살을 메우고 시위를 당긴 자세로 풀밭에서 몸을 일으켰다. 하지만 벡테르는 달아나지 않았다. 심지어 자신을 방어하려고 하지도 않았다. 그는 동생들 앞에 서 두려움을 보일 생각이 없었다 그는 어머니와 똑같이 그들의 진짜 적은 타이치오트라고 훈계했다. 벡테르는 이렇게 말했다.

"나는 너희들의 눈에 빠진 속눈썹, 너희 입 안의 가시가 아니다. 내가 없으면 너희의 벗은 너희들의 그림자밖에 없을 것이다."

그는 두 동생이 계속 다가와도 책상다리를 한 채 움직이지 않았다. 자신의 운명이 어떻게 될 것인지 알면서도 싸우려고 하지 않았다. 대신 그는 자신의 친동생 벨구테이의 목숨만은 살려 달라고 마지막 요청을 했다.

테무진과 카사르는 거리를 유지한 채 벡테르를 활로 쏘았다. 테무진은 뒤에서, 카사르는 앞에서 쏘았다. 두 형제는 벡테르에게 다가가면 땅으로 흐르던 피가 몸에 묻을까 봐 그를 혼자서 죽어가게 내버려 두고 황급히 그곳을 떠났다.

두 형제가 집에 돌아오자, 허엘룬은 즉시 그들의 표정에서 사태를 짐작하고 테무진에게 소리를 질렀다.

"이 못된 살인자야! 너는 내 뜨거운 자궁에서 나올 때 손에 핏덩이를 쥐고 나왔다."

이어 허엘룬은 카사르를 질책하기 시작했다.

"너는 자기의 태를 뜯어먹는 들개와 같구나."

계속해서 두 아들을 짐승에 비유하여 욕을 퍼붓던 허엘룬은 결국 탈진했으며, 벡테르가 앞서 했던 경고를 저주하듯이 되풀이했다.

"이제 너희들에게는 너희들의 그림자 외에 더 이상의 벗이 없을 것이다."

테무진은 벡테르를 죽여 배다른 형제의 지배에서 벗어나기는 했지만, 금기를 어겼기 때문에 가족을 더 큰 위험으로 몰아넣고 말았다. 그들은 즉시 살던 곳에서 달아나야 했고, 실제로 그렇게 했다. 몽골의 전승에 다르면 그들은 벡테르의 시신이 한데서 썩도록 그대로 두었고, 그의 흔적이 남아 있는 동안은 그곳으로 돌아가지 않았다고 한다. 벡테르와 허엘룬이 훈계했듯이 테무진은 이제 보호자나 동맹자도 없이 쫓기는 몸이 되었다. 그는 가장은 되었지만 배반자로서 위험에 처하게 되었다.

그때까지 허엘룬의 가족은 버림받은 사람들이기는 했지만 범죄자들은 아니었다. 그러나 이 살인 사건으로 인해 모든 것이 바뀌었다. 이제 이 일을 핑계로 누구나 그들을 추적해서 없앨 수 있었다. 스스로 오논강의 귀족 혈통이라고 자부하던 타이치오트 씨족은 전사들을 보내 그들의 영토에서 살인을 저지른 죄를 물어 테무진을 벌하고 그와 비슷한 행동을 하지 못하도록 막기로 했다.

초원지대에는 숨을 곳이 없기 때문에 테무진은 안전한 산악지대로 도망쳤다. 달빛에 의지하여 위험지역에서 벗어난 테무진은 테루구네산의 숲속으로 숨어들었다.

"빌어먹을, 테무진 그놈 소문은 들었지만 말을 다루는 솜씨가 대단하군.

칭기스칸의 행차도

하지만 쓸데없는 짓이다."

뒤늦게 추적해 온 타르코다이 키릴토크는 숲을 바라보면서 혀를 찼다.

테무진은 산 중턱에서 흔들리고 있는 수많은 횃불들을 보며 무수한 정령들이 있는 숲속에서 버텨야겠다고 생각했다.

다음날 저녁때가 되어도 키릴토크의 군대는 떠날 기미를 보이지 않았다. 하지만 3일째의 아침이 되자, 전날 밤까지 들려오던 병사들의 얘기 소리도 그치고 산을 뒤지는 기미도 없었다. 때문에 테무진은 말고삐를 당기며 숲 밖으로 나가기로 했다.

그런데 언덕을 내려가기 시작했을 때, 안장이 저절로 말 등에서 떨어졌다. 테무진은 불길한 예감에 사로잡혔다.

'숲의 정령이 지금 나가는 것을 말리는 것일까? 그렇다면 정령의 인도에 따라야 한다.'

테무진은 한동안 다시 숲속에 머물러 있기로 했다. 9일째가 되자 비상식량이 떨어지고 말았는데 근처에는 먹을 수 있는 나무 열매도 없었다.

'이번에는 무조건 나가야겠다. 여기에 그대로 있으면 이름도 남기지 못하고 죽을 뿐이다.'

또다시 애마를 이끌고 숲길을 내려간 테무진은 어렵게 숲 밖으로 빠져나왔다. 한데, 그가 막 말에 오르려는 순간

"꼼짝마라. 테무진!"

하고 외치는 소리가 들려오는 것과 동시에 활을 겨눈 타이치오트 씨족의 병사들이 반대편 숲속에서 모습을 나타냈다.

'이런, 아직까지 매복하고 있었을 줄이야!'

테무진은 대항할 틈도 없이 그들에게 붙잡혀 뒷짐이 지어진 채 가죽끈으로 묶여지고 말았다.

"미안하지만 너는 죽어 주어야겠다. 이로써 예수게이 일족의 앞날은 없어지게 되었다."

승리감에 도취된 타르코다이 키릴토크가 중얼거렸다.

때문에 허엘룬의 가슴에는 슬픔만이 남게 되었다. 그녀는 눈물을 흘리며 울부짖었다.

"나의 아들 테무진, 너의 아버지 예수게이의 곁으로 가거라. 그리고 고난에 찬 이승을 잊어라."

타이치오트 씨족은 테무진을 그들의 본거지로 데리고 갔으며 그의 의지를 부수기 위해 칼(황소의 멍에처럼 생긴 장치)을 씌워 놓았다. 칼을 쓰면 걸을 수는 있지만 손을 움직이지 못하기 때문에 남이 도와주지 않으면 먹을 수도 마실 수도 없었다. 그래서 매일 다른 가족들이 교대로 그를 지키고 또 먹여주었다.

타이치오트 씨족의 무리에는 몇 개의 가계가 속해 있을 뿐만 아니라 전쟁 포로들도 하인으로 함께 살고 있었다. 테무진은 이 하인 가족들에게 포로로 넘겨졌다. 타이치오트 씨족은 그를 경멸했지만, 하인들은 밤이면 그를 자기의 게르로 데리고 들어가 동정하고 위로해 주었다. 그들은 타이치오트 씨족 지도자들의 눈에 띄지 않는 곳에서는 먹을 것을 주었을 뿐만 아니라, 어떤 노인은 칼 때문에 목에 생긴 상처를 치료해 주기도 했다.

어느 날 머리가 모자라고 몸도 약한 소년이 테무진을 맡고 있었는데, 타이치오트 씨족의 남자들은 모두 술에 취해 있었다.

"이봐, 이야기할 것이 좀 있는데……."

테무진은 감시하는 소년에게 말을 걸었다.

"내 품 안에 좋은 물건이 들어 있으니 꺼내서 가져라. 난 어차피 죽을 몸이니."

"……."

졸리운 것 같은 표정을 짓고 있던 소년은 한 순간 테무진과 시선을 교환했지만, 이내 얼굴을 돌렸다.

"꺼내서 가지라니까. 갖고 싶지 않으면 그만 둬."

"……."

소년은 약간 헷갈리는 얼굴이 되며 테무진에게 다가왔다.

"좀 더 가까이 와야 꺼낼 수 있을 텐데……."

테무진이 웃어보이자 경계심이 많지 않은 소년은 그의 앞까지 다가왔다. 바로 그 순간이었다.

"끄응!"

테무진은 혼신의 힘을 다해서 몸을 돌리며 소년의 머리에 칼을 내리쳤다.

"빠각!"

두개골이 부서지는 둔탁한 소리와 함께 소년은 비명도 지르지 못하며 그 자리에 주저앉았다. 귀 언저리로 솟아나온 뇌장은 달빛을 받고 있는 미끈한 생물처럼 보였다.

부자연스러운 손을 움직여 소년의 품 안을 뒤졌지만 열쇠는 없었다. 테무진은 결국 무거운 칼을 쓴 채 도망치지 않을 수 없었다. 그러나 칼을 쓴 채로 초원을 걸어서 달아나는 것은 죽음을 자초하는 행동이었다.

"테무진이 도망쳤다."

그가 3백 미터쯤 떨어진 오논 숲속으로 도망쳤을 때 이변을 알아차린 병사들의 고함 소리가 들려왔다. 필사적으로 도망친 테무진은 이윽고 달빛을 받아 붉게 보이는 작은 내 앞에 이르렀다

"무거운 칼을 쓰고 있으니 멀리 도망치지는 못했을 것이다. 풀뿌리를 모두 헤쳐서라도 찾아라!"

타르코다이 키릴토크의 화난 목소리가 들려왔고 부하들에게 지시하는

우두머리들의 술에 취한 목소리도 들려왔다.

"나는 이쪽으로 가겠다. 너희들은 저쪽으로 가서 찾아봐라."

목에 채워진 칼은 서서히 무겁게 느껴졌고 테무진의 걸음은 둔해졌다. 타이치오트 씨족의 병사들이 쳐든 횃불들은 시시각각으로 가까워지고 있었다.

'더 이상 도망쳐 봤자 헛수고다.'

테무진은 강으로 통하는 냇물 속으로 들어가 커다란 나무칼을 부낭 삼아 물에 뜬 채 수초 뒤에서 얼굴만 내밀었다.

몸이 천천히 떠내려가자 둥근 달도 놀리는 것처럼 그를 따라왔다.

한데 수초들이 끊긴 곳까지 왔을 때 횃불 하나가 강기슭으로 접근해오는 것이 보였다.

'빌어먹을…….'

테무진을 발견한 사람은 타르코다이 키릴토크의 부하인 소르칸 시라라는 사나이였다.

횃불이 발산하는 밝은 빛 속에서 두 사람은 잠시 서로를 노려보았다.

"어서 잡아가시지. 제법 큰 공을 세우게 되었군."

테무진은 이윽고 위를 바라보면서 누운 채 말했다. 그러자 소르칸 시라는 떠내려가는 테무진의 속도에 맞춰 천천히 걸으며 속삭이는 것처럼 말했다.

"테무진, 너는 뛰어난 소년이기에 타이치오드 씨족이 두려워하고 있다. 너는 틀림없이 크게 성공할 것이니 숨어 있도록 해라. 아무에게도 말하지 않을 테니."

"못 본 척해주겠다는 거요?"

"쉿!"

풀들이 발에 스치는 소리가 나더니 몇 명의 병사들이 한쪽에서 나타났다.

"어떻게 됐어? 그쪽에도 없나?"

한 병사가 소르칸 시라에게 말을 걸었다.

"늑대처럼 빠른 놈이야. 더 이상 찾아봤자 헛수고일 거다. 무슨 일이 있어도 오늘 밤 안에 찾아내라고 한다면 다른 곳을 더 살펴봐야겠지."

소르칸 시라가 태연하게 말하자 병사들이 그를 스치고 지나가면서 말했다.

"그럴 생각이다."

이윽고 병사들이 사라지자 소르칸 시라가 다시 말했다.

"날이 밝기 전에 가능한 한 멀리 도망쳐 가족에게 돌아가라. 어떻게 해서든지 살아남아야 한다."

소르칸 시라도 몸을 돌리더니 걸어가기 시작했다. 물에 빠진 생쥐 꼴이 되어 강가로 나온 테무진은 작아져 가는 그의 횃불을 바라보면서 깊이 머리를 숙였다.

'고마워요. 소르칸 시라,'

라고 마음속으로 중얼거리면서 테무진은 별자리를 보고 방향을 가늠하며 가족이 있을 방향으로 걸어가기 시작했다. 하지만 너무나 피곤했고 물을 먹은 나무 형틀이 더욱 무거워져 몇 걸음 걷다가 쉬는 상태가 되풀이되자 그는 생각을 바꾸게 되었다.

'이런 상태에서 다시 타이치오트족의 병사에게 잡히기라도 하게 되면 정말로 마지막이 된다. 아무래도 소르칸 시라에게 다시 매달리는 수밖에 없겠다.'

소르칸 시라는 예수게이 바아토르를 섬기고 있을 때부터 마유주를 만들어 생계를 유지하던 사람이었는데 냇가에서 헤어졌던 테무진이 그의 게르에 나타나자 기겁을 하며 놀랐다.

"가족들 곁으로 돌아가라고 했는데 왜 이곳으로 왔지?"

"그… 그건……."

테무진이 대답하려고 했을 때 그의 두 아들이 목소리를 낮추며 먼저 말했다.

"아버지, 참새가 매에게 습격을 받으면, 풀숲은 참새를 구하기 위해 숨겨주는 법입니다."

"이렇게 우리 집으로 왔는데 매정하게 내쫓으면 불쌍해요."

위험이 가득 찬 초원에는 약자 구제의 도리라는 것이 있다. 시라의 아들들인 친베와 칠라운은 그것을 강조했다.

"테무진을 숨겨주면 우리 가족이 위험해지게 된다. 강가에서 만났을 때 못본 체한 것만으로도 나는 도리를 다한 셈이다."

하지만 형인 친베는 아버지의 말을 무시하고 손도끼를 가지고 오더니 테무진을 엎드리게 하고서 나무로 만들어진 칼을 쪼개기 시작했다. 동생인 칠라운은 테무진의 손을 묶은 가죽끈을 벗겨 주면서 누이동생 카다안에게 말했다.

"아무에게도 말하면 안 돼."

그리고는 칼을 잘게 쪼개서 화로에 넣고 태웠다.

아들들이 하는 짓을 한동안 보고 있던 시라는 이윽고

"으음, 이렇게 된 이상 선택의 여지가 없군."

하고 뇌까리더니 게르 구석에 구멍을 팠다. 그리고는 칼에 달려 있던 자물쇠와 가죽끈을 묻고 발로 단단히 밟았다.

"고맙습니다. 정말 고맙습니다."

눈물을 보이지는 않았지만, 테무진은 그들에게 감사하며 마음속으로 울고 있었다.

다음날 아침, 푸짐한 아침 식사를 끝낸 테무진이 떠나려고 하자, 이번에는 소르칸 시라가 그의 팔을 잡았다.

"오늘 타르코다이 키릴토크의 부하들이 너의 가족이 숨어 있는 숲으로 가게 되어있다고 들었다. 그러니 그들이 돌아올 때까지 여기 있도록 해라."

테무진은 순순히 그의 말에 따르기로 했다.

그로부터 3일이 지나자, 타르코다이 키릴토크는 전군을 소집하여 엄하게 명령했다.

"찾아볼 만한 곳은 다 찾아보았다. 테무진이 허엘룬이 있는 곳으로 도망가 있지 않다는 것도 확인되었다. 따라서 우리 타이치오트 씨족의 동료들 중에 배신자가 생겨 그놈을 숨겨주고 있다고 밖에 생각할 수 없다. 그러니 오늘 부터는 손을 나누어서 모든 게르를 수색하여 테무진뿐만 아니라 배신자까지 색출하도록 하라!"

그날은 다행스럽게도 소르칸 시라의 집에서 멀리 떨어진 취락지가 수색의 대상이 되었다. 밤에 집으로 돌아온 시라는 양모를 쌓아 놓은 수레 속에 테무진을 들어가게 하고는 두 아들의 도움을 받아 양모를 잔뜩 뒤덮었다.

타이치오트 씨족의 병사들 몇 명이 테무진을 찾으러 시라의 게르로 온 것은 다음 날 정오 무렵이었다. 병사들과 함께 게르로 들어온 시라는 선수를 쳤다.

"후우, 오늘은 왜 이렇게 더운 거지?"

"글쎄 말이야. 이렇게 찜통 속처럼 더운 날 어린 놈 하나 때문에 땀을 흘리다니, 정말로 짜증나는 일이야."

병사들 중의 하나가 투덜거리면서 대꾸했다. 하지만 그들은 게르 안과 게르 밖의 포장마차 안까지 샅샅이 뒤지는 수고를 아끼지 않았다.

친베와 칠라운은 땀을 흘리며 마유주 만들기에 열중하고 있었다.

"남은 것은 이제 이 수레뿐인가?"

병사들의 눈이 양모를 쌓아 놓은 수레로 향했다. 양모 위에서는 시라의 딸 카다안이 앉아 뜨개질을 하고 있었다.

"방해가 된다. 어서 내려와!"

먼저 수레 위로 올라간 병사가 카다안을 안고 내려오자 나머지 병사들이 양모를 끌어내기 시작했다. 그러자 지켜보고 있던 시라가 딱하다는 표정을 지으며 말했다.

"이렇게 더운 날, 사람이 양모 속에 숨어 있을 수 있을까?"

"하긴……"

병사 하나가 손등으로 이마의 땀을 닦으며 동작을 멈추자, 시라는 자연스럽게 그들을 구슬렸다.

"헛수고는 이쯤에서 끝내고 방금 빚은 술이라도 한 잔 하세. 알고 있겠지만 우리 집 마유주는 별미라네."

"그거 반가운 이야기로군."

땀투성이가 된 병사들은 앞을 다투며 수레에서 뛰어내렸다. 그들은 시라가 내온 마유주로 목을 축이더니

"서둘러 나머지 집들도 끝내 버리자."

"그래."

하면서 시라의 집을 떠났다. 시라는 잠시 후 양모를 헤치고 나온 테무진에게 여행 준비를 해주며 말했다.

"이번엔 꼭 집으로 돌아가 다오."

소르칸 시라는 그렇게 말하면서 어린 테무진에게 활 한 개와 화살 두 개를 주었다. 테무진은 소르칸 시라의 게르에서 나와 강 하류를 향해 내려갔다. 가엾은 소년은 그렇게 내려가다가 자기가 잡혀갔던 곳에 이르렀다. 그리고 풀이 밟힌 흔적을 따라 오논강변을 거슬러 올라가다가 서쪽에서 흘러내려오는 키모르카 냇물로 들어섰다. 그 작은 냇물을 거스르며 그리운 어머니의 흔적을 찾아 계속 올라갔다. 그리하여 베데르 산마루에 위치한 코르초코이 볼다크에 있던 어머니와 눈물로 상봉했다.

푸른 하늘이 허엘룬의 기도를 저버리지 않은 것이다. 그런데 여기서 꼭

덧붙여야 할 이야기가 있다.

타르코타이 키릴토크는 매우 간교한 자였지만 테무진에게만은 특별한 호감을 가지고 있었다는 것이다. 그는 예수게이와의 동맹 시절에 적대 세력에 의해 무인지경의 들판에 내팽개쳐진 어린 테무진을 찾아 데리고 온 적이 있었던 자였다. 그리고 테무진을 친아들처럼 다루면서 말 타는 법을 가르쳐준 자이기도 했다.

'뚱뚱한 키릴토크'라는 별명을 가진 이 인물은 테무진의 극렬한 적으로 묘사되고 있다. 그런데 그는 매우 다른 이중적인 인격을 가지고 있었다.

한 예로 훗날 칭기스칸이 타이치오트 씨족을 공격할 때 나아야라는 인물이 이 키릴토크를 잡아오게 되는데, 키릴토크는 자신과 테무진의 어릴 적 일들을 들먹이며 "나를 잡아가면 네가 죽음을 당할 것"이라고 말한다.

나아야는 그 말을 듣고 키릴토크를 풀어주는데, 칭기스칸은 그 점에 대해서 칭찬을 아끼지 않았다. 그래서 나아야는 그 사건을 기점으로 출세를 하게 된다.

제7장

도둑맞은 말을 찾다

테무진이 무사히 돌아오자, 허엘룬의 게르 안은 잠시나마 웃음이 넘쳤다. 하지만 타이치오트 씨족의 타르코다이 키릴토크가 언제 다시 들이닥칠지 모른다는 두려움이 그들을 불안하게 만들었다. 때문에 허엘룬은 부르칸산의 남쪽에 위치한 푸른 호수 곁으로 삶의 터전을 옮겼다. 부르칸산은 몽골족의 기원 설화가 숨쉬고 있는 심장과도 같은 산이다.

테무진 일가의 남자들은 작은 무리를 이루어 산을 돌아다니며 숲을 헤치고 들어가 토끼, 이리, 검은담비, 엘크, 멧돼지, 수달 등을 사냥했다. 짐승들은 고기, 가죽, 모피만이 아니라, 유목민에게 필요한 여러 가지 연장이나 무기를 만들 때 사용하는 뿔, 엄니, 이빨, 뼈, 나아가서는 말려서 사용할 수 있는 다양한 장기도 제공했다.

어떤 해에는 사냥 수확이 좋지 않아 사람들이 초겨울부터 굶주리기도 했다. 숲에서 내다 팔 물건을 찾기도 힘들었다. 몽골족은 거래할 물건이 없으면 초원이나 외딴 골짜기에서 눈에 띄는 목자들을 공격했다.

이들은 인간에게 접근할 때도 짐승에게 접근할 때와 똑같은 전술을 이용했다. 몽골족이 공격 움직임을 보이면 목자는 보통 짐승이나 집에 있는 물건을 비롯하여 사냥꾼이 원할 만한 것을 대부분 놓아두고 달아났다.

공격의 목표는 물자를 확보하는 것이었기 때문에 사냥꾼들은 달아나는 사람을 추적하기보다는 게르를 약탈하거나 짐승들을 몰아오고는 했다. 따라서 이런 싸움에서는 사상자가 별로 나오지 않았다.

젊은 여자는 납치되어 남의 아내가 되고 사내아이는 노예가 되었다. 나이든 여자와 아기는 보통 피해를 입지 않았다. 싸울 수 있는 나이의 남자는 가장 빠르고 튼튼한 말을 타고 제일 먼저 달아났다. 그들이 죽을 확률이 가장 높았고, 전체 집단의 미래의 생계가 그들에게 달려 있었기 때문이다.

몽골족에게 있어서 싸움이란 진짜 전쟁이나 지속적인 분쟁이라기보다는 생계를 위한 일상적인 약탈에 가까웠다. 복수도 약탈의 구실이 되곤 했지만, 진짜 동기가 되는 경우는 드물었다.

테무진 형제들은 그곳에서 식량 획득을 위한 사냥에 열중했을 뿐만 아니라 타이치오트 씨족의 습격에 대비한 궁술과 격투기 훈련을 하느라고 땀을 흘렸다. 그러는 동안 어린 테무진은 점차 늑대들의 파티에 끼어들고 싶어 하는 야성의 호랑이로 탈바꿈되어 갔다.

테무진은 항상 카사르를 택해 씨름 연습을 하곤 했다. 시간이 있을 때는 우유부단하고 신체도 나약한 둘째 동생 카치온보다는 성격이 온순하고 상냥한 배다른 동생 벨구테이에게 칼을 쓰는 법을 가르쳐 주었다.

그 모습을 지켜보면서 허엘룬이 미소지으며 말했다.

"내 아들 테무진! 그 옛날 알랑 고알의 어머니가 말해 주었던 다섯 개의 화살 이야기를 잊지 말아라. 하나씩이라면 모두 꺾이지만, 그것들이 모두 모이면

꺾이지 않는다. 하나하나를 소중히 여겨라. 그리고 그것들을 뭉치게 해라."

그러던 어느 날 새벽, 아무런 생각없이 게르 안에서 나온 허엘룬은 일가에게 있어서 가장 소중한 재산인 말이 여덟 마리나 없어진 것을 알고는 소스라치게 놀랐다.

"얘들아, 큰일 났다."

게르 안으로 뛰어들어온 그녀가 아들들에게 그 사실을 알리자, 벨구테이가 제일 먼저 말했다.

"내가 쫓아가겠어요."

그러자 테무진이 급히 화살통을 어깨에 메면서 소리쳤다.

"너는 무리다. 말의 발자국을 쫓는 것은 내가 익숙해. 내게 맡겨라."

테무진은 9마리 중에서 유일하게 도난을 면한 붉은 색깔의 말을 타고 끌려간 말들의 발자국을 더듬어 가면서 추적을 시작했다. 상대는 전력을 다해서 도망쳤는지 테무진은 해가 질 무렵이 되었는데도 그들을 따라잡지 못했다. 결국 대초원에서 사흘 밤이나 야영을 했지만 그래도 도둑과 말들을 발견할 수 없었다.

'하지만 여기서 포기할 수는 없다. 말이 없으면 타이치오트, 놈들이 공격해 왔을 때 싸울 수 없고 도망칠 수도 없다.'

식량은 이미 바닥이 났지만, 테무진은 더욱 기운을 내어 추적을 계속하기로 했다.

나흘째 되는 날 아침, 그는 드디어 말들이 무리지어 있는 초원으로 들어서게 되었다. 말무리에서 조금 떨어진 곳에서 한 소년이 암말의 젖을 짜고 있었는데, 엄청나게 많은 말 중에 자기의 말이 끼어 있지 않은 것을 재빨리 확인한 테무진은 소년에게 다가서며 물었다.

"엷은 밤색의 말 여덟 마리를 끌고가는 사람들을 보지 못했나? 내 말인데 말이야."

소년이 얼굴을 들면서 대답했다.

"아, 그거라면 오늘 새벽에 봤지. 그 작자들 도둑놈들이 아닐까 하고 생각했었는데, 역시 그랬었군."

"그들이 어느 쪽으로 갔지?"

소년은 손가락으로 북서쪽을 가리키며 대답했다.

"뒤쫓아갈 거라면 탈 말을 빌려주겠다. 네 말은 지쳐 있으니까."

"그거 고맙군."

"하지만 혼자 뒤쫓아가서는 말을 되찾지 못할 거야. 세 명 모두 무기를 가지고 있었어."

"괜찮아. 무술엔 어느 정도 자신이 있으니까."

말에서 내린 테무진이 허리에 찬 칼집을 두들겨 보이자, 소년은 다시 걱정을 해 주었다.

"저쪽에는 같은 패들이 많을 거야. 포위당하게 되면 끝장이지. 좋아, 내가 도와주겠다."

"도와준다고?"

"그래. 우선 이걸 좀 마셔."

소년은 멋대로 말하면서 갓 짜낸 마유를 테무진에게 권했는데 옷차림으로 보아 유복한 생활을 하고 있는 것 같았다.

테무진보다 서너 살 아래로 보이는 소년은 말떼 속에서 얼룩말을 골라 테무진에게 고삐를 건네주더니 씨익 웃으며 말했다.

"뭔가 재미있는 일이 있었으면 하고 생각하던 중이었다. 당장 출발하자."

"집안 어른에게 허락을 받지 않아도 되나?"

"받아야겠지. 하지만 네가 말을 찾느라고 너무 고생을 하는 것 같아서 말이야. 사내대장부는 고통을 함께 나누는 법, 내가 너의 친구가 되어 주겠다."

"……"

소년은 붉은 빛이 도는 얼룩말에 타더니 채찍을 휘둘렀다.

"하아!"

말을 바꾸어 탄 테무진도 채찍으로 말의 잔등을 힘껏 쳤다.

단숨에 50km 정도를 달려간 둘은 작은 냇물이 흐르고 있는 장소에 다다랐다. 발자국을 보니 도둑들은 그곳에서 휴식을 취한 것 같았다.

"내 이름은 보오르추, 아를라트 씨족 나코 바얀의 외아들이다."

소년이 웃는 얼굴로 뒤늦게 자기 소개를 했다. 아를라트 씨족은 몽골 부족에 속하며 '바얀'은 돈이 많은 부자를 뜻하는 말이다.

"나는 보르지긴 씨족의 테무진이다."

"아, 역시…… 네가 바로 테무진이었구나."

보오르추의 두 눈이 갑자기 놀라움으로 인해 빛을 발하고 있었다.

"타이치오트 놈들에게 잡혔지만 멋지게 탈출했다는 소문은 듣고 있었다. 이제 보니 내 육감도 보통은 아닌 것 같구나."

"무슨 소리지?"

"나는 너를 보자마자 당장 너커르(친구)가 되어야겠다고 생각했었지."

"왜?"

"네 얼굴이 믿음직스러웠기 때문이야. 우리 아버지는 '뛰어난 남자에게는 친구들이 많다. 진정한 친구가 있어야만 남자다'라고 입버릇처럼 말씀하시는데 믿을 만한 녀석이 없어서 말이야, 어때? 테무진, 나의 너커르가 되어 주겠지?"

"좋아, 지금부터 너를 보오르추 너커르라고 부르겠다."

테무진의 눈앞에 자무카의 얼굴이 순간적으로 떠올랐다가 사라졌다.

그와의 사이도 너커르로부터 시작되었던 것이다.

두 소년은 다시 추적을 계속했지만, 어찌된 일인지 도둑들을 만날 수 없었다. 이틀째도 마찬가지였는데, 사흘째 되는 날의 저녁때가 되어서야 비로소 커다란 둔영 가까이에 말들이 떼지어 있는 것을 보게 되었다.

"저기에 있는 여덟 마리가 내 말들이다."

테무진은 소리를 지르며 여덟 마리의 말들이 한가롭게 풀을 뜯어먹고 있는 모습을 다시 한 번 확인했다.

각 게르에서는 저녁 식사 준비를 하고 있는지 연기가 피어오르고 있었는데 다행스럽게도 방목된 말들 근처에는 사람들이 없었다. 살며시 말떼 속으로 들어간 테무진은 자기의 말들을 가리켰다. 그러자 보오르추는 재치있게 그것들의 고삐를 챙기며 끌고 나갔다.

둘이서 여덟 마리의 말들을 몰아내자 이곳저곳에 있던 말들이 울어대며 앞발로 땅바닥을 두드리기 시작했다.

그들이 그럭저럭 여덟 마리의 말을 한 군데로 몰아오려고 했을 때 게르에서 사람들이 뛰어나오며 소리쳤다.

"도둑이다! 말을 훔쳐간다!"

"잡아라!"

말의 무리 쪽으로 달려온 그들은 안장 없는 말에 올라타더니, 즉시 뒤따라오기 시작했다.

테무진은 활에 화살을 메우더니 뒤돌아보며 쏘았다. 시위를 떠난 화살은 정확히 선두의 말에 탄 사나이의 어깨에 박혔다. 그 사나이가 말에서 떨어지자 추격하던 패거리들은 일제히 고삐를 당겼다. 허둥대며 게르 안에서 뛰쳐나온 그들은 무기를 휴대하고 있지 않았다.

"굉장한 솜씨다."

"화살을 많이 가지고 있는 것 같다. 조심해라."

말도둑 패거리들은 경계심을 강하게 품고 있었다. 테무진은 두 번째 화살을 시위에 걸고 있었다. 그때였다.

"어서 쫓아라. 상대는 꼬마들이다. 뻔히 보면서 놓치겠다는 건가?"

백마에 탄 사나이가 말을 잡는 장대를 치켜들며 소리 지르자 사나이들은 다시 추격해오기 시작했다.

"핑!"

테무진의 활에서 다시 화살이 날았다. 그것은 백마에 탄 사나이의 가슴으로 정확하게 파고들었다. 말을 잡는 장대가 먼저 그의 손에서 떨어지더니 그의 몸이 처박히는 것처럼 땅바닥으로 굴러 떨어졌다.

"이놈들! 거기 서지 못할까."

나머지 사나이들이 고래고래 소리를 질러대며 뒤쫓아 왔다. 하지만 어느 샌가 석양이 물들기 시작하고 있었다. 이어서 검은 어둠이 빠르게 주위를 지배하며 깔렸다.

테무진과 보오르추는 빠른 속도로 전력 질주했고 여덟 마리의 말들도 질세라 뒤쫓아 왔다. 추격해 오던 패거리들은 쫓아가 봤자 소용없다고 생각했는지 하나 둘 고삐를 당겨 말을 세우고 있었다. 그들은 훔쳐온 말을 빼앗긴 것 뿐이니 더 이상 추격하다가 상처를 입을 필요까지는 없다고 생각한 모양이었다.

두 소년은 왔을 때와 똑같이 사흘 동안 대초원을 달려 그들이 처음으로 만났던 장소로 되돌아왔다. 그날 보오르추가 마유를 짜 넣었던 통은 그 자리에 그대로 있었다. 굳기 시작한 마유를 마셔서 정신이 든 테무진이

"이 여덟 마리의 말을 둘이서 나누어 갖기로 하자."

하고 제의하자 그는 정중히 거절했다.

"벗의 고통을 함께 나누는 것이 벗의 의무다. 도움의 대가로 말을 받는다면 그가 무슨 벗이겠는가."

고대 북방 유목사회에서 말은 정치와 경제의 기초를 이루는 가축이었다. 따라서 중앙집권화가 이루어진 유목제국들의 말도둑에 대한 처벌은 매우 가혹하리만큼 엄격했다. 그러나 약육강식이 판치는 12세기의 몽골고원에서는 그런 원칙이 통하지 않았다. 말도둑들이 극성을 부린 것이다. 테무진이 약탈당했던 말을 되찾은 후 보오르추에게 분배를 제의했던 것은 당시의 일반화된 관행이었다.

이들의 만남은 마음의 만남이었다. 물질의 만남이 아니었다. 이 만남은 배반과 거짓이 물결치는 땅에 최초로 뿌려진 믿음의 씨앗이었다. 몽골제국이 탄생한 1206년, 멍리크에 이어 두 번째로 천호장千戶長에 임명되고, 제국의 우익만호장右翼万戶長으로 제수된 인물 보오르추, 그가 칸을 알아본 최초의 용사였다.

'우리 아버지를 만나주겠나?'

"좋아, 가자."

두 소년은 다시 말을 타고 나코 바얀이 있는 게르로 향했다. 나코 바얀은 외아들이 홀연히 모습을 감추었기 때문에 상심한 채 누워 있었다. 아들이 누군가에게 납치당한 것이 아닐까 하는 생각에 살아 있는 기분이 아니어서 식욕도 잃은 채 기운을 잃고 있었던 것이다.

보오르추가 그간의 경위를 설명하자, 나코 바얀은 비로소 침착해진 시선을 테무진에게 돌리면서 말했다.

"예수게이 바아토르에 대한 소문은 나도 들은 바 있다. 그 위대한 예수게이 바아토르의 아들과 너커르가 되다니, 내 아들 보오르추는 대단히 운이 좋은 녀석이구나."

그리고 이렇게 덧붙였다.

"너희들은 이제 벗이 되었으니, 항상 서로를 생각해야 한다. 오늘 이후 너희들은 서로를 버리지 말라."

제8장

결혼

　　1178년 테무진은 16세가 되었다. 이 해에 테무진은 아버지 예수게이의 욕망이 남겨준 두 가지 선물 가운데 첫 번째 선물 보따리를 열기로 했다. 옹기라트 씨족장 데이세첸의 딸 버르테와의 결혼이 그것이었다. 이 보따리는 고립무원의 테무진이 최소한의 발판을 삼을 수 있는 최대의 무기였다.

　　어느 날 밤, 테무진은 진지한 얼굴로 어머니 허엘룬에게 말을 꺼냈다.

　　"버르테와 결혼 약속을 하고서 연락 한 번 하지 못한 것이 마음에 걸려요."

　　"당연하지. 실은 나도 그런 생각을 하고 있었단다."

　　9살이 된 테물룬의 긴 머리를 빗겨주고 있던 허엘룬은 테무진에게 부드러운 눈길을 보내면서 대답했다.

　　"그럼, 내일이라도 당장 출발하고 싶은데 괜찮겠지요?"

　　"아무렴, 타이치오트 놈들이 요즘도 가끔 우리 집의 형편을 염탐하러 오는 것 같다만, 이젠 습격해 오지 않을 거다."

그녀는 타르코타이 키릴토크가 여전히 타이치오트부의 주도권을 잡고는 있지만 일족을 통일하는 일이 힘에 벅차 자기 집을 습격할 여유가 없을 것이라고 판단하고 있었다.

"신부가 오나요? 빨리 보고 싶어요."

테물룬이 기뻐하면서 묻자 부엌에서 설거지를 하던 야순 할멈도 한 마디 거들었다.

"그럭저럭 살아 있는 동안 테무진의 아이를 안아 볼 수 있게 되나 보군요."

다음 날 아침, 테무진은 가족들의 배웅을 받으며 벨구테이와 함께 말에 올랐다.

"다녀오는 도중에 타타르를 만나 술자리에 초대 받게 되어도 상대방이 마시는 술병 이외의 술을 마셔서는 안 된다."

허엘룬은 전날 밤에도 했던 말을 다시 하면서 주의를 주었다.

"알았어요. 그럼."

테무진은 대답하면서 발로 말의 배를 힘껏 찼다. 그리고 아버지와 함께 올코노오트 씨족의 땅으로 향했을 때의 기억을 더듬어 정확하게 진로를 회상하면서 말을 몰았다. 밤에는 별의 위치를 보며 내일은 어느 방향으로 가야 하는지를 판단했다.

두 사람은 케룰렌강의 하류에서 출발한 지 5일 만에 매사냥을 하고 있던 옹기라트 씨족의 사람과 만났다.

"여어, 당신은 보르지긴의 테무진이 아닌가?"

"그렇소만, 처음 만난 나를 어떻게 아는 거지요?"

"당신은 나를 모르겠지만 우리들 옹기라트 사람들이 버르테의 약혼자 얼굴을 모를 수는 없지. 나는 데이세첸을 모시고 잇는 타마차라고 하는데 어디로 가는 길인가?"

"데이세첸의 집을 찾아가는 길이요."

"그래? 그렇다면 내가 안내하지."

타마차라는 사나이는 테무진에게 친근감을 느꼈는지 자청해서 길 안내를 했다.

그들은 다음 날 저녁때 옹기라트 씨족의 둔영지에 도착했다. 이윽고 커다란 게르 앞에 이른 타마차는 말고삐를 당기며 소리쳤다.

"버르테의 신랑이 왔습니다."

그러자 안에서 급히 데이세첸이 나오더니 테무진의 어깨를 끌어안으며 말했다.

"기다리고 있었다. 어서 오너라."

그는 게르 안으로 테무진을 맞아들였다.

"곧 돌아오려고 했는데 사정이 있었습니다."

화살통과 칼집을 풀어 놓은 테무진은 정중하게 인사한 다음, 데이세첸의 옆에 놓여져 있는 의자에 앉았다.

"늦어진 이유는 듣지 않아도 알고 있다."

데이가 미소지으며 말하자, 그의 아내 코탄도 정답게 인사말을 던졌다.

"이렇게 늠름한 모습으로 돌아와 주어서 기뻐요."

그녀가 술상을 준비하겠다며 돌아서자, 테무진은 버르테의 모습이 보이지 않는 것에 신경을 쓰면서 물었다.

"타이치오트가 저의 집을 습격한 것을 어떻게 아셨습니까?"

"일족의 장으로서 온갖 정보 수집을 게을리하지 않고 있었기 때문이다. 예수게이 바아토르가 독살당했다는 소식을 들었을 때는 너무나 가슴이 아팠다."

테무진의 홀연한 방문에 버르테의 아버지 데이세첸은 매우 기뻐하면서도 한편으로는 전율을 느꼈다. 데이세첸은 그동안 테무진을 도와주지 못했던 자신의 심정을 다음과 같이 피력했다.

"나는 타이치오트 씨족의 형제들이 너를 제거하려 한다는 것을 알고 무척 걱정했고 또 절망했다. 그러나 너는 모든 것을 아주 잘 극복해 왔다. 아아… 내가 지금에야 너를 만나다니……."

"고맙습니다. 언젠가 반드시 복수하고 말겠습니다."

"그래야겠지. 하지만 힘만 가지고 싸우면 안 된다. 확실한 정보가 있음으로서 훌륭한 작전도 세울 수 있는 것이니… 내 말을 마음에 새겨두도록 해라."

"저어 혹시 타마차는 매사냥을 하며 멀리까지 가서 정보를 수집하는 것이 아닙니까?"

테무진이 비로소 놀라며 묻자, 데이는 웃으며 머리를 끄덕였다.

"앞으로는 우리 일족에도 정보를 수집하는 전문가가 필요할 것 같군요."

"테무진은 역시 이해가 빠르군. 그나저나 이 아이가 올 때가 되었는데……"

친척집에 심부름을 갔다는 버르테가 돌아온 것은 데이 부부와 테무진 형제가 막 건배를 끝냈을 때였다.

"아, 테무진……."

문을 열고 들어서다가 약혼자의 모습을 본 버르테는 크고 검은 두 눈을 빛내면서 기뻐했다. 동시에 테무진은 마음속으로 부르짖었다.

'아, 아름답다. 내가 상상하고 있었던 것보다 더욱 아름다운 처녀가 되었다.'

9년 전에는 아름다운 소녀였었다. 하지만 그뿐이었다.

테무진은 상체는 물론 허리 둘레도 발달하여 여자다움이 더해진 버르테를 넋을 잃고 바라보았다. 지금 그의 눈앞에서 미소짓고 있는 상대는 윤기가 흐르는 검은 머리, 햇볕에 그을린 다갈색 피부와 자기의 의지를 확실히

나타내며 힘차게 빛나는 눈동자, 그리고 촉촉하게 젖은 입술과 풍만한 젖가슴을 가진 아름다운 여인이었다,

"그렇게 서 있지 말고 테무진 옆에 앉아라."

데이가 얼굴이 빨개진 버르테에게 손짓을 하면서 중얼거렸다.

"드디어 너와 헤어질 때가 온 것 같구나."

"아버지……."

버르테는 갑자기 얼굴이 흐려지면서 테무진 옆에 조용히 앉았다. 그녀에게 들으라는 듯이 데이세첸이 다시 말을 이었다.

"아버지로서 가장 슬픈 일은 자기 딸이 시집도 못 가고 태어나고 자란 집에서 늙어가는 걸 보는 것이다. 나는 네가 시집 가는 즐거운 날이 오기를 기다리면서 살아오고 있었다."

"……."

버르테는 눈을 내리깐 채 듣고만 있었다. 그녀의 복잡한 심정을 나타내는 것처럼 말려 올라간 긴 속눈썹이 가늘게 떨렸다.

"테무진, 결혼을 축하하는 지참금으로 자네에게 열 세 명의 노예와 검은 담비가죽 외투를 선물하겠다."

"감사합니다."

테무진은 벅찬 기쁨을 느끼며 머리를 숙였고 곁에 앉아 있던 벨구테이는 담비가죽 외투라는 말 때문에 눈이 휘둥그레졌다. 검은 담비가죽으로 만든 외투를 몽골 사람들은 '모피 중의 왕'이라고 부르고 있었다. 그것은 상당한 부자가 아니면 손에 넣을 수 없는 귀중품이었다.

"노예들은 당장이라도 넘겨줄 수 있지만 담비가죽 외투는 아직 준비하지 못했다. 얼마 후에 보내주어도 괜찮겠지?"

"물론입니다."

몽골의 기병의 공격 상상도

술자리가 길어진 그날 밤, 버르테는 결혼식 준비 때문에 다른 집에서 자게 되었다.

신부가 될 처녀는 결혼식 전날 '신부를 섬기는 여자'라고 불리우는 사람에 의해 세 가닥으로 땋은 머리카락을 풀게 된다. 머리카락을 풀어주는 것은 미혼에서 기혼으로 옮겨 가는 통과를 나타내는 것으로서 그 사이에 신부는 '신부를 섬기는 여자'로부터 엄격한 질문을 받게 된다.

즉 "정말로 결정된 남자와 결혼해도 좋은가?", "그밖에 좋아하는 남자는 없는가?", "다른 남자의 아이를 임신하고 있지는 않은가?", "남자를 위해 고생할 각오가 되어 있는가?" 등이다.

그런 것들은 절대로 신랑이 될 남자 앞에서 물을 수 없는 것들 뿐이어서 친척의 집에서 행해지는 것이다. 그리하여 정해진 그 남성과 결혼할 그 처녀의 의사가 확고하다는 것을 알게 된 시점에서 풀었던 머리카락을 결혼식 직전에 두 가닥으로 다시 땋아준다. 처녀가 부모와의 이별을 실감하며 눈물을 흘리는 것이 바로 이 때인 것이다.

다음 날 아침, 말에 탄 데이세첸의 머슴이 옹기라트의 각 취락지들을 돌면서 테무진과 버르테의 결혼식이 거행되는 것을 알렸다. 다른 머슴들은 신혼의 '첫날밤'을 맞이할 새로운 게르 만들기와 축하연 준비에 착수했다.

머리를 두 갈래로 땋아 내린 버르테는 신부 의상으로 단장하고 친척의 게르에서 대기하고 있었다.

변발을 철사처럼 가늘고 단단하게 고쳐 매고 입수염을 단정하게 다듬은 테무진은 데이세첸의 게르에 있었다. 데이세첸에게서 선물로 받은 호화스러운 옷으로 갈아입은 테무진의 머리에는 빨강과 푸른색으로 물들인 양털로 테두리를 한 여우가죽 모자가 씌워져 있었다.

새로운 게르가 만들어졌을 때 소식을 들은 사람들이 신랑과 신부를 위해 모여들었다.

이윽고 테무진과 버르테가 함께 새 게르 앞에 나타나자 사람들 사이에서 우레와도 같은 박수 소리가 터져 나왔다. 데이세첸 부부는 게르의 중앙에서 남쪽을 향해 의자에 앉았고 신부의 친척들은 서쪽의 남자들이 앉은 장소에 앉았으며, 신랑 측의 대표자인 벨구테이는 동쪽의 여성들이 앉는 장소에 자리 잡고 있었다.

머슴 한 사람이 잘 삶아진 여러 마리의 양고기 중에서 가장 큰 양의 머리를 천제에게 길조를 빌기 위해 게르 입구에 매달았다.

다른 머슴들은 양고기들을 여러 개의 큰 접시에 살아 있을 때의 모양처럼 쌓아올리고, 가운데에 머리 부위를 얹어 게르 안으로 가지고 들어와 붉은 칠을 한 식탁 위에 차려 놓았다.

결혼식을 하는데 길한 시간이라는 오시(낮 12시)에 드디어 축하연을 겸한 약혼식이 시작되었다. '신부를 섬기는 여자'가 이 날을 위해 준비된 커다란 은잔 하나에 갓 짜낸 마유를 따랐다. 그것을 신랑과 신부 둘이서 받들 듯이 머리 위로 들고 신부의 아버지 앞으로 나아갔다.

"보르지긴의 테무진은 데이세첸의 딸 버르테를 아내로 맞이한다."

테무진이 큰 소리로 선서하자, 버르테도

"옹기라트 데이세첸의 딸 버르테는 보르지긴의 테무진에게 시집갑니다."

하고 말했는데, 그녀의 목소리는 강한 의지를 나타내는 분명한 것이었다.

두 사람은 이어서 데이세첸, 부인 코탄의 순서로 공손히 절을 하고는 잔의 마유를 교대로 튕겨낸 다음 한 방울도 남기지 않고 마셨다.

"보르지긴의 테무진과 내 딸 버르테는 지금 하늘과 땅에 계신 모든 정령들에게 평생 동안 변치 않을 충성을 맹세했다. 나는 쌍방 인척들의 대표자로서 두 사람의 결혼을 인정하는 바이다. 오래도록 행복하게 잘 살아라."

데이세첸은 낮지만 잘 들리는 소리로 엄숙하게 고하고는 빈 잔에 따른 마유를 반 만 마시고는 테무진에게 넘겨주었다.

"나의 장인 데이세첸, 나의 장모 코탄 마시겠습니다."

테무진은 그들 부부에게 다시 절하고는 나머지 술을 다 마셨다.

이어서 테무진과 버르테는 그때까지 데이세첸 부부가 앉아 있던 자리로 옮겨 앉았으며, 부부는 그들을 사이에 두고 좌우로 옮겨 앉았다.

"테무진에게 예의 고기를 주어라."

데이가 말하자 머슴이 삶은 양의 머리를 테무진 쪽으로 향하게 하더니 단도로 길조의 표식인 칼자국을 넣었다.

"내 아들아. 예의 고기를 좋아하는 곳으로 잘라서 먹어라."

데이의 말에 테무진은 자기의 단도로 목덜미 고기를 잘라내 천천히 입으로 가져갔다.

신랑 신부와 빈객들을 위해 마련된 예의 고기는 새끼양의 어깨, 네 개의 긴 갈비, 엉덩이, 종아리의 네 부위에 특별히 목덜미 고기를 첨가한 것이었는데, 결혼식 피로연에서 목덜미 고기를 먹은 부부는 100세까지 해로할 수 있다고 했다.

예의 고기를 먹는 순서가 끝나자 데이세첸의 친척과 친지들이 차례대로 신랑 신부에게 선물을 주었다. 그리고 마두금과 피리, 큰 북 등을 가진 악사들이 들어서면서 축하연의 열기는 고조되었다. 친척과 친지들 중 노래에 자신이 있는 사람들이 축하의 노래를 부르기 시작했다.

그것은 얼마 후 취락지의 사람들이 가세한 춤마당으로 바뀌었다. 춤의 형식은 원을 형성한 사람들이 양 손을 좌우로 흔들면서 전진하는 것뿐이었지만 발을 "쿵쿵" 구르는 소리는 게르를 뒤흔들 정도로 격렬하게 울려 퍼졌다.

찾아온 자들은 설사 적대하는 씨족의 사람들일지라도 거절하지 않는 것이 몽골인의 결혼 풍습이긴 했지만, 게르 안은 축복하기 위해서 달려온 사람들로 인해 발을 디딜 틈이 없을 정도였다.

테무진은 여러 차례의 올림잔을 마시는 동안 상당히 취기가 돌았지만 등줄기를 꼿꼿이 세운 자세를 흐트러뜨리지 않았다. 벨구테이도 역시 그처럼 많은 술을 하루에 마시기는 처음이었지만 시종 웃음을 그치지 않으며 잔을 받고 있었다.

이윽고 태양이 서쪽으로 기울고 어둠이 다가오자 데이세첸 부부는 자리에서 일어났다. 그들이 일어나자 천막 안에 있던 사람들도 자리에서 일어나 인사를 나누고는 각각 집으로 돌아갔다.

데이세첸의 친척과 친지들은 많았으며 멀리서 찾아오는 이들도 있었기 때문에 결혼 축하연은 일주일 동안이나 계속되었다. 축하연이 끝나자 벨구테이는 돌아갔지만 테무진은 관습에 따라 데이 세친 가의 일을 돕기 위해 열흘 정도 더 머물렀다.

테무진의 대야망은 그 옛날 수줍어 하는 소녀에게 바쳤던 결혼의 서약을 준수하는 것으로부터 시작되었다. 믿음의 씨앗은 배신에 물든 몽골고원에서 이처럼 서서히 싹을 틔워갔다.

몽골에서는 딸을 시집 보내는 것을 '모르도흐(말을 타고 떠나다)'라고 말한다. 딸이 한 번 집을 떠나면 다시는 돌아오지 않는다는 뜻이다. 따라서 몽골의 딸들은 모두 집을 떠날 때 부모님을 생각하며 눈물을 흘린다.

버르테 역시 눈물을 떨구었다. 딸을 보내는 데이세첸의 마음도 무거웠다. 황금 씨족의 어머니 버르테, 그녀의 험난한 인생은 그렇게 시작되었다.

제9장

수부타이

　　노인 대장장이와 그의 두 아들이 무릎까지 쌓인 눈을 헤치며 험준한 산비탈을 따라 테무진의 막사로 향하고 있었다. 저 멀리 눈이 녹아 맨땅과 돌이 드러난 수목 한계선이 보였다. 몇 리만 더 걸으면 초원을 밟을 수 있었다.

　　초원에는 이미 봄이 시작되어 드넓은 몽골 초원에 새싹이 돋아 온통 녹색으로 뒤덮였다.

　　봄이면 몽골 씨족들은 겨울 동안 지내던 막사를 산에 그대로 남겨두고 말떼를 몰고 초원으로 내려와 풀을 먹였다. 반쯤 굶주린 채 혹독한 몽골의 겨울을 이겨낸 동물들에게는 먹이를 배불리 먹고 체력을 회복할 수 있는 계절이었다. 말이 다시 건강해져 몽골족의 전쟁에 투입되려면 족히 한 달은 걸릴 것이었다.

　　등에 풀무를 진 노인은 이윽고 오논강 둔치에 도착했는데, 그는 몽골 초원 북쪽 삼림지대에 사는 우랑카이족으로 이름은 자르치우다이였다. 그와 그의 두 아들은 초원의 열기가 차가운 새벽 공기를 몰아낸 늦은 아침이 되어서야 테무진의 막사에 도착했다. 테무진은 낯선 사람이 접근하고 있다는 보초병의 보고를 받고 자신의 게르 앞에서 기다렸다.

당시 몽골 전사의 삶은 잠시만 방심해도 목숨이 위태로워졌기에 이방인이 누구인지 파악하기까지 경계를 늦추지 않았다.

〈몽골비사〉에 자르치우다이가 테무진에게 했던 이야기가 실려 있다.

"오래 전 나에게는 그대와 비슷한 시기에 태어나고 자란 젤메라는 아들이 있었소. 오논강 델리온 볼다크에서 테무진 그대가 태어났을 때 나는 그대의 부친에게 그대를 감쌀 검은 담비가죽 배내옷을 주었소. 그대가 어릴 때 내 아들 젤메를 그대의 부친께 맡기려고 했지만, 부친에게는 갓 태어난 그대가 있었는지라 지금까지 내가 데리고 있었소."

그는 잠시 말을 멈추고 테무진의 씨족에 들어가기를 간절히 바라는 젤메를 물끄러미 바라보았다. 어릴 때부터 젤메는 대장간 일에는 소질이 없었고 흥미를 보이지도 않았다. 자르치우다이는 다시 테무진 쪽으로 고개를 돌리며 말했다.

"이제 나는 그대 부친과의 약속을 지키려하오. 지금부터 젤메는 그대의 것이니 그대의 안장을 얹게 하고 그대의 문을 열게 하시오."

자르치우다이는 그렇게 테무진에게 아들을 넘겨주었다.

당시 젤메의 동생도 아버지 뒤에 서서 모든 상황을 지켜보고 있었다. 우리는 그 열두 살짜리 소년이 그때 무슨 생각을 했는지 알지 못한다. 아마 그는 대다수의 몽골족보다 키가 더 크고 체격이 좋으며 눈이 늑대처럼 잿빛인 테무진의 외모에 마음을 빼앗겼을 것이다.

숲을 벗어나 본 적이 없었던 그는 아마도 봄을 맞은 드넓은 초원의 아름다움에, 새싹이 깔아놓은 융단에, 혹은 자신의 마을처럼 울창한 숲으로 가려지지 않고 머리 위로 곧장 쏟아지는 햇살에 감동을 받았을 것이다. 아니, 어쩌면 형과 마찬가지로 대장장이가 되고 싶지 않았지만, 아버지가 그 사실을 몰랐을 수도 있다. 하지만 이 모든 것은 불확실한 일이다. 확실한 것은 다만 1187년 이른 봄 테무진과 대장장이 자르치우다이의 두 아들과의 만남이 세상을 바꾸어 놓았다는 것이다.

자르치우다이의 둘째 아들은 아버지의 기대를 저버리고 무사가 되는 열네 살에 우랑카이족의 보금자리를 떠나 테무진의 군대로 들어간 뒤 군인이 되었다. 그 소년의 이름은 수부타이로 훗날 역사에 길이 남는 위대한 용장이 되어 명성을 떨쳤다.

군 역사에서 매우 흥미로운 모순 중의 하나는 몽골에서 가장 위대한 장수 가 사실은 몽골인이 아니라는 점이다. 몽골이라는 말은 칭기스칸에게 속한 부족으로 이루어진 씨족 집단을 일컫는다. 일단 칭기스칸이 케레이트족, 메르 키트족, 나이만족, 타타르족 등 몽골 내 다른 부족들을 통일하면서 중국과 이슬람교, 기독교 연대기 작가들이 그 총연합체를 몽골이라 부르게 된 것이다.

모든 부족은 말과 소를 치며 목초지를 찾아 계절마다 이동하는 초원 유목 민이었다. 모두 말을 타고 다녔으며 전쟁을 치를 때도 공통적으로 활을 쏘는 기마병을 동원했다.

수부타이가 속한 우랑카이족은 삼림 부족, 혹은 다소 맞지 않는 표현이 지만 삼림 몽골족이라 불리는 씨족들 중 하나였다. 연대기 작가들은 우랑 카이 족을 바이칼호 서쪽 끝 예니세이강 상류 침엽수림에 살았던 순록치기 민족으로 알려져 있다. 그들은 초원지대의 몽골족 장수와는 전혀 다른 삶을 살았으며 스스로 그들과 구별되게 살았다. 실제로 칭기스칸은 힘을 얻자마자 몇 차례의 군사 원정을 통해 삼림 부족들을 지배하려 했다.

우랑카이족은 유목민이 아니었다. 그들은 가축을 몰고 철마다 옮겨 다니는 것이 아니라 단단한 통나무집을 짓고 동물가죽과 자작나무 껍질로 지붕을 이어 부락 생활을 했다. 이처럼 안정적인 생활을 하다가 보니 어떤 사람들은 금속세공인이 되었고, 그 중의 몇몇은 유목생활을 하는 몽골족의 야영지로 가서 금속 무기와 가정용 도구를 고치는 일을 했다. 대장장이 자르치우다이도 이런 사람들 중의 하나였다.

시베리아 타이가에 살던 대장장이의 둘째 아들 수부타이는 초원에 사는 몽골인의 아들과는 전혀 다른 방식으로 양육되었다. 수부타이는 초원지대의 소년들처럼 세 살 때 어머니에게 말 타는 법을 배우지 못했고, 다섯 살 때 활 쏘는 법을 익히지도 못했다. 초원지대의 몽골족은 하루의 대부분을 말등에서 보내는데, 아마도 수부타이는 열네 살 때 칭기스칸의 군대에 들어갈 때까지 말을 타 본 적이 없었을 것이다.

수부타이는 추위와 더위가 교차하는 몽골의 초원지대에서 안장에 앉은 채 긴 시간을 보내본 적이 없지만 전 부족은 탁 트인 평원을 가로질러 몇 안 되는 표지물을 따라 이동했다.

수부타이는 초원이 얼마나 넓은지, 거리는 얼마나 되는지 짐작조차 할 수 없었다. 나무가 무성한 숲에서만 살아온 그에게는 그야말로 벌거벗은 초원이나 사막에 비할 만한 것, 혹은 그로 인한 끔찍한 무력감을 감당할 만한 것이 있었을 리 만무하다. 여느 초원의 아들과는 달리 이 타이가의 아들은 날 음식을 먹어본 적도, 쿠미스(주로 말젖을 원료로 하여 만든 술)를 마셔본 적도, 기나긴 행군 길에 영양을 보충하기 위해 말의 피를 마셔본 적도 없었다.

숲속에서의 삶에 익숙한 그가 탁 트인 평원에서 멀리 떨어진 사물의 움직임을 포착하는 능력이나, 멀리 있는 사물이 사람인지 동물인지 가려내는 몽골인 특유의 능력을 가졌을 리 없다. 누구에게도 이런 능력은 부족하기 때문에 초원에서는 방심하다가 기습 공격을 받고 종종 치명적인 결과로 이어지게 되기도 한다. 그런데도 이 대장장이의 아들은 몽골 역사에서 가장 위대한 장수가 되었다. 그것이 어떻게 가능했는지 이야기를 들어보면 아주 흥미로울 것이다.

〈신아시아논집新亞細亞論集〉에 실린 중국의 수부타이 전기에서는 이 위대한 장수가 73세에 사망했다고 전한다. 따라서 우리는 수부타이가 1175년부터 1248년까지 살았다고 추정할 수 있다. 수부타이를 처음 언급한 것은 칭기스칸의 출현과 그의 삶을 기록한 몽골인들의 영웅 이야기 〈몽골비사〉다. 수부타이의 이름이 처음으로 등장하는 부분은 테무진과 질투심 많고 강력한 동맹 자무카와의 관계에 금이 가는 시점이다.

테무진과 자무카는 1년여 동안 동맹이자 의형제를 맺은 관계였다. 둘의 씨족들은 함께 이동하고 또 함께 막사를 지었다. 하지만 자무카는 결국 날로 더해가는 테무진의 인기에 회의적인 태도를 보이고 두 씨족은 갈라져 더 이상 함께 지내지 않게 되었다. 그러자 몽골 부족의 모든 씨족과 전사들은 어느 편에 설 것인가를 결정해야 했고, 대다수는 테무진을 택했다. 이에 대해

"잘라이르족, 엉구트족, 망구트족 사람들이 찾아왔다. 아를라트 족에서 보오르추의 친척인 우겔레 체르비가 합류하고, 젤메의 동생 수부타이 바아투르도 우랑카이족을 떠나 그들과 합류했다."

고 전한다.

수부타이는 형의 선례를 따라 숲과 아버지의 대장간을 떠나 테무진의 군대에 소속되는 일생의 모험을 강행한다. 나이를 속이고 군인이 되는 어린 소년들의 이야기는 군대가 생긴 이래 늘 있어 왔다. 수부타이 역시 열네 살에 전사가 되는 몽골 소년보다 더 어렸다.

테무진은 자르치우다이 노인에게 말했다.

"아버지는 자주 당신 이야기를 하셨습니다. '솜씨 좋은 자르치우다이가 없어서 어려움이 많다'고 한탄하시기도 했습니다."

몽골 초원에 거대하게 조성된 칭기스칸과 병마용들.

노인에게 경의를 담은 인사를 끝낸 테무진은 젤메 쪽으로 시선을 돌렸다. 그는 나이가 동갑인 테무진에게 머리를 숙였다.

"젤메입니다. 예수게이 바아토르 못지않게 용감하시며 힘도 세시다고 들었습니다."

"물론 말을 타고 활을 쏠 수 있겠지?"

테무진은 대답하는 대신 뼈가 굵으며 좋은 체격을 가진 젤메에게 물었다.

"네. 달려가는 들토끼도 잡을 수 있습니다."

젤메가 햇볕에 탄 얼굴의 하얀 이를 드러내 보이며 대답했다.

"아들의 솜씨는 내가 보증하겠소이다."

"알겠소."

몽골의 '영원한 하늘'은 테무진이 결혼한 후 또 하나의 보석을 내려주었다. 충신 젤메. 오늘날까지도 몽골 사람들의 마음을 울리며 살아 있는 충용忠勇의 상징이었다. 보오르추가 믿음의 보석이라면 젤메는 충성의 보석이었다.

젤메는 보오르추와는 비교가 안 되는 비천한 계층의 인물이었다. 그러나 젤메 역시 배반의 땅을 충성의 땅으로 바꾸어 놓는 낟알이 되었다.

목숨을 바쳐 테무진을 섬겼던 젤메는 대몽골제국이 탄생하던 날 신분의 속박에서 영원히 벗어난다는 다르칸(자유인)이라는 칭호와 함께 천호장직을 제수받았다. 주군을 의심하지 않는 충성심 하나만으로 전투 때마다 맨 앞에서 진격했던 젤메, 그는 가장 이상적인 전사의 모델이었다.

테무진은 첫출발에서 믿음과 충성이라는 두 개의 보석을 얻었다. 그는 불신과 배반의 불길만이 타올랐던 12세기의 몽골고원에 충성과 믿음과 충성이라는 두 가지 보석을 들고 대장정의 험난한 첫발을 내디뎠다.

자르치우다이 노인은 테무진의 취락지에 머물면서 부서진 마구 수리나 긴 검의 날 세우기 등을 했다. 갑옷과 투구는 금속이 아니라 삶은 가죽으로 만들어졌는데 젖은 상태에서 모양을 잡으면 마르면서 형태가 완성되었다. 당시의 몽골에서는 금속공들을 살육 대상에서 제외시키고 몽골로 데려가거나 군대에 배치해 장비를 계속 손볼 수 있게 했다.

어쨌든 3개월 정도에 걸쳐 대충 수리를 끝내자 노인은 작은 아들과 함께 우랑카이족의 마을로 돌아갔다. 노인이 그곳에 머물렀던 진짜 목적은 아무래도 아들 젤메가 그곳의 생활에 제대로 적응할 수 있는지 확인하기 위해서인 것 같았다.

젤메는 궁술에도 뛰어났고, 아버지의 솜씨를 물려받아 화살촉을 만드는 데도 능숙했다. 한데 그런 것보다 더욱 테무진의 가족들을 놀라게 만든 것은 의술에 관한 지식이 풍부하다는 점이었다. 그것도 역시 아버지에게서 배운 것이겠지만, 그는 약초에 대한 지식뿐만 아니라 말에서 떨어졌을 때의 골절이나 탈구, 칼이나 창, 화살에 의한 외상치료, 그리고 옴이나 통풍 등을 치료하는 방법까지도 잘 알고 있었다. 따라서 테무진은 부상병이 생겼을 때에 대비해서 그를 의료 담당자로 임명했다.

테무진의 명령을 받은 벨구테이가 초원으로 나가 보오르추를 데리고 온 것은 그곳을 떠난 지 6일 만이었다.

"오랜만이로군."

테무진은 말에서 내린 보오르추의 어깨를 두드리면서 말했다.

"결혼했다지? 축하한다."

테무진은 그를 게르 안으로 데리고 들어가 치즈를 만들고 있는 버르테에게 소개했다.

"언젠가 내가 이야기했던, 말을 도둑맞았을 때 나를 도와주었던 보오르추요."

"어서 오세요. 테무진은 당신과 만나는 것을 큰 즐거움으로 생각하고 있어요.”

버르테는 일손을 멈추면서 웃는 얼굴을 보였다.

“테무진, 대단한 미인을 아내로 얻었구나.”

“우선 좀 앉게.”

테무진은 그가 의자에 앉기를 기다렸다가 말했다.

“자네를 여기까지 오게 한 이유는 벨구테이가 대충 설명했겠지만……”

“정보를 수집하는 일을 맡아 달라던데…… 일은 재미있겠지만, 과연 내가 제대로 해낼 수 있을까?”

“암, 자네는 그때 말 도둑들이 도망간 방향을 정확히 파악하고 있었고, 녀석들의 게르 앞까지 눈치 채이지 않게 접근하는 놀라운 솜씨를 보여주었잖아. 적임자야.”

“그래? 어쨌든 해 보지. 뭐…….”

“그나저나 외아들이 없어져 아버지께서 또 쓸쓸해지셨겠군?”

“괜찮아. 지금쯤 네가 불러서 갔다는 말을 머슴에게 듣고 좋은 기회를 얻게 되었다며 좋아하고 계실 거야.”

“그래? 그 말을 들으니 안심이 되는군.”

테무진은 미소지으며 계속해서 말했다.

“나중에 소개하겠지만 동생 카사르가 처가에서 받은 열세 명의 노예들을 통솔하고 있다. 너커르로서 오늘부터 카사르와 함께 그들의 게르에서 생활해 줄 수 있겠지?”

“물론이지.”

보오르추는 영리해 보이는 눈으로 테무진을 바라보며 흔쾌히 승낙했다. 테무진으로서는 최초의 참모가 탄생하는 순간이었다.

제10장

옹칸을 만나다

그로부터 며칠 후, 데이세첸의 참모 타마차가 병사들 다섯 명을 이끌고 찾아왔다.

"늦었습니다만 약속대로 선물을 가지고 왔습니다."

타마차는 함께 온 병사가 내미는 검은 담비가죽 외투를 테무진에게 건네주었다.

테무진은 가죽외투의 멋진 색깔과 윤기가 좋은 촉감을 음미하면서 물었다.

"장인어른께서는 안녕하시지요?"

"그렇소. 딸과의 이별이 무척이나 괴로우셨던지 한동안은 기운이 없으셨는데, 지금은 원기를 되찾으셨소. 그보다 노예들은 모두 당신의 명령을 잘 따르고 있지요?"

"그렇소. 훈련이 엄격하지만 모두들 적응을 잘 하고 있소"

테무진이 대답하자, 타마차는 머리를 끄덕이며 중얼거리는 것처럼 말했다.

"다행이로군요. 한데, 훈련을 엄격하게 하는 것도 중요하겠지만 부하들을 좀 더 늘리는 것이 좋겠소. 내가 알기로는 어떤 부족이 당신과 한바탕 싸울 준비를 하고 있던데……."

"뭐라고요? 도대체 어떤 부족이?"

"그건 스스로 알아내도록 하시오. 그럼, 나는 이만……."

타마차는 그렇게 말하고는 즉시 돌아섰다. 한쪽에서 듣고 있던 버르테가 하룻밤 묵고 가라고 권했지만, 그는 듣지 않았다.

그를 배웅하는 테무진의 기분을 뒤흔든 것은 역시 데이세첸의 집안과 자기 집안의 격차였다. 그것은 데이에게는 철저하게 단련된 일기당천의 참모들도 많고 타마차와 같은 정보수집가도 있다는 것이었다. 그 타마차가 수수께끼 같은 말로 테무진의 정보수집 능력을 시험하는 듯한 말을 남기고 돌아가 버린 것이다.

그가 이미 정확한 정보를 알고 있는데도 자기는 그것이 어느 부족인지 단정할 수가 없었다. 그것은 타마차가 심술을 부리느라고 가리켜 주지 않는 것이 아니라, 테무진이 스스로 조사할 기회를 준 것이라고 말할 수 있었다.

일행의 모습이 보이지 않게 되자 테무진은 즉시 보오르추를 불러 어느 부족에 불안한 움직임이 있는지 염탐하게 했는데, 그 외에는 그런 임무를 맡길 사람이 없다는 사실이 그를 속상하게 만들었다.

'좀 더 많이 동료들을 늘려야 한다는 말은 맞다. 그렇게 하여 습격을 받기 전에 이쪽에서 먼저 습격을 감행해야 되는 것인데…….'

데이세첸이 13명의 노예를 준다고 했을 때만 해도 "13명이나?" 하면서 감동했는데, 지금은 "겨우 13명을……."이라고 밖에 생각되지 않았다.

생각을 계속하는 중에 최후의 여행을 했을 때 아버지 예수게이가 했던 말이 문득 생각났다.

"어쨌든 토그릴과 안다가 되기로 약속한 것은 잘 된 일이다. 이번에 또 타타르와 싸우게 되면 우리에게 가세해 줄 것이 틀림없으니까 말이야."

이어서 테무진의 머릿속에서 담비가죽 외투를 이용해 아버지의 옛 우정을 되살리고, 그와 동맹을 맺어야겠다는 계책이 떠올랐다. 아버지의 안다 토그릴은 테무진에게 있어서 아버지와 마찬가지인 존재였다. 동맹을 맺기에 성공하면 그는 타타르나 타이치오트 씨족과 싸울 때 틀림없이 원군으로써 달려와 줄 것이었다.

마침내 돌아온 보오르추의 보고는 지극히 간단했다.

"타마차가 말한 적은 역시 타이치오트 씨족이 아니었을까? 다른 곳에서는 냄새를 맡을 수가 없었다. 그들은 실전을 방불케 하는 훈련을 하고 있었는데 당장이라도 그들이 공격해오면 막아내기 힘들 것이다."

"그래? 수고했다."

테무진은 지긋이 입술을 깨물었다. 역시 보오르추가 가지고 온 정보의 정확성에 상관없이 토그릴의 힘이 필요한 상황이었다. 테무진은 아버지가 남겨준 마지막 보따리를 풀기로 했다. 케레이트 부족의 지배자로서 몽골고원의 실세로 군림했던 토그릴은 당시로서는 가장 강력한 태풍의 눈이었다.

토그릴은 코르차코스 보이로크칸이 낳은 40명의 아들들 중에서 장남이었다. 훗날에는 옹칸이라고 불렸으며 세례명은 다비드다. 케레이트 부족은 몽골 중부에서 가장 비옥한 초원을 차지하고 있었으며, 여기저기 흩어져 살아가는 몽골의 다른 혈통이나 씨족과는 달리 단일한 왕 아래 여러 부족이 연합하여 강력한 부족 동맹을 이루고 있었다.

고비사막 북부의 드넓은 초원은 이 시기에 세 부족이 장악하고 있었다. 중앙은 옹칸과 케레이트 부족이 다스렸으며, 서부는 타양칸 휘하의 나이만 부족이 지배했으며, 타타르는 알탄칸의 지도 하에 중국 북부 주르첸(여진)의

봉신으로서 동쪽 지역을 점령하고 있었다.

이 세 대부족의 통치자들은 그들 경계에 있는 작은 부족들과 동맹을 맺거나 깨고 때로는 전쟁을 벌이기도 하면서 그들의 협력을 얻어 좀 더 중요한 적에 대항하여 싸우려고 끊임없이 노력하고 있었다. 테무진의 아버지 예수게이는 케레이트 부족과 친척 관계는 아니었지만 한때 옹칸의 안다였으며, 그들은 많은 적과 맞서 함께 싸웠다.

이들 사이의 유대는 단순한 보호자와 부하 사이를 넘어섰다. 젊은 시절에 예수게이는 옹칸이 당시 최고 통치자였던 구르칸을 쓰러뜨리고 케레이트 사람들의 칸이 되도록 도와주었기 때문이다. 그는 아버지가 장남인 자기를 제치고 배다른 동생에게 칸의 계승을 유언한 채 숨지자, 형제들을 살해하는 유혈극을 벌인 뒤 칸의 자리에 올랐다. 나아가서 그들은 메르키트 부족에 대항하여 함께 싸우기도 했고, 테무진이 태어날 무렵 예수게이가 타타르와 싸우러 나갔을 때도 여전히 동맹 관계였다.

초원에서는 정치가 남성의 친족 관계를 통해서 이루어졌다. 동맹자가 되려면 남자들은 같은 가족에 속해야 하며, 따라서 생물학적인 관계가 없는 남자들 사이의 관계도 의식을 통해 가공의 친족 관계로 바뀌어야 했다.

테무진의 아버지와 미래의 케레이트 지도자는 안다로서 의식을 통해 맺어진 형제였기 때문에 테무진은 이제 노인의 아들 대우를 받고자 했다. 테무진이 자신이 받은 결혼 선물을 옹칸에게 주려는 것은 그를 자신의 아버지로 안정하는 행동이었다. 옹칸이 그 선물을 받으면 그 역시 테무진을 아들로 인정하는 것이 되고, 따라서 보호해 주어야 할 의무가 생기는 것이었다.

대부분의 초원 사람들에게 이런 의식을 통한 친족 관계는 진짜 친족 관계의 종속물이었지만, 테무진은 이런 식으로 선택한 친족 관계가 생물학적인 친족의 유대보다 더 유용하다는 것을 이미 확인했다.

케레이트와 서쪽의 나이만은 커다란 정치적 단위일 뿐만 아니라 더 수준 높은 문화를 지니고 있었다. 이들은 수백 년 전 앗시리아 동방교회의 선교사들을 통해 기독교로 개종하면서 중앙아시아의 상업, 종교적 네트워크와 불안정하나마 연결이 되어 있었기 때문이다. 부족들 사이에 자리잡은 기독교도는 자신들이 사도 토마(예수의 열두 제자 가운데 한 사람)의 혈통이라고 주장했다.

유목민에게는 교회나 수도원이 없었기 때문에 방랑하는 수사들의 역할이 중요했다. 이 수사들은 게르 교회에서 예배를 인도했으며, 신학이나 엄격한 신앙을 강조하지 않고 경전을 유연하게 해석하면서 일반적인 의료사업을 병행했다.

유목민들은 병자를 고치고 죽음을 이겨낸 예수에게 강한 매력을 느꼈다. 그들은 죽음에 승리를 거둔 유일한 인간 예수가 중요하고 강력한 샤먼이라고 생각했으며, 십자가는 사방四方의 상징으로서 신성하다고 생각했다.

초원 부족들은 목축을 하는 사람들이었기 때문에 성경에 나오는 고대 헤브루 부족의 목축 관습이나 믿음과 쉽게 친해질 수 있었다. 어쩌면 채식을 하는 불교도와는 달리 기독교인은 고기를 먹을 수 있다는 점이 중요했을 지도 모른다. 또 먹고 마시는 데 있어서 절제하는 무슬림과는 달리 기독교인은 알코올을 마시는 것을 즐겼을 뿐 아니라, 심지어 그것을 예배의 의무로 규정해 놓기까지 했다는 점도 중요했을 것이다.

옹칸은 그즈음 낙엽송들이 빽빽한 툴라 강변의 '검은 숲(카라툰)'에서 많은 참모들과 함께 병력 증강에 힘을 기울이고 있었는데, 그들의 수는 1만 명을 넘어서고 있었다.

테무진은 즉시 허엘룬의 게르로 들어가 자신의 계획을 밝혔다.

"옹칸이라니? 아버지와 안다가 되기로 약속했다던 그 옹칸을 말하는 건가?”

카사르가 화살을 깎던 손을 멈추며 반문했다.

“그래. 그러니, 네가 나와 함께 케레이트의 땅으로 가주었으면 하는데.”

“옹칸은 분명히 아버지의 안다이지만, 형제들을 죽이면서까지 우두머리가 된 자야. 성격도 거칠고 쉽사리 성사될 일이 아닐 것 같은데…….”

카사르는 테무진과의 동행을 꺼렸다.

“그런 성격의 소유자이기 때문에 우두머리의 자리를 유지하고 있는 거야. 아버지에게 도망쳐 왔을 때와는 달리 전력도 많이 증강된 모양이더라.”

“그래? 하지만…….”

“형님이 명령하는데 하지만이 뭐야?”

옆에서 듣고 있던 벨구테이가 카사르를 설득하는 쪽으로 나섰다.

“다행히 타이치오트 놈들은 아직 움직이지 않고 있으니 그들이 공격해 오기 전에 서둘러 만나야 해.”

“맞아, 그리고 옹칸은 물욕이 많은 사람이라니까 좋은 선물을 준비해야 할 거야.”

“저어, 이렇게 하면 어떨까?”

테무진의 이야기를 차분하게 듣고만 있던 허엘룬이 대화에 끼어들었다.

“네가 가지고 있는 검은 담비가죽 외투를 주면?”

“그건 안 돼요. 형도 뭔가 경사스러운 일이 있을 때 입어야겠다면서 잘 간직해 두고 있는 귀한 물건인데…….”

카사르가 지체하지 않고 반대했다.

“좋은 말이나 몇 마리 끌고 가지요.”

“아니다. 귀한 물건이어야 그 사람이 좋아할 거다. 실은 나도 어머니와 같은 생각을 했다.”

테무진은 어머니의 생각이 맞다고 생각했다.

"하지만 네멋대로 결정하지 말고 일단 버르테와 의논하는 것이 좋겠구나."

허엘룬은 시어머니로서의 배려를 보였다.

자기의 게르로 돌아온 테무진이 사정을 설명하자, 버르테는

"그것을 어떻게 사용하든 저는 상관하지 않습니다. 보자기에 싸드릴까요?"

하고 대답하면서 옷장 쪽으로 발을 옮겼다.

다음 날 아침, 무장한 테무진은 카사르와 벨구테이를 데리고 지류인 툴라 강변의 검은 숲을 향해 떠났다. 오르콘강 유역은 몽골고원 중에서도 풍광이 좋은 장소로 알려져 있는데, 토질도 좋고 온갖 동물들도 많이 살고 있는 지대였다.

일행이 검은 숲 가까이 다가가자

"서라!"

"누구냐?"

하는 커다란 소리와 함께 활을 겨눈 병사들 몇 명이 숲속에서 나타났다. 그들은 순식간에 2, 30명으로 늘어났다.

"보르지긴의 테무진이다."

"테무진?"

테무진은 당황하며 말고삐를 당겼다. 아버지의 안다의 땅에 들어왔다고 해서 경계를 게을리 했다고 깨달은 것과 동시에 자기의 이름이 케레이트 땅까지 알려져 있지 않은 것에 대해서 실망하면서.

대장이라고 짐작되는 사나이가 한 손을 들어 병사들을 제지하며 나타났다.

"안내해 주어라."

그는 한 병사에게 턱짓을 하며 지시했다. 테무진 일행은 병사의 안내를

받으며 숲속으로 들어갔다. 케레이트 부족의 취락지는 매우 넓었으며 수많은 게르들이 여기저기에 자리잡고 있었다.

옹칸의 게르는 데이세첸의 것 못지않은 크기였다.

금실을 넣어서 짠 옷을 걸친 옹칸은 가운데에 위치한 호화로운 의자에 파묻히 듯이 앉아 있었으며, 10여 명 정도의 참모들이 주위에 늘어서 있었다.

"당신의 예수게이 바아토르의 아들 테무진입니다."

테무진은 자기의 이름을 말하고 카사르와 벨구테이를 소개했다.

"흐음, 이제 보니 자네는 예수게이 이상으로 우람한 몸을 가졌군."

40세 전후로 보이는 옹칸은 볼의 바깥쪽까지 자란 입수염을 천천히 쓰다듬으면서 말했다. 살결은 약간 검었으며, 넓은 이마와 볼은 튀어나와 있었고 코는 납작하게 낮은 사나이였다.

"나의 아버지는 당신과 안다인 것을 자랑스러워하셨습니다. 아버지가 살아 계셨더라면 함께 찾아왔을 텐데…… 유감스럽습니다."

테무진은 미리 준비해 두었던 말을 했다.

"네 아버지가 타타르에게 독살된 것은 나도 알고 있다. 그런데 내게 무슨 볼일이 있는 거지?"

그의 푹 패인 눈에 안다의 아들을 만났다는 감개의 빛 같은 것은 찾아볼 수 없었다. 그것에는 의심스러워하는 차가운 빛만이 담겨져 있었다.

"내 아버지와 안다의 관계를 맺은 당신은 저에게 있어서 아버님이나 마찬가지입니다. 제가 아버지 옹칸이라고 불러도 되겠습니까?"

"우선 앉아라."

옹칸은 대답하기를 얼버무리며 발밑의 융단을 가리켰다.

"자네, 결혼은 했나?"

"네. 옹기라트 데이세첸의 딸 버르테와 했습니다."

"호오, 그래? 옹기라트에는 미녀들이 많다고 들었다. 한데 아이는?"

"아직 없습니다."

"미모에 끌려 아내를 잘못 얻은 것은 아닌가?"

옹칸이 조롱하듯이 중얼거리자 주위에 서 있던 참모들 중의 몇 사람이 작게 소리를 내어 웃었다.

"아이는 하늘의 뜻에 의해 얻어지는 것이라고 생각합니다."

테무진은 무의식중에 주먹을 움켜쥐고 있었다.

"그래. 그 말이 맞아. 한데 자네 그 말을 하기 위해 먼 곳에서 일부러 온 것은 아닐 테지?"

그의 미간에 주름이 생기고 있었다.

테무진은 위선자의 본질을 보고 있는 것 같다는 생각이 들었다. 하지만 그 같은 기분을 애써서 감추며 밝은 목소리로 말했다.

"그렇습니다. 아버지 옹칸이라고 부르는 것을 허락받기 위해서 온 것만은 아닙니다."

테무진은 벨구테이에게서 보자기에 싼 물건을 받아들고는 그에게 바쳤다.

"제 아내 버르테가 결혼 예물로 가지고 온 담비가죽 외투를 선물로 준비했습니다. 부디 받아주십시오."

"담비가죽 외투?"

옹칸은 빠르게 손을 뻗어 보자기를 풀더니 탄성을 발했다.

"아니, 이건… 검은담비가 아닌가? 데이세첸은 굉장한 부자인 것 같군."

그의 얼굴에 비로소 희미한 미소가 떠올랐다.

"이 외투가 마음에 든다. 나를 아버지라고 부르는 것을 허락하겠다. 테무진."

"감사합니다."

그는 갑자기 의자에서 벌떡 일어나더니 옆에 서 있는 참모들에게 말했다.

"입혀 주게."

"예."

반사적으로 그에게 다가선 세 사람이 옹칸에게 외투를 입혔다.

"근사합니다."

"아, 정말로 잘 어울립니다."

부하들이 앞을 다투며 찬사를 보냈다.

"그렇겠지. 그나저나 담비가죽 외투에 대한 답례에 대해서 생각하지 않으면 안 되겠군. 무엇이 좋을까?"

옹칸은 가죽외투의 착용감을 시험하기 위해 게르 안을 천천히 걸어보면서 중얼거렸다.

"저는 아버지라고 인정해 주신 것만으로도 만족스럽게 생각합니다."

테무진이 옹칸에게 제시한 '아들'이라는 말과 '담비가죽 외투'는 거래를 암시하는 상징어들이었다.

'아들'은 옛날에 예수게이가 거느렸던 예속민들을 찾아주면 테무진이 옹칸을 죽을 때까지 아버지로 모시겠다는 뜻이었으며, '담비가죽 외투'는 이후 생기게 되는 모든 재물을 옹칸에게 바치겠다는 의미였다.

옹칸은 자신이 곤경에 빠졌을 때 구해주었던 예수게이 바아토르의 아들 테무진을 말없이 바라보았다. 그리고 테무진이 바친 검은 담비가죽 외투를 어루만지며 그의 눈빛을 주시했다. 눈에 불이 있고 뺨에 빛이 있는 청년 테무진, 그 청년이 제시한 것들은 옹칸의 마음을 사로잡았다.

"……."

"너를 위해 예수게이 바아토르 집안을 등지고 뿔뿔이 흩어진 백성들을 모아 주겠다. 어떤가?"

이야기가 뜻밖의 방향으로 진행되자, 테무진은 그 자리에서 두 손을 바닥에 짚으며 머리를 숙였다.

"진심으로 감사드립니다."

카사르와 벨구테이도 테무진이 한 것처럼 했다.

"그럼, 저희들은 이만……."

마유 한 잔도 대접받지 못했지만, 테무진은 그쯤에서 돌아가기로 했다. 그러나 옹칸은 그들을 붙잡으려 하지 않았고, 어떤 방법으로 그들 일가를 버린 패거리들을 어떻게 모아줄 것인가에 대해서도 구체적으로 말해 주지 않았다. 작별 인사를 한 테무진 일행이 출구 쪽으로 향해 돌아가자

"조심해서 돌아가게."

하고 건성으로 말했을 뿐이었다.

"어쩐지 입맛이 씁쓸하군. 아버지는 묘한 사나이와 안다가 되셨어."

검은 숲에서 나와 걷기 시작했을 때 카사르가 중얼거리듯이 말했다.

"남의 험담은 하지 마라."

테무진이 그를 꾸짖으며 말을 이었다.

"옹칸이 사방으로 흩어진 패거리들을 모아주겠다고 약속했잖아. 나는 가죽 외투를 선물한 것은 매우 잘한 일이었다고 생각한다."

〈몽골비사〉에 따르면 테무진은 자신이 작은 씨족의 지도자로 평생을 보내고 싶어했던 것 같지만, 부족들의 공격과 반목이 이어지는 어지러운 세계는 그런 목가적인 삶을 허락하지 않았다. 수백 년의 세월 동안 초원의 부족들은 서로 무자비하게 물어뜯고 있었다.

과거의 행동에 대한 기억은 그대로 유지되었다. 부족 내의 어느 한 가족이 피해를 입으면 그것이 복수의 근거가 되었고, 이후 오랫동안 상대를 공격할 수 있는 구실이 되었다. 테무진의 집단이 아무리 조용히 있고 싶어해도 이

소란스러운 세계에서 아무런 접촉없이 눈에 띄지 않고 살아갈 수가 없었다.

테무진의 가족이 이미 겪은 고생으로는 모자랐는지, 테무진의 어머니를 빼앗겼던 부족 메르키트는 18년이 지난 뒤에 갑자기 과거의 복수를 하겠다고 나섰다.

메르키트는 자식 다섯을 기르느라 늙어버린 과부 허엘룬이 아니라 테무진의 젊은 신부 버르테를 데려가 허엘룬 납치에 대한 앙갚음을 했다. 옹칸과 주도면밀하게 맺어 놓은 동맹은 테무진이 이 위기에 대처하는데 중요한 역할을 하게 되며, 메르키트의 도전은 그가 위대한 칸의 길로 나아가는 결정적인 계기가 되었다.

제11장

세 개의 강

테무진 일가가 케룰렌강 상류에 위치한 보루기 에르기(물안개 피는 언덕)의 고립된 초원지대에 머물고 있을 때였다.

날이 밝기 직전인 어느 날 새벽, 허엘룬의 게르에서 잠자고 있던 야순 할멈은 노파들이 흔히 그렇듯이 깜박깜박 잠을 놓치고는 했다. 말들이 가까이 다가오자 노파는 말발굽 때문에 땅이 울리는 것을 느꼈다. 잠이 완전히 달아난 노파는 소리를 질러 다른 사람들을 깨웠다.

"어서들 일어나요. 많은 사람들이 오고 있어요!"

"뭐라고?"

놀라며 눈을 뜬 허엘룬은 귀를 기울였다. 사실이었다. 분명히 천둥이 치는 것처럼 땅이 울리는 소리가 들려오고 있었다.

게르에서 잠자던 남자들은 모두 벌떡 일어나 정신없이 신을 신고 근처에 묶어 놓은 말을 향해 달려갔다. 테무진은 동생들과 어머니, 누이를 데리고 달아났다. 신부와 계모 소치겔, 그리고 그들 모두를 구해준 노파는 데려가지 못했다. 일상생활이 언제든지 비극이나 죽음으로 바뀔 수 있는 살벌한 부족 세계에서 기사도는 사치스러운 장식품이었다.

테무진은 여자 셋을 적의 전리품으로 놓아두면 습격자들의 추적 속도가 느려지고 그동안에 다른 사람들은 한 걸음이라도 더 달아날 수 있다는 현실적인 계산에 따라 신속하게 결정을 내린 것이었다.

달아나는 테무진 무리에게 탁 트인 초원지대는 피난처가 될 수 없었다. 북쪽의 산으로 피신하려면 열심히 말을 달려야 했다. 침입자들이 게르에 이르렀을 때 테무진 무리는 이른 아침의 어둠을 뚫고 달아난 뒤였다. 그러나 버르테와 소치겔은 야순 할멈이 모는 황소가 끄는 수레에 타고 있었으며 뒤처지게 되었다.

그녀는 소에게 채찍질을 하며 버르테에게 말했다.

"더 빨리 달릴 테니까, 아무 거라도 꼭 잡아요."

채찍질이 지나쳤는지 소가 갑자기 폭주하기 시작했다. 놀란 할멈이 고삐를 당겼지만 소는 계속해서 달릴 뿐이었다. 차체는 여기저기 깔려 있는 돌들을 누르고 지나가는 바람에 튕겨지면서 달리곤 하다가 마침내 차축이 부러져 한쪽으로 기울며 멈춰서고 말았다.

"다치지 않았나요?"

수레에서 내린 할멈이 버르테에게 손을 내밀며 물었다.

"수레가 부서졌으니 여기서부터는 걸어서 도망칠 수밖에 없어요."

"채찍질을 심하게 하니까 이렇게 되잖아요."

한쪽으로 기울어진 수레에서 기어나온 버르테가 야순 할멈에게 잔소리를 했다.

"미안해요. 아씨……."

야순 할멈이 머쓱해 하며 말했을 때 느닷없이 말발굽 소리가 들려오기 시작했다

"앗, 어서 숨어요."

야순 할멈이 놀라면서 버르테의 등을 밀어 우차 안으로 다시 들어가게 하고는 검은 장막을 내렸다. 말에 탄 병사들이 빠른 속도로 달려오는 것이 보였다. 그들의 수는 약 50명 정도였다. 너무나 빠르게 도망친 테무진 일행을 놓쳐버린 패거리들 같았다.

군마들이 우차의 주위를 에워쌌다.

"이봐, 그 수레에 뭘 실었지?"

우두머리로 보이는 사나이가 물었다.

"양모를 깎아가지고 돌아가는 길입니다요."

할멈이 그의 시선을 피하며 대꾸하자, 그는 갑자기 소리쳤다.

"수레 안을 조사해라."

병사들은 일제히 말에서 내리더니 칼을 들어 장막을 걷어 올렸다.

"으흠, 이게 양모란 말인가?"

우두머리가 두 눈을 치뜨면서 내뱉자 병사들 두 사람이 우차 안에 숨어 있는 버르테를 끌어내리려고 했다.

"손대지 마. 더럽다."

버르테가 필사적으로 저항했지만 쓸데없는 일이었다.

"호오, 이건 정말 뜻밖이로군! 너는 테무진의 처 버르테로구나. 그렇지?"

우두머리는 히쭉 웃고는 다시 중얼거렸다.

"일찍이 예수게이 바아토르가 허엘룬을 예케 칠레두에게서 약탈했다. 우리는 오늘 테무진의 여인을 잡았다. 이제서야 우리는 원수를 갚았다."

병사들에게 양 팔을 잡힌 버르테는 입술을 질근 깨물며 눈을 감았다.

"하아!"

"하아!"

선두의 테무진은 정신없이 채찍질을 해댔고 동생들도 온힘을 다해서 그의 뒤를 따랐다. 하지만 평소에 몸이 약해 말을 타는데 익숙치 못한 카치온은 차츰 뒤로 처지기 시작했다.

테무진의 뒤를 따르던 카치온은 결국 3백 미터 정도 후방까지 접근한 추격군의 화살을 등에 맞고 말에서 떨어졌다. 추격군은 말발굽으로 카치온의 몸을 짓밟으며 지나갔다. 그는 남자의 소망인 전투를 해보지도 못하고 저세상으로 가버리고 말았다.

"하아!"

테무진 일행은 그날 저녁때 부르칸산의 밀림에 도착했다.

"여기라면 일단 들킬 염려는 없을 거요."

그들을 안내하던 젤메가 발을 멈춘 곳은 느릅나무 숲이 펼쳐진 곳이었다. 그곳에서는 산 아래를 훤하게 전망할 수 있지만 아래쪽에서는 밀림에 가려 잘 보이지 않는 특별한 장소였다.

"버르테와 카치온은 어떻게 되었을까?"

테무진은 노예들이 계곡의 물로 말을 씻기 시작했을 때에야 비로소 두 사람의 모습이 보이지 않는 것을 깨달으며 보오르추에게 물었다.

"도중에 카치온과 우차의 모습을 놓치고 말았다."

맨 뒤에서 따라오며 타이치오트의 추적 상태를 확인하는 임무를 맡고 있던 보오르추가 눈을 내리깔며 말했다.

"지금 당장 젤메와 함께 찾으러 가라."

테무진은 아찔해지는 현기증을 느끼며 생각했다.

'역시 마음이 조급했던 것 같다. 이래 가지고는 일가를 통솔할 자격이

있다고 말할 수 없는데…….'

임시 숙사가 만들어졌을 때 버르테를 찾으러 갔던 보오르추와 젤메가 돌아왔다.

"여기저기 찾아보았지만 우차는 발견되지 않았다."

"그래?"

"그리고 놈들은 알고보니 타이치오트부 놈들이 아니었다. 메르키트부의 족장 토크토아 베키의 지휘를 받고 있었다."

"뭐? 메르키트였다고?"

테무진은 뒤통수를 돌로 얻어맞은 것 같은 기분이 되며 약간 떨어진 곳에 있는 어머니 허엘룬과 시선이 마주치지 않도록 했다. 그의 어머니는 원래 메르키트의 칠레두라는 사나이에게 시집 가기로 되어 있었는데, 그의 아버지 예수게이에게 약탈당해 아내가 되었다는 이야기를 고인이 된 차라카 노인에게서 들은 적이 있었기 때문이었다.

다음날 카사르와 함께 버르테를 찾으러 나섰던 벨구테이가 돌아왔다. 말에서 내린 벨구테이는 테무진 앞에 이르자 슬며시 외면했다.

"붙잡혔구나?"

테무진이 다시 물었더니 그는 기어들어가는 목소리로 대답했다.

"그래. 버르테와 야순 할멈이 놈들의 말꽁무니에 타고 있는 것을 보았다."

"그래?"

"또 있어. 화살에 맞아 죽어 있는 카치온의 모습도 보았어."

"뭐라고?"

"차마, 눈을 뜨고 볼 수 없는 처참한 모습이었다. 화살에 맞고 마차 바퀴에 깔려…….'"

"……."

"아무래도 어머니에게 보여줄 수 있는 상태가 아니었기 때문에 우리들이 그의 시신이 하늘로 올라갈 수 있도록 무덤을 만들어 주었다."

"아아……."

걷잡을 수 없는 분노로 인해 얼굴이 붉어진 테무진은 주먹으로 자기의 가슴을 힘껏 치면서 탄식했다.

"나는 얼마나 비겁한 놈인가. 적에게 화살 한 개도 쏘지 못하고 도망쳐 오다니. 마음껏 나를 욕해 다오. 카치온, 버르테……."

메르키트는 며칠 동안 필사적으로 부르칸 칼둔 주변을 샅샅이 뒤졌으며, 테무진은 계속 이동하면서 부르칸 칼둔의 비탈이나 숲이 우거진 골짜기에 숨었다.

처음으로 부르칸산의 밀림에 들어온 메르키트의 군대는 말에서 내려 무릎까지 빠지는 진흙 속을 전진하다가 양치류가 군생하는 습지대에 빠져 들고 말았다. 그 일대에는 큰 뱀들이 서식하고 있었으며 양치식물들 틈으로 목을 치켜들기도 했다. 그것을 본 토크토아 베키는 마침내 수색을 포기하고 북서쪽 시베리아의 바이칼 호수에서 흘러나온 셀렝게강 옆에 자리잡은 머나먼 고향으로 떠났다.

하지만 테무진은 그들의 철수가 자신을 끌어들이려는 함정인지도 모른 다고 생각하여 벨구테이를 두 친구 보오르추, 젤메와 함께 보내 납치범들을 사흘 동안 추적하게 했다. 메르키트가 다시 돌아와 기습을 하지 않는지 확인 하려는 것이었다.

부르칸 칼둔의 숲에 숨은 테무진은 그의 평생을 좌우하는 결정을 내려야 했다. 납치된 아내에 대해 어떻게 대응해야 할 것인가? 버르테를 다시 찾아올 희망을 접을 수도 있었다. 사실 이것이 예상되는 선택이었다. 그의 작은 집단으로는 강력한 메르키트에게 도전할 수 없었기 때문이다. 시간이 지나면 다른 부인을 얻을 수 있을 터였다. 그러나 아버지가 그의 어머니를 납치했듯이 테무진도 여자를 납치해야 했다. 더 힘센 남자에게 아내를 빼앗긴 사람에게 자발적으로 딸을 내줄 사람은 없었기 때문이다.

과거에 테무진은 영리한 두뇌에 의지하여 싸움을 하거나 달아났다. 그러나 그런 결정은 갑자기 닥쳐온 위험이나 기회에 대한 자연발생적인 대응이었다. 이젠 신중하게 생각하고 행동 계획을 짜야 했다. 이 결정이 평생에 영향을 줄 수도 있었다. 말하자면 자신의 운명을 선택해야 했던 것이다. 그는 자신이 숨어 있는 산 덕분에 목숨을 살렸다고 생각하고 산신령에게 기도를 했다.

불교나 이슬람교, 기독교처럼 경전이나 사제가 중시되는 전통을 받아들인 다른 초원의 부족들과는 달리 몽골족은 여전히 정령 신앙을 유지하여 주위의 정령에게 기도를 했다. 그들은 '영원한 푸른 하늘', '태양의 황금빛'을 비롯하여 자연의 무수한 영적 힘들을 섬겼다.

몽골족은 자연 세계를 하늘과 땅 둘로 나누었다. 인간의 영혼이 몸 가운데 움직이지 않는 부분이 아니라 피, 숨, 냄새 등 움직이는 요소에 담겨 있듯이, 땅의 영혼도 물에 잠겨 있었다.

피가 몸 안을 흐르듯이 강은 땅을 흘렀다. 이 강들 가운데 세 줄기가 이 산에서 흘러나왔다. 부르칸 칼둔산은 가장 높은 산으로 '신의 산'이라는 의미였으며 이 지역의 칸이었다. 또한 세 강의 원천으로서 부르칸 칼둔은 몽골 세계의 신성한 심장이었다.

<몽골비사>에 따르면 테무진은 메르키트의 손에 죽지 않은 것을 고맙게 여겨 먼저 그를 보호해준 산과 하늘을 가로질러 달려가는 해에게 감사기도를 드렸다. 또 족제비처럼 말발굽 소리를 들음으로써 다른 사람들을 구해주고 자신은 잡힌 몸이 된 노파에게 특별히 감사했다.

테무진은 주위의 정령들에게 감사하기 위해 몽골의 관행대로 허공과

땅에 젖을 뿌렸다. 이어 겉옷의 허리띠를 풀어 목에 걸었다. 전통적으로 남자만 매는 허리띠는 몽골 남자의 정체성의 핵심이었다. 테무진이 이런 식으로 허리띠를 푼다는 것은 자신의 힘을 제거하여 주위의 신들 앞에 무력한 모습을 드러내겠다는 뜻이었다. 초원의 부족들에게 정치적이고 세속적인 권력은 초자연적인 힘과 떼어놓을 수 없었다. 둘 다 '영원한 하늘'에서 나왔기 때문이다.

성공을 거두고 다른 사람에게 승리를 거두려면 먼저 영적인 세계에서 초자연적인 힘을 얻어야 했다. 영기靈旗가 승리와 권력을 얻기 위해서는 먼저 거기에 초자연적인 힘을 불어넣어야 했다. 테무진은 부르칸 칼둔산에 숨어 사흘간 기도를 드린 뒤부터 그를 특별히 돌봐주는 이 산과 오랫동안 내밀한 영적 관계를 유지하게 되었다. 이 산은 앞으로 그의 힘의 원천이 될 것이다.

부르칸 칼둔산은 그에게 힘을 주었을 뿐만 아니라 어려운 선택으로 먼저 그를 시험하기도 했다.

이 산에서 흘러나오는 세 개의 강은 테무진에게 각기 다른 방향을 제시했다. 그는 케룰렌강을 따라 남쪽으로 돌아갈 수도 있었다. 이곳은 그가 초원 생활을 하던 곳으로 아무리 많은 짐승과 부인을 얻는다 해도 메르키트나 타이치우트 등 다른 부족의 침략을 받아 그것을 잃을 위험이 상존하는 곳이었다. 그가 태어난 오논강을 따라 북동쪽으로 갈 수도 있었다.

오논강은 케룰렌강보다 더 외떨어지고 숲이 많은 곳으로 구불구불 흘러가기 때문에 숨을 곳은 많았다. 그러나 이곳에는 가축을 기를 목초지조차 없었다. 그곳에 살게 되면 어린 시절처럼 낚시질을 하거나, 새를 잡거나, 쥐를 비롯한 다른 포유동물들을 사냥하며 근근이 살아가야 했다.

오논강가의 삶은 안전하기는 하지만 번영이나 명예는 기대할 수 없었다. 세 번째 대안은 남쪽으로 흐르는 툴라강을 따라가 담비 외투를 선물했던 옹칸에게 지원을 요청하는 것이었다.

테무진은 이미 옹칸 휘하의 하급 지도자로 들어오라는 제안을 거절한 적이 있었다. 그로부터 불과 일 년 뒤 그의 제안을 거절하고 선택한 삶이 메르키트의 침략자들 때문에 박살이 나기는 했지만, 그래도 테무진은 칸들끼리 서로 죽이는 싸움에 뛰어들기를 망설였던 것으로 보인다. 그러나 신부를 찾으려면 다른 길이 없었을 것이다.

테무진은 초원지대의 끊임없는 전쟁과 소요로부터 떨어져서 조용한 생활을 하고 싶었지만 메르키트의 침략으로 그런 삶을 사는 것은 가능하지 않다는 것을 배웠다. 추방당한 자로서 궁핍한 삶을 살고 싶지 않다면, 늘 그의 야영지를 마음대로 습격하는 침략자들에게 휘둘리고 싶지 않다면, 초원지대 전사들의 위계 속에서 자기의 자리를 지키기 위해 싸워야 했다. 그때까지 피해온 거친 게임에 가담하여 늘 전쟁을 치러야 했다.

정치, 위계, 영적인 힘 등의 문제들을 떠나 테무진은 자신의 짧지만 비극적인 삶에 행복을 가져다준 유일한 사람이었던 버르테를 간절히 그리워했다. 몽골 남자들은 사람들이 있는 곳에서, 특히 다른 사람들이 있는 곳에서는 보통 감정을 드러내지 않았지만, 테무진은 버르테에 대한 사랑, 그녀가 없기 때문에 느끼는 고통을 솔직하고 분명하게 인정했다. 그는 침입자들이 자신의 침대를 허전하게 했을 뿐만 아니라 그의 가슴을 찢고 심장을 부수었다고 탄식했다.

테무진은 싸우는 쪽을 택했다. 그는 죽을 각오를 하고 아내를 찾기로 했다. 산속에서 사흘간 힘들게 고민을 하고 기도를 하고 계획을 짠 뒤에 테무진은 툴라강을 따라갔다. 옹칸의 진지를 찾아가 지원을 요청하기로 한 것이다. 그러나 추방당한 외로운 존재로서 옹칸을 찾아가는 것이 아니었다. 막강한 옹칸에게 귀중한 담비외투를 바치면서 충성을 서약한 적법한 아들로서 찾아가는 것이었다.

테무진은 카사르와 벨구테이를 데리고 다시 툴라강 부근에 자리잡고 있는 검은 숲을 방문했다. 취락지에서 가장 큰 옹칸의 게르는 1년 전과 거의 같은 장소에 있었다.

테무진이 말에서 내려 천막 앞에 서 있는 창을 든 병사에게 안내를 부탁하자,

"아들 테무진 잘 와 주었다."

하는 소리와 함께 모습을 나타낸 옹칸이 테무진을 와락 끌어안았다.

"메르키트족의 습격을 받았다는 소식을 듣고 걱정하고 있었다."

"감사합니다. 아버지."

'이상하군. 이처럼 태도가 달라진 이유가 무엇일까?'

1년 전에 옹칸의 본질이 좋지 않다고 꿰뚫어보았기에 나름대로 각오를 하고 찾아왔던 테무진은 너무나도 달라진 그의 태도 때문에 오히려 경계심을 품게 되었다.

게르 안으로 들어선 테무진은 단도직입적으로 말했다.

"저는 지금 매우 답답한 입장에 처하고 말았습니다. 메르키트족에게 불의의 습격을 받아 아내를 빼앗겼습니다. 구원하러 가고 싶지만 그들의 많은 군대와 싸워 이길 가능성이 없습니다. 아버지시여, 저에게 군대를 빌려주시어 내 아내를 구하게 해주십시오."

중앙에 위치한 의자에 앉아 듣고 있던 옹칸은 이윽고 마치 놀이사냥이라도 함께 가자는 것처럼 가볍게 대꾸했다.

"나는 작년에 너와 약속했다. '담비 외투를 받은데 대한 보답으로 흩어진 너의 백성들을 모아주겠다'라고, 약속대로 너의 백성들을 모아 모든 메르키트족을 멸망시키고 네 아내를 구출해 주겠다."

"감사합니다."

몽골의 옛 수도 하르허링 유적

테무진은 예기치 않았던 옹칸의 즉답에 놀라며 자리에서 벌떡 일어나 머리를 숙였다. 하지만 그러면서도 테무진은 그가 한 말을 곧이곧대로 믿을 수가 없었다.

"네 처를 빼앗아 간 메르키트족은 나에게 있어서도 미운 상대다. 너의 요청을 받은 지금이 바로 그들을 전멸시킬 때라고 생각한다."

옹칸은 테무진의 마음속을 아는지 모르는지 진지한 표정을 지으며 참모들의 얼굴을 둘러보고 있었다.

"지당한 말씀이십니다."

만일 옹칸이 싸우고 싶지 않았다면 미적거리다가 테무진에게 자신의 진영에 있는 여자들 중의 하나를 부인으로 주고 말았을 것이다. 그러나 늙은 칸은 그 나름으로 메르키트에게 구원舊怨이 있었다.

그도 젊었을 때 메르키트부의 포로가 되어 셀렝게 강변에서 온종일 탈곡 기구인 커다란 맷돌을 돌리는 치욕을 당한 적이 있었던 것이다. 따라서 테무진의 요청은 그에게 다시 메르티크부를 공격하고 약탈할 구실을 주었던 것이다.

"그런데, 너는 알고 있지 못한 것 같은데 말이야."

옹칸이 다시 테무진을 보면서 부드러운 목소리로 말했다.

"실은 말이다. 내가 너에게 협조해야겠다고 마음먹은 것은 너에 대한 평판이 매우 좋기 때문이었다. 그래서 언젠가 기회를 만들어 내쪽에서 협력을 청할 작정이었다. 아들이여, 너는 자다란 씨족의 자무카를 알고 있지?"

"예? 자무카라고요? 알고말고요."

옹칸의 입에서 갑자기 그 이름이 나오는 바람에 테무진은 깜짝 놀라지 않을 수 없었다. 그는 테무진이 어려웠던 시기에 안다가 되기로 맹세했던 특별한 친구가 아닌가.

"놀라는 것을 보니 자무카가 지금 어디에 있는지 모르는 것 같군?"

"그렇습니다."

테무진은 자기도 모르게 목소리를 높이고 있었다.

옹칸은 한순간 표정이 굳어지더니 헛기침을 하면서 말을 이었다.

"실은 말이다. 자무카는 한때 메르키트부의 우두머리인 토크토아 베키에게 붙잡혀 20명의 부하들과 함께 고역을 강요당했었다."

"모르고 있었습니다."

테무진은 엉뚱한 사람의 입을 통해 수수께끼의 답을 얻고 있었다. 안다인 자무카도 옹칸과 마찬가지로 토크토아에게 잡혀 있었던 것이다

테무진은 옹칸의 표정이 굳어진 이유를 그제야 이해할 수 있었다.

"하지만 자무카는 교언영색의 재사라고 말할 수 있는 젊은이가 아닌가. 토크토아에게 붙잡히기는 했지만, 그놈을 구워 삶는데 성공하여 얼마 후에는 빈객 대우를 받았다는 거야. 뿐만 아니라 솜씨 좋은 말로 알랑거려 그놈에게 빼앗겼던 전 재산까지 돌려받고 유유히 둔영지로 빠져나왔다더군."

"아, 네…."

"너라면 아마 아양을 떨면서까지 토크토아의 비위를 맞출 생각은 하지 않았을 거다. 물론 어느 쪽이 더 좋은 방법이라고 잘라서 말할 수는 없겠지만 그런 점이 너와 자무카의 다른 점이라고 말할 수 있겠지."

"……"

"귀환한 뒤 메르키트부를 타도하겠다고 맹세한 자무카는 군비 증강에 힘써 지금은 1만여 명의 병사들을 거느릴 정도가 되었다."

'1만여 명…….'

테무진은 놀라면서 형제들과 서로 얼굴을 마주보았다. 그것은 바아토르 (용맹한 자)라고 칭송을 받았던 그의 아버지 예수게이도 갖지 못했 던 엄청난

병력이었던 것이다.

"자무카는 지금 코르코나크 강가에 있다."

'코르코나크 강가…….'

그곳은 테무진에게 있어서 잊을래야 잊을 수 없는 곳이었다. 울림화살을 서로 교환하면서 자무카와 안다가 되기로 약속했던 장소가 바로 그곳이었다.

"즉시 가서 그를 만나 내가 메르키트부 타도를 위해 출전을 요청한다고 전해라. 나는 막내동생인 자카 감보와 함께 1만 명 정도의 병력을 이끌고 우군이 되겠다. 자무카도 같은 수의 병력을 이끌고 좌군이 되는 것이 좋겠지. 테무진 너는 중군이 되어 출전하라."

"만날 장소와 날짜를 알고 싶습니다."

테무진은 '출전'이라는 말을 듣는 순간 흥분되어 몸이 떨리는 것을 느꼈다. 지금까지처럼 도망치기만 하는 것이 아니라 중군이 되어 정면에서 적을 공격할 수 있게 된 것이다. 그는 역시 찾아오기를 잘했다고 생각하며 자기가 옹칸을 의심했던 것을 부끄럽게 생각했다.

옹칸은 자무카가 출전을 승낙한다면 자기가 합류할 장소로 가겠다고 은근히 암시했다.

"당장 가서 자무카에게……, "

테무진은 기운차게 말하면서 어떻게 해서라도 자무카를 설득시켜야겠다고 생각했다.

"현재 너의 적은 타이치오트부와 메르키트부 둘이다. 그것들이 동맹이라도 맺게 되면 협공당하게 될 위험성이 있다. 그러니 어떻게 해서든지 조기에 메르키트부를 섬멸해 버리지 않으면 안 된다. 나와 자무카가 출전하면 승리는 확실하겠지. 힘을 내라."

"네. 속히 좋은 소식을 전하고 싶습니다. 그럼 우리는 이만……."

테무진은 정중하게 감사의 뜻을 표하고는 옹칸의 게르에서 물러가기로 했다.

"우리의 청을 쾌히 들어준 것은 고맙지만 뭔가 꿍꿍이가 있는 것 같아."

보통 속도로 말을 몰던 카사르가 얼굴을 찡그리면서 말했다.

"형을 너무나 칭찬하는 것이 어쩐지 께름직해. 그는 뭔가 감추고 있는 것 같아."

"아버지 옹칸은 메르키트에게 복수할 기회를 엿보고 있었던 거야. 우리들의 요청은 출전할 수 있는 명분이 된 거지. 자무카와 동맹하여 그들을 섬멸할 수 있는 좋은 기회라고 판단하게 된 것이겠지."

테무진은 태연한 얼굴로 말을 계속했다.

"물론 나는 사로잡힌 사람들을 구하기 위해 싸우려는 것이지만, 아버지는 그들과의 싸움에서 승리하여 전리품을 얻겠다는 다른 목적도 가지고 있겠지."

그리고 자기는 그들과의 싸움에서 이겨 버르테와 야순 할멈을 찾아오기만 하면 족하다고 생각했다. 전리품을 옹칸과 자무카 둘이서만 나누어 갖는다면 어느 쪽에도 빚을 지지 않고 오히려 빚을 준 것이 되니 부담이 적어져서 좋다고 생각했다.

제12장

대접전

몽골고원을 피바람의 소용돌이 속에 몰아넣고 자신을 추종하는 또 하나의 세력을 창출하려는 옹칸의 음모는 냉혹하고도 잔인하게 추진되고 있었다. 그 음모는 1년 여에 걸쳐 치밀하게 진행되었다.

버르테가 피납되었을 당시 옹칸은 메르키트부의 토크토아 베키나 몽골부의 자무카 모두와 우호 관계를 맺고 있었다. 토크토아 베키나 자무카는 날로 세력을 확장해 가는 태풍의 눈들이었다. 그들을 더 이상 방치하면 뒷날 감당할 수 없는 비수가 될 가능성이 있었다. 그래서 옹칸은 찾아온 테무진을 보는 순간 결단을 내렸던 것이다.

'하나는 죽이고 하나는 반으로 가른다. 나와 자무카가 힘을 합쳐 토크토아 베키를 죽인다. 테무진은 자무카의 세력을 반분하게 만든다.'

부르칸산의 남쪽, 케룰렌강 상류에 위치한 부르기 강가의 주둔지로 돌아온 테무진은 다음 날 아침, 카사르와 벨구테이를 자무카에게 보냈다. 직접 찾아가 자무카와 재회하고 싶은 생각이 간절했지만, 그는 드디어 닥쳐온 복수전에 대비해 전력을 점검해 두어야 했다. 재회의 기쁨은 합류한 장소에서 맛볼 작정이었다.

오논강 중류 지역에 위치한 코르코나크 강변은 키가 큰 나무들이 밀생하는 협곡이었다. 취락지에 가까워진 카사르와 벨구테이는 다른 병사들에게 몇 번이나 검문을 당했지만, 그때마다 '자무카의 안다인 테무진의 형제'라고 알리며 전진할 수 있었다.

자무카의 게르는 옹칸의 그것보다는 크지 않았지만 테무진의 게르보다는 훨씬 컸다. 두 사람이 안으로 안내되었을 때 자무카는 한가운데에 깔려 있는 색깔이 선명한 융단 위에 책상다리를 하고 앉아 있었다.

윤기가 나는 여우가죽 모자를 썼으며 금실을 수놓은 옷에 금색으로 빛나는 허리띠를 매고 있었다. 어딘지 모르게 어릴 때의 모습을 간직하고 있었지만, 입수염과 콧수염을 기른 얼굴은 용맹스러워 보였고, 크고 검은 눈에는 사소한 움직임도 놓치지 않을 것 같은 날카로움이 깃들어 있었다.

서쪽에는 칼을 찬 참모들이 15명 정도 줄을 지어 앉아 있고, 동쪽에는 정장을 한 네 사람의 젊은 여인들이 앉아 있었다. 오른쪽 끝의 여인이 정부인이고 나머지는 애첩들인 것 같았다.

"오랜만이로군. 카사르, 벨구테이."

자무카가 쩌렁쩌렁 울리는 목소리로 말하며 옆에 앉으라고 손짓을 했다.

"테무진이 이걸 보여주라고 했소."

카사르가 송아지 뿔에 구멍을 뚫은 화살촉을 꺼내 바치면서 자무카에게 말했다.

"아니, 이건……."

자무카는 놀라면서 그것을 받아들었다.

"안다는 용하게도 아직까지 이것을 간직하고 있었군!"

햇볕에 탄 사나운 얼굴에 미소가 가득 번졌다.

"형은 항상 안다 자무카에 대해서 걱정하고 있었소. 이번에 직접 오고 싶어했지만, 아무래도 그럴 수 없는 사정이 있어서 우리들이 대신 왔소."

"용케도 이곳을 알았군."

"아버지 옹칸에게서 들었소. 그분이 전해 달라는 말씀도 가지고 왔소."

"아버지 옹칸이라. 그렇게 된 것이었나. 찾아온 이유는 대충 짐작이 간다."

소년 시절부터 머리 회전이 빨랐던 자무카는 갑자기 굳어진 표정이 되더니 여자들 쪽으로 시선을 던졌다. 여자들 세 사람이 일어나더니 술상을 준비하기 시작했다.

"옹칸에게서 당신이 토크토아에게 붙잡혔지만 용케도 빼앗겼던 전 재산까지 찾고 풀려났다는 이야기를 들었소. 지금부터는 세친(현자)이라고 부르겠으니 허락해 주기 바라오."

카사르가 말하자, 자무카는 머리를 끄덕이며 대답했다.

"그렇게 해라. 벌써부터 세친이라고 부르면서 따르는 자들이 많으니까."

여자들 중의 하나가 마유주가 담긴 큰 술잔을 들고 오더니 자무카에게 바쳤고, 또 한 사람은 두 사람 앞에 말린 양고기를 담은 접시를 놓았다.

"안다의 동생들을 환영하는 의미로 건배하겠다."

카사르와 벨구테이는 기세에 압도당하는 것 같은 기분이 되며 허름한 옷의 깃을 여몄다. 술잔은 자무카의 손에서 카사르의 손으로 넘어갔다.

"형 테무진의 안다 세친이 번영하시기를 천제님에게 빕니다."

카사르는 자못 맛이 있는 것처럼 벌컥거리며 그것을 마시고는 벨구테이에게 잔을 넘겼다. 여자들은 자무카의 참모들에게도 마유주를 가득하게 따른 큰 잔을 갖다주고 있었다.

"세친이여, 우리는 얼마 전에 메르키트족의 습격을 받아 재산은 절반이 되고, 형 테무진의 부인인 버르테도 빼앗기고 말았소."

참모들이 잔을 돌려가며 술을 마시기 시작했을 때 카사르는 비로소 자무카를 찾아오게 된 이유를 털어놓았다.

"옹칸은 옛날에 우리 아버지 예수게이에게 신세진 것을 생각하여 메르키트 토벌을 위해 1만여 명의 군대를 이끌고 우군으로 출전해 주겠다고 약속했소. 또한 세친에게는 '1만여 명의 군대를 이끌고 좌군으로 출전해 주기 바란다'라는 말을 전하라고 하셨소. 만날 장소와 일시는 세친에게 일임하겠다고 말씀하셨소."

"나는 아버지를 잃고 고생하던 시절의 안다 테무진을 잘 알고 있다. 그 안다가 메르키트족에게 아내를 빼앗겼다는 말을 들으니 가슴이 아프다."

자무카는 카사르에게서 받은 화살촉을 만지작거리면서 약간은 과장되게 목 안으로 쥐어짜는 것 같은 소리를 냈다. 그의 참모들은 고뇌에 가득 찬 자무카의 얼굴을 지켜보며 술잔 돌리기를 멈추고 있었다.

"메르키트부 놈들을 토벌하여 버르테를 구출하자."

"목숨을 걸고 싸우겠소."

듣고만 있던 벨구테이가 한쪽 무릎을 세우며 말했다.

자무카는 매섭게 생긴 눈으로 허공을 보면서 씹어 뱉듯이 말했다.

"토크토아, 그놈의 목은 내 손으로 베어버리겠다."

실전을 체험해 보지 못한 벨구테이는 자무카의 무시무시한 기백에 더욱 압도당하고 있었다.

"우리가 만날 장소와 날짜는? 우리는 안다 세친의 대답을 형에게 전달하고, 아버지 옹칸에게도 보고할 시간이 필요한데……."

카사르가 잔뜩 긴장하면서 묻자, 자무카는 쏟아 붓듯이 단번에 말했다.

"오논강의 근원지인 부르칸 분지에서 13일 후에 만나기로 하자. 눈보라가 치건 큰 비가 내리건 약속한 날에 맞추어 오도록 해라. 알았지?"

"알았소."

짧게 대답한 카사르는 남은 마유주를 다 마셨다.

취락지로 돌아온 카사르와 벨구테이는 테무진에게 결과를 보고하며 큰소리쳤다.

"싸움은 이미 승리한 것이나 마찬가지야."

"아무렴, 우리의 병력은 20기 정도에 불과하지만 아버지 옹칸과 자무카의 병력이 각각 1만 씩이니까."

테무진은 기뻐하며 그들의 노고를 치하했다.

그리고 그들에게 술을 권하면서 말했다.

"두 사람이 없는 동안 소르칸 시라의 아들 칠라운이 찾아왔었다."

"타이치오트부에 잡혀갔을 때 형을 구해 주었다는 사람의 아들 말인가?"

"그래. 우리 집을 등진 자들 중에서 다시 여기로 돌아오려고 하는 사람들이 생기는 모양이다. 말하자면 칠라운이 제일 먼저 돌아온 사람이지."

"그거 정말 잘된 일이군. 어서 그 친구를 소개해 줘. 형……."

벨구테이도 두 눈을 빛내면서 말했다.

"그 친구는 타이치오트의 취락지로 돌아갔다."

"무슨 소리를 하는 거지?"

"칠라운은 믿을 수 있는 친구야. 그래서 그를 지금까지처럼 타이치오트부 안에 그대로 있게 하면서 일하게 만들었어. 그들의 움직임을 염탐하여 초원에서 정기적으로 보오르추와 만나 연락을 취하게 하는 임무를 준 거지."

"호오, 과연 테무진!"

벨구테이가 경탄하는 소리를 냈다.

"그렇다면 정보를 전문으로 수집하는 사람은 이제 둘이 되었군."

"하하, 그런 셈이지."

테무진은 그날 중으로 보오르추를 옹칸에게 보냈다. 그의 이야기를 들은 옹칸은 자기의 뜻대로 일이 진행된 것에 만족하며, 즉시 군대를 갖추어 테무진이 있는 곳으로 움직이게 했다.

하지만 1만여 명의 병력이 출전 준비를 하는 데는 제법 시간이 걸렸고 그들의 움직임은 남의 눈에 띌 수밖에 없었다. 타타르의 목동에게라도 발각되어 족장에게 보고하면 모처럼의 작전이 무의미해질 수도 있었다. 옹칸으로서는 메르키트부와 싸우기 전에 타타르군과 부딪치고 싶지 않았다.

때문에 그들은 전방을 살피면서 하루에 20~30킬로미터밖에 행군할 수밖에 없었고, 그로 인해 자무카와 만나기로 한 날짜보다 늦어지고 있었다

헨티산맥의 서쪽 끝에서 토올라강까지는 비교적 완만한 평지가 펼쳐져 있어서 옹칸의 군대는 다소 지연된 시간을 만회할 수 있었지만, 이번에는 메르키트부의 주둔 부대를 의식하지 않으면 안 되었다.

옹칸은 얼마 후 또다시 정찰병을 내보냈고, 기다리고 있던 20여 명의 테무진군과 얼마 후에 만나게 되었다.

"약속한 날짜가 사흘이나 지났습니다. 서두릅시다. 아버지."

"그래."

테무진과 옹칸의 군대는 함께 이동하기 시작했으며, 마침내 오논강의 원류에 가까운 부르칸 분지에 도착했다. 자무카의 군대는 잡목림 그늘 속에서 그들을 기다리고 있었다.

잠시 동안 우군임을 확인한 뒤에 쌍방이 접근했을 때 자무카가 분통을 터뜨렸다.

"무슨 일이 있어도 약속 날짜에 늦지 말라고 분명히 말했는데 이게 뭐요?

나는 약속한 대로 사흘 전에 도착했단 말이오!"

안다 테무진과 재회하게 된 기쁨 같은 것은 분노로 인해 사라져 버렸는지 마상의 자무카는 이맛살을 잔뜩 찌푸리며 옹칸에게 화를 냈다.

"자무카, 미안하다. 너무 책망하지 마라. 사정이 그렇게 되었다."

테무진이 반가워하는 정을 나타내며 말했지만, 그는 딱딱한 태도를 고치지 않았다.

"약속을 지키지 않으면 전군의 사기에도 영향을 미치게 되는 거다."

"벌할 생각이 있으면 나에게 하라. 테무진에게는 잘못이 없으니까."

옹칸이 두 사람 사이에 끼어들며 분위기를 바꾸기 시작했다.

"우리들의 공동 목적은 메르키트부를 토벌하는 것, 지금은 우리들끼리 다툴 때가 아니다."

"그렇다. 안다 자무카여, 이제 그만 기분을 풀고 작전을 세우도록 하자."

테무진이 웃는 얼굴을 바꾸지 않고 달래자, 자무카의 화가 겨우 풀어졌다.

옹칸은 교묘한 방법으로 테무진과 자무카를 조우시켰다. 테무진은 자무카에게 눈물의 구원 요청을 했고, 옹칸은 자무카를 부추겼다. 옹칸은 테무진을 자무카의 진영으로 밀어넣기 위해 원정 사령관은 자무카가 되도록 강력히 요구했다. 메르키트부에 적지 않은 원한이 있었던 자무카는 옹칸의 요청을 받아들였다. 자무카는 자신도 모르게 거대한 음모의 덫에 걸려들고 있었던 것이다.

예수게이의 죽음 후 몽골부의 여러 세력들은 패권을 둘러싼 이합집산을 계속했다. 그 과정을 통해 몽골부의 패권 경쟁은 보르지긴계만이 아니라 여러 유력한 씨족장들끼리 참가하는 사나운 형국으로 변해갔다. 그 같은 패권을 얻기 위한 경쟁기를 거쳐 몽골부의 가장 유력한 세력으로 부상한 인물이 테무진의 어린 시절 안다인 자다란 씨족의 자모카였다.

테무진이 보오르추와 젤메를 최초의 동지로 규합할 무렵 자무카는 이미 몽골부의 유력한 지도자가 되어 있었다. 그는 케레이트부의 대칸인 옹칸을 아버지라고 부를 만큼 외교의 귀재이기도 했다.

당시 자무카는 켈렌호 일대의 몽골 씨족은 물론 키야트계까지 장악한 상태였다. 또 타르코타이 키릴토크가 약탈해 갔던 예수게이의 예속민도 그의 휘하에 들어와 있었으며, 그들 중에는 놀랍게 멍리크도 포함되어 있었다. 자무카와의 타협을 거부한 세력은 분열 상태에 있는 타이치오트계의 귀족들 뿐이었다. 자무카의 세력은 일종의 작은 독립 국가라고 말할 수 있을 정도로 매우 강력했다.

이후 테무진과 숙명적이라고 할 정도로 경쟁과 협력의 길을 걸어야 했던 자무카는 테무진, 옹칸과 함께 몽골고원에서 숨쉬고 있는 '태풍의 눈' 중의 하나였다.

자무카의 발흥 과정에 대해서는 알려진 바가 없다. 그러나 각종 사서에 기록된 단편적인 내용들을 보면 그도 테무진 못지않게 매우 험난한 과정을 거친 것이 분명하다. 일칸국의 정사인 〈집사〉에는 자무카에 대해 다음과 같이 평한 글이 씌어져 있다.

자무카는 흔히 세첸(현명한 자)이라고 불렸다. 이는 그가 매우 총명하고 교활했기 때문이다. 칭기스칸은 그를 안다라고 불렀다. 그러나 자무카는 테무진에 대해서 항상 음모를 꾸몄다. 그는 배신과 기만을 일삼으며 나라를 자기의 수중에 넣으려고 했다.

사실 테무진이 몽골고원의 패권을 장악할 수 있었던 것은 자무카가 있었기 때문이다. 두 개의 태풍이 서로 맞물려 전개했던 권모술수의 전쟁은 상대편 모두에게 강력한 친위군단을 만들게 했다. 한 순간도 방심할 수 없었던 긴장의 순간들, 그로 인해 숨막히게 가동되었던 정보의 터널들, 역전과 재역전……. 이들 두 사람은 상대방이 거꾸러질 때까지 인간이 사용할 수 있는 모든 방법을 총동원했다.

그들은 부르칸 분지의 잡목림에 모든 말들을 숨겨 놓고 작전 회의에 들어갔다. 자무카는 메르키트부의 모든 부족을 일시에 섬멸시키려는 계획을 설명하며 옹칸에게 말했다.

"메르키트부는 3개 부대를 모두 합쳐 봤자, 겨우 1천 3백여 기에 불과합니다."

그러자 옹칸이 입수염을 쓰다듬으며 엄숙한 목소리로 말했다.

"병력이 적다고 깔보다가 큰 봉변을 당할 수도 있다. 메르키트부는 한때 우리 케레이트부를 궤멸 직전의 상태로까지 몰고갔던 강력한 부족이며, 그들의 영토는 매우 넓다. 초반전은 무리없이 승리할 수 있다고 해도 그들을 추격하는 것은 쉽지 않은 일이 될 것이다."

"우리의 목적은 빼앗긴 인질을 구출하는 것, 필요 이상의 전투는 원하지 않습니다."

테무진은 옹칸과 자무카에게 원군을 청한 목적에 대해서 새삼스럽게 강조했다. 하지만 자무카는 메르키트부를 전멸시켜야 한다면서 기염을 토했다.

"전투는 적을 전멸시켜야만 의미를 부여할 수 있는 것이다. 부질없이 인정을 베풀면 적에게 재기할 수 있는 기회를 주게 될 뿐이다."

오랜 논쟁 끝에 자무카의 주장이 선택되어, 그의 군대가 먼저 옹칸의 숙적이기도 한 토크토아의 군대를 치기로 했다. 그 같은 작전이 세워진 이면에는 자기 군대의 소모를 조금이라도 줄이고 싶다는 옹칸의 계산이 작용하고 있었다.

자무카군의 뒤를 옹칸과 자카 감보의 군대가 따르고 병력이 적은 테무진군은 맨 뒤에 서게 되었다.

'작전에 따르는 수밖에 없다.'

선두에 서서 용감하게 싸워 첫 전투를 화려하게 장식해야겠다고 생각했던 테무진이었지만 옹칸과 자무카의 의견을 받아들일 수밖에 없었다. 두 사람이 출전한 목적은 테무진과는 달리 전리품이었기 때문이다. 그것을 노리고 싸우면서 인질들을 구할 속셈이었기 때문에 가능한 한 테무진이 나서는 시간을 늦추어 자기들이 차지할 전리품의 몫을 많게 만들고 싶었던 것이다.

다음날 아침, 2만여 명이나 되는 동맹군은 부르칸 분지에서 출발했다. 그들은 부르칸 칼둔산 근처인 오논강의 발원지에 모여 초원지대로 밀고 내려가 바이칼 호수 방향 셀렝게강 바로 앞에서 진군을 멈추었다. 소나무들을 베어 뗏목을 만들기 위해서였다.

2만여 명의 병사들과 갈아탈 말들이 포함된 2만 5천여 필의 말들을 태울 수 있는 뗏목을 만드느라고 열흘 이상의 시간이 소요되었다. 마침내 뗏목들이 완성되자 동맹군은 자무카군, 옹칸군, 테무진군의 순서로 셀렝게강을 건너 메르키트족 영토로 들어가기로 했다.

자무카군은 일몰 시간이 되기를 기다렸다가 셀렝게강 건너편 기슭에서 작전을 개시했다. 사실 이 습격은 일방적으로 몰아붙인 공격에 가까웠다. 산속에서 밤 사냥을 하던 메르키트족 부족 몇 명이 침입군을 보더니 자기네 진영으로 달려가 사람들에게 알렸다. 자무카의 병사들은 불라 들판에 띄엄띄엄 자리잡고 있는 메르키트족의 게르로 소리없이 접근했다.

자무카가 정찰병이 이미 확인해 둔 토크토아의 천막으로 살며시 다가서며 손짓을 하자, 그림자처럼 따라오던 몇 명의 병사들이 천막 위로 기어올라 들창으로부터 침입했다.

"으악!"

잠자리를 급습당한 여자와 어린 아이들이 비명을 질러댔다. 바로 뒤이어 침입군의 기병대가 들이닥쳤다.

2만여 명의 병사들이 일제히 함성을 질러대고 있었다. 셀렝게 강변에 살고 있는 어부와 사냥꾼, 목동들은 혼비백산하여 그들의 게르에서 뛰어나와 도망쳤다.

"적이 쳐들어왔소."

말을 타고 달려온 한 목동이 알리자, 애첩의 게르에서 자고 있었던 토크토 아는 허둥대며 옷을 입으면서 물었다.

"적이라니? 테무진이 보복하러 온 건가?"

"내가 본 것은 자무카였소. 어쨌든 엄청나게 많은 대군이요."

"자, 자무카라고?"

토크토아는 경악하지 않을 수 없었다. 포로가 되었던 그에게 빈객 대우를 해주고 전 재산까지 돌려주었는데, 그가 쳐들어왔다니 놀라는 것이 당연했다.

'자무카 이놈, 은혜를 원수로 안다는 것은 바로 이런 경우를 두고 한 말이었 구나.'

토크토아는 무장을 하고 밖으로 뛰어나왔지만 어둠 속에서 울리는 말발굽 소리들에 다시 놀라며 말머리를 돌려 도망치기 시작했다.

"자무카군 뿐만 아니라 옹칸군도 있소."

도중에 만난 족장 다이르 우순이 외치자, 토크토아의 공포감은 극도에 달했다.

'뭐? 그렇다면 자무카와 토그릴이 함께 쳐들어왔단 말인가?'

토크토아는 다이르 우순과 함께 셀렝게강을 따라 하류쪽으로 도망쳤다. 메르키트부의 많은 가족들이 말이나 포장마차에 타고 앞을 다투며 도망치고 있었다.

침입군이 메르키트의 게르들을 약탈할 때 테무진은 게르마다 돌아다니며 아내의 이름을 불렀다. 혹시 남은 사람들 가운데 버르테가 있을지도 모른다는 기대감 때문이었다. 그러나 버르테는 수레에 실려 전장을 떠나고 있었다. 그녀는 누가 자신의 새로운 가정을 공격하는지 알지 못했으며, 다시 납치당하고 싶지도 않았다. 버르테로서는 이 공격이 자신을 구출하기 위한 것임을 알 도리가 없었다.

"버르테! 어디에 있소? 버르테."

그런데 그녀는 갑자기 자신을 둘러싼 혼란과 소요 속에서 그녀의 이름을 외쳐 부르는 목소리를 들었고, 그것이 테무진의 목소리임을 알았다.

자욱하게 일어난 먼지는 주위를 더욱 어둡게 만들고 있었다. 버림받은 가축들이 제멋대로 달려가다가 도망치는 포장마차나 말에 부딪치며 나뒹굴었다.

버르테는 수레에서 뛰어내려 어둠을 뚫고 그 목소리를 향해 달려갔다. 테무진은 말 위에서 미친 듯이 몸을 돌리면서 그녀의 이름을 부르며 어둠속을 살피기를 되풀이했다. 그는 제 정신이 아니어서 그녀가 달려오는 것을 모르고 있다가, 그녀가 말고삐를 손에 잡았을 때 하마터면 알아보지 못하고 공격할 뻔했다. 그러나 두 사람은 곧 서로 힘차게 끌어안고 감격의 포옹을 했다.

"아, 버르테……."

"테무진……."

이제 다른 것은 중요하지 않았다. 메르키트부에 자신이 당했던 고통을 안겨주었으니, 이제 집으로 돌아가고 싶었다. 테무진은 공격하는 부대원들에게 말했다.

"우리는 그들의 가슴을 텅 비게 만들었습니다. 우리는 그들의 침대도 텅 비게 만들었습니다. 우리는 그 부족의 남자와 여자들을 죽였습니다. 우리는 남은 자들도 죽였습니다. 이제 메르키트족은 완전히 흩어졌으니 우리도 물러갑시다."

메르키트부의 퇴로를 차단한 채 감행된 공격은 그들 씨족이 전멸될 만큼 큰 타격을 준 뒤에 끝났다. 이로서 토크토아 베키와 자무카는 불구대천의 원수가 되었다. 옹칸은 흐뭇해 했고, 테무진은 감격했다.

제13장

자무카와의 결별

테무진이 '필요 이상의 싸움을 원하지 않는다.'라고 말했기 때문에 버르테와 야순 할멈을 찾은 테무진은 그날의 추격전에서 제외되었다.

셀렝게강을 따라 도망친 토크토아와 다이르 우순은 동맹군의 추격을 피해 무사히 바르구진 땅으로 들어서고 있었다. 하지만 오아스 메르키트의 우두머리인 하다이 다르말라는 자무카에게 잡혀 목에 칼이 씌워진 채 취락지까지 끌려와 땅 속에 묻혀 질식사하는 운명이 되고 말았다.

테무진은 전리품을 분배하고 있는 자무카와 옹칸을 만나 새삼스럽게 감사의 뜻을 표했다.

"나의 아버지 옹칸과 안다 자무카여! 두 분 덕택에 아내를 구해낼 수 있었소. 깊이 감사드리오."

"정말 잘된 일이다. 안다 예수게이도 하늘 저쪽에서 기뻐하고 있을 거다."

"당연히 해야 할 일을 했던 것이다."

"그런데 노예들의 배분 숫자는 결정되었습니까?"

"그래. 테무진 너에게는 30명의 노예를 나누어 주기로 했다."

옹칸은 자무카의 얼굴을 힐끗 보면서 대답했다.

노예들의 숫자는 대충 5백 명이나 되었기에 테무진은 그 같은 배분 방식이 못마땅했지만 내색하지 않았다.

메르키트부의 잔당은 아득하게 먼 투르게스탄까지 도망쳤기에 더 이상의 추격은 불가능하게 되었다.

물욕이 강한 옹칸은 자기의 군대가 선봉이 되어 싸우지 않았는데도 불구하고, 자기는 예수게이의 안다이며 테무진과 자무카의 아버지뻘이 된다는 이유를 내세워 자무카와 동등한 양의 전리품과 노예 3백 명을 차지했다.

자무카는 이윽고 먼저 떠날 준비를 끝냈는데, 그때 테무진이 엉뚱한 말을 했다.

"안다여, 얼마동안 함께 지내며 이번에 진 신세를 갚고 싶다."

그러자 자무카는 머리를 끄덕이며 대답했다.

"좋아, 실은 내 쪽에서 먼저 그런 이야기를 해 보려던 참이었네."

공동 유목은 유목민들에게는 매우 중요한 삶의 방식이었다.

옹칸은 두 사람의 아름다운 우정을 기리며 자무카가 테무진의 제의를 받아들였다고 병사들에게 선포했다. 그러나 그것은 자무카에게 있어서 악몽의 시작이었다.

테무진은 자신의 무리를 이끌고 조상들이 살던 오논강과 케룰렌강 사이의 코르코다크 골짜기라고 알려진 크고 비옥한 지역으로 갔다. 그곳이 자무카의 본거지였다.

테무진과 자무카는 젊은 나이였음에도 벌써 세 번째로 의형제 서약을 했다. 이번에는 부하들이 증인으로 지켜보는 가운데 두 어른으로서 우정을 맹세했다.

두 청년은 절벽 가장자리의 나무 앞에 서서 황금 허리띠와 튼튼한 말을 교환했다. 옷을 교환함으로써 체취를 나눈 것이며, 따라서 영혼의 진수를 교환한 셈이었다. 특히 허리띠는 그들의 남성의 상징이었다.

그들은 서로 사랑하고, 두 목숨을 하나로 만들고, 서로를 저버리지 않겠다고 공개적으로 서약했다. 테무진과 자무카는 잔치를 열어 술을 맘껏 마시며 그들의 서약을 축하했고, 친형제처럼 다른 사람들과 떨어져 둘이서만 한 담요를 덮고 잤다. 그들의 형제 관계를 공적인 상징을 통해 확인하는 행동이었다.

테무진은 자신의 작은 무리를 데리고 안전한 산을 떠나 초원지대로 나와 자무카와 함께 생활함으로써 사냥꾼 생활을 버리고 유목민 생활을 택했다. 테무진은 평생 동안 사냥을 매우 좋아했지만 그의 가족은 이제 사냥에만 의지하여 생계를 유지하지 않고, 자무카 집단의 일부로서 고기와 유제품을 안정되게 공급받으면서 전보다 수준 높은 생활을 하게 되었다. 테무진은 자무카의 무리로부터 유목생활에 대해 많은 것을 배워야 했다.

유목생활에서는 일 년간 이루어지는 일상 활동의 모든 측면을 관장하는 관습들이 확립되어 있었다. 또 당연한 일이지만 소, 야크, 말, 염소, 양, 낙타(몽골인들은 소와 야크를 함께 계산하기 때문에 이들 짐승을 '다섯 주둥이'라고 불렀다)를 오랫동안 관리해 온 과정에서 가축에 대한 전문 지식이 쌓여 있었다. 모든 가축은 식량만이 아니라 생활 전체에 필수적인 재료를 제공했다. 이 가운데 말은 사람을 태우는 것 외에 다른 일은 하지 않았으므로 이 짐승들 가운데 귀족인 셈이었다.

버르테가 구역질이 나는 것을 느끼게 된 것은 테무진 일가가 자무카의 둔영지에서 생활하기 시작한 지 2개월 정도 지나서였다. 식욕이 없어지면서 신 음식을 좋아하게 되었다

그것을 알게 된 허엘룬이 야순 할멈을 불러서 물었다.

"묻기 거북한 이야기겠지만 물어봐야겠어요. 버르테는 메르키트 부족에게 잡혀갔을 때 누구네 집에서 살았지요?"

"저어, 그건……."

"어서 말해 봐요."

예수게이 바아토르 대에서부터 하녀로 일해 온 그녀는 이윽고 주름 투성이인 얼굴을 손으로 문지르면서 대답했다.

"숨겨 봤자 소용없는 일이니 말씀드리겠습니다. 토크토아는 버르테 아씨를 칠레두의 동생인 칠게르에게 주었습니다. 그래서……."

"칠레두의 동생?"

허엘룬은 여러 해만에 그 이름을 듣게 되자 멍해지지 않을 수 없었다. 이건 또 무슨 인과응보인가라고 생각하면서. 예수게이에게 자기를 빼앗기고 급히 도망치던 칠레두의 모습이 반사적으로 그녀의 머릿속에 나타나면서 소용돌이쳤다

"알았어. 칠게르에 대한 일은 테무진에게 비밀로 해줘요."

허엘룬은 야순 할멈에게 단단히 이르고는 입을 다물었다.

테무진도 내색하지는 않았지만 버르테의 몸에 변화가 일어났다는 것을 알고 있었다. 그리고 메르키트족에게 잡혀 있었을 때의 생활에 대해 의문을 품고 있었다.

〈몽골비사〉는 재결합한 부부의 행복을 묘사하지도 않고, 임신 기간 동안의 버르테와 그들의 생활에 대해서도 입을 다물고 있다. 이 침묵은 이후 100년 동안 몽골 정치에도 그대로 반영된다. 이 사건이 버르테의 첫 아이의 아버지가 누구냐 하는 긴 논쟁의 출발점이기 때문이었다.

어쨌든, 그러는 중에 산달이 되었고 버르테는 아들을 낳았다. 하지만

테무진은 말이 없었다. 몽골의 샤먼들은 이 핏덩이에게 백색 밀가루를 뿌리며 사악한 영혼을 정화시켰다. 그리고 테무진은 '나그네처럼 다가온 아이'라고 말하면서 주치(나그네)라는 이름을 붙여주었다.

버르테는 관습에 따라 갓 태어난 아기의 오른쪽 귀에 입을 대고 세 번 속삭였다.

"주치, 주치, 네 이름은 주치란다."

테무진은 메르키트에게 결정적인 승리를 거두고 버르테와 감동적으로 재결합했으니 적어도 한동안은 즐겁게 살기를 바랐을지도 모른다. 이들은 20세가 되려면 아직도 먼 나이였다. 하지만 인생에서 흔히 그렇듯이 어떤 문제의 답은 다른 문제의 원인이 될 수도 있다.

씨족들의 끊임없는 분쟁을 고려할 때 테무진이 자무카와 손을 잡았다는 것은 초원의 전사로서 살아가겠다는 선택을 한 것이나 다름없었다. 그리고 이 삶에서 그는 뛰어난 능력을 보여주게 된다. 두 사람의 안다 관계 때문에 테무진은 전체적인 위계에서 자무카를 따르는 일반적인 다른 부하와는 다른 특별한 지위를 얻게 되었다.

<몽골비사>에 따르면 테무진이 자무카의 지도를 따르고 그로부터 배우는 데 만족하는 생활은 1년 반 정도로 끝이 났던 것 같다. 배다른 형의 지배에 굴복하는 것보다 형을 죽이는 쪽을 택했던 젊은이에게 이런 관계는 견디기 힘들 수밖에 없었다. 게다가 이 경우에는 계급 위계에 따른 초원의 오래 된 관습 역시 영향을 주었다.

친족 위계에서 각각의 가문은 뼈라고 불렀다. 혼인이 허용되지 않는 가장 가까운 관계가 흰 뼈였다. 혼인이 허용되는 먼 친족 관계는 검은 뼈였다. 사실은 모두가 서로 연결되었기 때문에 어느 가문이나 중요한 인물의 후손이라고 주장할 수 있었다. 물론 그런 주장의 힘은 그것을 강요할 수 있는 힘에

비례했다.

테무진과 자무카는 먼 친척이었지만 뼈가 달랐다. 그들의 조상을 따라 올라가다 보면 한 여자에게서 만나지만, 또 이 여자의 남편에게서 갈라졌다. 자무카는 그녀의 첫 번째 남편인 초원의 유목민 후손이었다. 테무진은 그들의 구전 역사에서 '바보 보돈차르'라고 알려진 숲의 사냥꾼 후손이었다.

보돈차르는 그 남편을 죽인 뒤 이 여자를 납치했다. 이에 따르면 자무카는 자신이 장남의 후손일 뿐 아니라 초원에서 살던 남자의 후손이므로 더 우위에 있다고 주장할 수 있었다.

초원사회에서는 이런 이야기가 유대를 강조할 때도 사용되었지만 적대감을 표현하는 구실이 될 수도 있었다. 그들의 친족 이야기는 양쪽으로 다 작용했다. 친족 관계는 실제로 관계를 규정하는 역할을 한다기보다는 사람들이 사회적인 요구를 놓고 협상을 하거나 강요할 때 사용하는 공동의 방언 역할을 했다.

테무진이 자무카의 무리에 속해 있는 한, 자무카의 가문은 흰 뼈의 지위였고, 테무진은 검은 뼈의 친족일 수밖에 없었다. 테무진이 흰 뼈의 지위에 오르려면 자신과 자신의 가문을 중심에 놓는 무리를 스스로 만들어야 했다.

〈몽골비사〉에 따르면 테무진이 자무카를 지도자로 인정하고 난 뒤 자무카는 테무진을 안다라기보다는 동생처럼 대하기 시작했으며, 자신의 씨족이 공동의 조상의 장남의 후손임을 강조하기 시작했다. 이미 가족 관계를 통해 증명되었듯이 테무진은 열등한 지위를 참는 사람이 아니었기 때문에 곧 이런 상황을 계속 받아들일 수는 없다고 생각하게 되었다.

자무카의 진영 속으로 파고들어가는 데 성공한 테무진은 드디어 숨겨왔던 야심을 드러내기 시작했다. 믿음과 충성의 두 보석인 보오르추와 젤메는 테무진의 명령에 따라 테무진의 친위 군단인 너커르 집단을 구축하기 시작했다.

1239년 몽골의 키예프 함락도

보오르추 등이 너커르 집단을 구축하고 있는 동안 테무진은 자무카 세력의 한 축을 이루고 있는 키야트계 귀족들을 집중 공략했다. 테무진은 그들에게 부활의 메시지를 띄웠다. 메시지는 키야트계 씨족의 야심에 찬 귀족인 알탄과 고차르에게 접수되었다.

알탄은 코톨라칸의 아들이며 코차르는 예수게이의 형인 네쿤 타이지의 아들로 두 사람 모두 강력한 무력 집단을 가지고 있었다. 그들은 테무진을 대신 해서 키야트계의 적자嫡子이자, 가장 강력한 무력 집단을 거느린 세체 베키와 타이 초를 포섭했다.

키야트계 연합정권 탄생의 꿈은 이제 꺼질 수 없는 대세로 번져 나갔다. 테무진은 자무카계의 씨족장과 귀족들에게도 접근했다. 테무진의 포섭 활동은 형과 동생이 갈라질 정도로 냉혹하게 진행되었다. 1203년 카라 칼지트 전투의 영웅인 망고트 씨족의 코일다르 세첸도 이 때 포섭되었다.

오논강의 상류에 자리잡고 있는 코르코다크 골짜기는 하늘의 수많은 신탁神託이 내려오는 성스러운 지역이었다. 이 성소에서 테무진은 보오르추와 더 불어 평생 잊을 수 없는 또 하나의 감격적인 만남을 가졌다.

고려 유민의 후예로 간주되는 잘라이르 씨족의 모칼리였다. 대몽골제국이 탄생하던 1206년 세 번째 순위로 천호장에 임명되고, 제국의 좌익만호장左翼 万戶長으로 임명된 인물 모칼리. 칭기스칸의 서역 원정시 권 황제權皇帝의 자격으로 금나라를 통치하던 자, 그는 몽골고원의 하늘에 뜬 별을 알아본 최초의 샤먼이었다.

어릴 적부터 세습 샤먼 집단의 멍리크와 인연이 있었던 테무진은 누구보다도 샤먼의 위력을 잘 알고 있었다. 테무진은 모칼리를 통해 미래의 통치자가 나타났음을 알리기 시작했다. 그 작업에는 멍리크의 아들인 텝 텡게리도 동참했다.

"하늘은 테무진이 이 대지를 통치하게 할 것이다."

엄청난 파문이 몽골부에서 일었다. 모든 예속민들은 두려움에 떨었다. 자무카의 분노는 불타올랐다.

"안다여, 나의 배신자여!"

자무카는 그제서야 옹칸의 음모를 알아차렸다. 그러나 때는 이미 늦어져 있었다. 더 이상 테무진을 지지하는 신탁들이 퍼지기 전에 조치를 취하지 않으면 안 되었다.

샤먼 집단을 장악한 테무진은 모칼리에게 또 하나의 임무를 주었다.

"너는 내가 신호를 보낼 때까지 세체 베키가 이끄는 주르킨 씨족에 남아 그들의 동태를 감시하는 눈 속의 가시가 되어라."

테무진은 서서히 앞으로 태어날 키야트계 연합 정권의 파워 게임에 대비하는 여유까지 갖게 되었다.

역사는 그렇게 시작되었다. 사랑하는 아내를 적에게 빼앗겼던 자, 첫 아들의 탄생에 기쁨 대신 침묵을 지켜야 했던 자, 테무진은 아내를 희생시킨 대가로 자신의 무력 집단을 만들었다. 이제는 자무카와 헤어지는 시기만 남게 되었다. 그들이 헤어진다는 소문은 사람들이 모이는 곳마다 흉흉하게 나돌았다.

선택의 고민은 샤먼 집단의 또 하나의 대부이자 바아란 씨족의 족장이었던 코르치에게도 다가왔다. 모칼리와 텝 텡게리는 엄청난 파급 효과를 지닌 이 인물을 집요하게 설득했다.

"대샤먼 코르치여, 테무진을 선택하라. 테무진의 뒤에는 옹칸이 버티고 있다. 테무진은 그대가 원하는 모든 것을 들어준다고 했다."

대샤먼 코르치는 말했다.

"나와 자무카는 성조聖祖인 보돈차르가 잡아온 여인으로부터 태어난 자들이다. 우리 집단은 원래 자무카와 헤어져서는 안 된다. 그러나 나에게

신의 계시가 내려왔다. 나는 그 계시의 내용을 목격했다. '하늘과 땅이 서로 논의하여 테무진을 국가의 주인으로 삼기로 했다.' 나는 이 신탁을 온 백성들에게 전한다."

테무진은 감격했다. 그리고 즉석에서 그에게 장래에 만호장과 미녀 30명의 선택권을 주겠다고 약속했다.

운명의 날은 왔다. 1181년 5월 중순, 자무카는 테무진에게 겨울 야영지를 철거하고 멀리 떨어진 여름 목초지로 가자고 했다. 자무카와 테무진은 평소처럼 길게 늘어선 부하와 가축 등의 맨 앞에서 함께 말을 타고 갔다. 그러나 자무카는 그날, 앞으로 테무진과 지도자 자리를 공유하지 않기로 했다. 테무진이 다른 사람들로부터 큰 인기를 얻고 있었기 때문인지도 모르고, 그냥 테무진이라는 존재 때문에 짜증이 난 것인지도 모른다.

둔영지를 떠난 지 몇 시간이 지나지 않았을 때 말머리를 같이 하고 걷던 자무카가 드디어 말했다.

"안다여, 나는 말들을 끌고 산 가까운 곳으로 가서 야영지를 만들 테니, 그대는 양과 염소들을 끌고 강 가까운 곳으로 가서 따로 야영지를 만들어라."

흰 뼈의 자무카가 말을 모는 사람으로서 자신의 권위를 내세우며 말보다 가치가 떨어지는 양과 염소를 끌고 다른 곳으로 가라고 테무진을 목동 취급한 것이다.

〈몽골비사〉에 따르면 테무진은 그 명령을 받은 뒤 행렬의 뒤편에 있는 자신의 가족과 가축이 있는 곳으로 물러나 허엘룬과 상의했다. 테무진은 혼란에 빠져 확실한 대응방법을 찾지 못했던 것 같다. 그러나 테무진이 어머니에게 상황을 설명하는 것을 옆에서 듣고 있던 버르테가 나서서 성난 목소리로 자무카와 헤어져 테무진을 따르고자 하는 사람들을 데리고 독자적으로 움직이자고 주장했다.

그날 자무카가 밤을 보내기 위해 야영을 하려고 걸음을 멈추었을 때, 테무진과 그의 작은 무리는 몰래 달아나 밤새도록 움직였다. 혹시 자무카가 따라올까 두려워 최대한 거리를 벌려 놓으려는 것이었다. 사전에 계획된 것이었는지 아니면, 그 순간의 자발적인 선택이었는지 자무카의 부하들 중의 많은 사람들이 테무진을 따라갔다.

물론 그들의 가축도 데리고 왔다. 이렇게 무리가 분열되었음에도 자무카는 그들을 추적하지 않았다.

자무카는 서서히 멀어지는 테무진 일가의 모습을 지켜보면서도 아무런 말도 하지 않았다. 무표정한 얼굴로 바라보고만 있었다. 그것은 자무카가 자기의 인생에서 얻은 최초의 친구와의 결별이었다. 그 같은 결별은 테무진이 당장 싸움을 걸어온다고 해도 어쩔 수 없는 야릇한 분위기를 만들고 있었다.

옹칸은 천적인 나이만부의 침공을 막기 위해 항상 동맹자를 찾았다. 주된 파트너는 몽골부의 실력자들이었다. 예수게이가 그랬고, 자무카가 그랬다. 하지만 옹칸은 몽골부는 물론이고 주변에 자기와 대등한 세력이 탄생하는 것을 극도로 경계했다.

자무카가 뜻대로 몽골의 맹주가 되지 못하고 테무진이라는 거친 상대와 사생결단의 혈투를 벌여야 했던 것도 실은 이 음흉하고 탐욕스러운 인물이 만들어 낸 농간 때문이었다. 하지만 옹칸은 그런 이유 때문에 테무진에게 패권을 넘겨주는 결과를 초래하게 된다.

옹칸은 배고픈 늑대들의 집합체였던 몽골부를 자기의 용병 집단으로 만들고자 했다. 하지만 그 같은 의도는 무시무시한 도박과도 같았다. 그가 택한 상대들은 평범한 늑대들이 아니라 거꾸로 그의 무력을 탐내는 스라소니와 호랑이였기 때문이다.

1181년 초여름 밤 두 청년 사이에 벌어진 균열은 이후 20년 동안 몽골의 중요한 전사로 성장한 두 사람 사이의 전쟁으로 발전했으며, 두 사람은 결국 불구대천의 원수 사이가 되었다.

테무진은 19세에 자무카와 갈라선 뒤, 스스로 전사들의 지도자가 되어 부하들을 모으고 권력기반을 다지기로 결심한 것으로 보인다. 그는 다루기 힘든 몽골 부족을 통일하여 칸의 자리에 오르겠다는 궁극적인 목표를 세웠을 것이다.

이런 목표를 향해서 나아갈 때 자무카는 그의 가장 강력한 경쟁자가 되며, 그들의 분쟁은 몽골족 전체를 내란의 소용돌이에 빠뜨리게 된다. 이 두 경쟁자는 이후 25년 동안 서로 가축과 여자를 약탈하고, 상대를 습격하여 부하들을 죽였다. 몽골족의 최고 통치자 자리를 놓고 싸움을 벌인 것이다.

2
푸른 호수의 서약

제14장

푸른 호수에서의 서약

자무카와 테무진은 끊임없이 변하는 동맹 관계와 서약 속에서 몽골 민족에 속하는 가족과 씨족들을 각기 자기편으로 끌어들였다.

테무진 일가에게 귀속하겠다고 찾아오는 사람들은 그 후에도 급격히 늘어 갔다. 테무진과 자무카가 헤어졌다는 것을 알게 된 그들은 늦기 전에 어느 쪽인가를 편드는 것이 좋다고 생각한 끝에 평판이 좋은 테무진을 택하게 된 것이었다.

그들 중에는 코노오트 씨족의 족장인 허엘룬의 남동생 킹기야다이도 포함되어 있어 허엘룬을 놀라게 만들었다. 또한 바이칼호 동쪽에서 살고 있던 타이쿠트 씨족의 우두머리를 포함한 다섯 명이 테무진을 찾아와 충성할 것을 맹세했다. 찬시우트 씨족, 바야우트 씨족, 바룰라스 씨족에서도 귀속하는 자들이 늘어났다. 그들 중에는 고도의 무술을 익힌 젊은이들도 있었다.

예를 들자면 바룰라스 씨족장의 아들 쿠빌라이와 쿠두스는 자진하여 테무진 앞에서 검술 솜씨를 선보여 놀라운 능력을 확인시켜 주었다.

그들이 칼라가나 땅에서 며칠 동안 휴식을 취하고 있을 때 보오르추가 칠라운을 데리고 나타났다.

"오랜만이다. 소르칸 시라는 여전하시겠지?"

테무진이 부드럽게 말을 걸자 칠라운은 부드럽게 미소지으면서 대답했는데 말투가 달라져 있었다.

"아버지는 변함없이 마유주 만들기에 온 정성을 다하고 계십니다."

"타이치오트 내부의 움직임은 요즘 어떤가?"

"테무진이 자무카와 결별한 것을 안 타르코타이 키릴토크가 전의를 드러내고 있습니다."

"구체적으로 어떻다는 거지?"

"영토의 각지에 여러 개의 요새들을 만들기 시작했습니다."

"그래? 그렇다면 알고 있는 범위 내에서 요새를 구축하는 장소들의 도면을 그려주겠나?"

칠라운은 나무 막대기로 땅바닥에 슥슥 지도를 그리기 시작했다.

"흐음, 수고가 많았구나."

테무진은 지도에 표시된 위치들을 머릿속에 새겨 넣으면서 그의 노고를 치하했다.

"앞으로도 계속해서 중요한 정보를 얻어주게."

"당연히 그래야겠지만, 타르코타이 키릴토크의 참모 하나가 내 행동에 대해서 희미하게 눈치를 챈 것 같아서 걱정이 됩니다."

"그래?"

테무진은 놀라더니 잠시 뭔가 생각하는 표정을 지었다.

"그래서 보오르추에게는 오는 중에 말했습니다만, 집으로 돌아가지 않고 여기서 머물며 일했으면 합니다만…….”

“글쎄, 그렇게 하는 것도 좋겠지만…….”

테무진은 일단 수긍하는 반응을 보이면서 진지하게 말했다.

“은혜를 베풀어준 자네에게 무리하게 요구하는 것 같네만 한 가지 부탁할
것이 있다.”

“말씀하시지요.”

“내가 보기에 자무카는 타이치오트 패들을 자기의 세력권으로 끌어들이
려고 획책하는 것 같다. 그러니 앞으로는 자무카에게 귀속한 체 하면서 그들의
내부 사정을 염탐해 주지 않겠나?”

“당신의 안다였던 자무카에게?”

칠라운의 얼굴은 굳어지고 있었다.

“자무카는 호락호락한 사나이가 아니라고 들었습니다. 생각할 여유를
주십시오.”

“당연히 그래야겠지.”

테무진은 칠라운에게 심사숙고할 시간을 주었는데, 그는 결국 자무카
밑으로 들어가겠다는 결정을 내렸다.

칼라가나에서 휴식하고 있는 동안에도 테무진을 기쁘게 만드는 사람들
과의 만남이 이어졌다. 그때까지 자무카의 편을 들고 있던 몬프트 씨족의
제데이를 비롯한 여러 사람이 속속 찾아와 주었는가 하면 젤메의 동생인 차울
한(수부타이)이 불쑥 찾아왔다. 뿐만 아니라 테무진의 아버지 예수게이의 형
네쿤과 동생 다아리타이의 아들들도 귀속을 청해왔다.

그때까지 타이치오트에 속해 있었던 베수트 씨족의 데게이와 구추구루
형제도 ‘마음이 넓은 용자 테무진을 섬기겠다.’라면서 찾아왔고, ‘테무진 일족과
인척이 되고 싶다’면서 딸을 데리고 온 가족들도 몇인가 있었다.

어쨌든 칼라가나에 머물러 있는 동안 자무카를 등지고 찾아오는 자들은 계속 늘어났다. 결과적으로 28개 씨족이 집단이나 개인적으로 테무진의 부하가 되었다. 때문에 테무진을 따르는 사람들은 그의 가족을 포함하여 3백 명 이상으로 불어났다.

하지만 테무진은 그 같은 상황을 좋아하고 있을 수만은 없었다.

'이들 중에는 표면상의 이유와는 다른 속셈을 지닌 자들도 있을 것이다. 지금 나이가 어린 내 편이 되면 나를 다루기 쉬우니까, 그리고 자무카와의 결전에서 승리하게 되는 날에는 그런 대로의 지위를 얻은 뒤에 기회를 봐서 나를 없애버릴 수도 있으니까, 까다로운 자무카를 배신했는지도 모른다.'

테무진은 그들에게 엄격한 군사 훈련을 실시하면서 군사 조직에 대한 본격적인 구상을 하기 시작했다. 각자의 능력에 따른 적재적소에 대해서 생각했으며, 외부의 적이 공격해오는 것에 대비했을 뿐만 아니라 내부의 적이 만들어지지 않도록 신경을 썼다.

자무카와 헤어지고 나서 8년이 지난 1189년 여름 닭의 해에 테무진은 몽골족의 우두머리를 가리키는 칸이라는 칭호를 손에 넣기로 결심했다. 일단 그 칭호를 사용하면 자무카의 부하들도 더 많이 끌어들일 수 있을 것 같았다. 그 칭호 자체가 스스로 완성되는 예언이 될 것 같기도 했다. 설사 그렇지 않다 해도 이런 칭호를 통해 두 경쟁자 사이에 최종적인 결판이 벌어질 수 있을 것 같았다.

테무진은 델리온 볼다크(심장 모양의 산) 발치에 있는 '푸른 호수' 옆의 초원으로 추종자들을 불렀다. 그리고 이곳에서 그들이 코릴타라고 부르는 전통적인 회의를 열었다.

각각의 가족, 가문, 씨족에게는 이 회의에 참석하는 것이 곧 투표 행위였다. 참석한다는 것 자체가 테무진을 칸으로 공식 인정한다는 의미였기 때문이다.

반대로 이 자리에 참석하지 않는 것은 그에게 반대표를 던진다는 뜻이었다. 따라서 테무진의 입장에서는 정족수를 긁어모으기만 하면 성공이었다. 이런 회의가 열리면 보통 참석자 명단을 만들어 암기했다. 말하자면 그것은 선거 결과를 확인할 수 있는 근거인 셈이었다. 그러나 이 코릴타의 참가자 기록은 남아 있지 않다. 어쩌면 참석자 수가 별로 많지 않기 때문에 결과를 감춘 것인지도 모른다. 실제로 초원지대의 가문들 가운데 많은 수(과반수였을 가능성이 높다)는 여전히 자무카를 지지하고 있었다.

테무진 자신의 가족, 의리 있는 친구들의 무리, 흩어져 살던 몇 개 가족들로 이루어진 테무진의 부족은 다른 부족에 비하면 규모도 작았고, 테무진은 여전히 옹칸의 봉신 신분이었다. 테무진은 자신의 새로운 직책이 옹칸에게 도전하려는 의도는 아니라는 것을 보여주기 위해 케레이트의 지도자에게 사신을 보내 자신의 충성을 재확인하게 하고 그의 승인을 요청했다.

사절은 테무진이 옹칸의 지도 하에 흩어진 몽골 씨족들을 통합하려는 것일 뿐이라고 세심하게 설명했고, 옹칸은 그 설명을 받아들였다. 몽골족이 자신에게 충성하는 한 그들의 통일에 대해서는 별로 걱정을 하지 않는 듯했다. 사실 옹칸은 그를 따르는 몽골족의 분열을 조장해왔다. 두 젊은 지도자의 야망을 모두 부추겨 서로 대립하게 한 것이다. 따라서 몽골족은 분열로 인해 허약한 상태에서 케레이트족의 칸에게 복종할 수밖에 없었다.

테무진은 소수집단의 칸으로서 활동하기에 충분한 지지를 받았다고 생각하자 젊은 시절에 얻은 교훈들을 원칙으로 삼아 급진적인 개혁을 시행했다. 부족 내에 새로운 권력 구조를 형성하기 시작한 것이다. 그의 부족의 중심이자 왕궁 역할을 하는 우두머리 게르 단지를 '오르도' 또는 '호르데'라고 불렀다. 대부분의 초원 부족들의 경우 칸의 오르도는 그의 친척들의 것으로 이루어져 있으며, 부족들 위에 군림하면서 부족을 관리하고 지도하는 일종의 귀족 역할을 했다.

그러나 테무진은 친족 관계를 무시하고 개인의 능력과 충성도에 따라 여러 부하에게 수많은 권한과 책임을 나누어 주었다. 개인 보좌관이라는 최고의 자리는 처음에 그를 따랐던 보오르추와 젤메에게 맡겼다. 이들은 테무진에게 10년 이상 일관되게 충성했다. 사람의 재능을 평가하고 혈통이 아닌 능력에 따라 과제를 부여한 것은 테무진 칸의 핵심적인 업적으로 꼽을 수 있다.

젤메를 향한 테무진의 존경은 〈몽골비사〉에도 뚜렷이 나타난다. 1188년 씨족이 테무진을 전쟁을 이끌 지도자로 뽑았을 때, 모든 족장들이 나서서 테무진에게 충성을 맹세하러 왔지만, 젤메와 보오르추만은 예외였다. 서사시에서 테무진은 두 사람이 얼마나 존경받는 인물이었는지를 잘 나타내고 있으며, 그들을 향한 테무진의 충성 맹세와 정의를 이렇게 표현하고 있다.

테무진이 보오르추와 젤메를 돌아보며 말했다. "그대들 두 사람은 내가 그림자 말고는 친구 하나 없을 때 나의 그림자가 되어 내 마음을 편안하게 해 주었다. 그대들이 내 마음에 있게 하라! 꼬리밖에는 다른 채찍이 없을 때 꼬리가 되어 나의 심장을 편안하게 했다. 그들이 내 가슴에 있게 하라! 그대들은 전부 터 나와 함께 했으니 이들을 모두 통솔해야 하지 않겠는가?"

이 글을 통해 우리는 정치적, 군사적으로 적을 물리칠 방법을 모색했을 때 테무진과 장수들이 소집한 모든 협의회와 작전회의에 젤메가 내밀히 관여했음을 추측할 수 있다. 따라서 테무진의 충실한 동료라는 입지 덕분에 수부타이는 군 내에서 수준 높은 교육을 받을 수 있었을 것이다.

테무진은 신임하는 사람들에게 먼저 주방 일을 맡겼다. 가축을 도살하여 고기를 만들고, 그 고기를 삶는 큰 솥을 가지고 다니는 것이 그들의 주된 임무였다. 그러나 테무진은 이들이 그의 목숨을 지키는 제1방어선이라고 생각했다. 아버지가 독살당한 뒤 독살에 대한 두려움을 느꼈기 때문이다. 다른 부하들은 궁수가 되었으며, 몇 사람은 가축 떼를 지키는 일을 맡았다. 가축은 본대로부터 멀리 떨어지는 일이 자주 생길 수밖에 없었기 때문이다. 몸집이 크고 힘이 센 동생 카사르에게는 전사로서 야영지를 지키는 일이 맡겨졌고, 배다른 동생 벨구테이에게는 많은 예비용 말을 책임지는 일을 맡겼다. 이 말들은 늘 본대 가까이에 머물며, 언제든지 전사들을 태울 준비를 갖추고 있었다.

테무진은 또 우수한 전사 150명을 뽑아 친위대(몽골어로 케식텐)을 만들었다. 주간 친위 70명과 야간 친위 80명은 24시간 동안 그의 야영지를 둘러쌌다. 테무진에게 있어서 갓 태어난 몽골 부족을 관리하는 일은 이제 자신의 가문을 확대하는 일이 되었다.

테무진이 칸으로 인정을 받고 조정을 구성하여 행정을 책임졌음에도 자무카는 여전히 자신의 부하들을 거느리며 테무진을 모든 몽골 씨족들의 칸으로 인정하지 않았다. 자무카를 비롯한 흰 뼈 혈통 귀족에게는 테무진이 검은 뼈에 속한 사람들 사이에서나 우상화되고 있는 무례한 어정뱅이일 뿐이었다. 자무카는 테무진을 잘 가르쳐 자기 자리로 되돌려 놓을 생각을 가지고 있었다.

몽골의 고대사서인 〈몽골 원류〉에는 푸른 호수에서의 서약이 맺어진 때가 1189년이라고 기록되어 있으며, 서약의 내용은 다음과 같다.

테무진이 칸이 된다면 우리는 수많은 적 앞에 초병으로 먼저 나아가 자색이 아름다운 처녀나 귀부인들을 약탈하여 모두 그대에게 바칠 것이며, 엉덩이가 잘 생긴 거세마들도 약탈하여 모두 바칠 것이다. 초원에 사는 짐승들을 사냥할 때 그 뒷다리가 하나가 될 때까지 힘껏 눌러서 모두 바칠 것이다. 전투를 할 때 우리가 그대의 명령을 듣지 않는다면 우리를 우리의 씨족으로부터 분리하여 우리의 검은 머리를 땅에 내던지라. 평화로울 때 우리가 그대의 평화를 깨뜨린다면 우리를 우리의 가신들로부터, 처자로부터 분리하여 죽음의 들판에 내버리라.

'칭기스'란 이 세상을 밝게 비추는 빛의 정령의 이름이었다. 칭기스칸이 된 테무진의 나이는 그때 27세였다. 12세기 중엽에 처음으로 즉위한 카불 칸, 그 이후 제2대인 암바카이칸, 제3대인 코톨라칸으로 계승되었던 칸의 자리는 1189년을 맞아 칭기스칸의 것이 되었다.

'푸른 호수의 서약'은 몽골고원에 작은 태풍의 눈이 탄생되었음을 알리는 서막이었다. 몽골고원의 새로운 질서를 창조해 나갈 '채찍을 든 칸'의 출현을 알리는 사건이었다.

칭기스칸은 푸른 호수의 서약을 받은 뒤 자기가 몽골부의 칸으로 등극한 것을 고원의 주요 세력들에게 알렸다. 테무진 세력 탄생의 주역을 맡은 옹칸은 회심의 미소를 지으며 중얼거렸다.

"나의 아들 테무진을 칸으로 뽑은 것은 아주 잘한 일이다. 너희들은 이 협의를 절대로 와해시키지 말라. 그리고 옷의 깃을 절대로 찢지 말라."

테무진과 옹칸의 술책에 빠져 자기 세력의 절반을 상실한 자무카는 격노했다. 자무카는 키야트계 귀족들의 배반을 질타한 뒤 테무진의 칸의 계승을 인정하지 않는다고 선언했다.

"어째서 테무진 안다와 내가 분리하지 않고 한 곳에 같이 있었을 때 그를 칸으로 뽑지 않았는가? 너희들은 지금 어떤 생각을 품고 그를 칸으로 뽑았는가?"

고원에는 팽팽한 긴장감이 맴돌았다. 타이치오트계의 세력을 흡수해 완벽한 형태로 몽골부의 칸 위에 등극하고 싶었던 자무카의 계획은 물거품이 되고 말았다. 자무카는 옹칸이 쳐놓은 거미줄에 걸린 신세가 된 것이다.

자무카는 휘하의 세력이 자기의 능력을 더 의심하기 전에 자신이 살아있음을 과시하며 이후의 생존을 위해 옹칸에게 충성심을 보일 필요가 있다고 판단했다.

테무진은 자무카의 행동을 주시했다. 그리고 옹칸의 의도대로 자무카의 자존심을 세워주면서 기존의 판세를 자무카가 인정하도록 교묘한 절차를 밟아나갔다. 그것이 테무진과 자무카가 분리하자마자 일어난 달란 발조트 전쟁이었다. 그 전쟁은 테무진이 치밀하게 자무카의 도발을 유도하여 일어나게 되었다.

제15장

달란 발조트 전쟁

자무카와 칭기스칸의 목초지의 경계가 되는 곳에 주술사가 소원을 비는 잘라마산이 있는데, 자무카의 동생인 타이차르가 그 산의 남쪽에 위치한 올레게이샘 부근에 살고 있었다.

그런데 어느 날 한밤중에 젤메의 둘째 동생인 다르말라가 타이차르의 말 떼를 올레게이샘 부근으로 밀어 넣었다. 그리고는 타이차르가 혼자 있게 될 때를 기다렸다가 활로 쏘아서 죽였다. 그것은 테무진이 의도적으로 자무카가 발을 뺄 수 없도록 자무카의 동생에게 말도둑이라는 누명을 씌워 살해한 것이었다.

"뭐라고? 테무진의 부하에게 내 동생이 살해되었다고?"

자무카는 즉시 휘하의 세력을 점검이라도 하듯 13개의 군단으로 이루어진 3만 명의 군대로 테무진을 공격하기로 했다. 그는 알라우트산을 넘고 투루카우드산을 넘으며 진군을 감행했다.

곳곳에 정보원을 두고 있던 테무진은 자무카군에 못 미치는 1만여 명의 병력으로 그들을 맞았다. 그리고 고의적으로 패하는 연극을 꾸미기로 했다.

'푸른 호수' 북쪽에서 출전한 칭기스칸은 습지가 펼쳐지는 달란 발조트에서 자무카군의 군대를 볼 수 있었다. 선두에 큰 깃발을 치켜든 자를 세운 자무카의 기마군단이 서서히 늪지를 우회하더니 거의 기복이 없는 평지를 향해 달리기 시작했다. 양쪽의 군대는 5백 미터 정도가 되는 공간 지대를 만들며 가깝게 접근했다.

칭기스칸의 눈에 자무카의 얼굴이 선명하게 보였다. 검을 뽑아든 자무카는 여유만만하게 미소 짓고 있었다. 이미 승리자가 되어버린 것처럼.

자무카의 군대는 백 미터쯤 다가오더니 진군을 멈추었다. 전투 개시를 앞두고 알탄이 이끄는 키야트 씨족의 부대가 칭기스칸에게 충성심을 보이려는 것처럼 약간 전방으로 움직이고 있었다. 자무카는 그들의 움직임에 자극을 받았는지 검을 휘두르면서 소리쳤다.

"공격하라!"

"꽹! 꽹! 꽤앵!"

요란하게 징 소리가 울리기 시작하면서 병사들이 일제히 함성을 질러댔다. 그들은 활을 쏘아 대면서 공격을 개시했다. 길이 1.5미터 정도의 짧은 활에서 쏘아진 화살들이 빗발치듯이 칭기스칸군에게 쏟아졌다. 알탄이 이끄는 부대는 이미 좌우로 흩어지면서 도망치고 있었다.

화살을 막기 위해 칭기스칸을 둘러싸고 있던 친위대원들은 모두 무모한 싸움이라고 생각하며 동요되었다. 카사르가 날아오는 화살을 검으로 쳐서 떨어뜨리며 소리쳤다.

"부질없이 여기서 생명을 버릴 이유가 없소!"

보오르추도 칭기스칸의 곁으로 다가서며 말했다.

"칭기스칸이여, 당신에게는 일족의 평화와 질서를 유지시킬 책임이 있소. 후일을 기약하고 지금은 철수합시다."

"자무카에게 화살 한 대도 쏘지 못하고 철수할 수는 없다. 전군 모두 자무카의 군대를 공격하라."

칭기스칸이 소리치자 차카안 고아가 이끄는 부대가 맹렬하게 활을 쏘아대기 시작하면서 자무카의 본대로 접근해가기 시작했다. 이어서 그 뒤를 보오르추가 이끄는 부대와 데렌기, 쿨리다이 형제가 이끄는 부대들이 따르면서 격전이 전개되었는데, 다른 부대의 우두머리들은 오히려 후퇴하고 있었다.

그때 누군가가 다급하게 소리쳤다.

"우리를 배반하고 자무카의 편으로 붙으려는 움직임이 나타나고 있다."

그것은 벨구테이의 목소리였는데, 그제야 칭기스칸은 갑자기 소리쳤다.

"후퇴하라!"

치노스 씨족의 차카안 고아가 이끄는 부대는 순간적으로 항전하고는 칭기스칸의 뒤를 따라 도망치기 시작했다. 자무카가 소리쳤다.

"한 놈도 놓치지 마라. 모두 잡아서 목을 쳐라. 테무진을 생포하라."

칭기스칸은 오논강변을 따라 빠르게 도망쳤다. 자무카의 기마 군단은 최후까지 항전하던 차카안 고아의 부대를 따라붙고 있었다. 잠시 후 차카안 고아는 말에서 떨어져 자무카의 기병들에게 생포되고 말았다.

칭기스칸은 오논강 부근에 위치한 제레네라는 벽지까지 도망쳐 왔는데 그곳은 사람의 키만큼이나 큰 양치식물들이 군생하는 습지대였다. 낮에도 햇불이 필요할 정도로 긴 가지를 뻗은 나무들이 울창한 곳이었다. 그 전쟁의 의미를 잘 알고 있던 자무카는 추격을 멈춘 채 상징적인 승리를 선언함으로써 화를 풀 수밖에 없었다.

자무카는 정말로 비통했다. 하지만 그것은 서막에 불과했다. 테무진은 처음부터 자무카를 교묘한 함정에 빠뜨리고 있었다. 눈물로 몽골고원에 등장했던 테무진은 어느 새 채찍을 든 잔혹한 칸으로 변해 있었다. 테무진은 타이치오트 씨족을 흡수하기 위해 애지중지하며 확보해 놓았던 치노스 씨족을 희생물로 삼은 것이었다. 그리고 자무카가 치노스 씨족을 어떻게 처리하는가를 모든 몽골 백성들이 살펴보게 했다.

"포로들은 어떻게 처리할까요?"

곁에 있던 부하가 묻자, 자무카는 입술을 질근 깨물며 대답했다.

"한 번 해보고 싶었던 방법이 있다. 놈들을 모두 뜨거운 물에 삶아서 죽여라."

"예? 다른 방법을 취하시는 것이 어떻겠습니까? 그건 아무래도 너무 잔인한 방법이라고 생각되는데…….."

부하가 조심스럽게 진언하자, 자무카는 불같이 노하면서 일갈했다.

"그대는 단 하나뿐인 동생을 잃은 자의 마음을 모르는 것 같군. 당장 시행하라."

"예."

자무카는 테무진의 부대가 다시 모이는 것을 막기 위해 초원에서 가장 잔인한 복수극을 선보였다. 커다란 가마솥 70개가 당장 준비되었으며 물이 부어지고 솥 밑에 불이 붙여졌다.

이윽고 물이 끓기 시작하자 벌거벗겨진 포로들은 차례대로 그 안으로 던져 넣어졌다. 인육들은 순식간에 녹았으며, 기름이 번들거리는 백골들은 액체로 변했다.

자무카는 흡족해 하는 얼굴로 그 광경을 지켜보고 있었지만, 너무나 끔찍스러운 광경이어서 대부분의 참모들은 얼굴을 돌리고 있었다. 이렇게 포로들을 삶아 죽인 것은 영혼까지 죽이는 형식으로 포로들을 완전히 소멸시키는 행위였다. 또 자무카는 회군할 때 이 씨족의 족장인 네우데이 차카안 고아의 머리를 잘라 말꼬리에 매달고 갔다. 게다가 그것을 말의 가장 역겨운 부분에 묶었으니 그것은 그의 가족 전체에 수치를 안겨주는 일이었다.

사람들은 모두 치노스 씨족의 최후를 보았다. 자무카와 라이벌이었던 타이치오트계 귀족들은 격노했다. 치노스 씨족의 처참한 최후는 타이치오트계와 관계를 맺고 있던 자무카군 내의 세력들에게 큰 동요를 불러일으키게 했다. 그들 일부는 자무카와 헤어져 테무진에게 갔고, 또 일부는 원래의 동맹자인 타이치오트 씨족의 품으로 돌아갔다.

테무진은 달란 발조트 전쟁을 기점으로, 멍리크 일가 및 사전에 밀약을 맺었던 망코트 씨족의 족장 코일다르 세첸을 불러들였다. 텝 텡게리로 대표되는 몽골의 샤먼 일가가 귀부歸附했다는 것은 코르치가 귀부했던 때와 마찬가지로 몽골 백성들에게 큰 파문을 일으켰다. 코일다르 세첸은 귀부할 때 자기의 절친한 동맹자이자 오로오트 씨족의 족장인 주르체데이까지 데리고 왔다. 이렇게 달란 발조트 전쟁은 끝났다.

이 사건은 테무진에게 결정적인 전환점이 되었다. 전투에서는 패했지만 자무카의 잔인함을 두려워하게 된 몽골 백성들의 지지와 동정을 얻을 수 있게 되었기 때문이다. 테무진은 이제 자무카로부터 면죄부를 얻었다. 달란 발조트 전쟁을 기점으로 몽골부에는 실력이 엇비슷한 세 개의 무력 집단이 존재하게 되었다. 하나는 테무진이었고, 나머지 둘은 자무카와 타이치오트계의 귀족들이었다. 절묘한 공포의 균형이었다.

이 세 개의 세력은 옹칸이 누군가를 확실하게 지지하지 않는 한 서로가 서로를 공격할 수 없는 처지가 되었다. 그래서 몽골부에는 일시적인 평화의 시대가 왔다. 몽골의 샤먼들은 이 같은 평화를 몰고 온 지도자가 테무진이라는 소문을 퍼뜨리고 다녔다.

제16장

복수

고원에 평화 무드가 감돌자, 테무진은 내부의 구조 계획을 짜는 일에 착수했다. 먼저 그는 먼 훗날의 인사 태풍을 암시라도 하듯 주요 너커르들을 친위 집단의 요직에 앉혔다. 사람들을 능력에 따라 적재적소에 배치해야 한다고 믿는 테무진으로서는, 극히 소수였지만 자기가 가동할 수 있는 무력을 극대화시킨 개혁 조치였다. 그러나 핵심 너커르들에게는 보직을 주지 않으며, 이렇게 말했다.

"너희들은 보석이니 먼 미래에 대비하라. 너희들은 모든 사람들을 십호$^{+戶}$ · 백호^{百戶} · 천호^{千戶}로 개편하는 그날이 올 때까지 개혁의 필요성을 역설하는 전도사가 되어라."

천호제 개혁에 대비하라는 것이었다. 천호제란 종래의 씨족 중심제 대신 씨족을 불문하고 1천 명 단위로 행정과 군대의 기초 조직을 만드는 것을 말한다. 당시 이 조직은 상비군이라고도 불릴 만큼 매우 높은 효율성을 가지고 있었다.

칭기스칸에게 있어서 타타르는 아버지 예수게이를 독살한 가증스러운 부족이었다. 무슨 일이 있어도 그들에게 복수하여 아버지 예수게이의 한을 풀어주고 싶었다. 아버지가 죽은 후로 단 하루도 그 같은 생각을 잊어본 적이 없었다.

아버지 예수게이로부터 귀에 박힐 정도로 금나라에서 죽어간 암바카이칸의 이야기를 들으면서 성장한 칭기스칸은 아버지의 원수를 갚는 동시에, 암바카 이칸의 유지도 관철시키고 싶다는 간절한 생각도 가지고 있었다. 그것은 소년 시절부터의 집념이었으며 숙원이기도 했다. 하지만 타타르 부족은 너무나 강대했기 때문에 싸워도 이길 수 있는 가능성이 없는 가운데 세월만 부질없이 흘러가고 있었다.

그런데 타타르 토벌을 촉구하는 이야기가 생각지도 못한 곳에서 싹트게 되었다.

"금나라의 황제가 승상인 온깅으로 하여금 타타르를 토벌하도록 했다."

자무카와는 결판이 나지 않았지만 테무진은 34세가 되던 1195년 예기치 않았던 외부 침략과 대량 약탈의 기회를 맞게 된다. 고비사막 남쪽에 위치한 카타이(금나라를 가리킨다)의 문명화된 주르첸 통치자들은 초원의 정치에 자주 관여했다. 부족들끼리 계속해서 전쟁을 하여 어느 부족도 자신의 권력을 위협할 만한 힘을 키우지 못하게 하려는 것이었다. 주르첸은 전통적으로 타타르의 동맹자였지만 그들이 너무 강해지는 것을 두려워했다.

1196년 금나라의 승안 원년 봄의 일이었다

"온깅이 이끄는 대군은 이미 타타르의 땅 올자강을 거슬러 올라가면서 타타르의 대귀족인 메구진 세울트가 이끄는 부대를 추격하고 있다."

"수세에 몰린 메구진 세울트가 다른 족장들에게 지원군을 요청했지만,

아무도 응해 주지 않고 있다."

"지금 울자강에서 타타르와 싸우면 승리할 것이 틀림없다."

보오르추를 통해 그 같은 보고가 계속해서 날아들고 있었다.

온깅은 완안完顏을 몽골식으로 발음한 이름으로서 '금나라의 역사'에 소개되는 '우승상 완안양'을 말한다.

"금나라가 왜 타타르에게 싸움을 걸었지?"

칭기스칸은 치솟는 흥분을 억제하면서 보오르추에게 물었다.

"전에 자무카의 세력권을 이루고 있던 켈렌호 일대의 몽골 씨족들이 몽골부의 평화기를 틈타 금나라의 변방을 누비고 다녔습니다. 그들의 발호는 금나라의 주목을 끌었지요. 금나라는 1194년부터 그들을 대대적으로 토벌하기 시작했습니다. 타타르의 용병집단과 함께 전개된 그 토벌은 뜻하지 않게 타타르족의 단결을 불러일으켜 대반란으로 비화되었습니다. 그럴 수밖에 없는 것이 금나라는 타타르와 우호 관계를 유지하면서도 그들을 야만족이라고 멸시하며 '북쪽의 돼지들'이라고 부르고 있었습니다. 말하자면 반란의 책임은 금나라의 황제에게 있는 거지요."

보오르추는 간단 명료하게 정확한 판단을 내려주었다.

금나라의 황제는 1189년, 테무진이 칸으로 즉위한 것과 같은 해에 21세의 나이로 즉위한 장종이었다. 장종은 교양의 탁월함에 있어서는 역대 황제들 중에서 가장 뛰어난 문인이었다고 일컬어졌지만, 호화스러운 생활에 빠져 송나라와의 전쟁에 소극적이었으며 정책도 무위에 흐르고 있었다.

새로운 관아들을 만들어 많은 지출이 불가피해졌는가 하면 황하의 범람으로 인해 국비를 쏟아넣어야 하는 지경에 몰리기도 했다. 뿐만 아니라 졸렬한 정책으로 인해 여진족과 한인 사이의 반목도 극심해져 내우외환이 계속되는 가운데 나라는 쇠퇴일로를 더듬기 시작하고 있었다. 그런 기회를 이용해서 반란을 일으킨 것이 타타르였다.

"하지만 타타르의 메구진 세울트군은 동쪽에서 협공하는 온깅군에게 큰 타격을 입고 올자강 상류로 도망치고 있습니다. 지금이야말로 금나라 편에 서서 타타르를 무찌를 때입니다. 그러니 한시라도 빨리 결단을 내려주십시오."

"금나라 편에 설 생각은 없다. 하지만 타타르를 토벌할 수 있는 호기가 왔으니 내 마음은 결정되었다."

즉시 마음을 정한 칭기스칸은 당장 카사르를 사절로 삼아 옹칸에게 보냈다. 케레이트의 옹칸군과 동맹을 맺어 타타르군과 싸우면 확실한 승산이 있다고 판단했기 때문이었다.

카사르가 힘 들이지 않고 대규모의 재물을 얻을 수 있는 어부지리 전투가 있다는 칭기스칸의 말을 전하자, 옹칸은 고개를 끄덕이며 시원스럽게 대답했다.

"내 아들 테무진이 원한다면, 하루라도 빨리 출전하여 타타르를 공격하겠다."

옹칸이 불과 3일 만에 1만여 명의 군대를 이끌고 오자, 테무진은 말했다.

"나는 전에 맺은 푸른 호수에서의 서약에 따라 세체 베키의 군대가 올 때까지 기다려야 합니다. 옹칸이여, 조금만 기다려주십시오."

그러나 세체 베키는 군대를 파견하지 않았다. 테무진은 옹칸을 6일 동안 잡아두었고, 주르킨 씨족이 오지 않는 것에 대해 격노했다. 테무진은 옹칸의 앞에서 주르킨 씨족을 공격할 명분을 쌓았다.

"타타르의 다른 부족들은 더 이상 금나라를 자극하지 않기 위해 메구진 세울트에게 원군을 보내지 않기로 결정한 모양이다."

옹칸은 자기가 얻은 정보를 칭기스칸에게 전했다.

"저도 그렇게 듣고 있습니다. 어쨌든 이만 가서 메구진 세울트의 타타르들을 무찌르기로 하지요."

칭기스칸은 드디어 옹칸과 함께 타타르를 토벌하기 위해 출발했다.

정찰병의 보고를 통해 메구진 세울트가 포플러숲과 소나무숲에 요새를 구축하고 있다는 사실을 이미 알고 있었던 칭기스칸은 오논강 바로 앞에서 올자강을 따라 거슬러 올라가 타타르의 요새로 접근했다.

"타이치오트부의 놈들과 맞닥뜨리지 않도록 조심하십시오."

진격해 가는 칭기스칸에게 다가서며 보오르추가 주의를 주었다. 올자강이 흘러들어간다는 톨레이호 북쪽 지역은 그즈음 자무카에게 가담한 자들이 늘어나고 있는 타이치오트 씨족의 영토였다.

메구진 세울트의 군대는 이미 완안양의 군대에게 많은 군마와 양식을 빼앗겨 궤멸 직전의 상태에 빠져있었다. 족장인 메구진 세울트의 생각은 오직 '어떻게 하면 이곳에서 탈출하여 안전한 곳으로 갈 수 있을까?' 하는 것뿐이었다.

칭기스칸과 옹칸의 동맹군은 서두르며 포플러 숲속에 통나무로 만들어진 타타르의 요새로 향했다. 완안양의 금나라 군대는 그때 상당히 떨어진 곳에서 휴식을 취하고 있었다.

"아니, 저… 저건 예수게이 바아토르의 말총 영기가 아닌가?"

요새의 전망대에 서 있던 타타르의 보초병들은 완안양군이 아닌 예수게이의 말총 영기를 보자 깜짝 놀랐다.

"그렇다면 힘을 키운 테무진이 아버지의 원수를 갚으러 쳐들어왔다는 건가?"

"케레이트 토그릴의 깃발도 보인다."

테무진과 옹칸의 동맹군이 갑자기 나타나게 된 것을 알게 된 병사들의 혼란은 극치에 달했다. 그들은 거의 모두 예수게이가 독살된 사연에 대해서 알고 있었다.

전리품이 목적인 옹칸은 전군의 장수들에게 명령했다.

"적병들을 몽땅 다 죽이는 건 상관없지만 불화살은 쏘지 말도록 하라."

"모두들 공격!"

칭기스칸의 명령이 떨어지자 요새를 포위한 1만여 명의 병사들은 일제히 움직였으며 격전은 시작되었다.

칭기스칸과 옹칸의 동맹군은 완강하게 대항하는 타타르군에게 태양이 뿌옇게 흐려 보일 정도로 많은 화살을 쏘아댔고, 타타르군도 역시 보유하고 있는 화살의 양을 과시하듯 격렬하게 쏘아대면서 긴 창과 돌, 불이 붙은 통나무 등을 울타리 아래로 내던졌다.

"쾅! 콰아앙!"

"콰직! 콰아아!"

동맹군과 타타르군은 결국 5일 동안에 걸친 격렬한 공방전을 되풀이했으며 마침내 타타르군의 화살이 동나게 되었다.

몽골군의 용감한 장수 쿠빌라이는 장검을 휘두르며 부하들과 함께 요새 앞에까지 접근하고 있었다. 궤멸 상태에 빠진 메구진 세울트 휘하의 병사들은 그들을 발견하더니 계속해서 투항해왔다. 그 수는 삽시간에 5백여 명에 달했다.

"싸움은 이제 끝난 것이나 마찬가지입니다. 필요 이상의 공격은 피합시다."

싸움의 흐름을 읽고 있던 칭기스칸이 말하자, 옹칸은 동감의 뜻을 표하며 자기의 정예부대에게 명했다.

"메구진 세울트를 잡아가지고 오라."

정예부대는 칼과 창을 휘두르며 어렵지 않게 요새로 진입해 메구진 세울트를 생포했다. 뒷짐을 진 자세로 묶인 채 끌려온 메구진 세울트는 테무진

앞에 펼쳐져 있는 펠트 위에 앉혀졌다.

"아버지 예수게이 바아토르를 대신하여 그대의 목을 치겠다."

석양을 등지고 서 있던 칭기스칸이 손에 쥐고 있던 검을 치켜들면서 말했다.

"죽기 전에 하고 싶은 말이 있으면 해라. 들어주겠다."

칭기스칸의 말을 들은 메구진 세울트가 음울한 목소리로 대꾸했다.

"저세상에 가서도 너를 저주할 것이다. 나는 비록 여기서 죽지만 타타르에는 뛰어난 힘을 가진 장수들이 셀 수 없을 정도로 많다. 너도 예수게이처럼 죽을 것이다."

"하아!"

칭기스칸의 검이 바람을 가르며 움직였다. 다음 순간 몸에서 분리되며 떨어진 메구진 세울트의 목은 대지를 피로 더럽히지 않기 위해 깔아 놓은 펠트 위에 굴렀다.

칭기스칸은 그의 목을 침으로써 아버지의 원수를 갚았다. 뿐만 아니라, 전쟁의 비정함을 부하들에게 몸으로 직접 보여주고 있었다.

어부지리 전쟁은 옹칸에게 많은 재물을 가져다주었다. 칭기스칸과 옹칸의 명령을 받은 동맹군의 병사들이 요새 안으로부터 전리품을 운반해다가 한 곳에 모으기 시작했다. 타타르는 주르첸 왕국과 가까운 곳에 살면서 중국의 세련된 제품들을 자주 접했기 때문에 초원의 다른 어느 부족보다 교역 상품을 많이 소유하고 있었다.

그들의 황금실과 진주로 수놓은 비단 담요가 덮인 돋을새김 장식 요람은 칭기스칸에게 강한 인상을 남겼는데, 포로로 잡힌 타타르 아이들도 황금실로 장식한 공단 옷을 입고 있었다. 어떤 사내아이는 코와 양쪽 귀에 황금 고리를 달고 있었다.

테무진은 막강한 주르첸 왕국이 국경의 부족들을 부추겨 서로 싸우게

다는 사실을 분명하게 인식했다. 그들은 어느 해에는 타타르와 동맹을 맺어 케레이트를 공격하고, 어느 해에는 케레이트, 몽골과 동맹을 맺어 타타르를 공격했다. 자무카의 경우처럼 오늘의 친구가 내일의 적이 될 수 있었으며, 오늘 정복당한 부족은 끊임없이 이어지는 전쟁과 싸움의 순환에서 연거푸 정복을 당할 수밖에 없었다. 결정적인 승리도 없었고, 영원한 평화도 없었다.

이 교훈은 결국 테무진이 이런 대혼란으로부터 만들어 내게 되는 새로운 세계에도 큰 영향을 주었을 것이다. 그러나 일단 이 전쟁의 결과로 인해 그의 부족에게는 엄청난 규모의 물자가 유입되었으며, 그의 위상은 전보다 높아졌다.

칭기스칸은 옹칸에게 우선적인 선택권을 양보하고, 자기는 나머지 반만을 받아 용감하게 싸운 병사들에게 보상으로 주기로 했다.

모든 분배가 끝났을 때였다.

"용감한 공격이었소. 실로 볼 만했소."

하고 더듬거리는 몽골어로 말하면서 그 자리에 나타나는 사람이 있었다.

"아니, 당신은……?"

그는 숲속에서 싸움을 지켜보고 있던 완안양 승상이었다. 단정하게 다듬은 입수염을 가진 그는 10명 정도의 부하들 만을 거느리고 있었다.

'아, 멋있고 훌륭하다!'

타타르의 풍족한 생활 상태를 보면서 놀랐던 테무진은 또다시 완안양의 옷과 병사들이 가진 무기를 보면서 눈을 크게 떴다. 말에 타고 있는 완안양의 모습은 그의 눈에 순간적으로 한 폭의 그림처럼 보였다.

은으로 만들어진 투구에는 깃털 장식이 달려 있었고, 어깨를 덮는 은으로 만들어진 피갑에는 조각된 장식이 수놓아져 있었다. 가죽을 여러 겹으로 겹친 피갑의 중심부에는 크게 입을 벌린 표범을 닮은 형상이 새겨져 있었고, 말에도 화살을 튕겨내는 길게 늘어진 말 갑옷이 입혀져 있었다.

적을 위협하는 무서운 형상의 사람 얼굴이 그려진 방패를 손에 든 병사들은 칭기스칸이 그때까지 한 번도 본 적이 없는 화려한 장식을 한 언월도와 미첨도, 손잡이가 짧은 접근용의 박도 등을 가지고 있었다.

'확실히 위엄은 있어 보인다. 하지만 저 정도로 무거운 장비가 실리면 말이 빨리 달릴 수 없을 텐데… 무엇보다도 말이 불쌍하군. 어쨌든 오늘 금나라 군대와 싸우지 않고 타타르와 싸우게 된 것은 정말로 다행스러운 일이다.'

칭기스칸이 그들과 자기들의 무기의 차이를 크게 느끼며 마음속으로 중얼거리고 있을 때, 마상의 완안양이 중국어로 뭐라고 말했다. 즉시 몽골어를 아는 금나라의 군인 하나가 나서며 통역을 했다.

"당신들이 힘을 합쳐 메구진 세울트를 죽인 것에 대해서 나는 매우 고맙게 생각한다. 그것은 우리 금나라의 황제를 크게 도와준 결과가 된다."

완안양은 황제를 보좌하며 나라를 다스리는 고관으로서의 관록을 보이며 말을 계속했다.

"오래 전부터 소문을 듣고 있는 케레이트의 우두머리 토그릴에게는 금나라 '왕'의 칭호를 주겠다. 아울러 이번에 처음으로 이름을 알게 된 테무진에게는 '장관 초토사'라는 칭호를 주겠다."

"분에 넘치는 영광이로소이다."

옹칸은 팔꿈을 구부리면서 두 팔을 겹치더니 중국식으로 예를 올리는 자세를 취했다. 칭기스칸도 역시 그와 같은 자세를 취했다.

완안양은 케레이트부와 몽골부의 테무진이 타타르부와 원한이 더 깊어진 것을 흐뭇하게 바라보았다. 명예로운 칭호를 주도록 황제에게 상신하여 메구진 세울트의 목을 친 칭기스칸이 앞으로 금나라의 국경을 침입하지 않도록 지금부 터 회유해 놓자고 순간적으로 생각했던 것이다.

옹칸은 그의 계산을 당장에 꿰뚫어보고 있었다.

'오래 전부터 문무에 모두 뛰어난 인물이라는 말을 듣고 있었지만 역시 대단하군! 장관 초토사라… 제대로 생각해 낸 벼슬이야!'

마상에서 붓를 든 완안양은 옹칸을 왕, 칭기스칸을 장관으로 임명한다는 증명서를 만들어 두 사람에게 건네주더니 "머지않아 황제의 사자가 두 사람에게 갈 것이다"라고 말하고는 부하들과 함께 동쪽 방향으로 말을 몰기 시작했다.

칭기스칸은 옹칸과 함께 말을 몰면서 마음속으로 중얼거렸다.

'몽골을 통일한 뒤에 반드시 당신의 나라를 공격하게 될 것이다. 그러기 위해서는 우수한 갑옷과 무기들을 조달해 두어야겠지.'

대군을 이끌고 본국으로 돌아가던 완안양은 사람과 말들이 많이 왕래하는 곳에 자리잡고 있는 전망이 좋은 바위에 '우승상 완안양이 북조복(타타르족)을 격파했다'라는 글을 새기게 하고서 귀국했다.

황제 장종을 배알한 완안양은 칭기스칸에 대해서 다음과 같이 전하며 경계하도록 했다.

"테무진이라는 자, 그의 몸은 괴이하고 눈빛은 날카로우며 총명한 빛이 있었습니다. 이마는 넓고 광대뼈가 높았으며, 수염은 길었고 하얀 이는 특히 눈이 부실 정도였습니다. 인물은 타고난 뛰어난 용장, 만일 그가 우리의 적이 된다면 마음을 놓지 못하게 될 것입니다."

제17장

맹약과 동맹

타타르의 한 씨족을 궤멸시키고 하릴트호 부근으로 돌아온 칭기스칸 일족은 오랜 시간에 걸쳐 평화스러운 생활을 누릴 수 있었다.

칭기스칸의 장남인 주치는 어느덧 12살이 되어 마술과 궁술을 연마하고 있었고, 차남인 차가타이, 삼남인 어거데이, 4남인 톨로이도 씩씩하게 성장하고 있었다.

칭기스칸은 그즈음 군사 훈련을 목적으로 몰이사냥을 적극적으로 실시하고 있었다. 통솔자의 호령에 따라 몰이꾼과 사슴이 호흡을 맞추며 많은 짐승들을 한 곳으로 몰고가는 몰이사냥은 그대로 실전에 활용되는 훈련이었다.

그동안에도 칭기스칸에 대한 소문을 들은 유목민들은 그때까지 섬기고 있던 부족민들을 버리고 귀순해 왔다. 칭기스칸의 세력은 옹칸과 동맹을 맺은 덕분에 단비를 맞은 풀이 기운차게 자라듯이 몽골의 수많은 씨족을 거느리는 커다란 세력이 되었다.

그런데 바로 그즈음 옹칸의 천적이던 나이만부가 옹칸이 동부 고원으로 나간 틈을 타 케레이트부를 급습했다. 나이만의 침공 사실을 안 옹칸은 급히 군대를 몰고 본거지로 돌아왔다. 그러나 옹칸의 군대는 나이만의 군대에게 격파당하고 말았다.

옹칸이 테무진에게 구원을 요청했으나 테무진은 회답하지 않았다. 대신 주르킨 씨족을 급습해 예속민으로 흡수해 버렸다. 드디어 테무진이 꿈에 그리던 두 번째 목표가 달성된 것이다. 〈몽골비사〉에서는 주르킨 씨족의 멸망이 어떤 의미를 가지는지를 다음과 같은 말로 표현하고 있다.

칭기스칸의 지위와 사업은 매우 공고해졌다.

테무진은 타타르와 싸우기로 옹칸과 합의했을 때 주르킨 친척들의 도움을 요청했고, 그들은 도와주겠다고 약속했다. 그러나 테무진이 원정을 떠날 준비를 하면서 6일 동안이나 기다렸지만 주르킨은 오지 않았다. 참석하는 것을 지지 투표로 간주하는 코릴타이의 경우와 마찬가지로 공격을 할 때 나타나지 않으면 그것은 곧 공격 지도자, 즉 테무진을 불신임하는 표를 던지는 것이나 마찬가지였다.

사실 주르킨과 테무진의 부하들 사이의 관계는 전에도 험악했던 적이 있었다. 테무진 주위의 거의 모든 사람들과 마찬가지로 주르킨 가문 역시 테무진의 가문보다 지위가 높았으며, 따라서 그들은 테무진과 그의 부하들을 경멸하는 일이 많았다. 두 집단 사이에 적대감이 형성된 과정을 생생하게 보여주는 이야기가 있다.

테무진은 타타르 원정을 가기 직전에 주르킨족을 잔치에 초대했는데 그들이 테무진의 배다른 동생을 매우 모욕적인 방법으로 공격하는 바람에 혼란스러운 싸움이 벌어졌다. 벨구테이는 테무진 무리의 말을 지키는 일을 맡고 있었다. 그때 주르킨족으로 짐작되는 사람이 말 한 마리를 훔치려 했고, 벨구테이는 그를 쫓아갔다. 그러자 '장사 부리'라고 알려진 다른 주르킨 사람이 그를 막아섰다. 벨구테이는 부리와 싸울 준비가 되었다는 표시로 옷 위쪽을 끌어내려 상체를 거의 드러냈다. 그러나 부리는 동등한 사람들 사이에 의견 불일치가 일어났을 때의 관습대로 벨구테이와 씨름을 하는 것이 아니라 아예 검을 뽑아 벨구테이의 어깻죽지를 내리쳤다.

이것은 벨구테이를 아랫사람으로 경멸한다는 뜻이었다. 상처가 아무리 작다고 해도 이런 식으로 피를 흘리게 하는 것은 심각한 모욕이었다. 술에 취한 손님들은 밖에서 일어난 일을 알고 자기들끼리 싸우기 시작했다. 그들은 관례에 따라 무기없이 잔치에 참석했기 때문에 음식 접시를 서로에게 던졌고, 대량으로 갖다 놓았던 발효된 암말 젖[마유주馬乳酒]을 젓기 위해 사용하던 주걱으로 상대를 때렸다.

주르킨은 결국 타타르 원정에서 테무진 부대에 가담하지 않았을 뿐 아니라 테무진이 없는 틈을 타 그의 본거지를 습격하여 부하 10명을 죽이고 나머지 사람들에게서는 옷과 다른 물건을 빼앗아갔다. 따라서 테무진이 타타르에게 승리를 거둔 뒤 통치 영역을 확장하려고 했을 때 주르킨이 첫 번째 공격 대상이 된 것은 당연한 일이라고 할 수 있었다.

'심장'이라는 뜻을 가진 주르킨 씨족은 키야트계 중에서 가장 강력한 무력을 소유한 집단이었다. 테무진은 1197년에 주르킨 원정에 나섰으며, 이제 자신이 전사와 지휘관으로서 높은 수준의 기술을 익혔다는 것을 보여주듯이 쉽게 그들을 물리쳤다. 이 시점에서 테무진은 통치 방식에 두 번째(첫 번째는 가족이 아니라 충성스러운 동맹자를 자신의 측근으로 임명한 것이다) 근본적인 변화를 꾀하게 되며, 이것은 그가 권좌에 오르는 과정에서 중요한 특징이 된다.

초원의 기나긴 전쟁사에서 승리한 부족은 패배한 부족을 약탈하고, 일부 구성원을 포로로 잡고, 나머지는 그대로 내버려두었다. 그래서 패배한 집단은 다시 모여 반격을 하거나 흩어져서 다른 부족에 가담했다. 그러나 테무진은 주르킨을 물리쳤을 때 공격과 반격의 악순환, 동맹을 맺고 끊는 악순환을 근본적으로 바꾸겠다는 야망을 드러내며 완전히 새로운 정책을 시행했다.

그는 부하들을 소집하여 코릴타를 열고 주르킨의 귀족 지도자들을 공개 재판했다. 타타르 전쟁에서 함께 싸우겠다는 약속을 어기고, 자신이 없을 때 야영지를 급습한 죄를 물은 것이다. 테무진은 그들이 유죄라고 판결하고 처형했다.

이것은 동맹자 사이의 의리가 귀중하다는 것을 보여주려는 조치였을 뿐만 아니라, 어떤 가문의 귀족에게도 특별 대접을 하지 않겠다는 분명한 경고였다. 이어서 테무진은 주르킨의 땅을 점령하고 그 집단의 나머지 사람들을 자신의 씨족 구성원들에게 나누어주는 유례 없는 조치를 취했다.

양쪽 씨족 가운데 일부는 이것이 주르킨족을 노예로 삼겠다는 뜻이라고 해석했던 것 같다.

그러나 〈몽골비사〉에 따르면 테무진은 그들을 노예가 아니라 정상적인 부족 구성원으로 받아들였다. 주르킨 야영지의 고아 소년을 데려와 허엘룬에게 주면서 그녀의 게르에서 노예가 아니라 아들로 기르라고 말한 것이 그런 의도를 보여 주는 상징적 행동이었다.

테무진은 이전에도 자신이 정복한 메르키트, 타이치우드, 타타르에서 한 명씩을 골라 어머니의 양자로 들인 적이 있었는데, 이번에도 주르킨의 아이를 양자로 삼게 함으로써 자신의 동생 숫자를 하나 더 늘린 것이다. 이런 행동을 하는 이유가 감상적인 것이건 정치적인 것이건 테무진은 가공의 친족 관계를 이용하여 추종자들을 단결시킬 때 그런 행동이 상징적인 의미를 지닐 뿐 아니라 실제적인 이익을 주기도 한다는 것을 예리하게 파악하고 있었다.

그는 이 아이들 전체를 자신의 가족으로 받아들인 것과 똑같이 정복당한 사람들 전체를 자신의 부족으로 받아들였다. 그들에게도 미래의 정복에 참여하여 번영을 함께 나눌 수 있는 기회를 준 것이다.

테무진은 승리를 거둔 몽골족과 새로 들인 친척 모두를 위해 잔치를 열어주르킨 정복을 마무리하는 것으로 자신의 힘을 마지막으로 과시했다. 이 잔치에서 테무진은 전 해에 열린 잔치에서 벨구테이의 어깨에 상처를 냈던 '장사 부리'를 불러 벨구테이와 씨름을 시켰다. 부리는 이제까지 누구에게도 진 적이 없었으나 테무진이 화를 낼까 두려워 벨구테이가 자신을 내던지도록 놔두었다. 보통의 경우라면 이 시점에서 경기가 끝나야 하지만 테무진과 벨구테이는 다른 계획을 짜놓았다. 벨구테이는 엎어진 부리의 어깨를 잡더니 말을 타듯이 그의 엉덩이에 올라탔다. 그는 테무진의 신호를 받자 무릎으로 부리의 등을 찍어 척추를 꺾어버렸다. 이어서 벨구테이는 부리의 마비된 몸을 야영지 밖으로 끌고 나가 혼자서 죽도록 내버려두었다.

테무진은 주르킨의 지도자들을 모두 없앴다. 초원의 일에 관련된 씨족들에게 던져주는 그 메시지는 분명했다. 테무진을 따르는 사람에게는 보답을 해주고 좋은 대접을 해준다. 그러나 그를 공격하는 사람에게는 자비를 베풀지 않는다.

주르킨을 물리친 뒤 테무진은 그의 무리를 이끌고 케룰렌강 하류를 따라 주르킨의 영토로 들어갔다. 그는 작은 쳉케르강이 케룰렌강과 합류하는 곳 근처에 새로 근거지를 만들었다. 결국 이곳이 그의 수도 아바르가가 되지만, 이 시기에는 외딴 야영지에 지나지 않았다.

두 강 사이의 땅을 아랄이라고 불렀는데, 이것은 몽골어로 '섬'이라는 뜻이었다. 쳉케르와 케룰렌 두 강 사이의 섬은 넓게 트인 목초지를 이루고 있었기 때문에 이곳을 '쿠데에 아랄'이라고 불렀다.

이곳을 현대 몽골어로는 '시골 섬'이라는 뜻을 가지고 있지만, 고전 몽골어로는 '황량한 섬'이라는 뜻이었다. 실제로 이곳은 나무 한 그루 없이 넓게 트인 초원의 한가운데에 있는 고립된 장소이기 때문에 '황량한 섬'이라는 이름이 어울린다는 느낌이 들기도 한다.

아바르가는 황량하기는 했지만 초원 유목민의 이상적인 고향의 요소를 고루 갖춘 곳이다. 유목민은 게르가 남쪽을 향하기를 바란다. 그래야 입구 깊숙이 남쪽에서 비치는 태양의 빛과 온기가 들어올 뿐만 아니라 차가운 북풍이 들어오는 것을 막아주기 때문이다.

그들은 또 물을 마주하기를 바라지만 너무 가까운 곳은 원치 않는다. 걸어서 30분 정도되는 곳에 떨어져 있어야 인간의 폐기물이 물을 심하게 더럽히는 것을 막을 수 있다. 이 정도의 거리를 두면 여름의 해충이나 가끔 강 주변의 평원을 덮어버리는 갑작스러운 홍수도 피할 수 있었다.

아바르가는 이런 이점들 외에 테무진의 출생지와 가깝고 부르칸 칼둔도 가까웠다. 부르칸 칼둔은 상류로 200킬로미터쯤 떨어진 케룰렌강의 원류에 자리잡고 있었다. 아바르가는 이런 입지조건을 갖추었기 때문에 1197년부터 테무진이 죽을 때까지 그의 작전 기지 역할을 했다.

위기에 몰린 옹칸은 나이만의 천적인 서요로 달려가 구원을 요청했다. 그러나 싸늘하게 거절당했다. 그는 앞날을 기약할 수 없는 불안감에 싸인 채 몽골고원으로 발걸음을 옮겼다.

테무진은 나이만의 공세로 지리멸렬의 위기에 처한 케레이트부의 여타 세력들을 곧바로 수습해 나갔다. 케레이트 씨족을 노리고 쳐들어오는 메르키트부의 공격도 막아냈다. 테무진의 도움으로 위기를 넘긴 케레이트부의 2인자 자카 감보는 감격했다.

옹칸의 친동생인 자카 감보는 형의 빈틈을 노리는 야망의 사나이였다. 옹칸은 항상 그를 '음흉한 생각을 품고 있는 자'라며 경계하고 있었다. 그러나 옹칸은 케레이트 내부의 세력 관계상 자카 감보를 제거할 수 없었으며, 또 그보다 더 믿을 수 있는 인물도 없었다. 테무진은 그 점을 노렸다.

그 옛날 주르킨 씨족 안에 심복인 모칼리를 박아두었던 것처럼 케레이트 부에 또 하나의 모칼리를 심어 두기를 원했던 것이다.

자카 감보는 테무진의 메시지를 받아들였다. 이후 그들의 관계에 대해서 〈몽골비사〉는 다음과 같이 묘사하고 있다.

자카 감보는 우리와 짝을 이루는 제2의 수레바퀴이다.

옹칸이 돌아오자, 테무진은 군대를 파견하여 그를 맞았다. 곳곳에 산재해 있던 케레이트의 군대들도 속속 집결했다. 그들은 테무진의 행동을 찬양했다.

테무진이 케레이트를 삼키기에는 아직 일렀다. 잘못 삼키면 목 안의 가시가 될 가능성이 컸다. 때문에 그는 옹칸에게 요구했다.

"나를 정식 아들로 인정해 주십시오."

테무진의 도움이 절실했던 옹칸은 그의 요구를 승낙할 수밖에 없었다. 테무진과 옹칸은 그 옛날 예수게이 바아토르와 옹칸이 안다의 맹약을 맺은 카라툰에서 다음과 같은 부자의 맹약을 맺었다.

수많은 적을 공격할 때는 함께 공격하며, 놀라 도망치는 짐승을 사냥할 때도 함께 사냥한다.

1227년 중국 중서부 탄구트 공격도

1196년 가을에 결성된 이 부자의 맹약은 맹약한 장소의 이름에 따라 '카라툰 맹약'이라고 불렸다.

부자의 맹약에 따라 테무진은 옹칸의 아들 셍굼, 그리고 옹칸의 동생 자카 감보와도 맹약을 맺었다. 테무진은 감격하며 마음속으로 중얼거렸다.

'이제 옹칸의 군대를 빌려 자무카를 비롯한 모든 적대 세력을 공격할 수 있다!'

그러나 옹칸은 노련하고 교활한 인간이었다. 그 맹약 어디에도 테무진이 원하는 적을 공동으로 공격한다는 구절은 없었다. 테무진이 그 같은 맹약의 빈틈을 발견하기까지는 그다지 많은 시간이 걸리지 않았다.

옹칸은 테무진의 지원을 받아 메르키트부를 공격했다. 명분은 나이만의 침공으로 케레이트부가 위기에 처했을 때 그 틈을 노려 비겁하게 쳐들어왔다는 것이었다. 그러나 실제 목적은 메르키트족은 유목과 목축업을 겸비한 부족이어서 약탈할 물건들이 많았기 때문이었다. 그렇게 전개된 메르키트 전은 메르키트부의 생존을 위협할 정도로 격렬하게 전개되었다.

메르키트부는 서서히 약점을 드러내고 있었다. 그러나 그들에게는 연합할 파트너가 없었다. 나이만부는 멀리 떨어져 있었고, 동 몽골에서는 그때까지 타타르부의 반란이 진압되지 않고 있었다.

약점을 잡은 옹칸은 메르키트부의 족장인 토크토아 베키의 동태를 유심히 관찰했다. 그리고 금나라의 타타르 토벌이 막바지에 다다른 1198년에 테무진과 상의도 하지 않고 다시 메르키트부를 급습하기로 했다.

토올라강의 '검은 숲'을 떠난 케레이트의 군대는 북쪽을 향해 진군하다가 바이칼호로 흘러들어가는 바르구진강을 따라 협곡으로 향하는 길로 방향을 바꾸었다.

이윽고 메르키트의 군대와 대치하게 된 옹칸군은 숫자적으로 우세하면서도 막대한 피해를 당하는 전투를 벌였다. 하지만 점차적으로 메르키트의 족장 토크토아를 궁지로 몰아넣었다. 옹칸의 메르키트부 공격은 토크토아 베키를 사지에 떨어뜨릴 만큼 잔혹하게 진행되었다.

방어하는 입장으로 몰리게 된 메르키트의 군대는 서서히 전투 대형이 무너지면서 습지대로 후퇴하게 되었는데, 선봉대를 이끄는 자무카는 토크토아 집안의 장남인 터구스를 죽였고, 본대의 옹칸은 토크토아의 아내와 두 아들 고토와 칠라온 및 수많은 병사들과 가족을 사로잡는 전과를 올렸다

토크토아는 병력이 크게 줄어든 부하들과 함께 필사적으로 도망쳐 다니다가 바르구진 계곡 안으로 피했다.

"토크토아 한 놈을 생포하기 위해 병사들을 더 이상 피로하게 만들 필요는 없을 것 같습니다."

말에서 내린 셍굼이 땀으로 범벅이 된 얼굴을 손등으로 닦으면서 말했다.

"솔직하게 말하자면 나도 지쳤다."

어느덧 70세가 된 마상의 옹칸은 아들에게 대꾸하고는 전리품과 노예들을 모아 귀환하기로 했다.

테무진은 그제서야 당황했다. 카라툰 맹약에는 빈틈이 있었던 것이다. 그것은 옹칸의 공격 대상에만 적용되는 군사 동맹이었고, 옹칸이 요구할 때만 군대를 파견할 수 있는 불평등 조약이었다. 따라서 그 대상도 옹칸의 적인 나이만부나 메르키트부 등에게만 적용될 뿐이었다. 또 옹칸은 이전의 밀약 덕분에 획득한 전리품을 테무진에게 나누어 주지도 않았다.

테무진은 옹칸을 결정적으로 구속할 맹약이 필요했다. 군대를 마음대로 빌려서 쓸 수 있는 결정적인 내용의 맹약이. 그것이 없는 한 옹칸의 뜻에 따를 수밖에 없었다. 그러나 인내의 시간은 의외로 빨리 끝나게 되었다. 1199년에 돌발적으로 발생한 나이만부의 내분 덕택이었다.

나이만부는 옹칸의 천적이던 이난차 빌게부구칸이 죽은 후 형제간의 권력 분쟁이 일어나 동서로 분열되었다. 그 결과 보이로그칸과 타양칸이 통치하는 두 지역으로 분리된 것이다. 옹칸은 하늘에 감사했다. 이제 복수할 수 있는 때가 온 것이다.

자무카도 옹칸을 잔뜩 추켜올려 주면서 부추겼다.

"옹칸님은 태어나면서부터 대칸이 되도록 운명지어져 있습니다. 그것을 실현할 수 있는 기회는 지금이 아니면 다시 없을 것입니다."

옹칸은 생각했다.

'나는 자꾸만 늙어가고 있다. 긍지 높은 케레이트의 족장으로서 대칸의 자리에 오르지도 못하고 죽을 수는 없다.'

옹칸은 금나라에서 보내준 '왕'이라는 칭호에 위엄과 무게를 좀 더 보태고 싶었다.

옹칸은 테무진과 자무카를 위시해 자기가 동원할 수 있는 세력을 총동원 했다. 그리고 자기에게 가장 극렬하게 반대하던 알타이 산지의 보이로그칸을 노렸다. 옹칸의 서부 나이만 침공은 당시 고원의 정세상 배후를 염려하지 않 아도 됐다. 동 몽골의 씨족들과 타타르부는 금나라의 공격을 받고 있었고, 메르키트부는 코토와 칠라온이라는 인질 때문에 함부로 움직일 수가 없었다.

2만여 기나 되는 동맹군은 북쪽을 향해 전진하다가 코붓강의 상류인 소고구 강변에서 나이만의 보이로그칸의 군대와 대치했다.

"저 정도의 군대와 싸우면 승산은 없다.'

동맹군의 엄청난 병력을 본 보이로그칸은 겁을 잔뜩 먹으며 대항할 엄두조 차 내지 못했다.

동맹군이 서서히 강을 건너오기 시작하자, 보이로그칸은 화살 한 개도 쏘아보지 못한 채 부하들을 이끌고 알타이 산속으로 도망쳤다. 동맹군은 일단 카라코룸에서 천산북로를 통해 알타이 산속으로 들어가자마자 많은 정찰병들을 풀어놓았다.

이윽고 돌아온 칭기스칸의 정찰병 하나가 보고했다.

"보이로그칸은 우룽구 강변으로 도망치고 있습니다."

동맹군은 즉시 행군하기 시작했으며, 알타이산의 길 없는 길을 통과하여 우룽구 강변을 따라 도망치는 보이로그칸의 부대를 뒤쫓았다.

20일 이상이나 되는 긴 시간 동안의 도주로 인해 지칠 대로 지친 보이로그칸은 키질바시호 부근의 준가르 지역에 둔영하면서 더 이상 피할 수 없는 싸움에 대비하고 있었다.

추격해 온 동맹군은 드디어 궁지에 몰린 쥐처럼 발악하는 나이만의 군대와 충돌했다. 그리하여 마침내 보이로그칸과 반 이상의 병사들을 죽였으며 나머지는 생포했다. 그리고

'이것으로 버르테를 구출할 때 협력해준 빚은 갚은 것이다.'

라고 생각했기 때문에 칭기스칸은 전리품을 하나도 요구하지 않고 귀환하기로 했다. 자무카를 인도해 달라는 요구는 귀환한 뒤에 적당한 날을 잡아서 할 예정이었다.

그런데 1199년 겨울 회군 과정에서 문제가 발생했다. 나이만부의 실질적인 후계자인 동부 나이만부가 대군을 동원해 연합군의 회군을 저지하고 나섰던 것이다.

동부 나이만의 타양칸은 명장 커크세유 사브라크를 급파했다. 그는 연합군의 회군로에 위치한 항가이 산맥의 남쪽 평원인 바이다라크 벨치르에 포진했다. 바이타라크란 엉쿠트부의 아름다운 공주 바이타라크가 그곳에서 나이만부의 왕자와 처음으로 만났다고 해서 붙여진 이름이다.

그러나 여인이 시샘이라도 하듯이 그 들판은 옹칸의 연합군에게 잊을 수

없는 비극의 초원으로 변한다.

한밤중에 나이만의 군대를 맞이한 연합군은 내일의 전투를 기약하며 각기 포진했다. 거기에서 자무카의 준비된 카드가 던져졌다. 자무카는 커크세유 사브라크의 대군을 맞아 신경이 극도로 예민해진 옹칸에게 말했다.

"테무진은 이전부터 나이만부에 사신을 파견하고 있었습니다. 칸! 칸이시여! 나는 항상 한 곳에만 머무르는 카이로가나(새의 이름)입니다. 하지만 테무진은 한 곳에 머물지 못하고 늘 이곳저곳으로 날아다니는 벌두우르(새의 이름)입니다. 어쩌면 그는 지금 나이만부의 대군과 함께 있을 지도, 아마도 그는 나이만부에 항복할 것입니다."

자무카는 미소지으며 생각했다.

'테무진, 너는 이제 제거당한다. 너 혼자서 나이만부의 대군을 맞이하게 될 것이다.'

자무카의 말을 옹칸 측의 장수들은 믿지 않았지만 의심이 많은 옹칸은 그 말을 받아들였다. 그리고 그의 군대는 조용히 밤 사이에 이동하기 시작했다.

다음 날 새벽.

칭기스칸은 밖에서 갑자기 소리치는 젤메의 목소리 때문에 잠에서 깨어났다.

"큰일났습니다. 옹칸이 도망갔습니다."

"뭐라고? 그게 무슨 소리인가?"

급히 옷을 갈아입은 칭기스칸은 게르 안에서 뛰어나왔다. 잠시 후 사지에 빠진 것을 알게 된 칭기스칸은 격노했다.

'그들은 우리를 제삿밥으로 만들려 한다.'

칭기스칸은 꺼져가는 모닥불 자국이 여기저기 남아 있는 옹칸군의 야영지를 바라보며 마음속으로 중얼거렸다.

"이대로 있다가는 커크세유 사브라크의 군대에게 습격을 받게 됩니다. 어서 피합시다. 그나저나 옹칸은 어째서 도망친 것일까요? 우리와 힘을 합쳐서 싸우면 충분히 이길 수 있을 텐데……."

동생인 테무게가 다가서며 말하자, 칭기스칸은 씁쓰레한 미소를 흘리며 대꾸했다.

"자무카가 그를 부추겨 우리를 버리게 만든 거다."

"예?"

칭기스칸의 군대는 적전 분열이라는 대혼란 앞에서 당황했다.

"지금 곧 출발하면 옹칸을 따라잡을 수 있습니다. 잡아서 목을 칩시다."

"우리의 부대만으로 나이만 놈들과 싸웁시다. '검은 숲'으로 돌아갈 것이 뻔한 옹칸군은 뒤로 미루고, 지금은 나이만의 부대를 공격해야 합니다."

하지만 칭기스칸은 옹칸의 부대를 뒤쫓는 것도, 나이만과의 싸움도 허락하지 않았다.

"오늘은 일단 그대로 철수하기로 하자. 커크세유 사브라크와는 언젠가 다시 싸울 날이 오겠지."

"예? 그대로 돌아간다고요?"

"이 상태로 그의 군대와 싸우게 되면 승리한다고 해도 많은 희생자들이 생겨나게 된다. 그렇게 되면 뻔히 알면서 옹칸의 함정에 빠지는 결과가 된다."

그리하여 그의 군대는 일단 알타이강이 합류하는 지점을 건너 사라강 근처에서 주둔하기로 했다.

칭기스칸을 감쪽같이 함정에 빠지게 만든 옹칸은 '검은 숲'을 향해 행군을 계속하고 있었다. 그런데 모닥불을 피웠던 장소에서 반나절 정도 진군했을 때 그들의 뒤쪽에서 갑자기 대지를 뒤흔드는 것 같은 말발굽 소리가 들려오기 시작했다.

"아니, 저건?"

옹칸은 갑자기 뒤통수를 얻어맞은 것처럼 깜짝 놀라지 않을 수 없었다. 지금쯤 칭기스칸의 군대와 싸우고 있을 것이라고 생각했던 나이만의 군대가 어이없게도 그들의 뒤에서 들이닥친 것이다.

커크세유 사브라크는 전날 초원에서 목격했던 것보다 훨씬 많은 병력을 이끌고 돌진해오고 있었다. 그는 용맹무쌍한 칭기스칸의 군대와 싸우기에 앞서 늙은 옹칸이 이끄는 사기가 떨어진 군대를 먼저 격파하는 방법이 유리하다고 판단했던 것이다.

"보이로그칸과의 싸움으로 인해 나도 병사들도 지쳐 있다. 승산이 없는 싸움은 원하지 않는다."

옹칸은 부하들에게 항전하라는 명령을 내리지도 않고 도망치기 시작했다. 그 뒤를 아들 셍굼과 막내동생 자카 감보 등이 뒤따랐다.

커크세유 사라바크의 군대가 커다란 그물처럼 덮치자 옹칸의 군대는 단번에 엉망진창이 되어버리고 말았다. 미처 도망가지 못하고 포위된 옹칸의 병사들은 싸워 보지도 못하고 생포되었으며, 셍굼과 자카 감보의 처자와 말떼들도 빼앗기고 말았다.

그 틈을 타서 메르키트부의 인질들도 도망갔다. 옹칸은 최악의 상황에 빠져들었으며, 테무진에게 구원을 요청했다.

화가 치민 카사르는 주먹으로 자기의 가슴을 치며 소리쳤다.

"뻔뻔스러운 인간 같으니, 우리를 버리는 파렴치한 짓을 하고서 이제 와서 도와달라니, 그게 도대체 무슨 개 같은 소리야!"

"진정해라."

칭기스칸은 손을 들어 카사르의 행동을 제지하고는 옹칸이 자무카와 연합하는 한 아무 것도 도울 수 없다고 대답했다. 노인의 약점을 잡은 칭기스칸은 왕거미의 머리 위에 똬리를 튼 독거미처럼, 태풍의 눈에 똬리를 튼 회오리처럼 옹칸을 물고 늘어졌다.

옹칸은 테무진이 원하는 모든 것을 들어줄 수밖에 없었다. 옹칸을 구해준 테무진은 옹칸에게 자신의 모든 적을 공동으로 공격한다는 군사 동맹을 강요했다. 자무카를 위시한 테무진의 적들을 공격한다는 '콜라안 코트 군사 동맹'은 이렇게 되어 맺어졌다.

칭기스칸은 옹칸과 만나 큰 나무 밑에 서로의 큰 기를 세웠다. 그들 뒤에는 두 사람의 신하들이 주욱 늘어섰다.

칭기스칸의 대선직이 커다란 은잔을 들고 오더니 먼저 옹칸에게 바쳤다.

옹칸은 그것에 담겨 있는 신에게 바치는 술을 약지로 튕겨내더니 목 깊은 곳에서 쥐어짜는 것 같은 탁한 목소리로 선서했다.

"우리는 질투가 심하고 사나운 이빨을 가진 독사의 꼬드김을 받더라도 그 꼬드김에 넘어가지 않는다. 우리는 반드시 서로 만나 이빨과 이로 확인한 다음에만 믿는다. 큰 이빨을 가진 독사의 중상을 받더라도 그 중상을 받아들이지 않는다. 우리는 반드시 서로 만나 이와 혀로 맞추어 본 다음에만 믿는다."

테무진은 자신을 케레이트부의 계승권을 가지는 셍굼의 형으로 인정해 달라고 옹칸에게 강요했다. 옹칸은 체념하고 서약서에 조인했다. 내용은 다음과 같다.

내가 이 세상을 떠나 고산에 올라가면, 나의 모든 백성들은 누가 다스릴 것인가? 나의 아우들은 후덕하지 못하다. 나의 유일한 아들은 셍굼인데, 아들이 하나라는 것은 없는 것이나 마찬가지다. 테무진을 셍굼의 형으로 하면 두 명의 아들이 있는 것이니 안심이 된다.

"아들 테무진이여, 내가 천국으로 간 뒤에는 셍굼과 함께 케레이트를 다스리도록 해라."

"아버지 옹칸이시여, 잘 알겠습니다."

두 사람은 은잔의 술을 돌려가면서 마셨다. 이어서 신하들도 두 사람의 서약을 지켜본 증인의 자격으로 돌려가면서 은잔의 술을 마셨다.

옹칸은 그날 밤, 칭기스칸의 호르도에서 계속해서 술을 마시며 생전의 예수게이 바토오르가 얼마나 용감했으며 덕망이 있었던가에 대해서 이야기하며 주름이 많은 얼굴에서 시종 웃음을 거두어들이지 않았다.

다음 날 아침, 옹칸은 마차에 타면서 말했다.

"아들이여, 나이만이 도전해오지만 않는다면 당분간 평화가 계속될 것이다. 앞으로는 서로 긴밀하게 연락하여 그들에 대한 정보를 교환하도록 하자."

"그러지요. 가시는 길 조심하십시오."

"언젠가 그대와 경교에 대한 이야기를 나눌 시간을 갖고 싶다."

옹칸은 술기운이 덜 가신 숨을 토해 내며 가슴 앞에 손을 올려 성호를 그었다. 그는 칭기스칸과 처음으로 만났을 때부터 이미 경교(기독교)에 심취되어 있었다.

테무진은 케레이트부의 정책 결정에 참여하는 주요 멤버가 되었다. 동맹자인 자카 감보는 자신에게 유리한 것이면 무조건 테무진을 지지했다. 이제 테무진은 자신의 적대세력들을 공격할 수 있게 되었다. 고원에는 피의 제전을 예고하는 차디찬 바람이 불기 시작했다.

콜라안 코트 군사 동맹의 체결 소식은 몽골고원으로 퍼져나갔다. 메르키트부의 토크토아 베키는 절망했다. 자기가 최초의 희생물이 될 가능성이 농후했기 때문이다.

토크토아 베키는 필사적으로 동맹자를 구했다. 그는 그 누구도 생각하지 못했던 테무진의 또 하나의 천적인 몽골부의 타이치오트부 귀족들에게 접근했다. 그리고 테무진의 공격에 두려움을 느끼고 있던 그들의 동의를 받아냈다. 놀라운 정보망을 갖추고 있던 테무진은 이를 지켜보며 침묵을 지키고 있었다.

제18장

타타르를 토벌하다

1200년 봄, 타이치오트계의 모든 귀족들은 오논강 부근에 모여 메르키트부의 군대를 기다렸다. 그러나 그들에게 다가온 것은 뜻밖에도 옹칸과 테무진의 연합군이었다. 그 전투에서 타이치오트 씨족은 전멸당했다. 테무진도 부상을 입었을 정도로 치열했던 그 전투의 결말을 〈몽골비사〉는 다음과 같이 묘사하고 있다.

타이치오트 씨족의 혈통을 지닌 유력한 사람들은 모두 죽었다. 아오초바아토르·코돈·오르창·코도오다르 베키 등과 관련된 타이치오트인들, 그리고 그들의 자손에 이르기까지 재가 날리듯 남김없이 살해되었다.

테무진은 경고했다.
"나를 택하라. 아니면 죽음을 당할 것이다."

옹칸과 테무진군에 의해 타이치오트 씨족이 궤멸된 것은 그동안 테무진의 외압을 덜 받고 있었던 컬렌호 일대의 씨족들에게 큰 충격을 주었다. 자무카의 세력권을 이루고 있었고 평화시에는 금나라의 변방으로 쳐들어갔던 그들은 선택의 갈림길에 놓였다. 그들은 항복하는 대신 대결하는 길을 택했다. 수많은 군대가 조각조각 깨어진 패잔병들을 상대하듯이 테무진은 틈을 주지 않고 고원의 적대세력을 제거해 나갔다.

두려움과 불안감에 싸인 켈렌호 일대의 몽골 씨족들은 자무카와 상의도 하지 않고 자구책을 강구했다. 그들은 강력한 무력을 지닌 타타르부와 결합하기를 원했다. 타타르부는 분열된 상태이기는 했지만 제각기 상당한 무력을 지닌 공포의 집단이었다. 몽골 씨족들은 유목지가 인접한 차강 타타르 씨족을 매개로 올코이강 일대에 포진한 알로카이 타타르 씨족까지 끌어들였다.

그리고 1200년 여름, 알로카이 타타르 씨족의 유목지에 모여 테무진을 공격한다는 알코이 볼라크 맹약을 체결했다. 그들은 백마의 허리를 자르며 이렇게 서약했다.

천지를 주관하는 신이여!
지금 우리가 어떠한 서약을 했는지 들으소서!
그리고 저 동물들의 말라 비틀어진 모습을 보소서!
만약 우리가 서약을 준수하지 않거나 파기한다면
저 가축들처럼 죽음에 떨어뜨리소서!

그들이 맹약을 맺은 곳은 오늘날 내몽골 자치구 우젬친 좌익기에 위치한 올코이 강변이다.

그들은 서약을 끝낸 후 옹칸과 테무진을 공격하러 떠났다. 그러나 그들의 움직임은 버르테의 아버지인 데이 세친에 의해 곧바로 테무진 쪽에 전해졌다. 옹칸과 테무진의 군대는 그들을 보이르 호반에서 격파했다.

고원에 부는 피바람은 점차 거대한 회오리로 변해갔다. 곳곳에서 핏기둥이 형성될 기미가 보였다. 테무진은 자무카와 옹칸을 말없이 응시했다. 옹칸은 마지막으로 자무카를 이용할 가능성이 컸다. 그때가 조만간 닥쳐오리라는 것은 의심할 여지가 없었다. 그 순간을 위해 테무진은 먼저 타타르라는 거대한 세력을 말살시킬 필요가 있었다.

타타르부는 단결하기 시작했다. 그들은 무서운 사냥개들이라고 말할 수 있었다. 테무진은 그 사냥꾼들이 켈렌호 일대의 몽골 씨족들과 결합하는 것을 목격했다. 그들은 여우와 같은 교활함을 지닌 자무카와 결합할 가능성이 컸다.

겨울 햇살이 눈부시던 어느 날, 칭기스칸은 동생과 막료들을 한자리에 모아 놓고 새로운 결의를 알렸다.

"나는 오랫동안 심사숙고한 끝에 결심하게 되었다. 겨울이 가기 전에 우리들의 조상 때부터의 원수인 타타르족의 잔당을 모조리 없애버리겠다고."

아버지를 독살한 원수인 타타르족을 토벌하는 것은 칭기스칸의 숙원이었다. 아버지 예수게이의 안다 옹칸의 도움을 받아 타타르의 일족과 싸워 승리를 거두기는 했지만 차캉 타타르, 알치 타타르, 두타우트 타타르, 알루쿠이 타타르 등은 여전히 건재했으며 기회를 보아 칭기스칸에게 당한 굴욕을 갚으려고 군비 증강에 힘을 기울이고 있었다.

41세가 된 칭기스칸이 지배하는 영토는 어느덧 오논강에서 동쪽의 오르곤 강 근처까지 이르게 되어 동 몽골에서는 최강의 군단을 소유하게 되었다.

칭기스칸은 생각할 시간이 충분히 있는 겨울 동안보다 큰 영광을 얻기 위해 계획을 짜고 있었다. 칭기스칸의 친동생인 카사르와 배다른 동생 벨구테이는 똑같이 38세, 테무게는 36세로 각각 아내와 자식들이 있었다. 여동생 테물룬은 이미 옹기리트 씨족에 속하는 이키라스 씨족의 남자에게 시집을 가서 자식들을 많이 낳고 있었다.

"언제라도 출전할 수 있도록 각자의 군마들을 조련시키고 화살을 충분히 갖춰 놓도록 하라."

칭기스칸은 동생들과 신하들에게 일렀다.

그런데 군비를 한창 갖추고 있을 때, 아내 버르테의 남동생인 아르치가 찾아와 부고를 전했다.

"아버지가 세상을 떠나셨소."

동생과의 재회를 기뻐하는 버르테에게 아르치는 괴로워하는 얼굴로 말했다.

"어째서 좀 더 일찍 알리지 않았지?"

칭기스칸이 데이 세친이 죽은 것은 겨울이 시작되었을 때라는 말을 듣자 물었다.

"지난 겨울은 유난히 추웠기 때문에 봄이 오기를 기다리고 있었습니다."

"음, 그랬었군……."

결혼한 뒤로 한 번도 친정에 가 본 적이 없었던 버르테는 한 마디의 말도 하지 않았다. 그녀의 머릿속에서 고향에 대한 그리움이 떠나 본 적은 없었다. 그랬던 만큼 아버지의 임종을 지켜보지 못한 그녀의 슬픔은 각별했다.

칭기스칸은 데이 세친의 죽음에 대해 애도의 뜻을 표하는 의미에서 출전하는 시기를 여름까지 연기했다.

예로부터 농경민족은 토지에 집착하여 땅을 경작함으로써 살아갈 양식을 얻었지만, 유목민은 그 같은 행위를 성스러운 대지를 깎아 가축이 먹을 풀을 줄이는 일이라고 생각해왔다.

몽골 초원의 영양가 높은 풀을 먹은 암양의 젖이 한층 더 기름지고 맛이 있어지게 된 여름의 어느 날, 칭기스칸은 막료와 동생들을 한자리에 모아 놓고 훈시했다.

"이번 싸움의 목표는 어디까지나 타타르족 토벌이다. 적병을 하나도 남기지 말고 모두 죽여 바람에 재를 날리듯이 타타르 놈들을 이 세상에서 말살시킬 각오로 싸워야 한다."

칭기스칸은 드디어 타타르족 토벌을 위해 출전했다.

그는 타타르와의 전투에 앞서 그동안 자기와 동격의 신분을 유지하고 있던 키야트계 귀족들의 지위를 하향 조정했다. 힘의 균형이 깨진 키야트계 귀족들은 이어서 테무진이 제시한 서약서에 도장을 찍지 않으면 안 되었다. 개인적인 약탈을 금지한 혁명적인 개혁의 내용이 담긴 서약서였다.

적을 물리쳤을 때 전리품 근처에 서 있는 것을 금지한다. 적을 완전히 제압한다면 결국 그 전리품은 우리의 것이다. 우리는 그것을 공평하게 분배해야 한다. 적에게 패배했을 때는 반드시 자기가 처음에 돌격한 지점으로 돌아가라. 그렇게 하지 않는 자는 참수한다.

그 옛날의 영광을 잃은 타타르의 잔존 씨족들은 테무진의 군대에게 쫓겨 남으로 남으로 도주했다. 그러나 결국에는 자그마한 실개천과 다름 없는 실룩델지트 강변에서 전 씨족이 포위된 채 처절하게 약탈 당하기만을 기다려야 했다.

칭기스칸이 이끄는 대군단은 할라하강의 지류 근처인 네무르게스까지 진군했으며, 이윽고 타타르족의 4개 부대와 밀림 지대에서 대치하게 되었다. 칭기스칸은 정찰병들을 자주 내보내 적병들의 수와 진의 형태, 각 부대의 사기

등을 염탐하게 했다.

칭기스칸의 군대는 1만 6천, 타타르부는 4개 부대를 합치게 되면 거의 맞먹게 되는 1만 4천이었다. 그들은 흐르는 강물처럼 잡목림 속에서 늘어서 기다리고 있었으며 사기도 대단히 높았다.

칭기스칸은 병사들로 하여금 우선 삼림지대를 둘러싸서 그들을 포위하게 한 뒤에 몰이사냥을 하는 것처럼 서서히 포위망을 좁혀가게 했다.

그들은 이윽고 두 개의 강 앞에 이르게 되었으며 군마의 발굽을 적실 정도로 물이 적은 울쿠이강 앞에 선 부대와 군마의 무릎 위까지 차는 강물이 도도히 흐르는 실게르짓 강 앞에 서게 된 부대로 나누어졌다.

칭기스칸의 군대와 타타르부의 군대는 큰 깃발을 높이 치켜들고 서로 노려보면서 대치하게 되었다.

'건너편 기슭의 타타르는 보나마나 우리가 강을 건너가기 시작할 때 움직이기 시작하겠지.'

서로 대치한 지 이틀째가 되는 날 아침.

칭기스칸은 갑자기 부대를 우군, 좌군, 중군의 셋으로 나누어 타타르의 저항을 분산시키는 진형으로 바꾸었다. 그것은 타타르를 협공하는 형태로 돌격할 수 있는 진형이었다.

"공격 개시! 말을 쉬지 않게 하면서 달려라!"

중군을 맡은 칭기스칸은 이윽고 검을 뽑아 휘두르며 명령했다. 징과 북이 울리는 소리가 퍼지면서 전투 개시를 알리는 울림화살이 '위잉!'하고 소리를 내면서 하늘로 날아올랐다.

"와!"

"와아!"

적에게 소나기 같은 화살들을 퍼부으면서 두 개의 강을 단숨에 넘어간 칭기스칸의 군대는 강변에서 부채꼴로 흩어지면서 본격적인 공격을 감행했다. 하지만 타타르의 4개 부대도 막강한 전투력을 가지고 있었다. 그들은 조금도 물러서지 않으며 숲으로 돌격해 오는 칭기스칸군에게 반격을 가했다.

결국 첫 싸움의 승부는 가려지지 않은 채 날이 저물게 되었다.

다음 날에도 전투는 계속되었는데, 그곳의 지형에 밝은 타타르군은 아침부터 맹렬하게 공격해 오더니 한낮이 되자 재빠른 토끼들처럼 밀림 속으로 숨었고, 저녁 때는 다시 칭기스칸이 예상치도 않았던 장소에서 나타나는 기습 작전으로 나왔다. 간헐적으로 칭기스칸의 세 부대를 뒤흔들어 통솔 체제를 흐트러지게 만들려는 작전이었다.

칭기스칸은 작전을 그대로 계속하여 3군으로 나눈 진형으로 그들과 싸웠는데, 타타르는 다음 날에도 공격하고 철수하는 작전을 되풀이해서 사용했다.

칭기스칸은 수많은 정찰부대들을 내보내 그들이 숨은 장소를 찾아내기도 했는데 부작용이 생겼다. 대낮에도 어두운 밀림 속에서 기습을 당해 돌아오지 못하게 된 부대들이 생겨나게 된 것이다.

'흐음, 타타르는 신출귀몰하는 짓을 되풀이함으로써 우리들의 초조감을 부채질하고 있다. 초조해진 병사들을 계속해서 보내봤자 전과가 있을 수 없다.'

칭기스칸은 결국 무리하면서까지 적을 추격한 자신의 잘못을 인정했으며, 타타르군이 나타났을 때만 요격하는 새로운 작전을 택했다. 그 작전은 차츰 효력을 나타냈다. 그처럼 멋대로 날뛰던 타타르의 4개 부대는 점차적으로 병력이 약화되면서 밀림의 안쪽 더 깊숙한 곳으로 쫓겨가게 되었다.

싸움은 쌍방 간에 많은 사상자들을 발생시키면서 5일 동안이나 더 계속되었는데 우두머리들의 용감한 활약 덕분에 타타르 측의 전사자들이 많아졌으며 포로가 되어 끌려오는 병사들의 수도 늘어갔다.

'됐다. 이제 한 고비만 넘기면 된다!'

칭기스칸은 비로소 안도의 한숨을 내쉬면서 승리를 확신했다. 그의 부하들 중에서 가장 눈부신 활약을 한 사람들은 최고 고문관이 된 보오르추와 지난날 잘라이르 씨족이었던 모칼리, 그리고 싸움터에 버려졌다가 허엘룬에 의해 키워진 양자들 중에서 최연장자인 보로콜과 소르칸 시라의 아들 칠라운이었다.

그들 네 사람은 활을 쏘아대면서 적에게 접근하다가 재빨리 검이나 긴 창으로 공격하여 수많은 적병들을 제압하는 용맹성을 보였다. 그로 인해 그들은 병사들로부터 '4마리의 맹견'이라고 불리어지게 되었다.

전황이 칭기스칸군에게 유리해지자 타타르군은 동요하기 시작했다. 도망자와 투항해 오는 자들이 속출하게 되었고, 결국 싸움을 시작한 지 9일째 되는 날의 오후, 겨울비가 주룩주룩 내리는 가운데 벌어진 최후의 공방전은 매우 처절하게 전개되었다.

살아있는 모든 것을 죽이는 그 전투는 모든 것을 건 게임의 극치였다. 주력군을 섬멸 당한 타타르의 백성들은 공포감에 싸인 채 무릎을 꿇고 투항했다.

테무진은 명령했다.

"타타르족은 옛날부터 우리의 선조와 부친들을 살해해왔다. 지금 그 원수를 갚겠다. 타타르의 살아있는 모든 남자들을 수레바퀴 앞에 세워라. 바퀴보다 큰 자들은 모두 죽인다. 어린이와 여자들은 노예로 삼는다."

타타르부의 주력 씨족들은 거대한 핏기둥을 하늘로 내뿜으며 역사 속으로 사라져 갔다.

테무진은 자신을 추종해 온 가난한 너커르들에게 약탈한 재물들을 나누어 주기로 했다. 너커르들은 환호했다.

"빛나는 구원의 별, 테무진!"

테무진은 이어서 키야트계 귀족들의 움직임을 주시했다. 그들이 현실을 인정하면 살려주고, 과거의 영광만을 꿈꾼 채 개혁에 저항하면 처참하게 도륙할 작정이었다. 그런데 대다수의 귀족들은 테무진의 제의를 거절했다. 그들은 자기들이 확보한 노획물 앞에 멈춘 채 테무진과 눈싸움을 벌였다. 무언의 도전이었다.

테무진은 더 이상 그들을 필요로 하지 않았다. 그들이 획득한 전리품은 모두 압수되었고, 모든 병사들이 지켜보는 가운데 심한 질책을 받았다. 그들은 충성과 저항 중에서 하나를 선택하도록 강요받았다.

드디어 긴 싸움을 끝낸 칭기스칸은 피로 물든 격전지에서 승리를 축하하는 연회를 열었다. 술잔들이 장수들 모두에게 돌아갔을 때 칭기스칸은 타타르의 여자인 예수겐과 예수이로 하여금 자가의 시중을 들게 했다. 두 여인은 타타르의 우두머리들 중의 하나인 예케 체렌의 딸들이었다.

데이세첸이 속해 있던 옹기라트부에는 미인들이 많았으며 때문에 예수게이는 버르테를 며느리로 선택했다. 한데 칭기스칸이 보았을 때 타타르의 처녀 예수겐, 예수이 자매는 옹기라트 부족 여자들을 샅샅이 뒤져도 찾아내지 못할 정도로 뛰어난 미녀들이었다.

"소개하겠다. 예케 체렌의 딸 예수겐과 예수이이다."

칭기스칸이 그녀들을 옆에 있게 한 것은 그녀들을 제2부인과 제3부인으로 삼는다는 것을 부하들에게 알리기 위해서였다.

두 자매는 아버지가 살해되었는데도 눈물을 흘린 흔적을 보이지 않았다. 다부지게 등을 곧바로 세운 자세로 칭기스칸 옆에 앉아 있었다. 그날 밤 예수겐은 세상에 태어나서 처음으로 남자와 잠자리를 함께 했다. 그리고 그날부터 두 자매는 모두 칭기스칸의 총애를 받게 되었다.

그로부터 며칠 후 칭기스칸의 군대는 아바르가에 있는 본거지로 귀환했으며 예수겐과 예수이 자매를 위한 커다란 게르가 즉시 호르에 세워졌다.

그날부터 버르테에게서 여자의 얼굴이 사라졌다.

버르테는 그 대신 아들들인 주치, 차가타이, 어거데이, 톨로이의 어머니로서
의 얼굴을 더욱 돋보이게 드러내기 시작했다. 그리고 칭기스칸 일족의 제1부인
으로서의 입장을 뚜렷하게 표면에 나타내게 되었다.

그녀에게는 칭기스칸에게 관계되는 일에 적절한 조언을 하여 자신의 지위를
유지하는 특별한 재능이 있었다.

제19장

쿠이텐의 전투

테무진은 미소지었고 자무카는 고뇌했다. 테무진은 옹칸의 손과 발을 묶은 채 시시각각 자무카에게 한 발 한 발 다가서고 있었다. 교묘히 자무카의 수족들을 자르면서.

그러나 자무카는 테무진과 옹칸의 연합 군대와 싸울 수 없었다. 그렇다고 일전을 피할 수도 없었다. 자무카는 옹칸을 짓누르는 테무진의 덫을 제거할 필요가 있었다. 옹칸에게 희망의 메시지를 전달해야 했다. 반드시 옹칸의 중립 속에서 양자 간의 대결이 이루어져야 했다.

몽골의 푸른 하늘은 자무카의 애절한 소원을 들어주었다. 그것은 바로 1200년 가을 케레이트부 내에서 발생한 불발 쿠데타 사건이었다. 자카 감보가 주동이 된 이 사건은 옹칸이 테무진을 의심하는 계기를 만들어 주었다. 하늘은 두 태풍의 눈을 충돌시키기 위해 테무진이 옹칸에게 놓은 덫을 잠시 풀어주었다.

'테무진을 무찔러 그의 일족을 궤멸시킬 수 있는 방법은 이것밖에 없다.'

그는 테무진과 적대 관계에 있는 타이치오트를 자기 편으로 단단히 끌어넣고, 테무진과 옹칸의 동맹군에게 타격을 받은 메르키트에 대하여 나이만과 올코노오트, 더 나아가서 테무진의 장인 데이세첸이 속해 있었던 옹기라트에까지 손을 뻗어 대연합군을 조직할 계획을 세웠다.

자무카는 충분히 시간을 들여 각 씨족장들을 설득하기 시작했다.

"테무진과 토오릴의 동맹군과 싸워서 승리하면 각 족장들의 요구를 어떤 것이든 들어주겠다."

자무카가 내건 조건은 각 씨족의 허영심과 물욕을 한껏 충동질하는 것이었다. 그가 집요할 정도로 끊임없이 파견하는 사절들의 설득에 의해 족장들의 마음은 서서히 동요되었다.

1201년 여름, 자무카와 그의 휘하의 모든 세력은 켄강이 에르군네강으로 흘러들어가는 삼각주에서 회동했다. 이곳에서 자무카는 몽골부의 진정한 칸이라는 구루칸에 등극했다. 그들은 서약했다.

"우리의 서약을 누설하는 자는 폭풍에 강둑이 무너지듯이 저주를 받으리라. 우리의 동맹을 깨뜨리는 자는 번개에 나뭇가지가 잘려나가듯 죽음을 당하리라."

'구르'란 '모든 것'을 의미하는 말이며, '구르칸'이란 '모든 것의 왕'이라는 뜻을 가지고 있다.

"구르칸을 추대하는 우리들의 숙적은 칭기스칸과 토오릴 왕이다. 힘을 합쳐 그놈들을 없애자!"

타이치오트의 카치온 베키가 격문을 읽자, 자무카가 신경질적으로 말했다.

"왕이라는 말은 쓰지 말라. 테무진과 토오릴이라고 읽어!"

왕이란 금나라에서 칭호를 받은 토오릴을 가리키는 말이었는데, 자무카는 그 같은 칭호를 인정하고 싶지 않았다.

"우리는 테무진과 인척이지만 그것을 파기하고 구르칸을 따르기로 했다."

옹기라트의 족장 데르게 에멜이 한껏 생색을 내는 어조로 목소리를 높였다.

즉위 의식이 끝나자 테무진과 토오릴 타도를 기원하는 축하연이 벌어졌다.

"테무진의 목은 내가 치겠다."

"아니다. 내가 그의 목을 베겠다!"

족장들은 술을 마시면서 자무카의 기분에 부채질을 하는 말들을 의도적으로 입에 담았다. 누가 뭐라고 해도 그들이 싸움에 이기게 되면 테무진을 저세상으로 보낼 사람은 자무카가 될 것이었다. 그것을 알면서도 그들은 의기양양한 기세를 보여주려고 애쓰고 있었다.

하지만 그곳에도 자무카를 배신하는 자들이 있었다. 각 족장들은 자무카의 인격에 심취되어 그의 편에 선 것이 아니라 허영심과 물욕에 사로잡혀 모여든 것에 불과했다. 그런 자들이 모였으니 불만이 많은 자들이 섞인 것은 당연한 일이었다. 따라서 칭기스칸과의 싸움에서 이길 수 없다고 생각하는 자들 중에도 자무카에게 심취하는 자들이 많았다. 그들 중에 옹기라트족에 예속된 홀루라스 씨족의 한 병졸이 있었는데, 아바르가로 달려가 칭기스칸에게 그 같은 사실을 알리게 되었다.

"자무카가 씨족들을 규합하여 구르칸으로 즉위했으며, 칭기스칸과 옹칸을 공격할 준비를 시작했습니다."

"그게 사실인가?"

"사실이 아니라면 당장 저의 목을 쳐주십시오."

사나이는 진지하게 말했지만, 칭기스칸은 그를 그곳에 머물러 있게 하고는 보오르추로 하여금 확인하도록 했다. 이윽고 보오르추의 명령을 수행한 첩자가 돌아와 그의 말이 사실이라고 전하자, 테무진은 입술을 질근 깨물며

몽골군 전개도

내뱉었다.

"자무카 이녀석, 드디어 이빨을 드러냈구나!"

테무진은 그 병졸을 후하게 대접했으며, 그날 중으로 옹칸에게 사자를 보냈다.

"흐음, 11개 씨족이나 결집시켰다니, 과연 자무카로군. 그 수완이 놀랍다. 이번 싸움은 이제까지의 것들과는 달리 애를 좀 먹게 될지도 모르겠다."

옹칸은 머리를 끄덕이며 중얼거렸다.

아바르가 초원에서 합류한 칭기스칸과 옹칸의 동맹군은 케룰렌강의 동쪽으로 전진하여 자무카의 본거지로 향했다. 진군해 가는 도중에 미리 파견해 두었던 정찰병이 달려와 칭기스칸에게 보고했다.

"자무카의 군대는 쿠이텐을 향해 진격하고 있습니다."

'쿠이텐'이란 '한랭'이라는 뜻을 가진 단어로서 날씨가 어지럽게 변하는 습지대를 가리키는 말이다.

"자무카는 발을 디디기도 힘든 쿠이텐으로 우리를 유인한 뒤에 사방에서 화살을 퍼붓는 작전을 세운 것 같다."

옹칸은 자무카의 작전을 읽고 있었다. 쿠이텐에는 크고 작은 늪들이 많이 있었으며, 네 개의 강물이 흘러들어가는 큰 호수도 있었다.

"녀석의 작전에 걸려들어가는 척하면서 자무카의 편이 된 11개 씨족의 부대가 어떻게 우리에게 도전할 작정인지 알아보기로 하자."

칭기스칸과 옹칸의 동맹군과 자무카의 연합군은 이윽고 쿠이텐에 집결하면서 서로 대치했다.

칭기스칸은 전방에 포진해 있는 적들을 뚫어지게 응했다. 자무카는 그의 앞 가까운 곳에 있는 큰 깃발을 든 병사 옆에서 서성거리는 말 위에 앉아 있었지만 새삼스럽게 그에게 할 말은 없었다.

마상의 자무카도 역시 몇 번인가 머리를 돌려 테무진을 노려보았다.

자무카는 이윽고 장검을 뽑아들더니 날렵하게 휘둘렀다. 다음 순간 그의 군사들이 큰 북과 징을 울려대기 시작했고 주위는 갑자기 소란스러워졌다. 마침내 격렬한 전투가 시작되었다.

먼저 칭기스칸 쪽의 알탄과 코차르, 다리다이 등이 이끄는 부대가 자무카 쪽의 아우츠 바아토르, 보이로그칸, 쿠투, 쿠드카, 베키 등이 이끄는 부대와 격돌했다.

하지만 습지대에서의 싸움이었기 때문에 쌍방이 모두 전력을 충분히 발휘하지 못해 쉽사리 승부가 나지 않았다.

칭기스칸은 자무카가 이끄는 본대와의 충돌을 의도적으로 뒤로 미룬 채 지난날 자기를 체포했던 타이치오트와, 아내 버르테를 빼앗아 갔던 메르키 트부의 군사들을 먼저 무찌르려고 했다. 하지만 날이 저무는 바람에 이렇다 할 전과를 올리지 못한 채 오랫동안 계속되던 전투는 중단되고 말았다.

다음날의 공방전은 한층 더 격렬해져 쌍방에서 모두 전날 이상의 사상자들이 속출했다.

칭기스칸은 집중적으로 타이치오트의 군대만을 공격하고 있었는데, 완강하게 저항하던 타이치오트의 병사들이 뒤쪽에 있는 나지막한 언덕으로 도망치기 시작했다. 하지만 그런 와중에도 맹렬하게 화살을 쏘아댔기 때문에 테무진의 본대는 쉽게 언덕 위로 올라가지 못하며 고전을 면치 못하고 있었다.

그날은 자무카의 본대뿐만 아니라 옹칸의 부대도 많은 사상자를 내고 밤을 맞았다. 젤메는 준비해 두었던 약초를 한꺼번에 다 써버릴 정도로 분주하게 뛰어다니며 부상자들의 상처를 응급 처치했다.

3일째의 전투.

칭기스칸과 옹칸의 군대가 그때까지와는 달리 온힘을 다해서 과감하게 공격했기 때문이었는지 비로소 상황이 달라졌다. 타이치오트와 메르키트에게 커다란 타격을 주면서 자무카의 연합군을 테니 코르칸의 북쪽에 위치한 컬렌호 가까이까지 몰아붙일 수 있었다.

그리고 4일째 되는 날의 아침에 시작된 전투에서 나이만의 보이로크칸과 쿠드카 베키 두 사람이 갑자기 자무카에게 등을 돌렸다.

"하늘은 테무진의 편에 선 것 같다. 승패는 이미 결정된 것이나 마찬가지다."

내뱉듯이 빠르게 말한 브이로크칸이 말머리를 돌리며 도망치기 시작하자 쿠드카 베키도 말에 채찍질을 하면서 한 마디를 던졌다.

"언젠가 다시 만날 날이 있겠지. 신에게 버림받은 자여!"

그는 이제 자무카를 구르칸이라고 부르지도 않고 있었다.

그들이 전열에서 이탈한 것을 본 토크토아의 아들 코토는 줄기차게 퍼붓는 빗줄기 속을 뚫으며 셀렝게 강쪽으로 도망쳤고, 타이치오트부의 아우츠 바아토르는 오논강으로 피했다.

"비겁한 놈들, 이제 와서 도망치다니."

피를 토하는 것처럼 말하며 분노한 자무카는 자기를 칸으로 추대한 족장의 병사들을 닥치는 대로 검으로 베거나 활로 쏘아 죽이면서 도망치기 시작했다.

"자무카를 잡아라!"

"놓치지 마라!"

옹칸의 병사들이 소리지르며 그를 뒤쫓기 시작했다. 구르칸의 병사들은 뿔뿔이 흩어졌다. 자무카는 이제 더 이상 자력으로는 테무진의 군대를 상대할 수 없었다. 몽골의 푸른 하늘은 패배자에게 매우 가혹했다.

제20장

제베와 카다안

칭기스칸에게 추격당하게 된 타이치오트의 군대는 5일 동안이나 도망치고 또 도망쳤다.

오논강의 얕은 여울을 건너간 타이치오트부의 병사들은 흑룡강의 지류인 인고가강 건너 바이칼호 북동쪽에 자리잡은 둔영지에 도착하는데 성공했다.

족장인 아우츠 바아토르는

"테무진군이 공격해 온다. 서둘러 살림살이들을 정리하여 도망쳐라!"

하고 소리치고는 비축해 두었던 화살들을 전부 모은 뒤에 태세를 재정비한 군대를 이끌고 오논강 근처까지 되돌아갔다.

다행스러운 점은 칭기스칸의 군대가 그때까지 도착하지 않아 전부터 강기슭에 구축해 두었던 성채가 그대로 남아 있었다. 성채에 모든 병사들을 배치한 아우츠 바아토르는,

"최후의 결전이라고 생각하고 사력을 다해서 싸우라!"

라고 말하면서 비장한 결의를 보이며 칭기스칸의 공격에 대비했다.

이윽고 다음날 아침, 잡목림의 저쪽에서 칭기스칸의 군대가 서서히 모습을 나타냈다.

"적이 강을 건너오기 시작하면 총공격을 개시하라."

"병사들보다 말을 노리도록 하라."

진군해 온 칭기스칸의 군대는 드디어 오논강을 사이에 두고 타이치오트의 군대와 대치했다. 타이치오트에겐 성채라는 보호막이 있었지만 칭기스칸군의 앞에는 도도하게 흐르는 강이 있을 뿐이었다. 더욱이 여유있게 화살을 쏠 수 있는 타이치오트에 비해 원정해 온 칭기스칸의 군대는 화살의 소모를 억제하며 싸워야 하는 불리함을 안고 있었다.

하지만 전진해야 했다.

아우츠 바아토르가 울림화살을 쏘는 것을 신호로 타이치오트군의 공격은 시작되었다.

"와!"

"와아!"

도하작전을 감행하는 칭기스칸군의 머리 위로 많은 화살들이 빗줄기처럼 날아들었다.

칭기스칸은 어떻게 해서든지 성채를 불살라 버리면 승리가 빠를 것이라고 생각하여 불을 붙인 화살들을 쏘게 했지만, 타이치오트의 병사들은 이내 물을 끼얹어 성채의 통나무에 박힌 화살들의 불을 꺼버렸다.

그러는 중에도 격렬한 공방전은 계속되었으며, 어느덧 일몰 시간이 다가왔다.

전투를 중지한 양쪽의 군대는 오논강을 사이에 두고 밤을 지새우게 되었다.

'아버지 옹칸은 자무카를 생포했을까?'

별들이 반짝이는 밤하늘을 바라보면서 칭기스칸은 싸움터에서 보았던 자무카의 얼굴을 머릿속에 떠올렸다.

"잡았겠지요. 하지만 멋대로 그의 목을 베지는 않았을 겁니다."

칭기스칸의 중얼거림에 젤메가 대답하자, 이어서 카사르가 말했다.

"동맹을 맺고 있는 처지에 이런 말을 하는 건 뭣 하지만, 옹칸은 옛날에 자기의 형제와 조카를 죽이고 우두머리가 된 인물이라고 들었소. 생포한 자무카를 가지고 엉뚱한 흥정을 걸어올지도 모른다는 예감이 드오."

카사르는 옹칸을 의심하는 마음을 드러내보이고 있었다.

"여기까지 온 이상 그를 믿을 수밖에 없지 않은가?"

칭기스칸은 카사르의 생각이 빗나가기만 한 것은 아니라고 생각하고 있었다.

'서둘러서 싸움을 끝내고 옹칸군과 합류해야겠다.'

칭기스칸은 그렇게 다짐하며 잠자리에 들었다.

다음 날 아침.

태양이 지평선 저쪽에서 얼굴을 내민 것을 신호로 삼듯이, 칭기스칸은 병사들로 하여금 여울을 건너 대안으로 진격하게 했다.

아우츠 바아토르는 짧은 활을 든 기마부대를 내보내서 접근해오는 칭기스칸군을 요격하게 했지만 숫자적으로 우세한 칭기스칸군의 위력 있는 공격에 밀려 어쩔 수 없이 후퇴하게 되었다.

아우츠 바아토르는 절규하듯이 소리쳤다.

"테무진이 드디어 강을 건너왔다. 테무진을 집중적으로 겨누어 쏘아라."

타이치오트의 병사들은 성채로 접근해오는 칭기스칸군에게 전날보다 더 많은 화살을 퍼붓기 시작했다.

칭기스칸에게 예기치 못했던 사고가 발생한 것은 요새를 둘러싼 공방전이 시작된 지 한 시간 정도 지났을 때였다. 친위대의 호위를 받으며 요새로의 접근을 시도하던 칭기스칸이 타이치오트군쪽에서 날아온 화살을 왼발에 맞으며 말에서 떨어졌다. 깜짝 놀라 몸을 돌리는 순간 또 하나의 화살이 그의 몸으로 날아들었다.

"핏!"

"물러서라!"

친위대의 오길레이가 급히 다가서며 소리쳤다.

"칭기스칸이 적의 화살에 맞았다."

누군가가 소리치자, 칭기스칸군의 친위대 병사들이 빠르게 둘러서며 그의 몸을 감쌌다. 병사들 사이로 서늘해지는 전율감이 파고들었다. 모두들 당황하며 활을 쏘는 것도 잠시 잊었다. 젤메가 빠르게 다가가서 보니 화살은 칭기스칸의 목에 박혀 있었다.

"이… 이럴 수가…….."

조심스럽게 화살을 뽑아낸 젤메는 아찔해지는 충격을 받으며 몸을 떨었다. 그것은 독화살이었다.

"커다란 널빤지를 준비해 주게."

젤메는 근심스러워하는 눈으로 지켜보는 오길레이에게 말하고는 상처에서 흐르는 피를 입으로 빨기 시작했다.

'잘 되어야 하는데, 독이 머릿속에 퍼지면 실명하게 될 뿐만 아니라 폐인이 될 위험까지도 있다.'

입 주위가 피투성이가 된 젤메는 계속해서 피를 빨았다. 그러는 동안 두 병사가 칭기스칸을 널빤지 위에 눕히고는 화살이 날아오지 않는 장소까지 조심스럽게 운반했다.

칭기스칸의 얼굴은 어느덧 창백해졌고 호흡도 고르지 못했다. 타이치우트의 아우츠 바아토르는 급히 달려온 부하로부터 보고를 받았다.

"적이 갑자기 공격을 멈춘 것을 보니 아무래도 테무진이 화살에 맞은 모양입니다."

"그래? 독화살에 맞았구나. 그렇다면 다행이다. 테무진이 없는 군대는 가축의 떼나 마찬가지니까."

아우츠 바아토르는 자기편의 승리를 확신했으며 공격을 멈추라고 명령했다. 칭기스칸의 군대는 오논강 건너편의 잡목림으로 철수하고 있었다. 어두워진 하늘에 별들이 하나 둘 모습을 나타내기 시작했을 때, 피난해 있던 타이치 오트 병사의 가족들은 모두 요새 주위로 돌아와 게르를 쳤다.

젤메가 응급조치한 보람이 있었는지 칭기스칸의 상처에서 흐르던 피는 마침내 멈추었다.

"아아……."

칭기스칸이 이윽고 낮게 신음하는 소리를 냈다.

"아, 칭기스칸……."

젤메는 안도의 한숨을 내쉬며 그의 이름을 불렀다. 그는 결국 칭기스칸의 생명을 구해낸 것이다.

칭기스칸이 의식을 회복했다는 소식이 전해지자 여기저기에서 환호성이 터져 나왔다.

"만세! 정말로 잘된 일이다!"

"천제가 칭기스칸을 버리지 않으신 거다!"

병사들은 서로의 몸을 끌어안으며 환호성을 올렸다.

"모… 목이 마르다."

가늘게 눈을 뜬 칭기스칸이 웅얼거리는 것처럼 말했다.

"마유가 남아있지요?"

젤메가 칭기스칸의 상태를 걱정하며 옆에 서 있던 멍리크에게 물었다.

"아, 여기……."

젤메는 멍리크에게서 받은 마유가 담긴 나무잔을 칭기스칸의 입에 갖다 대고는 조금씩 마시게 했다.

칭기스칸은 세 번인가 크게 숨을 몰아쉬면서 천천히 그것을 마셨다.

"아… 이제야 정신이 맑아지는 것 같다."

마유를 다 마신 칭기스칸은 두 팔을 뻗으면서 자리에서 일어나려고 했다.

"일어나지 마십시오. 좀 더 쉬셔야 합니다."

젤메가 만류했지만, 칭기스칸은 듣지 않았다.

"아니, 괜찮다. 그보다 타이치오트 놈들은 어떻게 되었나?"

부시시 몸을 일으킨 칭기스칸은 부자연스럽게 책상다리를 하고 앉으며 나즉이 물었다.

"공격은 마침 해가 지는 바람에 중지되었습니다."

"그래? 놈들의 요새로 접근하다가 화살을 맞은 것까지는 기억하겠는데……."

"지금은 아무것도 생각 말고 쉬기만 하십시오."

칭기스칸은 그제야 자기 주위에 남아 잇는 핏자국들을 보면서 두 눈을 크게 떴다.

"저것들은 뭐지?"

"칸께서는 전투 중에 적의 병사가 쏜 독화살에 맞으셨습니다."

"내 목에 박힌 것이 독화살이었던가?"

칭기스칸은 본능적으로 목을 어루만졌다.

"한시라도 빨리 독을 뽑아내야 된다고 생각되어 서둘러 피를 빨아냈습니다.”

칭기스칸은 한동안 할 말을 잃은 것처럼 젤메의 얼굴을 뚫어지게 바라보기만 하더니 더듬거리며 말했다.

“아아… 그대는 지난날에 내가 메르키트의 추격을 받으며 부르칸산으로 도망갔을 때 내 생명을 구하기 위해 안전한 장소로 안내해 주었다. 오늘은 또 내 몸의 독혈을 빨아내 나를 소생시켰다. 오늘까지 입은 은혜는 나 칭기스 칸이 평생 동안 잊지 않을 것이다.”

“황송합니다.”

젤메는 머리를 숙이며 대답했다. 자기의 헌신적인 노력을 인정받은 것을 기뻐하면서…….

다음 날은 무척이나 맑은 날씨였다.

칭기스칸은 아직 말을 타기에는 무리한 상태였다. 때문에 타이치오트의 아우츠 바아토르에게 사자를 보냈다.

“칭기스칸께서는 이렇게 말씀하셨습니다. ‘옹칸의 지원군이 곧 도착한다. 부질 없는 싸움을 중지하고 항복하라. 지금 항복하면 그대의 목숨은 살려주겠다’라고…….”

사자가 칭기스칸의 말을 전하자, 아우츠 바아토르는 억세게도 강한 칭기스칸의 운수와 체력에 놀라며 공포감에 빠져들었다.

‘이럴 수가… 그놈이 죽지 않았다니. 지금까지의 전투로 비축해 두었던 화살도 얼마 남지 않았다. 이 상태에서 칭기스칸과 토오릴군의 협공을 받게 되면 승산이 조금도 없다.’

반쯤은 얼이 빠진 아우츠 바아투르는 참모들과 의논하지도 않은 채 일단 성채를 버리고 삼림지대로 후퇴하라는 명령을 내렸다. 하지만 한낮에 도망치면 적의 추격을 받게 될 위험성이 있었다.

때문에 그는 칭기스칸의 사자를 날이 저물 때까지 잡아두었다가 아무런 대답도 주지 않은 채 돌려보냈다.

타이치오트의 병사들은 이윽고 어둠을 이용하여 도망치기 시작했다. 하지만 씨족의 가족들은 병사들의 호위 없이는 도저히 도망칠 수 없다는 것을 깨닫고는 오논강이 내려다보이는 산속에서 한 덩어리가 되어 밤을 지새웠다.

칭기스칸은 이틀 밤을 같은 장소에서 쉰 뒤에 손수 말을 타고 타이치오트 군을 추격하기로 했다. 하지만 무기를 들고 싸울 수 있는 상태는 아니었기에 카사르에게 전군의 지휘를 맡기고는 친위대의 경호를 받으며 뒤에서 따라갔다.

칭기스칸의 병사들은 텅 비어 버린 요새에 남아 있는 물건들을 모두 한 곳에 모으고는 산속을 수색하기 시작했다.

이미 지켜줄 병사들이 없어진 피난민들의 운명은 참혹했다. 병사들은 어렵지 않게 타이치오트의 가족들을 찾으면 남자는 죽이고 여자나 어린 아이들은 생포했으며, 그들의 재산은 모두 빼앗았다. 살육당하는 자들의 비명 소리가 산을 울릴 정도로 여기저기서 울려오는 가운데 칭기스칸은 천천히 산기슭으로 접근해 갔다. 그의 이름을 부르면서 울부짖는 여자의 목소리가 갑자기 들려온 것은 바로 그때였다.

"아악! 테무진!"

칭기스칸이 올려다보니 양쪽 겨드랑이를 뒤쪽의 병사에게 잡힌 한 여자가 낭떠러지 끝에서 필사적으로 몸을 비틀어대며 소리치고 있었다.

"테무진! 살려주세요. 테무진!"

칭기스칸은 보오르추에게 명령해 그 여자를 데리고 오게 했다. 보오르추는 즉시 빨간 색깔의 옷을 입고 있는 그 여인을 데리고 왔다.

"어째서 내 이름을 부른 것인가?"

칭기스칸은 옷차림으로 보아 유부녀임을 알 수 있는 그녀에게 물었다.

"기억하고 계시는지 모르겠습니다만… 저는 소르칸 시라의 딸인 카다 안입니다."

"소르칸 시라의 딸……"

"저의 아버지는 지금 본의 아니게 타이치오트부의 사람으로 자무카를 따르고 있습니다."

칭기스칸은 충격을 받지 않을 수 없었다. 지난날 타이치오트에게 생포되었을 때 목에 칼이 씌워진 채 뛰어들었던 게르와 그 집에 있었던 사람들의 얼굴들이 그의 머릿속을 스치면서 지나갔다. 병사들이 집을 뒤졌을 때 작은 소녀였던 카다안은 자기가 숨어있던 양털더미 위에 앉아 주지 않았던가.

"아, 카다안… 생각나고 말고…."

칭기스칸은 흐트러진 옷에 신경을 쓰는 그녀의 손목을 잡으면서 말했다.

"내 부하가 실례되는 짓을 저지른 모양이군?"

"남편을… 당신의 부하가 내 남편을 죽였습니다."

카다안의 크고도 검은 눈에서 눈물이 흐르고 있었다.

"사랑하는 남편이 살해당했을 뿐만 아니라, 저까지도 능욕을 당하게 되어 당신의 이름을 불렀던 것입니다."

"아아, 이럴 수가 있나. 나에게 은혜를 베풀어준 그대의 남편을 죽였다니… 내 마음은 지금 너무나 아프다."

칭기스칸은 작은 새처럼 떨고 있는 카다안의 몸을 안으며 진심으로 말했다.

"테무진, 아버지는 아우츠 바아토르와 함께 도망쳤습니다. 오빠인 칠라운도 함께, 제발 아버지와 가족들의 생명을 살려주세요."

"암, 당연하지. 약속하겠다. 은혜를 베푼 사람들을 죽게 만들 수는 없지."

칭기스칸은 즉시 카사르에게 전령을 보내 생포한 타이치오트의 백성들을 모두 풀어주고, 아우츠 바아토르를 추격하는 과정에서 소르칸 시라를 죽이는 일이 없도록 하라고 명령했다.

칭기스칸은 친위대와 함께 산기슭에 남았으며, 그날 밤은 그곳에 게르를 치고 숙영하기로 했다.

"카다안이여, 오늘부터 내 곁에서 생활하라."

사람들을 물리친 게르 안에서 칭기스칸은 그녀가 따라주는 술을 마시면서 말했다.

"고맙습니다. 지금 남편을 잃은 저에게는 의지할 사람이 필요합니다."

카다안은 다소곳이 머리를 숙이면서 작은 소리로 대답했다. 그녀는 그날 밤 칭기스칸의 게르에서 밤을 보냈다.

다음 날 저녁 무렵, 카사르가 소르칸 시라의 가족들 뿐만 아니라 질고아다 이라는 이름을 가진 청년까지 데리고 칭기스칸에게 왔다.

"오, 소르칸 시라!"

칭기스칸은 진심으로 반가워하며 생명의 은인을 따듯하게 맞이했다. 이어서 그의 옆에 서 있는 칠라운에게 말했다.

"그 후 연락이 없어서 어떻게 지내고 있는지 걱정하고 있었다."

"피치 못할 사정이 있었기 때문에……."

칠라운은 약간 복잡한 표정을 지어 보이면서 천천히 말했다. 아버지가 자무카의 편이 되었기 때문에 신중하게 행동하는 것이 좋을 것이라 생각했고, 그때부터 칭기스칸의 첩자들과 접촉하지 않았기 때문이었다.

"아, 어쨌든 다행스러운 일이다. 카다안이 소리치지 않았다면 생명의 은인들을 죽일 뻔했다."

칭기스칸은 새삼스럽게 타이치오트를 추격하는 것만 생각하느라고 소르칸 시라 일가가 그들 일행 중에 섞여 있을 가능성에 대해서는 생각하지 못했던 실수를 부끄럽게 생각했다. 아울러 정보 수집의 중요성을 한층 더 통감했다.

그때 한쪽에 서 있던 수부타이가 질고아다이라는 청년을 가리키면서 조심스럽게 말했다.

"이 사람이 칸에게 드릴 말씀이 있다고 합니다."

"그래? 뭐지?"

칭기스칸이 우람해 보이는 청년쪽으로 시선을 돌리며 묻자, 그는 이윽고 입을 열어 조심스럽게 말했다.

"며칠 전에 있었던 전투에서 독화살에 맞으셨지요?"

"그렇다. 무슨 일이 있어도 활을 쏜 놈을 붙잡아 처형시킬 생각이다."

칭기스칸은 이상한 예감을 느끼면서 대답했다.

"활을 쏜 사람은 바로 저였습니다."

"뭐가 어째?"

칭기스칸은 지체하지 않으며 허리에 차고 있던 검의 손잡이를 잡았다. 그러자 그 청년은 갑자기 울음을 터뜨리며 말했다.

"칸이시여, 지금 저를 죽이시면 제 몸에서 흘러나오는 피는 한 웅큼의 흙만 적시게 됩니다. 저를 용사로 받아주십시오. 그러면 제 몸에서 흘러나오는 피는 온 세상의 대지를 적시게 될 것입니다. 저는 오래 전부터 칸을 존경해 왔습니다. 그런 제가 어찌 감히 칸을 쏠 수 있었겠습니까? 하지만 아우츠 바아토르 밑에 있는 이상 그의 명령을 거역할 수 없었습니다. 저의 생명을 연장시켜 주신다면 하늘이 제 몸을 거둘 때까지 칸을 모시겠습니다."

칭기스칸은 그 청년의 진지한 태도에 갑자기 가슴이 뜨거워졌다.

"생포된 적병은 죽음이 두려워 용감하게 싸운 것을 숨기려고 입을 굳게 다무는 것이 정상인데, 자네는 두려워하지 않으며 스스로 내 목을 쏘았다고 말했다. 믿을 수 있는 좋은 친구를 만난 것 같다."

"황송하옵니다."

칭기스칸은 그의 어깨에 두 손을 얹으며 말을 이었다.

"이름을 바꾸라. 내 목을 화살로 명중시킬 정도의 사나이에겐 '제베'라는 이름이 어울릴 것 같다."

'제베'는 돌격이라는 의미를 가진 이름이었는데, 질고아다이는 자무카의 연합군 중에서 가장 활을 잘 쏘는 사나이였다.

다음 날부터 타이치오트에 대한 총공격을 감행한 칭기스칸군은 인고가 강 북서쪽에 위치한 잡목림에 몸을 숨기고 있던 적의 부대를 덮쳐 아우츠 바아토르가 포함된 우두머리들을 몰살시키고 개선했다.

칭기스칸은 그 소식을 알리기 위해 옹칸에게 전령을 보냈는데, 옹칸은 심상치 않게 여겨지는 내용의 회답을 보내왔다.

"겨울이 다가오고 있으니 우리는 동면을 끝낸 뒤 봄의 꽃들이 싹틀 때 다시 만나기로 하자."

'아버지 옹칸은 뭔가 좋지 않은 일을 꾸미고 있는 것 같군. 일단 없어졌던 나쁜 버릇이 다시 고개를 든 거야.'

전령의 보고를 통해 옹칸이 자무카를 생포했다는 보고를 들었던 만큼 칭기스칸은 온몸으로 파고드는 불길한 느낌에 빠져들었다. 카사르가 걱정하면서 말했던 것처럼 옹칸은 자기의 형제까지도 죽이면서 케레이트의 우두머리가 된 사나이였다.

'내가 지금 자무카를 넘겨달라고 강하게 요구한다면 아버지 옹칸과의 사이에 새로운 갈등이 싹트게 될 것이다. 그는 아버지의 안다였으니 끝까지 믿음을 가지고 대해야 한다.'

칭기스칸은 연기처럼 피어오르는 의문을 억제하면서 옹칸의 뜻대로 봄이 오기 전까지는 그를 만나지 않기로 했다.

뒷사정이야 어찌되었든 간에 옹칸이 자무카군을 격파했으므로 '쿠이텐의 전투'는 칭기스칸과 옹칸의 대승리로 막을 내렸다.

때문에 칭기스칸의 땅은 오논강에서 오르콘강 부근까지 이르게 되었으며, 그 영역에서 거주하는 모든 씨족들을 휘하에 거느리게 되었다.

칭기스칸은 체쿠체루산의 남쪽 경사지로 둔영지를 옮겨 겨울을 맞이했다. 카다안은 한 게르에서 버르테와 함께 생활했는데, 칭기스칸은 버르테보다 젊은 카다안을 매우 사랑했다. 성격이 원래 명랑한 편인 카다안은 밤이 되면 남자를 즐겁게 만들어주는 타고난 재주를 가진 여인이었다.

생포한 자무카를 이끌고 '검은 숲'으로 돌아긴 옹칸은 그즈음 엉뚱한 짓을 저질렀다. 옹칸이 자무카를 그의 군사 고문으로 삼았다는 놀라운 소식을 칭기스칸이 듣게 된 것은 겨울이 막 시작될 무렵이었다.

제21장

자무카의 흉계

　겨울이 깊어갈 무렵 칭기스칸은 미리 사자를 보내지 않은 상태에서 친위대만을 이끌고 '검은 숲'을 방문했다.

　"오, 나의 아들이여! 잘 와 주었다."

　오랜만의 재회에 놀란 옹칸은 때마침 자무카가 부재중인 것을 다행으로 여기며 칭기스칸을 옥좌보다 한 단 낮은 자리에 앉게 하고 셍굼의 애첩들에게 술상을 준비시켰다. 셍굼은 옹칸의 바로 옆 자리에 앉아 있었다.

　세 사람이 술을 한 모금씩 마시고 났을 때 칭기스칸이 먼저 말을 꺼냈다.

　"특별히 의논할 일이 있어서 찾아왔습니다."

　"허허, 그래? 어서 말해 보게."

　"이미 저와는 부자 관계가 되자고 서약했습니다만 친교를 더욱 깊게 하기 위해서 옹칸의 따님이시며 셍굼의 여동생인 차우르를 저의 장남 주치의 아내로 주셨으면 합니다."

"차우르를?"

예기치 않았던 정략결혼 요청에 옹칸은 금방 대답하지 못하며 옆에 앉아 있는 셍굼을 보았다. 그는 순간적으로 실눈이 되며 칭기스칸을 쏘아보고 있었다.

"주치는 지금 몇 살인가?"

옹칸이 흐려진 눈을 칭기스칸 쪽으로 돌리면서 물었다.

"18살입니다."

"주치와 차우르라면 잘 어울리는 부부가 되겠군……."

옹칸은 애매하게 대답을 해놓고는 셍굼이 뭔가 말하기를 기다렸다.

"이 혼담이 성립되면 계속해서 셍굼의 아들 토사카에게 저의 딸 코친을 시집 보내려 합니다만……."

코친은 칭기스칸이 버르테와의 사이에서 얻은 장녀였다.

"나는 매우 좋은 이야기라고 생각하는데…… 셍굼, 너의 생각은 어떠냐?"

의자의 팔걸이를 긁는 것처럼 두들기고 있던 옹칸의 시선은 다시 아들 쪽으로 향했다. 술을 마셨기 때문인지 눈언저리가 약간 붉어진 셍굼은 가슴을 조금 뒤로 젖히면서 술잔을 내려놓고 있었다.

"테무진, 당신은 지금 자신이 어디에 앉아 있는지 알고 있는 것인가?"

"……."

"아버지와 부자의 관계가 되었다지만, 당신은 아들의 이름인 주치처럼 손님 대접을 받고 있다. 우리와 인척이 되어 정좌에 앉게 된다고 해도 출입하는 자들 때문에 신경이 쓰여서 앉아 있기가 불안해질 뿐일 텐데……."

오만한 그의 말은 칭기스칸이 공동 통치자가 된다고 해도 자기를 따르는 신하들의 움직임에 신경이 쓰여 뜻대로 모든 일에 전념할 수 없을 것이라는 뜻을 담고 있었다. 또한 주치는 칭기스칸의 친자식이 아니다. 어느 놈의 자식인지 알 수 없다는 뜻도 포함되어 있었다.

칭기스칸은 자기보다 어린 자에게 모욕을 당하자 심한 분노를 느꼈다. 그가 옹칸의 아들이 아니었다면 앞뒤 가리지 않고 칼을 뽑아 그 자리에서 베어 버렸을 것이었다. 평상시에도 경거망동하기 잘하는 셍굼의 악의에 찬 말에 테무진은 대꾸할 말조차 잊고 말았다.

"아버지는 아버지, 아들은 아들이다. 나는 당신의 제의를 거절하겠다."

셍굼은 여동생을 주치에게 주는 것을 딱 잘라 거절했다.

"셍굼……."

당황한 옹칸은 너무나 약해진 목소리로 더듬거렸다.

"셍굼, 잘 생각해서 말해야 한다."

늙은 옹칸의 눈에서는 어느 샌가 눈물이 솟아나고 있었다. 그는 어리광을 부리며 멋대로 자란 셍굼을 제대로 다루지 못하고 있었다.

"지금 당장 대답을 하라는 것이 아니다."

칭기스칸은 억누르기 힘든 분노와 커다란 실망감을 동시에 맛보면서 간신히 냉정한 상태를 유지하고 있었다.

"아무 때라도 좋으니 사자를 통해 대답을 보내주시오."

표범의 것처럼 반짝이는 눈으로 셍굼을 날카롭게 노려본 칭기스칸은 옹칸에게 정중하게 절을 한 뒤에 그 자리에서 나왔다.

옹칸은 자기의 시대가 끝나가고 있음을 느꼈다. 하루가 다르게 케레이트 부의 귀족들은 테무진의 개혁 정책에 감동을 받았고, 옹칸의 침묵 속에서 서서히 테무진에게 합병되어가고 있었다.

칭기스칸은 겨울 빛이 한층 짙어진 초원을 말을 타고 천천히 걸으며 생각했다.

'아버지 옹칸과 부자의 관계가 된 것은 무엇 때문이었던가…. 청혼을 거절당한 이상 옹칸은 둘째로 치더라도 셍굼에게 의리를 지킬 필요는 없어졌다.'

본거지로 돌아온 칭기스칸은 '검은 숲'에서 있었던 일에 대해서 허엘룬이나 버르테에게 말하지 않은 채 이동 준비를 하라고 일족에게 명했다.

한편, 칭기스칸이 다시 부자의 관계를 맺었을 뿐만 아니라 옹칸에게 혼담까지 꺼냈다는 것을 알게 된 자무카는 촉각을 곤두세우며 긴장하게 되었다.

'드디어 테무진과 일전을 치를 때가 왔다. 서둘러 그놈을 없애버리지 않으면 케레이트를 빼앗기게 되고 내 목숨도 위험해지게 된다.'

라고 생각하면서.

예년에 비해 큰 눈이 내리거나 강추위가 몰아닥치는 날들이 비교적 적었지만 옹칸의 사자는 겨울이 끝날 때까지 한 번도 칭기스칸을 찾아오지 않았다.

'소식이 없는 것은 옹칸이 셍굼의 반대 때문에 나의 결혼 제의를 묵살했기 때문일 것이다. 사자를 보내지 않음으로써 표면상으로는 평화를 유지하고 있다. 하지만 그 같은 평화는 자무카가 농간을 부려 문제를 발생시키면 맥없이 무너져 내릴 것이다. 모든 원인은 자무카에게서 비롯되고 있다.'

칭기스칸은 그렇게 생각하며 자기 쪽에서도 사자를 보내 혼약 건의 결과에 대해서 물으려고 하지 않았다.

옹칸은 '검은 숲'의 남쪽에 있는 회색의 산들이 이어져 바람과 눈을 막아주는 장소를 둔영지로 삼고 있었고, 아버지와 의견이 충돌한 셍굼은 자기의 추종자들 및 병사들과 함께 제제르산의 남쪽 사면에서 겨울을 보내고 있었다.

해가 바뀌어 1203년의 봄이 시작되었을 무렵, 겨울 동안에도 첩자들로 하여금 칭기스칸의 움직임을 염탐하게 하고 있었던 자무카가 마침내 움직이기 시작했다.

봄의 폭풍이 마악 끝났을 때 자무카는 칭기스칸을 배반한 알탄과 코차르와 옹칸에게 불만이 있는 자들을 교묘하게 꾀어내어 셍굼이 있는 제제르산으로 찾아갔다.

셍굼은 그들을 환영했으며 갓 새끼를 낳은 암말의 젖으로 만든 마유주를 내놓았다. 술이 일행에게 다 돌아갔을 때, 셍굼의 바로 옆에 앉아 있던 자무카가 큰 소리로 이야기를 꺼냈다.

"내가 입수한 정보에 따르면 테무진은 나의 안다임에도 불구하고 우리들의 적인 나이만의 족장 타양칸에게 자주 사자를 보내고 있다. 입으로는 옹칸과 부자 관계라고 말하고 있지만 마음속은 다르다는 것이 확실해졌다."

술과 안주에 빠져 있는 일동을 훑어보면서 자무카는 계속해서 말했다.

"제거당할 것인가? 싸워서 권리를 회복할 것인가? 힘을 합쳐 악의 화신인 테무진을 제거하자. 셍굼이여! 키야트계의 귀족들이여! 나 자무카는 나무의 끝단까지 깊은 물의 바닥까지 그대들과 같이 갈 것이다."

타양칸은 칭기스칸과 옹칸의 동맹군이 키질바시호 부근에서 생포하여 죽인 보이로크칸의 동생이었다. 형제간의 사이가 나빠 각각 다른 영토에서 왕이라고 자칭하고 있었는데 보이로크칸이 죽은 뒤, 타양칸은 그때까지 장악하고 있던 이르티슈 강변에서 몽골 서북쪽의 산 사이에 걸친 영토, 그리고 알타이산맥 북서쪽까지 지배하는 땅을 넓혀가고 있었다. '타양'은 태양을 의미하는 말이었다.

"테무진과 싸우게 되면 내가 선봉이 되어 그 작자를 저승으로 보내주겠다."

칭기스칸을 배반하고 옹칸에게 투항했다가, 이제는 자무카의 사람이 된 알탄이 제일 먼저 발언했다.

"나는 테무진의 동생놈들을 모두 죽이겠다."

알탄과 행동을 함께 한 코차르도 술잔을 비우며 내뱉듯이 말했다.

"그대는?"

몽골군 전투 모습을 그린 삽화

계략에 말려든 셍굼이 자무카에게 눈을 돌리며 물었다.

"나는 테무진의 군대와 싸우기 전에 놈의 영지에 흩어져 있는 백성들을 탈취하는 역할을 맡으면 어떨까? 백성들이 인질이 된다면 테무진은 싸움터로 나오지도 못하고 항복해 버릴지 모른다."

"그것도 묘안이로군!"

셍굼이 추켜세우자, 자무카는 그의 귀에 입을 대고 속삭였다.

"셍굼이여, 우리들의 뜻을 옹칸에게 전해 테무진을 토벌하러 출전하는 것을 허락받아주시오."

"알겠다. 아버지는 저세상으로 가시기 전에 어떻게 해서든지 전체 몽골을 통일한 대칸이 되기를 바라고 있으시다. 테무진을 없애버리겠다고 하면 속으로는 크게 기뻐하실 것이다."

셍굼은 즉시 부하를 보내 그 같은 뜻을 전하게 했는데 전갈을 받은 옹칸은 크게 놀라며 탄식했다.

"도대체 너는 어째서 그렇게 테무진을 좋지 않게 생각하는가? 그처럼 신세를 졌으면서도 그를 적으로 삼는다면 신에게 버림을 받게 될 것이다. 자무카는 원래 말만 잘 하는 모사다. 그와 함께 어울려 테무진과 싸우는 것은 절대로 인정할 수 없다."

보고를 받은 셍굼은 아버지가 자신의 생각을 받아들일 것이라고 생각하고 있었기 때문에 크게 낙심했으며, 아버지를 설득시키기 위해 자기가 직접 '검은 숲'으로 갔다.

"아버님은 이제 음식이 목에 막혀 토해 내는 것도 괴로울 정도로 늙으셨는데 아들의 의견에 귀를 기울이지 않으시면 어떻게 합니까? 지금이라도 테무진의 공격을 받아 패하게 된다면 당신의 아버님인 코루차키스칸이 고생하여 통합시킨 많은 백성을 테무진이 멋대로 부려먹게 될 것입니다. 그래도 상관이 없다는 이야기입니까?"

셍굼은 끈질기게 아버지를 설득했다. 키야트계 귀족들까지 반기를 들었다는 증거도 제시했다.

"아들아, 테무진은 신의를 존중하는 사나이다. 부자의 인연을 맺은 그가 나에게 도전해올 리가 없다. 너는 자무카에게 놀아나고 있는 것이다. 자무카는 테무진의 원수이며, 우리들의 힘에 의존하여 테무진을 쓰러뜨리고자 하는 것 뿐이다."

"이제는 노망이 들어 판단력이 흐려지신 겁니까?"

자무카에 대해서 나쁘게 이야기하자, 셍굼은 아버지에게 폭언을 퍼부었다.

"그런 정도로까지 테무진을 감싸려면 부자간의 인연을 끊게 해 주십시오."

"함부로 말하지 마라!"

옹칸은 쿨룩거리는 소리를 내면서 심하게 기침을 했다.

"더 이상 이야기를 해봤자 소용이 없을 것 같군요."

셍굼은 성난 얼굴로 그렇게 말하더니 발소리도 거칠게 출구로 향했다. 문지방을 구둣발로 짓밟으며 밖으로 나가버렸다.

아들에게 버림받은 옹칸은 의기소침해졌으며 자리에 눕고 말았다.

'자무카에게 테무진과 싸워 이길 수 있는 능력이 있다고는 생각하지 않는다. 하지만…… 셍굼도 한창 나이이니, 어쩌면 내가 걱정하는 것 이상으로 잘 해낼 수 있을지도 모른다.'

며칠 동안이나 생각을 계속하다가 지쳐버린 옹칸은 결국 사자를 보내 셍굼을 불러오게 했다.

셍굼은 호위병들을 이끌고 즉시 찾아왔다

"너는 나의 후계자로서 우리 백성들을 버릴 수 없다고 말했었지? 때문에 테무진이 공격하기 전에 먼저 그를 쳐야 한다고?"

신하의 팔에 의지하여 가까스로 옥좌로 몸을 옮긴 옹칸이 알아듣기 어려울 정도로 쇠잔해진 목소리로 물었다.

"그렇습니다."

"난 드디어 결정했다."

옹칸은 심하게 쿨룩거리면서 기침을 해댔다. 기침이 멎기를 기다렸다가 셍굼이 물었다.

"테무진과의 싸움을 인정해 주신다는 겁니까?"

"그렇다. 하지만…, 신의를 지킨 테무진을 공격함으로써 신의 가호를 받지 못하게 되어도 후회하지 마라."

옹칸은 가슴 앞에 손을 들어 성호를 그으며 말을 끝냈다.

"너희들의 마음대로 해라."

"아버지!"

자리에서 벌떡 일어난 셍굼은 옹칸 앞에서 무릎을 꿇으며 떨리는 목소리로 말했다.

"감사합니다. 즉시 준비를 갖추어 출전하겠습니다."

셍굼이 기뻐하는 모습을 내려다보는 옹칸의 흐린 눈에 또다시 눈물이 고이고 있었다. 그것은 계속해서 마음 고생을 시키는 아들에 대한 연민의 정이 어린 눈물이었다.

제제르산으로 돌아온 셍굼은 잔뜩 들뜬 목소리로 자무카에게 말했다.

"여러 가지 이야기들이 오가기는 했지만, 아버지는 결국 테무진과의 싸움을 인정해 주셨다."

"잘 됐군. 즉시 출전 준비를 합시다."

옹칸의 반대 때문에 초조해 하던 자무카는 뒤늦게나마 자기의 뜻대로 일이 진행되자 가슴속이 후련해졌다.

"출전 준비는 좀 늦어도 될 거야."

셍굼이 히죽 웃으며 말하자, 자무카는 의아해 하는 얼굴이 되었다.

"실은 여기로 돌아오는 중에 좋은 생각이 떠올랐다."

"호오, 무슨 생각이지요?"

"테무진은 지난 가을에 내 누이동생 차우르를 주치의 신부로 맞이하게 해 달라고 요청했었다."

"그 자리에서 거절했다고 말하지 않았소?"

"내일이라도 테무진에게 사자를 보내 결혼을 승낙한다고 전하게 할 작정이다."

"설마, 진심으로 그렇게 할 생각은 아니겠지요?"

"물론이지. 적당히 날을 정해 약혼 피로연을 할 테니 오라고 해서 테무진을 불러들여 피로연의 분위기가 절정에 달했을 때 체포해 버리는 거야."

"하아, 과연 옹칸의 아드님, 정말로 근사한 묘안을 생각해 내셨소. 멋지군요."

자무카는 손뼉을 치면서 감탄하며 맞장구를 쳐댔다.

"테무진을 붙잡아 두고 출전하면 그놈의 군대를 쉽게 일망타진할 수 있을 거요."

"그대도 역시 그렇게 생각하는가? 하하하……"

모사인 자무카를 감탄하게 만든 셍굼은 지나치다고 느껴질 정도로 크게 웃었다.

셍굼은 그날로 축하연의 날짜를 정해 사자로 하여금 칭기스칸에게 달려가 알리게 했다.

"셍굼님께서는 차우르 아씨를 주치님의 신부로 삼기로 결정하셨습니다. 그래서 축하하는 자리를 만들어 굳은 언약의 술잔을 나누며 진수성찬을 함께 들자고 하셨습니다."

사자가 공손하게 아뢰자, 칭기스칸은 머리를 끄덕이면서 대답했다.

"알았소. 먼 길을 오시느라고 수고가 많으셨소이다."

'흐음, 셍굼이 뒤늦게 어른이 되었나 보지.'

반드시 약혼하게 될 것이라고 생각하지는 않았지만, 칭기스칸은 그 같은 소식을 기다리고 있었다. 셍굼이 못마땅하기는 했지만 부자의 관계를 맺은 옹칸의 아들이었다.

칭기스칸은 주치와 10명의 호위병들을 데리고 7일 후에 거행될 축하연에 참석하기 위해 셍굼에게로 가게 되었다. 셍굼의 아들 토사카와 자기의 딸 코친의 약혼 문제는 옹칸을 직접 만나 마무리지을 생각이었다.

오전에 출발한 칭기스칸은 해가 질 무렵에 멍리크의 게르가 자리잡고 있는 초원에 이르렀다. 그날 밤은 그곳에서 묵기로 했다.

"멍리크여, 기뻐해 주시오. 셍굼이 드디어 자기의 여동생을 주치에게 주겠다고 허락했소."

칭기스칸은 어느덧 머리가 하얗게 센 멍리크에게 말했다. 그러자 멍리크는 칭기스칸과 주치의 모습을 번갈아가며 바라보면서 조용히 말했다.

"초원에서는 소문이 들판의 불처럼 빠르게 퍼지는 법, 주치의 신부로 차우르를 요구했다는 말은 나도 들었소이다. 셍굼이 칭기스칸을 얕보고 그 제의를 거절했다는 이야기도…… 그런데 이제 와서 왜 약혼 축하를 함께 하며 진수성찬을 먹자는 말을 꺼내게 되었을까요?"

"실은 나도 그것이 마음에 걸렸다."

"자만심이 강하며 칭기스칸까지도 깔보는 셍굼이 갑자기 여동생을 주겠다고 생각을 바꿨다는 것이 어쩐지 이상합니다. 여기에는 뭔가 흉계가 숨겨져 있는 것이 분명하오. 칭기스칸이여, 셍굼의 뒤에 자무카가 뱀처럼 도사리고 있다는 사실을 잊으셨소? 아무래도 그곳에 가는 걸 취소하는 것이 좋겠습니다."

멍리크는 그의 아버지처럼 지혜가 많은 남자였다.

"하지만 나는 셍굼의 사자에게 간다고 말했다. 이제 와서 물러설 수는 없지 않은가?"

"이건 틀림 없는 함정이라니까요."

멍리크는 칭기스칸의 잔에 마유주를 따라주면서 말을 이었다.

"누군가를 대신 보내 핑계를 대면 되지 않습니까. '봄이 되어 말들이 야위었기 때문에 군마들이 살찔 때까지는 본거지에서 떠날 수 없다'라고 말입니다."

"흐음, 과연 거절할 수 있는 좋은 구실이로군. 가족과 마찬가지로 소중한 말 때문이라면 그들도 납득할 거야."

멍리크의 의견을 받아들임으로서 칭기스칸은 아슬아슬하게 위태로운 상황에서 빠져나갈 수 있었다. 칭기스칸은 호위병으로 데리고 왔던 부하들 중에서 두 사람을 골라 대리인으로서 약혼 축하연에 참석하도록 했다. 부하타이와 키라타이였다.

셍굼의 봄의 영지에는 붉은 천막이 쳐졌으며, 언제라도 축하연을 시작할 수 있는 준비가 갖추어졌다.

그곳에 도착한 두 대리인은 셍굼의 신하들이 늘어서 있는 게르 밖에서 셍굼에게 무릎을 꿇었다. 거기에는 알탄과 코차르, 다리다이도 있었고 하단, 달루톨루한도 있었다.

절을 한 두 사람이 칭기스칸이 시킨 대로 말하자, 셍굼은 오만한 태도로 말했다.

"칭기스칸이 손수 참석하지 않는다면 약혼은 파기한다."

셍굼은 호위병들로 하여금 두 사람을 다른 장소로 데리고 가게 한 뒤에 게르 안에서 기다리고 있던 자무카를 불러서 말했다.

"아무래도 눈치를 챈 모양이다."

"묘책이었는데 아깝게 되었소."

자무카는 자기의 의견을 말하지 않은 채 물었다.

"다음엔 어떤 수를 쓸 거요?"

"내일 아침에 아버지 옹칸의 군대와 함께 출전할 생각이다."

"은밀하게 놈들에게 다가가 기회를 엿보다가 한밤중에 본거지를 포위하여 테무진을 생포하자는 이야기 같군요?"

"바로 그거야. 생포하면 각 취락지로 끌고 다니다가 그놈의 목을 칠 작정이야. 그 임무는 자무카 당신에게 양보해도 좋겠소."

"아니오. 테무진의 목은 옹칸께서 쳐야 어울릴 거요."

"아버지는 그놈의 아버지에게 목숨을 구원받은 적이 있으니 거절하실 거다. 좋아, 테무진의 목은 내가 치도록 하지."

셍굼은 이윽고 늘어서 있는 참모들에게 명령했다.

"즉시 돌아가 출전 준비를 끝내 놓도록 하라."

그의 둔영지는 잠시 후 출동 준비로 인해 갑자기 소란스러워졌다. 형 알탄과 함께 행동하며 옹칸에게 귀속한 예케도 즉시 자기의 게르로 돌아와 화살통에서 화살들을 꺼내 놓고 닦기 시작했는데, 그의 아내가 궁금해 하며 물었다.

"갑자기 무슨 일이라도 생긴 건가요?"

"그래!"

"당장 싸움이라도 하러 가는 것 같군요. 도대체 무슨 일이 생긴 거지요?"

"말할 수 없어. 비밀을 누설시키면 혀를 잘릴 정도로 중요한 일이야."

"난 당신의 아내잖아요. 입도 무거운 여자고 말예요. 그러니 말해 줘요. 누구와 싸우러 가는 거지요?"

"실은 내일 아침이 되기 전에 출전하여 테무진을 사로잡기로 했다."

예케는 아내의 성화에 못이겨 작전 내용에 대해서 말하고 말았는데 바로 그때 알탄과 예케 형제를 섬기는 마부 바다이가 마유가 든 통을 들고 들어오다가 게르 밖에서 그 이야기를 엿듣게 되었다.

'이거 큰일났구나!'

마구간으로 돌아간 그는 같은 마부인 키실릭에게 방금 들은 이야기를 전했다.

"그럼 어떻게 해야 하지?

"어떻게 하긴, 둘이서 함께 여기서 빠져나가 보오르추에게 알려야지. 언제까지나 마부 노릇을 하면서 살아갈 수는 없지 않은가."

"좋아, 그렇다면 그들이 출전하기 전에 떠나자."

두 사람이 그런 대화를 나눈 것은 그들이 칭기스칸의 첩자들이기 때문이었다. 좀 더 정확히 말하자면 두 사람은 보오르추가 칭기스칸에게 알리지 않은 채 오래 전부터 포섭해 놓은 자들이었다.

타타르와의 싸움이 끝난 뒤, 알탄과 코차르가 칭기스칸이 정해 놓은 규율을 무시하고 약탈을 일삼아 처벌을 받았을 때 칭기스칸은 보오르추에게 말한 바 있었다.

'저 세 사람의 부하들, 그 중에서도 알탄의 부하들을 잘 포섭해 두라. 언젠가는 틀림없이 쓸모가 있을 테니까'라고, 보오르추는 그 말을 감시자를 선정해 두라는 의미로 해석했으며, 알탄의 마부인 두 사나이를 포섭하기로 했던 것이다.

보오르추는 알탄이 없을 때 몇 번인가 두 사람을 자기의 게르로 불러 좋은 술과 음식을 대접하며 말했다.

"주인에게 불만이 있다면 언제라도 들어주겠다. 자네들이 마부 노릇만

하고 있는 것은 아까운 일이라고 항상 생각하고 있었다. 기회를 봐서 걸맞는 지위를 주라고 칭기스칸에게 말씀드릴 생각이다."

"알겠습니다."

무력이 있을 뿐만 아니라, 머리 회전도 빨랐던 키실릭은 보오르추가 의도하는 것이 무엇인지 이내 알아차리고는 결정적인 기회가 오기를 기다리게 되었다. 보오르추의 회유책이 오랜만에 효력을 나타내게 된 것인데 결과적으로 칭기스칸의 혜안이 좋은 결과를 가져오게 했다고 말할 수 있다.

"방금 한 말이 사실인가?"

꽤나 늦은 시간이었는데도 잠들지 않고 있다가 두 사람을 맞은 칭기스칸이 물었다.

"그렇습니다. 우리가 드린 말씀에는 한 가닥의 거짓말도 없습니다. 셍굼은 지금쯤 이미 출전했을 겁니다."

"작전을 세운 자는 옹칸인가?"

칭기스칸은 옹칸과 부자의 관계를 맺었을 때를 상기하며 물었다. 그때 옹칸은 교활한 여우의 부추김에 말려들지 않겠다고 약속했던 것이다.

"그건 잘 모르겠습니다만, 이 작전은 자무카가 세웠겠지요. 그는 군사 고문이니까……."

'역시 자무카를 없애버리지 않고는 평화를 유지할 수가 없다.'

자리에서 벌떡 일어난 칭기스칸은 즉시 부하들을 깨워 전투 준비를 하게 했다. 이번에는 칭기스칸의 주둔지가 갑자기 소란스러워지기 시작했다. 무수히 많은 횃불들이 밝혀진 어둠 속에서 출전 준비는 빠르게 갖추어졌다.

칭기스칸의 병력은 2만 6천여 기였다.

제22장

카라 칼지트 사막의 혈전

그 같은 위기의 순간에도 테무진의 주변에 포진한 너커르들은 동요하지 않았다.

날이 새기 전에 출전한 칭기스칸은 보오르추를 위시한 여러 참모들과 함께 초원을 피해 칼카강에서 가까운 삼림지대를 헤치고 들어가 마우산의 북쪽을 지키고 있는 젤메와 만났다.

"언젠가는 자무카를 군사로 삼은 옹칸의 군대와 싸우게 될 것이라고 생각했습니다만, 예상했던 것보다 빠른 전투가 되었군요."

라고 말한 젤메는 즉시 의학적인 지식을 전수받은 병사들로 하여금 각종 약초와 치료 기구 등을 준비케 하는 동시에 군비도 갖추게 하여 칭기스칸군에 합류했다.

중군을 이끄는 칭기스칸군은 선봉대에게 많은 정찰병을 내보내라고 명령하고는 진군을 계속했다. 칭기스칸의 3남인 어거데이가 아버지의 바로 뒤에서 따라오고 있었다. 어거데이로서는 첫 출전이었다. 1203년 봄이었다.

다음 날 저녁 무렵 칭기스칸군은 정면에 펼쳐진 카라 칼지트 사막을 바라보면서 잠시 동안 휴식을 취했다. 공기가 건조하여 심하게 땀을 흘리는 바람에 사람들도 말들도 수분이 필요했기 때문이었다. 더욱이 셍굼은 물론 자무카는 사막으로부터 공격해 오리라고는 생각지 못할 것이라는 예측이 있어서였다.

석양이 사막을 붉은 색으로 물들이기 시작하고 있었다. 칭기스칸군의 수많은 큰 깃발들이 바람을 맞으며 펄럭였다. 그런데 칭기스칸이 젤메 등의 장수들을 수레바퀴가 달린 이동식 게르로 불러 마유주를 권하며 목을 축이고 있을 때였다. 정찰병이 돌아와 보고했다.

"옹칸의 군대가 지금 마유산 남쪽의 붉은 버드나무 숲을 가로질러 이쪽으로 진군해 오고 있습니다."

"옹칸이 손수 출전했던가?

칭기스칸이 묻자, 정찰병은 즉시 대답했다.

"네, 저의 눈으로 옹칸의 큰 기를 확인했습니다. 물론 셍굼의 깃발도……."

"자무카는?"

"자무카도 함께 있었습니다."

"으음, 역시 자무카로군! 우리 군이 카라 칼지트 사막 방면으로 진군해 올 것이라고 읽다니……."

칭기스칸은 비록 적이지만 그의 능력을 높이 평가하면서 다시 물었다.

"적의 병력은?"

"우리보다 약간 많은 3만 안팎이라고 생각됩니다."

"그래?"

머리를 끄덕인 칭기스칸은 말에 올라타더니 남쪽 방향으로 조금 달려갔다. 과연 뭉클거리는 모래 먼지가 거대한 해일처럼 밀려오고 있었다. 그리고 그

앞에서 펄럭이고 있는 것은 틀림 없는 옹칸의 커다란 깃발이었다.

"딱하신 아버지 칸, 자무카의 부추김을 받아 늙은 몸으로 말에 채찍질을 하면서 출전하셨단 말인가?"

자무카의 큰 깃발까지 확인한 칭기스칸은 이내 되돌아와 전군에 진군 명령을 내렸다.

"아니, 저건 테무진의 말총 영기!"

잠시 후 백마의 털을 길게 늘어뜨린 특징이 있는 칭기스칸의 말총 영기를 보게 된 셍굼은 소스라치게 놀라며 시력이 약해진 아버지 옹칸에게 알렸다.

옹칸은 말머리를 나란히 한 채 곁에서 전진하는 자무카를 돌아보며 중얼거리는 것처럼 말했다.

"결국 군사 자무카의 예측이 들어맞았군! 그런데 테무진의 부대에서 용감히 싸울 수 있는 자들은 누구인가?"

"테무진의 중군과 선봉대를 제외하면 우측에 있는 오이라트 씨족과 몬프트 씨족의 용사들이 가장 용감하게 싸울 겁니다. 일단 싸움이 벌어지면 민첩하게 좌충우돌하며 싸우는데, 그러면서도 진의 형태가 흐트러지는 일이 없습니다."

깃발들을 식별한 자무카가 보오르추와 모칼리 등도 출전한 것을 확인하면서 말했다.

"우측의 어떤 부대가 그들인가?"

"검은 기와 털이 짧은 커다란 깃발을 치켜들고 있는 놈들이 그들입니다. 그들에 대해서는 각별하게 신경을 쓰셔야 합니다."

"당연히 그래야겠지. 그놈들과는 제일 먼저 하닥의 부대가 싸우게 하고 아칙 시룬이 지원하게 한다. 그 다음에는 동가이의 부대를 보내고 천 명의 친위대를 이끄는 코리 실레문이 뒤에서 돕도록 한다. 그리고 친위대는 우리 본대가 맡아서 지원한다."

"저는 테무진의 어느 부대와 싸워야 합니까?"

"오, 내 아들 자무카여, 그대는 테무진의 군세에 밝으니 전군을 지휘하도록 하라."

자무카는 전혀 예기치 못했던 지시에 놀라며 두 눈을 크게 떴다.

"무슨 말씀을 하시는 거지요? 전군을 지휘하는 건 옹칸만이 하실 수 있는 일이 아닙니까?"

드디어 싸움이 시작되려고 하는 판에 옹칸이 몸을 뒤로 빼자, 자무카는 갑자기 전의가 시드는 것을 느끼며 물었다.

"나는 너무 늙어서 말이야. 게다가 눈도 잘 보이지 않아서 제대로 지휘를 할 수가 없어. 그리고 셍굼도 믿음직스럽게 생각되지가 않는군. 이번 싸움은 그대에게 일임하고 싶다."

옹칸은 늙기는 했지만 머리는 둔해져 있지 않았다. 전면에 자무카를 내세워 자기의 가족을 보호할 생각을 하고 있었다.

자무카는 대답하고 싶은 생각까지 없어져 옹칸의 본대에서 자기의 추종자들이 있는 곳으로 말을 몰았다.

그것을 본 옹칸이

"자무카가 왜 저러는 거지?"

하고 묻자 곁에 있던 누군가가 적당히 둘러댔다..

"자기의 부대에 지시를 내리려는 것이겠지요."

자무카는 옹칸과 셍굼이 들을 수 없는 곳에서 부하들에게 말했다.

"옹칸이 난데없이 나에게 전군을 지휘하라고 말하는데, 모두들 알고 있는 것처럼 테무진과 나는 오랫동안 안다였었다. 따라서 이렇게 출전하기는 했지만 전군을 지휘하면서까지 안다와 싸울 수는 없다고 생각한다. 알고보니 셍굼 뿐만 아니라 옹칸도 자신있게 작전을 구사하지 못하는 겁 많은 사나이에 불과했다. 오늘까지 그런 사나이를 따랐던 것이 부끄럽게 생각된다."

"그래서 어떻게 하겠다는 거요? 우리는 이미 적과 대치하고 있단 말입니다."

알탄이 묻자, 자무카는 대답했다.

"여기서 지금 말할 수는 없지만 좋은 생각이 있다. 어쨌든 이번에는 테무진과 싸우지 않겠다."

'으음, 정말로 변덕이 심한 사나이로군!'

알탄은 떨떠름해 하는 얼굴이 되며 동생 예케와 아들 나린이 있는 쪽을 보았다. 예케는 마부 키실릭과 바다이가 모습을 감춘 것은 칭기스칸과의 싸움을 두려워하기 때문이라고 제멋대로 판단하며 나린과 잡담을 하고 있었다. 깃발들이 하늘을 가릴 것처럼 펄럭이는 가운데 양군의 대치 상태는 그대로 계속되고 있었다.

'병력만을 가지고 비교한다면 테무진 쪽이 패한다.'

양군의 병력을 비교하면서 마음속으로 중얼거리던 자무카는 문득 칭기스칸에게 옹칸의 작전 내용을 알려주어야겠다는 엉뚱한 생각을 했다.

'옹칸의 앞날은 짧고, 후계자인 셍굼은 일족을 통솔할 능력을 가지고 있지 못하다. 이 싸움에서 테무진이 이기게 해주면 언젠가 나에게 득이 될 것이다.'

자무카는 즉시 사자를 보냈다. 사자는 옹칸이나 셍굼에게 들키지 않도록 카라 칼지트 사막을 가로막고 있는 언덕의 뒤쪽으로 우회하여 말을 몰았다. 칭기스칸군의 맨 끝에 있었던 젤메에게 접근하여 용건을 말한 나이가 지긋한 사자는 칭기스칸을 만나자 이렇게 말했다.

"옹칸이 '테무진님의 부대에서 용감히 싸울 수 있는 자들은 누구인가?'라고 물었더니 자무카님이 '오이라트 씨족과 몬프트 씨족이 가장 용감하다'고 대답했습니다. 옹칸은 하다을 선봉장으로 하고 그들을 지원하는 부대로 도베겐의 대장 아칙 시룬을 붙였소. 또한 도베겐을 후원할 부대로는 천 명의 친위대를 이끄는 코리 실레문을 붙이기로 했소. 친위대를 후원할 부대는 중군인 옹칸의 대부대요. 그런데 옹칸이 갑자기 자무카님에게 전군을 지휘하라고 말했고, 자무카님은 그 말에 따르지 않았소. '테무진과 나는 오랫동안 안다였었다. 이렇게 출전하기는 했지만 전군을 지휘하면서까지 안다와 싸울 수는 없다고 생각한다. 알고보니 옹칸은 자신있게 작전을 구사하지 못하는 겁 많은 사나이에 불과했다'라고 우리들에게 말하면서…… 그리고 칭기스칸 당신에게 이런 말을 전하라고 하셨소. '옹칸은 이미 뇌가 썩어 망령이 든 노인에 불과하다. 조금도 두려워할 것 없다. 신중하게 대처하면서 싸우면 반드시 승리하게 될 것이다'라고……."

'자무카 이녀석, 이젠 옹칸을 배신하겠다는 것인가? 과연 대단한 녀석이로군!'

사자를 돌려보낸 칭기스칸은 그것이 자무카의 속임수가 아닐까 하고 잠시 생각하다가 오이라트 씨족의 주르체다이와 몬프트 씨족의 코일다르를 불렀다. 두 사람이 이끄는 부대들은 그즈음 전투력이 더욱 향상되어 어느 쪽에 선봉을 맡겨도 좋다는 자신감을 심어주고 있었다.

"주르체다이와 코일다르여, 적은 서전에서 그대들과의 전투를 원하고 있다. 우리 군의 선봉이 되어 싸움을 시작해 주겠나?"

주르체다이가 주먹으로 가슴을 치면서 대답했다.

"제가 선봉대를 이끌겠습니다."

그러자 그보다 나이가 위인 코일다르 세첸도 왕성한 전의를 보이면서 말했다.

"내가 테무진 안다의 앞에서 싸우겠다. 안다여, 내가 죽은 후 나의 자식들을 잘 보살펴주시오."

"그러지요."

기울어지기 시작한 석양의 햇살을 받으면서 주르체다이와 코일다르 두 사람은 각각 자기의 부대를 이끌고 출전했다.

　두 사람의 부대가 움직이는 것을 본 케레이트군은 요란하게 징을 쳐댔으며, 옹칸군도 하닥과 아칙 시룬의 부대를 선두로 하여 돌진해 왔다. 자무카는 그때 자기의 부하들을 이끌고 전선에서 이탈하고 있었다. 함께 있었던 사람을 배신하는 것은 그에게 있어서 새삼스러운 일이 아니었으며 그다지 힘든 일도 아니었다. 모래밭 위를 질주하던 양쪽의 부대는 드디어 맞부딪쳤으며 치열한 공방전이 시작되었다.

　주르체다이와 코일다르의 부대는 압도적인 전투력으로 하닥이 이끄는 부대를 밀어붙여 대부분의 기병들을 살상하고는 다시 두 패로 갈라지며 진형을 정비했다. 그러자 이번에는 대기하고 있던 아칙 시룬이 이끄는 도베겐 부대가 함성을 지르며 공격해 왔다.

　패한 하닥의 부대보다 훨씬 많은 병력으로 밀어닥친 도베겐 부대는 집중적으로 몬프트 부대를 포위하는 작전을 구사하며 화살을 쏘아댔다.

　몬프트 부대는 주르체다이 부대의 지원을 받으면서 화살 공격으로 맞서다가 서로간의 거리가 가까워지자 화살 대신 검과 창을 들고 싸웠다.

　여기저기서 일 대 일의 육탄전이 시작되었다. 모래 먼지 속에서 창과 검에 찔린 병사들이 비명을 질러대기 시작했고, 화살에 맞은 말들은 큰 소리로 울부짖으며 몸을 흔들어 등에 탄 병사들을 떨어뜨리고는 제멋대로 날뛰었다.

　"죽어랏!"

　"하앗!"

　도베겐의 대장 아칙 시룬은 검을 휘두르며 병사들을 닥치는 대로 베고 있는 코일다르를 향해 돌진했다. 그리고는 창으로 그의 가슴을 찔러 말에서 떨어뜨렸다.

"우욱!"

"대장님을 지켜라!"

몬프트 부대의 병사들 몇 명이 소리치면서 모래밭에 떨어진 코일다르를 에워쌌다.

오이라트 부대의 대장 주르체다이는 바람처럼 도베겐의 부대에 접근하여 창으로 적병들을 찔러댔다. 도베겐군은 순식간에 무너지기 시작했으며 아칙 시룬은 마침내 등을 보이며 도망치기에 이르렀다.

오이라트의 부대는 민첩한 움직임으로 전열을 정비하면서 새로운 적 동가이군과 맞붙었는데 상황이 달라졌다. 순식간에 고전을 면치 못하는 상태가 되어 적 이상으로 많은 사상자를 내게 되었다.

'선봉을 자청한 이상 어떻게 해서든지 동가이의 부대도 깨뜨려야 하는데……'

주르체다이는 죽을 힘을 다해서 싸워 열세에서 벗어나면서 서서히 동가이의 부대에 역습을 가했다.

그때 누군가가 소리쳤다.

"옹칸의 친위대가 몰려온다!"

"빌어먹을……."

오이라트의 부대는 다시 케레이트군의 코리 실레문이 이끄는 천 명의 친위대와 맞서게 되었으며, 또다시 곤경에 처하게 되었다. 천 명이나 되는 친위대가 쏘아대는 화살들은 주르체다이와 코일다르 부대원들의 머리 위로 소나기처럼 날아들었다. 두 부대의 병사들은 화살에 맞아 말에서 떨어지기 시작했다.

'예상했던 것 이상으로 고전하는군. 저대로 놔두면 전멸할 위험까지 있다.'

약간 높은 언덕 위로 올라가 전황을 지켜보던 칭기스칸은 드디어 전군에게 공격 명령을 내리기로 했다. 대치한 시점에서 5천 기 정도 많았던 케레이트군은

몽골군의 갑옷과 병장기들.

숫자적인 위력으로 확실히 칭기스칸의 병력을 줄여놓고 있었다.

"총공격!"

칭기스칸이 호령하자, 친위대의 병사가 큰 기를 한층 더 높이 치켜들면서 큰 소리로 외쳤다.

"총공격 개시!"

"와!"

"와아!"

공격 명령을 기다리고 있던 병사들은 일제히 함성을 질러대며 케레이트군을 향해 돌격하기 시작했다. 돌격하는 병사들의 선두에는 모칼리와 보오르추, 보로콜, 칠라운의 부대와 칭기스칸의 아들 어거데이가 지휘하는 부대가 나란히 섰다.

칭기스칸은 10여 명의 친위대원들과 함께 언덕 위에서 전황을 지켜보면서 그때까지 부대의 후방에 머물러 있는 옹칸과의 최후의 대결에 대비했다. 칭기스칸과 케레이트의 본대는 언덕의 기슭 부근에서 격돌했다. 양쪽에서 석양빛이 흐려 보일 정도로 많은 화살들이 발사되었다. 일단 화살 공격을 퍼부은 칭기스칸군의 병사들이 먼저 방패로 화살을 막으면서 진형이 무너진 케레이트군 속으로 뛰어들었다.

사막의 모래밭은 순식간에 아비규환의 지옥으로 바뀌었다.

상당수의 군마들이 화살에 맞아 고슴도치 같은 형상이 되면서 모래밭에 쓰러지고 양쪽의 병사들도 역시 화살이나 창칼에 맞아서 낙마하며 모래밭에 처박혔다.

셍굼은 자무카가 없어진 바람에 본대를 지휘하며 싸우고 있었는데 감당하기 힘든 공포감으로 인해 정상적인 사고의 능력을 상실하고 있었다.

"닥치는 대로 죽여라. 해가 지기 전에 끝을 내란 말이다."

주르체다이의 부대 쪽으로 돌진하던 셍굼은 미친 듯이 검을 휘둘러대며 소리쳤다. 그런데 그의 말이 앞발을 번쩍 드는 순간 바람을 가르며 날아온 화살 하나가 그의 왼쪽 볼로 날아들었다.

"우욱!"

화살은 셍굼의 볼을 꿰뚫었으며 그는 말에서 굴러 떨어졌다. 그것을 본 케레이트의 병사들이 급히 그의 주위로 모이며 그를 보호하는 자세를 취했다. 동시에 칭기스칸의 병사들이 그들에게 달려들었다.

"어, 어서 아버지께 알려라."

자기를 둘러싼 병사들이 적병들의 칼에 맞아 나자빠지는 것을 보면서 셍굼은 비통한 목소리로 외쳤다.

병사 하나가 즉시 후방에 있는 옹칸에게 상황을 알리기 위해 울림화살을 쏘았다.

"앗, 저건 후퇴 명령을 원하는 울림화살!"

옹칸 옆에 있다가 그것을 본 친위대의 병사 하나가 놀란 얼굴이 되면서 말을 이었다.

"아무래도 셍굼님이 부상을 당하신 것 같습니다."

"내 아들이……?"

모래 먼지가 자욱한 싸움터를 바라보고 있었지만 옹칸은 눈이 흐려져 울림화살을 보지 못하고 있었다. 울림화살이 날아가는 소리 역시 격전지의 함성 때문에 듣지 못했다.

"옹칸, 빨리 명령을 내리지 않으면 부상당한 셍굼이 적에게 사로잡힙니 다."

그곳으로 도망쳐 와 있던 도베겐 부대의 대장 아칙 시룬이 보다 못해 소리를 지르자, 옹칸은 그제야 당황하며 명령을 내렸다.

"후퇴하라!"

"꽹꽹! 꽤앵!"

한시라도 빨리 후퇴하여 옹칸 앞으로 집합하라는 신호인 징소리가 요란하게 울려 퍼졌다.

살아남은 케레이트군의 병사들은 기다렸다는 듯이 앞을 다투며 도망치기 시작했다. 그들 중에는 셍굼을 호위하면서 필사적으로 빠져나가는 병사들의 모습도 있었다.

"자무카, 네놈이 배신하지 않았다면 내가 이런 지경까지는 되지 않았을 것이다. 지옥으로 떨어져야 마땅한 놈 같으니……."

얼굴과 몸이 온통 피범벅이 된 셍굼은 저주의 말을 내뱉고는 병사들의 방패에 몸을 숨기며 발걸음을 재촉했다.

전황을 살피고 있던 칭기스칸은 이윽고 친위대의 병사 쪽으로 얼굴을 돌리면서 말했다.

"옹칸군이 후퇴하기 시작했다. 곧 밤이 될 테니 깊이 추격하지 않도록 하라."

"위이잉!"

후퇴 명령을 알리는 울림화살이 쏘아지자, 칭기스칸군은 갑자기 바닷물이 빠져나가는 것처럼 뒤로 물러서기 시작했다. 부상당한 아들과 합류한 옹칸은 어깨를 축 늘어뜨리며 말했다.

"상처는 대단치 않다. 목숨이 끊어지지 않았으니 다시 싸우러 나갈 수 있다. 하지만 이렇게 많은 희생자들이 나오다니……."

옹칸은 잠시 후 아칙 시룬에게 셍굼의 간호와 호위를 명하고는 살아남은 부하들과 함께 안전지대를 향해 이동했다.

마침내 사막에 정적이 밀려왔다. 당장이라도 지평선 너머로 떨어질 것 같은 이글거리는 태양이 언덕의 여기저기에 널부러져 있는 커다란 깃발들과 죽은 말과 전사자들의 모습을 더 한층 처참해 보이도록 비추고 있었다. 젤메를 위시한 의무병들은 부상병들 사이를 바쁘게 오가며 그들을 치료하느라고 눈코 뜰 새가 없었다.

"선봉대가 되어 함께 싸운 코일 다르를 죽게 만들어서는 안 된다."

주르체다이는 아직 시룬의 창에 찔려 쓰러져 있던 코일다르를 두 손으로 안아 의무병들이 있는 곳으로 옮겼다.

옹칸이 택한 야영지는 격전지에서 15킬로미터쯤 떨어진 곳에 자리잡고 있었다. 칭기스칸군은 반대쪽으로 10킬로미터 정도 이동하여 진을 치고 야영했다. 칭기스칸은,

"많은 병사들을 잃은 케레이트가 한밤중에 야습해올지도 모른다. 말에 안장을 얹은 채 쉬게 하고 모닥불을 절대로 꺼지게 하지 말라."

라고 명령했으며, 점호는 다음 날 아침에 치르기로 했다. 밤이 너무나 깊었기 때문이었다.

다음 날 아침, 칭기스칸은 각 부대의 대장들에게 싸울 수 있는 병사들을 모두 정렬시켜 점호를 취하게 했다. 사상자의 수를 파악하기에 앞서서 케레이트와의 새로운 싸움에 대비해야 했던 것이다.

그런데 점호를 취한 결과 놀라운 사실이 드러났다. 아들인 어거데이와 보로콜의 모습이 보이지 않았던 것이다. 부상병들 속에 끼어 있는 것이 아닐까 하여 서둘러 조사시켰지만 결과는 마찬가지였다.

칭기스칸의 머릿속은 단번에 혼란스러워졌다. 그의 3남인 어거데이는 나이가 어린데도 불구하고 매사에 정확한 판단을 내리는 영리하면서도 믿음직한 청년이었다. 무력에 있어서는 장남인 주치에게 떨어지지만 일단 부대를 맡기면 냉정한 판단력으로 통솔할 능력이 있다고 생각하여 데리고 왔던 것이다. 그 어거데이가 보이지 않는 것이다. 칭기스칸의 마음속에서는

반사적으로 메르키트의 습격을 받았을 때 동생 카치온을 죽게 만들었던 뉘우침이 되살아났다.

칭기스칸은 이윽고 비통해 하는 얼굴이 되어 부하들에게 말했다.

"용감한 보로콜도 돌아오지 않았으니 도대체 어떻게 된 일인가? 모두들 자기의 대장에 대해서 신경도 쓰지 않으면서 싸웠단 말인가?"

보로콜의 부대에 소속된 병사들은 아무런 대꾸도 하지 못하며 머리를 떨구었다. 치열한 육박전이 벌어졌을 때 그들은 케레이트군의 병사들을 한 사람이라도 더 죽이는 것에만 온 정신이 집중되어 몇 번인가 대장이 호령하는 소리를 듣기는 했지만, 대장의 움직임에까지 신경을 쓸 여유 같은 것은 없었다.

'두 사람이 부상을 당해 적에게 붙잡힌 것이 되어서는 안 되는데……'.

격전지였던 쪽으로 눈길을 보내고 있던 카사르가 중얼거리는 것처럼 말하자, 칭기스칸은 신경질적으로 그 같은 결과를 부정했다.

"그럴 리가 없다. 당장 나가서 두 사람을 찾아가지고 오라."

병사들을 내보낸 칭기스칸은 젤메와 함께 각 부대의 게르에 누워 있는 부상병들을 위로했다. 중상을 입은 병사들 뿐만 아니라, 약간의 타박상을 입은 병사들에게도 노고를 치하하는 말을 하며 부드럽게 말을 걸었다. 그러한 칭기스칸의 태도에 병사들은 한결같이 감격하며 말했다.

"하루라도 빨리 완쾌되어 복귀하고 싶습니다."

격전지였던 언덕의 기슭에서 8천여 명에 가까운 전사자들을 조사한 병사들이 돌아와 칭기스칸에게 보고했다. 그들의 대답은 모두 같았다.

"두 사람의 모습은 보이지 않았습니다."

"그래? 그렇다면 그들은 어디엔가 살아있는 것이다."

칭기스칸은 즉시 동생 벨구테이와 테무게로 하여금 부대를 이끌고 두 사람을 찾으러 다시 가도록 했다. 하지만 저녁 무렵이 되어 돌아온 벨구테이는 힘없는 목소리로 말했다.

"아침 안개처럼 사라졌는지 두 사람의 모습은 어디에서도 보이지 않았소."

늦은 밤이 되어서 돌아온 테무게의 보고도 마찬가지였다. 하지만 칭기스 칸은 그들이 반드시 살아서 돌아올 것이라는 희망을 버리지 않았다.

케레이트의 야습을 경계한 칭기스칸은 그날 밤에도 많은 보초들을 세우게 하고는 잠자리에 들었다. 하지만 두 사람의 안부가 걱정되어 잠을 이룰 수 없었다. 악몽에 시달리면서 헛소리를 하다가 몇 번이나 잠에서 깨어났다.

칭기스칸은 새벽이 채 되기도 전에 일어나 갑옷을 차려입고 야영지 순찰에 나섰다. 몸을 움직이는 것으로 초조감을 없애고 싶었던 것이다.

모닥불은 그때까지 타고 있었고 보초들은 굳어버린 것처럼 각 게르들 앞에 우뚝 서 있었다.

"수고들이 많다."

칭기스칸은 그들에게 말을 걸어주며 자기의 게르에서 가장 멀리 떨어진 남쪽에 세워져 있는 게르까지 천천히 걸어갔다. 그때 그는 소리없이 전방에 나타나고 있는 작은 점을 볼 수 있었다.

'적의 정찰병이나 사자……?'

칭기스칸이 눈을 크게 뜨면서 지켜보고 있는 동안 점은 빠르게 커졌으며 말발굽 소리도 작게 들려오기 시작했다. 어느 새 칭기스칸의 옆으로 다가선 보초들은 일제히 활을 겨누고 있었다.

'아니… 저건….'

칭기스칸이 뚫어지게 바라보니 말에 타고 있는 사람의 다리 말고 또 한 사람의 다리가 흔들리고 있는 것이 보였다.

"어거데이다! 그… 그리고…."

칭기스칸은 자기도 모르게 입을 열며 웅얼거렸다.

말에 타고 있는 사람은 그의 아들 어거데이였는데, 그 뒤에 보로콜이 함께 타고 있었다. 온몸을 피로 물들인 채……

어거데이는 어깨에 화살을 맞았던 것이다. 뒤에 탄 보로콜은 그를 보호하며 헤매다가 탈진한 채 되돌아오게 된 것이었다.

"어거데이, 보로콜……"

칭기스칸은 안도감과 기쁨이 뒤범벅이 되는 것을 느끼면서 그들을 맞았고 연락을 받은 젤메가 급히 달려왔다.

젤메는 어거데이에게 지혈용의 환약을 먹이고는 말했다.

"상처가 곪으면 안 됩니다. 곧 불을 피워 상처를 지져야 합니다."

그는 준비해 온 마른 약초에 불을 붙여 재로 만든 뒤 그것을 어거데이의 상처에 뿌렸다.

"혀를 깨물지 않도록 어금니를 꽉 물어주시오."

젤메는 이윽고 불에 달구어진 청동제의 작은 칼을 그의 어깨에 댔다. "지익!" 하면서 상처가 타는 소리와 함께 어거데이는 "우욱!" 하고 작은 신음소리를 냈다. 잠시 후 경직되었던 어거데이의 몸은 부드러워졌다. 말가죽 위에 눕혀진 어거데이의 몸은 네 명의 병사들에 의해 칭기스칸의 게르로 옮겨졌다.

한데, 젤메의 주장에 의하면 칭기스칸군의 전사자는 대략 8천 명, 부상자는 그 숫자를 훨씬 넘는 1만 2천 여 명, 그 중에서 치료를 하면 부대로 복귀할 수 있는 자는 약 천 3백여 명, 결국 당장이라도 케레이트군과 싸울 수 있는 병력은 하루 새에 불과 2천 6백여 명밖에 되지 않았다.

물론 옹칸군의 사상자들이 얼마나 되는 지는 정확히 파악하고 있지 못했지만, 그 같은 숫자는 칭기스칸군이 입은 엄청난 피해를 적나라하게 보여주고 있었다. 칭기스칸은 어쩔 수 없이 옹칸군과의 전투를 피하고 말들이 좋아하는 목초들이 많은 지대로 후퇴하기로 했다.

제23장

휴식기

후퇴를 계속하던 칭기스칸군은 울쿠이강과 실루지드강을 거슬러 올라가다가 다시 동남쪽으로 나아가 작은 호수가 있는 달란 네무르게스의 습지에 당도했다.

"잠시 휴식을 취한다!"

칭기스칸이 한 손을 들어 보이면서 말하자, 친위대의 병사 하나가 그 같은 명령 내용을 알리면서 돌아다녔다.

수초들이 떠있는 호수를 쓰다듬는 것처럼 시원한 바람이 불어오고 있었고, 병사들은 호수로 흘러드는 냇물에서 자기의 말을 씻어주기 시작했다.

참모들과 함께 느릅나무 그늘에 둘러앉은 칭기스칸은 즉시 어떻게 해야 적은 병력으로 케레이트에 대한 반격을 효과적으로 감행할 수 있을 것인가에 대한 회의를 시작했다.

"북쪽의 나이만과 언젠가 싸우기 위해서는 무슨 일이 있어도 그들의 남쪽에 이웃한 케레이트를 섬멸해야 합니다. 그러기 위해서는 먼저 병력을 증강시켜야 합니다."

옹칸과 자무카에게 심한 적개심을 품고 있는 카사르가 먼저 의욕적으로 발언하자, 최근에 놀라운 전투력을 보여주고 있는 쿠빌라이가 말을 받았다.

"하지만 주변의 목동들을 끌어들여 훈련을 시키려면 너무나 많은 시간이 소요되오. 약해진 타타르나 메르키트와 다시 한 번 싸워서 붙잡은 병사들을 단련시키는 것이 효과적일 거요."

"병력이 증강되면 나이만을 먼저 공략한 뒤에 케레이트를 치는 것이 어떻습니까? 나이만은 확실히 강하지만 강한 쪽을 먼저 섬멸시키면 뒤의 일이 편해지지 않겠습니까?"

그렇게 말한 것은 제베였는데, 모칼리가 금방 반대하는 의견을 제시했다.

"그건 위험한 생각이요. 강한 나이만과 싸울 때 케레이트가 뒤에서 공격해 올 가능성이 있소. 동시에 두 군데의 조직과 싸우다가 협공을 당하게 되면 약아빠진 자무카가 어느 쪽엔가 붙어 큰 힘으로 작용할 수 있소."

이어서 그는 보오르추 쪽으로 시선을 던지면서 물었다.

"그나저나 그 철새는 어디로 날아가 버린 걸까요?"

"글쎄, 이건 육감에 불과하지만, 말재주가 좋은 작자이니 나이만의 족장 타양칸에게 가서 그를 홀리고 있는 것 같군."

"맞아, 나도 그럴 것 같다는 생각이 든다."

카사르는 칭기스칸을 힐끔 쳐다보면서 동감의 뜻을 표하고는 말을 이었다.

"그놈이 지금 몸을 의지할 수 있는 곳은 타양칸의 본거지밖에 없을 거다. 타양칸이라면 케레이트뿐만 아니라, 우리 군의 사정도 잘 알고 있는 자무카를 기꺼이 받아들일 테니까."

그때 쿠빌라이가 다시 나이만과 영토가 접해 있는 케레이트의 백성들에게서 알아낸 정보라면서 말했다.

"타양칸은 분명히 나이만의 족장이지만 실권을 쥐고 있는 사람은 어머니인 구루베스비인 것 같소이다. 타양칸이 뭔가 결정할 때는 반드시 그 여자가 참견을 한다더군요."

그러자 커크세유 사브라크의 부대와 싸웠던 보로콜이 신중론을 폈다.

"어쨌든 우리는 이미 나이만의 커크세유 사바라크와 싸워 승리한 바 있으며, 나이만은 우리에게 복수하기 위해 군비 증강에 여념이 없을 것이 분명하오. 그러니 병력이 증강된다고 해도 케레이트에 앞서 나이만과 싸우는 것은 피해야 된다고 생각하오."

논의는 계속되었지만 쉽사리 결론이 나지 않았다. 칭기스칸은 그들의 이야기에 귀를 기울이면서도 자기의 의견은 말하지 않고 있었다. 그는 잠시 동안의 휴식을 끝내고는 홀룬부르호로 흘러들어가는 할라하강의 줄기를 따라서 이동하기로 했다.

이동의 목적은 끌고 온 양들의 수가 줄어 양고기를 먹을 수 없게 되었으며, 식량도 바닥이 나고 있었기 때문이었다. 식량을 구하기 위한 몰이사냥을 하지 않으면 안 되었다. 그 부근은 갖가지 짐승과 들새들이 서식하고 있는 식량의 보고였다.

2천 명 이상이나 되는 병사들의 양식을 마련하기 위한 몰이사냥인 만큼 한 번 눈에 띤 짐승은 반드시 잡아야 했으며 당연히 격렬한 행동이 요구되었다. 때문에 예기치 못했던 사건이 생기게 되었다.

도베겐 부대의 대장 아칙 시룬의 창에 가슴을 찔린 코일다르는 젤메의 치료를 받았지만 상처가 아물지 않았기 때문에 칭기스칸으로부터 사냥에 참가하는 것을 금지당하고 있었다. 하지만 우두머리로서 자존심이 강했던 코일다르는 '몬프트 부대의 대장으로서 나를 보호해준 부하들만 일하게 만들

수는 없다'라면서 칭기스칸이 몰이사냥에 나간 틈을 이용하여 혼자서 말을 타고 사냥을 하러 나갔다.

그리하여 삼림지대로 들어가 몇 마리의 짐승을 잡았는데, 그로 인해 상처가 찢어져 다시 출혈하게 되었으며 말 위에서 정신이 흐려졌다. 때문에 '공연히 고집을 부린 것 같다.'라고 생각하며 후회했지만 때는 이미 늦어져 있었다. 말 등에 몸을 맡기고 돌아오던 그는 결국 말에서 떨어졌으며 돌봐주는 사람이 하나도 없는 상태에서 숨이 끊어지고 말았다.

"아, 나의 안다! 코일다르 세첸!"

칭기스칸은 눈물을 흘렸다. 〈몽골비사〉는 당시에 죽어간 수많은 영웅들을 코일다르 세첸의 장례라는 형식을 통해 이렇게 추모하고 있다.

코일다르 세첸은 상처가 도져 세상을 떠났다. 칭기스칸의 군대는 일시 멈춘 뒤 칼카 강변의 어르노오 산봉우리에 그의 뼈를 묻었다.

칭기스칸의 군대는 적의 추격권에서 벗어날 때까지 밤낮없이 보이르 호수 쪽으로 이동했다. 그리고 쏟아지는 빗물에 흙탕으로 변한 자그마한 호수인 발조나에 도착했다.

테무진 곁에 남은 몽골 병사들에게 닥친 시련은 이제 한 사람 앞에 말이 한 필밖에 없다는 것과(대개는 세 필) 행렬을 선도할 말이나 짐을 나를 동물도 없다는 것(화물차를 빼앗겨서), 그리고 은신할 곳이라고는 천막 대신 숲속의 나무들밖에 없다는 것이었다.

테무진은 고난을 함께 한 충성스런 부하들을 결코 잊지 않았다. 발주나에 함께 있었던 부하들은 이후 죽을 때까지 대칸을 가장 가까이에서 보좌했다. 테무진은 이들에게 테르칸이라는 특별 군사제도를 만들어 부와 명예를 주었다.

중범죄를 지었다고 하더라도 아홉 번의 사면권이 각각 주어졌고, 칭기스칸의 거처를 언제든지 자유롭게 드나들 수 있었다.

테무진은 두 손을 모아 하늘을 올려다보며 부르짖었다.

"나는 앞으로 모든 기쁨과 슬픔을 이들과 함께 하겠소. 만약 약속을 저버린다면 발주나의 흙탕물이 되겠소."

그리고 테무진이 바로 그 흙탕물을 마시자, 젤메를 비롯한 장수들이 연이어 한 명씩 그 물을 마시면서 결코 그의 곁을 떠나지 않겠다고 맹세했다. 테무진의 주위에 있던 용사들은 모두 울었다. 흩어졌던 나머지 병사들도 속속 집결했다.

발조나호의 면적은 상당히 넓었지만 전체적으로 물이 고여 있지는 않았다. 반점과 같은 모양의 마른 진흙 늪과 소금물이 솟는 연못이 여기저기에 산재해 있으면서 냇물이 흐르는 데가 있었지만 물고기들은 거의 살고 있지 않았다.

칭기스칸이 그곳으로 둔영지를 옮긴 이유는 그 주변이 말이나 가축을 방목할 곳으로는 적합하지 않았지만 유목민들에게 있어서 귀중한 물건인 목재가 풍부했기 때문이었다. 그들은 잡목림의 나무를 이용하여 전쟁에 필요한 방패나 수레를 만들 수 있었다.

어느 날 칭기스칸이 나무를 베는 병사들을 바라보고 있는데 호위병 하나가 갑자기 혼잣말처럼 중얼거렸다.

"어디선가 양들의 울음소리가 들려오고 있습니다. 양들이 상당히 많은 것 같네요."

"그렇군."

칭기스칸은 대꾸하면서 양의 울음소리가 나는 쪽으로 눈을 돌렸다. 그랬더니 물이 마른 늪지의 저쪽에서 낯선 옷을 입은 사나이가 낙타를 타고 오는 모습이 보였다. 호위병들의 안내를 받으며 칭기스칸 앞으로 온 터번을 두른 그 사나이는 유창한 몽골어로 말했다.

"저는 수상한 사람이 아닙니다. 저는 콰레즘의 상인이며 이름은 아산이라고 합니다."

천산산맥과 파미르 고원의 서쪽 멀리에 있는 콰레즘은 중앙아시아의 아무다리야강 하류 유역에 있는 왕국으로서 중앙아시아의 북서부 지역 모두를 지배하고 있었다.

입수염을 기른 갈색 피부의 그 사나이는 긴 칼과 휘어진 단검을 허리에 차고 있었지만 무인의 얼굴이 아니었으며, 적의도 없는 것 같았다.

"무슨 일로 이곳까지 왔는가?"

보로콜이 큰 소리로 묻자, 그 사나이는 낙타에서 내리면서 대답했다.

"엉구트 씨족의 족장인 알라코시 디기트코리님의 백성들에게서 담비와 파란 다람쥐가죽을 대량으로 사 가지고 돌아가는 길입니다. 그런데 당신은 혹시 칭기스칸님이 아니십니까?"

"콰레즘 사람이 어떻게 내 이름을 알고 있지?"

칭기스칸이 의아해 하며 물었다. 콰레즘은 그곳에서 4천 킬로미터 이상 떨어진 곳에 있는 나라였다. 자기의 이름이 그렇게 멀리까지 알려져 있으리라고 는 생각조차 하지 못하고 있었던 것이다.

"역시 칭기스칸님이셨군요?"

아산은 친근감이 가는 미소를 지어 보이면서 말을 이었다.

"칭기스칸님의 이름은 지금 파미르 고원의 서쪽까지 울려 퍼지고 있습니다. 물론 제가 거래하고 있는 엉구트에서도 모르는 사람이 없을 정도로… 알라코시 디기트코리님께서도 한 번 만나뵙고 대화를 나눌 시간을 갖고 싶다고 말씀하셨다고 합니다."

"엉구트의 알라코시 디기트코리가……?"

엉구트 부족은 고비사막의 남쪽인 오르도스 사막에서 음산산맥에 이 르는 몽골의 초원에서 사는 투르크(터키)계 유목민으로서, 그즈음에는 금나라에 귀속되어 있었으며, 일족을 통솔하는 알라코시 디기트코리의 부대는 만리 장성을 수비하는 임무를 맡고 있었다.

"그렇습니다. 그분이 칭기스칸님을 만나고 싶어한다는 말은 사실입니다."

칭기스칸은 언젠가부터 화살이나 창을 들고 싸우지 않고 수집한 정보를 무기 삼아서 무기를 매매하며 부를 축적하는 사막의 상인들에게 흥미를 느끼고 있었다. 그는 자기의 이름도 상인들의 입을 통해 서쪽의 나라까지 전해졌을 거라고 생각하면서 아산에게 말했다.

"자세한 이야기를 듣고 싶으니 따라오너라."

"감사합니다. 아참, 잠깐…."

"왜 그러나?"

"초대에 응하기 전에 드리고 싶은 것이 있습니다. 저는 지금 거세한 양 천 마리를 이끌고 있습니다. 그것들을 모두 위대한 칭기스칸님께 바치고자 합니다."

"기꺼이 받겠소."

칭기스칸이 대답하자 아산은 뒤로 돌아서더니 콰레즘 말로 크게 소리쳤다. 그러자 조용해졌던 양들의 울음소리가 다시 시끄러워지면서 짐을 가득 실은 낙타들을 수십 마리나 거느린 20명 정도의 젊은이와 양치기 소년들 4,5명이 양 떼를 몰면서 모습을 나타냈다.

유목민들에게 있어서 천 마리의 양은 대단한 것이 아니었지만, 칭기스칸은 아산의 제의로 인해 오랜만에 기분이 좋아졌다.

양은 고기와 내장을 먹고 젖으로는 치즈 등의 유제품을 만들 수 있으며 털은 펠트, 모피는 겨울옷이나 깔개, 똥은 연료, 뼈는 화살촉이 되기 때문에 무엇 하나 버릴 부분이 없었다.

아산은 두 자루의 칼을 호위병에게 맡겨 놓은 뒤 커다란 이동식 게르 안으로 들어섰다. 칭기스칸 옆에는 타타르와의 싸움이 끝난 뒤부터 함께 생활해 온 제2부인 예수겐과 제3부인 예수이가 정장을 하고 앉아 있었다.

"먼저 엉구트부의 최근의 내부 사정에 대해 이야기해 주었으면 하오."

칭기스칸이 예수겐이 따라 주는 술을 입으로 가져가면서 말했다. 하지만 아산은 접대 담당자인 수이게트가 따라주는 술을 정중히 사양했다.

"모처럼 받는 대접입니다만, 저는 이슬람 교도여서 술을 마시지 않습니다."

"그런가, 매우 유감스럽군."

아산은 머쓱해 하며 웃는 얼굴이 되더니 이야기하기 시작했다.

"엉구트 씨족은 현재 금나라에 귀속되어 만리장성을 지키고 있습니다만 언제까지나 압박을 받으며 지낼 생각을 가지고 있지는 않습니다. 때문에 칭기 즈칸께서 몽골의 대부분을 지배하시는 것을 알게 되자, 하루라도 빨리 동맹을 맺기를 원하고 계십니다. 그것은 동쪽과 서쪽 사이의 무역업에 종사하고 있는 우리 콰레즘의 상인들도 크게 원하는 바입니다. 아니, 관대하신 칭기스칸님의 허가를 받아 북부 몽골에서도 장사할 수 있기를 바라는 것은 서쪽이나 남쪽의 고장을 거점으로 삼고 있는 상인들도 마찬가지입니다."

"엉구트 씨족은 우리들의 적인 나이만과 인척 관계가 되는 데도 동맹을 맺고 싶다는 건가?"

머지않아 싸우게 될 나이만의 이야기를 꺼내면서 칭기스칸은 커다란 흥미를 느꼈다.

엉구트의 수도는 '정주'였는데, 일찍부터 길이 사통팔달로 발전한 덕분에 이슬람 상인들이 드나들면서 활발한 동서 무역이 이루어지고 있었다.

"엉구트부와 나이만은 인척이어서 정치적인 면에서 협력하는 관계에 있는 것은 사실입니다. 하지만 알라쿠시 디기트코리님은 칭기스칸께서 원하기만 하신다면 나이만의 타양칸과 결별하게 되더라도 동맹을 맺으려는 것

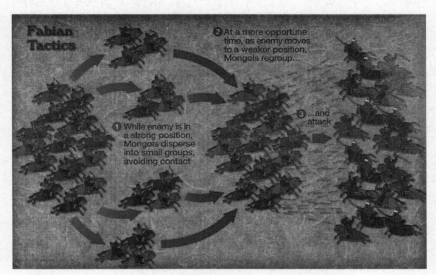

몽골군 전술도

같습니다."

"어째서 그렇게 생각하는 거지?"

"결례가 되는 것을 알면서도 말씀드리자면 칭기스칸님께서 타타르를 토벌한 공으로 금나라의 황제로부터 '장관 초토사'라는 칭호를 받았다고 들었습니다만, 형식적인 칭호뿐으로 만족하고 계시지는 않을 것입니다. 얼마 전에 저는 엉구트의 한 백성에게서 칭기스칸님이 지난날 타타르에게 생포되어 금나라에서 처형된 암바카이칸의 원수를 갚기 위해 언젠가 금나라에 도전할 것이라는 이야기를 들었습니다. 칭기스칸님께서 금나라를 정복하게 된다면 알라코시 디기트코리님은 만리장성을 지키기 위해 병력을 내놓을 필요가 없어지며, 지금까지와 같은 속박을 받지 않으며 안심하고 나라를 다스릴 수 있게 됩니다. 그리고 우리들 역시 단번에 판로가 넓어지니 대단히 좋은 일입니다."

'으음, 자기의 생각을 서슴지 않고 털어놓는 친구로군.'

칭기스칸은 머리를 끄덕이면서 아산이 말하는 내용에 더욱 흥미를 느꼈다.

"그래서 알라코시 디기트코리는 나이만과의 동맹을 포기하면서까지 우리와 손을 잡을 것이란 말인가?"

칭기스칸이 술맛을 음미하면서 묻자, 아산은 초대받은 자의 예의로 양고기에 손을 뻗으면서 말했다.

"물론 엉구트가 나이만과의 동맹을 파기하는 경우 문제가 발생할 가능성이 없는 것은 아닙니다. 엉구트의 우두머리들 중에는 나이만 씨족과 결혼한 자들이 많이 있습니다. 따라서 아무리 그때그때의 상황에 따라 일을 처리하는 능력이 뛰어난 알라코시 디기트코리님의 제안이라고 할지라도 반대하는 자들이 틀림없이 나오겠지요."

"옳은 말이다. 당신은 매우 슬기로운 사람이로군!"

칭기스칸은 솔직한 반응을 보였고, 아산은 좀 더 말했다.

"하지만 내부의 분쟁이 발생하기 전에 반대하는 자들을 누를 수 있는 방법은 있다고 생각합니다."

"듣고 싶군."

칭기스칸이 민감하게 반응을 보이자, 아산은 다부지게 생긴 턱을 들면서 말했다.

"칭기스칸님에게 엉구트와 동맹을 맺을 생각이 있으시다면 제가 사절의 자격으로 알라코시 디기트코리님을 직접 만나 그 같은 의향을 전해드리고 싶습니다. 그렇게 하면 그분은 칭기스칸님의 위력을 방패삼아 반대하는 자들의 움직임을 봉쇄할 수 있을 것이라고 생각합니다."

칭기스칸은 다시 감탄했다.

'이 친구는 정말로 머리가 잘 돌아가며 지혜도 많은 사람이다. 상인으로서도 일류일 것이다.'

칭기스칸은 당장이라도 그를 참모로 발탁하고 싶어지는 기분을 느꼈다. 하지만 그런 기분을 억제하며 화제를 다른 데로 돌렸다.

"자네는 지금 고향으로 돌아가는 길인가?"

엉구트와 동맹을 맺겠다고 결단을 내리는 것은 곧 나이만과의 전투가 시작되는 것을 의미하기 때문이었다. 그는 부하 장수들과 진지하게 의논을 하여 결론을 내리고 싶었다.

"사들인 모피를 팔기 위해 일단 귀국합니다만, 칭기스칸님께서 원하신다면 가능한 한 빨리 돌아오겠습니다."

"그렇게 해 주었으면 고맙겠다."

칭기스칸은 미소를 지으면서 대답했다.

고비사막과 타클라마칸사막을 넘어 파미르 고원 서쪽에 있는 콰레즘까지 갔다가 오려면 아무리 서두른다고 해도 반년은 걸릴 것이었다. 칭기스칸은 그 사이에 첩자를 보내 엉구트와 나이만에 대한 정보를 수집하여 어떤 쪽으로든 결론을 내릴 생각을 하고 있었다.

늘어앉아 있는 장수들은 흥미있어 하는 태도로 두 사람의 이야기를 들으며 술을 마시고 있었다.

"당신의 나라에 대해서 이야기해 주겠나?"

"잘 물어주셨습니다."

술을 마시지 않고 안주에도 별로 손을 대지 않고 있는 아산의 커다란 두 눈이 반짝이면서 빛을 발했다.

"우리 콰레즘 왕국은 예부터 유목민들과 오아시스 주민들과의 교역의 땅으로 번창하게 되었으며 관개 농업도 발달해 있습니다. 주민들 대부분은 이슬람교를 믿고 있는데, 저는 마호메트가 탄생한 성지인 '메카' 순례를 마쳤기 때문에 '힛지'라고도 불리어지고 있습니다."

"종교 이야기는 그쯤에서 끝내고 다른 이야기를 해 주었으면 좋겠다."

칭기스칸의 장수들 중에는 케레이트에 귀순했을 때 경교를 믿게 된 자들이 있었다. 따라서 그들과 아산과의 종교적인 논쟁이 시작되어 감정이라도 상하게 되면 귀중한 정보를 얻을 수 있는 길이 끊어지게 될지도 모른다고 칭기스칸은 순간적으로 생각했다.

"칭기스칸님은 관대한 분이어서 종교 이야기에도 귀를 기울여 주실 것이라고 생각했습니다만……."

아산이 하고 싶은 대로 말하자, 칭기스칸은 그를 다독거리듯이 대답했다.

"나는 이 세상에 여러 가지 종교가 있어도 상관없다고 생각하는 사람이다. 인간은 무엇인가에 의지하지 않고는 살아가지 못한다는 것도 나름대로 이해하고 있다. 물론 엉구트의 백성들 중에 경교를 믿는 자들이 많다는 것도 알고 있지만 동맹을 맺을 때 장애가 되지 않으면 좋겠다고 생각할 정도이다.

어쨌든 지금은 어떤 종교에 대한 이야기도 듣고 싶지 않다."

"알겠습니다."

아산은 순순히 머리를 끄덕이고는 화제를 바꾸었다.

"오래 전부터 문화가 발달한 콰레즘은 수많은 학자들을 배출했습니다. 예를 들자면, 지금부터 4백 년 전쯤에 활약했던 학자로 알 후와리즈미라는 인물이 있는데 수학자이며 천문학자이기도 했었던 그가 고안해 낸 계산법은 우리들 콰레즘의 상인들뿐만 아니라 서방의 학자나 상인들에게도 지금까지 큰 도움이 되고 있습니다. 그리고 약 2백 년 전에 활약한 알 비루니(973~1048)도 우리들이 자랑으로 여기는 인물입니다. 그는 철학과 물리, 역사, 수학, 천문학, 의학에 통달했는데 무엇보다도 당시의 사람들을 놀라게 만든 것은 우리들이 살고 있는 지구가 자전하고 있다는 사실이었습니다."

"지구가 자전?"

호기심이 왕성한 칭기스칸은 자기도 모르게 물으면서 몸을 앞으로 내밀었다. 처음으로 듣는 그 말의 의미를 알 수 없었기 때문이었다.

하지만 한 가지 사살만은 분명했다. 칭기스칸은

'지금까지는 무조건 적대 관계인 상대와 싸우는 일만을 생각해왔는데, 역시 동서고금의 역사와 문화에 정통한 자가 곁에 있어야 할 때가 온 것 같다.'

라는 느낌이 들게 되었으며, 아산을 참모로 삼고 싶다는 생각이 더욱 강해졌다.

"한 가지 물어봐도 되겠소?"

그 자리의 어색한 분위기를 깨려는 것처럼 카사르가 입을 열었다. 칭기스칸은 말없이 고개를 끄덕였다.

"콰레즘의 왕은 누구요?"

카사르가 아산에게 물었다.

"술탄 모하메드님입니다."

"술탄?"

그것은 카사르가 들어본 적이 없는 단어였다.

"술탄은 이슬람의 교황이신 칼리프의 승인을 받고 각 영지를 다스리는 왕으로, 이곳에 비유해서 말하자면 대칸에 종속된 족장이라고 할까요."

"술탄의 병력은 어느 정도나 되지요?"

이번에는 보오르추가 물었다.

"그건 대답하기 곤란합니다. 저는 한낱 상인에 불과하여 군사적인 상황은 잘 알지 못합니다."

아산은 입수염을 쓰다듬으며 대답했는데 시원시원하게 대답하던 그의 말투는 갑자기 힘이 빠지고 있었다. 그러자 쿠빌라이가 질문을 던졌다.

"당신들의 생활에 대해서 설명해 주게. 우리들처럼 게르에서 생활하면서 가축을 기르나?"

"아닙니다. 우리는 한 곳에서 계속 거주하는데 햇빛에 말린 벽돌로 지은 집에 살고 있습니다. 저는 부하라라는 도시의 주민인데 도시 주위에는 성벽이 이중으로 둘러어져 있습니다. 주민들은 농업이나 목축, 상업, 수공업 등의 일에 종사하면서 생계를 이어가고 있습니다."

'으음, 계절에 따라 이동하는 우리들은 적의 침입에 대비하거나 겨울에 말이 도망가지 못하게 하려고 허술한 나무 울타리를 두르는 것이 고작인데, 술탄은 이중의 성벽을 만들어 주민을 보호한단 말인가?'

칭기스칸은 다시 한 번 놀라며 머리를 끄덕이다가 불쑥 말했다.

"언젠가 당신의 나라를 방문하고 싶다."

"언제라도 기꺼이 안내하겠습니다."

아산은 다시 시원해진 목소리로 말하더니 슬그머니 상인으로서의 의욕을 보여주었다.

"저는 콰레즘의 상인, 필요한 물건이 있으면 얼마든지 말씀해 주십시오. 입수할 수 없는 물건은 없습니다. 우선 칭기스칸님의 아름다운 부인들의 몸을 장식할 물건들을 주문하시는 것이 어떻겠습니까?"

그 말을 들은 예수겐과 예수이가 서로 얼굴을 마주보자, 칭기스칸이 시선을 옮기며 말했다.

"저렇게 말하고 있으니 필요한 것이 무엇인지 말하시오."

"네. 하지만 잠시 생각하도록 해 주세요. 동생과 의논해 보겠어요."

조심성이 많은 예수겐이 빨간 보석과 파란 보석들을 이어서 만든 목걸이를 만지작거리면서 대답하자, 칭기스칸은 아산 쪽으로 얼굴을 돌리면서 물었다.

"무기도 입수할 수 있나?"

그러자 아산은 그 질문을 기다리고 있기라도 했던 것처럼 금방 대답했다.

"다음에 뵙게 될 때 몇 가지 견본을 가지고 오겠습니다. 물건에 따라서 금나라의 것보다 뛰어난 것들도 있습니다."

아산이 보충 설명을 하고 있을 때 게르 밖에서 보초를 서고 있던 병사가 들어오더니 한쪽 무릎을 꿇으며 말했다.

"보오르추님께 급히 보고드릴 것이 있답니다."

"잠깐 실례하겠습니다."

보오르추는 칭기스칸에게 양해를 얻은 뒤 밖으로 나갔는데, 잠시 후에 다시 들어오더니 칭기스칸 앞으로 걸어가 작은 소리로 뭔가 속삭였다. 칭기스칸은 무표정한 얼굴로 듣고 있더니, 이윽고 아산에게 말했다.

"아직도 듣고 싶은 이야기들이 많지만 급한 일이 생겼다."

"저어, 오늘 밤은 여기서 신세를 지고 내일 아침에 출발하고 싶습니다 만……."

아산은 그 자리의 분위기를 알아차리며 물러갈 자세를 보였다. 아산은 칭기스칸에게 큰 절을 하고는 보로콜을 따라 게르 밖으로 나갔다.

그로부터 잠시 후 게르 안으로 들어온 것은 보오르추가 케레이트에 잠입시켰던 첩자였다.

"어서 보고드리도록 해라."

보오르추가 말하자 첩자는 칭기스칸 앞에 엎드려 절을 하고는 크지 않은 목소리로 빠르게 말했다.

"버드나무 숲에서 나온 셍굼이 '검은 숲'으로 가서 옹칸을 만나 그를 부추겼답니다. '테무진과는 이제 원수가 되고 말았습니다. 테무진은 전력이 보강되는 대로 우리들 부자를 죽이기 위해 쳐들어 올 것이 분명합니다. 더 이상 늦어지기 전에 그를 없애야 합니다. 지금이야말로 아버지의 병력을 모두 저의 부대에 편입시켜 테무진과 싸울 때입니다'라고 말했다는 군요. 그러자 불안해진 옹칸이 그의 의견을 받아들여 모든 부대를 내놓았으며, 셍굼은 전쟁 준비를 시작했습니다."

'아, 셍굼이 또 어리석은 짓을 하기 시작했단 말인가? 모처럼 평화를 유지하고 있는데, 어쨌든 그놈이 군대를 일으킨다면 싸우지 않을 수 없지 않은가.'

"그 작자가 언제 출전할 것 같은가?"

칭기스칸이 입술을 질근 깨물면서 묻자 첩자가 조심스럽게 대답했다.

"제가 염탐한 바에 의하면 연로한 옹칸 자신도 출전할 것인가 하는 문제로 의견들이 매우 분분한 것 같았습니다. 옹칸은 자기의 부대를 주기는 했지만 어리석은 아들 셍굼에게 지휘를 맡기는 것에 대해 불안해 하고 있는 것 같았습니다."

그때 카사르가 허리에 찬 검의 손잡이를 쥐면서 두 사람의 대화에 끼어들었다.

"케레이트와의 이런 관계를 언제까지나 지속시키는 것은 좋지 않습니다. 우리와 케레이트의 관계는 이미 어느 한쪽이 망하지 않으면 결말이 나지 않을 단계에까지 와 있으니까요."

"알고 있다."

칭기스칸은 한쪽 주먹으로 턱을 고이며 깊은 생각 속으로 빠져들었다.

"하지만 옹칸이 공격해 오기 전에 우리가 먼저 공격을 감행한다면 나의 이름이 우스워진다. 뭔가 좋은 방법이 없을까?".

"아직 병력의 증강도 여의치 않은 판국에 지금 즉시 출전한다는 것은 다시 생각해 봐야 될 일이 아닐까요? 셍굼은 우리의 병력이 자기들보다 적다는 것을 알았기에 다시 승부를 가릴 생각을 했을 겁니다."

듣고만 있던 보오르추가 두 눈을 반짝이며 신중하게 의견을 제시하자 칠라운도 한 마디 거들었다.

"역시 옹칸이 손수 출전하느냐 안 하느냐가 승패의 갈림길이 되겠군요. 그들이 우리보다 많은 명력을 이끌고 공격해 온다고 해도 셍굼이 지휘한다면 두려울 것이 없습니다. 그러나 늙었다고는 하지만 백전노장인 옹칸이 진두지휘를 한다면 앞일을 예측할 수 없습니다."

칭기스칸은 눈을 감은 채 한동안 심사숙고하는 모습을 보여주고 있었는데 이윽고 결단을 내렸는지 "마음에 내키지는 않지만 싸워야겠군!" 하고 말하며 두 눈을 크게 떴다.

"카사르!"

칭기스칸은 동생 쪽으로 눈을 돌리며 불쑥 물었다.

"너의 가족을 나에게 맡겨 줄 수 있겠느냐?"

"네? 무슨 말씀이시지요?"

갑작스러운 엉뚱한 제의에 카사르는 의아해 했다.

"장남인 예구와 차남인 예승게, 삼남인 토쿠, 그리고 너의 아내를 내게 맡겼다고 생각하고 옹칸에게 보냈으면 한다."

"그렇게 하는 이유가 뭐지요?"

카사르가 부리부리한 눈을 껌벅이면서 묻자, 칭기스칸은 목소리에 힘을 주며 이야기의 매듭을 지었다.

"이번에는 내가 함정을 만들어 그에게 보복해 주려는 것이다."

제24장

옹칸과 셍굼의 최후

다음 날 새벽.

의도적으로 수수하게 차려 입은 카사르의 아내와 세 아들은 카사르의 참모인 칼리우다르와 차울한을 거느리고 옹칸이 있는 곳으로 출발했다.

'과연 칭기스칸의 생각대로 잘 될까? 어쩌면 우리는 옹칸에게 잡혀 돌아오지 못하게 될지도 모른다.'

두 마리의 말이 끄는 포장마차에 탄 일행은 발조나 호수에서 멀어짐에 따라 서서히 긴장감에 휩싸이게 되었다. 누구의 생각이나 다 마찬가지였다. 그들은 모두 전방만 쳐다보면서 아무런 말도 하지 않았다.

장남인 예구는 키가 작으며 생김새도 별로였지만, 차남인 예숭게는 멋지게 수염을 기른 잘 생긴 청년으로서 카사르의 첩의 자식들까지 포함한 20명 이상이나 되는 형제들 중에서 가장 슬기로운 청년이었다.

그들을 태운 마차는 6일만에 제제르산의 기슭에 도착했다. 옹칸은 그때 칭기스칸과의 전투에서 승리하기를 기원하는 연회를 벌이고 있었다.

총지휘관 격인 셍굼은 그 자리에 없었다. 제제르산에서 약간 떨어진 초원에서 자카 감보와 함께 아버지로부터 물려받은 부대가 편입된 군단의 마무리 훈련에 몰두하고 있었다.

옹칸은 아무런 예고도 없이 카사르의 가족이 찾아오자 크게 놀라며 경계하는 마음을 드러냈다.

"즉시 나를 찾아온 이유를 말하라."

호화로운 게르 안에서 그들을 맞은 옹칸은 늙어서 보기 흉해진 몸을 보이지 않으려고 등을 곧바로 세운 자세로 의자에 앉은 채 억지로 위엄을 갖추려고 했다.

칼리우다르가 먼저 괴로움이 가득 찬 표정으로 옹칸에게 말했다.

"실은 우리 진영에서 큰일이 발생했습니다. 어느덧 20여 일 전의 이야기가 됩니다만, 칭기스칸께서 홀연히 모습을 감추셨습니다."

"그게 도대체 무슨 소린가? 테무진이 없어졌다니?"

예상치 못했던 말을 듣자, 옹칸의 신하들이 웅성거리기 시작했다.

"그런 엉터리 같은 이야기가 어디 있나?"

"만일 그 말이 사실이라면 산속에 틀어박혀 작전이라도 짜고 있는 것이 아닐까? 우리를 공격하려고……."

"모두들 조용히 하라."

옹칸은 뼈만 남은 앙상한 손을 들어 신하들이 멋대로 떠드는 것을 제제하고는 다시 물었다.

"지금 말한 것이 사실인가?"

"그렇습니다."

차울한이 진지한 태도로 대답하자, 예숭게도 실감이 나게 말했다.

"저의 아버지 카사르가 이렇게 말씀하셨습니다. '형님을 찾기 위해 짐작되는 곳을 모두 다 살펴봤지만, 결국 찾아내지 못했다. 말발굽의 흔적이 있어서 더듬어 갔지만 당도한 곳엔 다른 사람의 말이 있었을 뿐이다'라고…… 우리 일족이 모두 출동하여 밤낮을 가리지 않고 크게 소리 지르며 찾아다녔지만 칭기스칸의 모습은 결국 찾아낼 수 없었습니다."

"테무진이 모습을 감출 이유라도 있었던가?"

"바로 그것이 전혀 짐작이 가지 않아 답답합니다. 한 가지 짐작이 가는 것이 있다면……"

예숭게는 길게 숨을 내쉬며 지체하지 않고 말을 계속했다.

"칭기스칸은 옹칸과의 전투로 인해 많은 병사들을 잃으신 뒤 크게 우울해 하시며 탄식하곤 하셨습니다. '나는 지쳐버리고 말았다. 더 이상 싸움터로 나가는 것이 싫어졌다'라는 말씀만 되풀이하셨습니다. 어쩌면 그분은 저의 아버지 카사르에게 앞일을 맡기고 우리들이 찾을 수 없는 먼 곳으로 떠나버 렸는지도 모릅니다."

"아들의 이야기가 사실인가?"

옹칸은 다시 카사르의 아내에게 질문의 화살을 던졌다.

"그렇습니다."

깊은 슬픔에 잠긴 목소리로 대답한 카사르의 아내는 융단이 깔린 바닥에 시선을 떨군 채 얼굴도 들지 않았다.

"사실이라면 그의 처 버르테가 어째서 나를 찾아오지 않았단 말인가?"

"평상시엔 냉정한 여자인 것 같아 보였던 버르테도 남편이 갑자기 실종되자 자리에 눕게 되어 도저히 여행을 할 수가 없었습니다. 그래서 제가 대신 온 것입니다."

카사르의 아내는 얼굴을 숙인 채 힘 없는 목소리로 계속해서 말했다.

"칭기스칸은 어디엔가에 틀림없이 살아 계실 겁니다. 그분이 죽었을 것이라는 근거 없는 소문 따위는 믿고 싶지 않습니다."

"당연히 그래야지."

'테무진이 죽었다고… 설마… 고집덩어리인 그놈은 귀신에게 혼을 빼앗겼다고 해도 스스로 죽을 장소를 찾아갈 놈이 아니다. 그리고 그놈이 누구에겐가 살해 당했다면 들불처럼 퍼지는 소문이 내 귀에도 들어왔을 것이다.'

옹칸이 마음속으로 중얼거리며 의심스러워하고 있을 때 카사르의 아내가 눈물이 고인 얼굴을 들면서 말했다.

"하지만, 만에 하나라도 그 같은 소문이 사실이라면……."

"테무진은 죽지 않았다. 아니, 그는 죽을 사람이 아니다. 우리 군에게 패한 충격으로 인해 의기소침해져 일시적으로 일족에게서 떨어져 혼자서 쉬고 있는지도 모른다."

늙었지만 만만치 않은 옹칸은 여자의 눈물을 보자 동정하는 말까지 던지며 이야기에 말려든 것 같은 태도를 보였다.

"그나저나 나에게 어떻게 하라는 건가?"

"실은 저의 아버지 카사르가 옹칸의 도움을 받아 칭기스칸을 찾으려고 우리를 보낸 것입니다. 그러니 제발 우리를 좀 도와주십시오."

예숭게가 애원하는 것처럼 말하자, 옹칸은 하얀 수염을 쓰다듬으면서 중얼거렸다.

"테무진을 찾는 일이라면 모른 척할 수 없겠지."

"아무리 생각해도 이해할 수가 없군. 이건 어쩌면 함정이 아닐까?"

듣고 있던 신하들 중의 하나가 머리를 갸우뚱하며 중얼거리자 주위에 있던 사람들도 고개를 끄덕이며 동감의 뜻을 표했다. 그러자 차울한이 그들을 노려보며 반발했다.

"우리는 옹칸이 누군가 신뢰할 수 있는 분을 보내 칭기스칸을 찾는데 도움을 주기를 바라며 이렇게 찾아온 것입니다."

옹칸은 차울한 쪽으로 시선을 던지며 물었다.

"한데 말이다. 내가 보낸 사람도 테무진을 찾아내지 못하게 되면 어떻게 할 건가?"

그의 마음은 이미 싸우지 않고 승리하는 쪽으로 쏠리고 있었다.

"카사르님께서는 그렇게 될 경우 손수 일족을 이끌고 이쪽으로 와서 옹칸님에게 귀속하겠다고 말씀하셨습니다."

"테무진의 동생이 항복을 한다고?"

"네. 그러니 카사르가 이곳에 도착할 때까지 그의 가족이 머물러 있을 수 있게 배려해 주십시오."

"흐음, 그거야 어려운 일이 아니지만……."

"우리들에게 있어서 길한 숫자인 7일이 지나도, 아니 7일로는 부족할지도 모릅니다."

바로 그때 예숭게가 목소리에 힘을 주면서 말했다.

"9일 동안을 기다려도 칭기스칸의 소식을 알아내지 못할 경우에는 더없이 괴로운 일이지만, 그분이 사망했다고밖에 인정하지 않을 수 없습니다. 아울러 저의 아버지 카사르가 일족을 이끌고 귀순해 오는 것은 지극히 당연한 일입니다."

"좋다. 그렇게까지 말한다면 적임자를 보내 수색작업을 시작하겠다. 카사르는 지금 어디에 있는가?"

교활하며 거짓말을 태연히 하는 사람도 미묘한 상황에 처했을 때는 쉽게 속아 넘어가는 경우가 있다. 옹칸의 경우가 그랬다.

"아버지 카사르는 케룰렌강 부근인 아르칼 가우기에 있는데 연일 계속해서 수색 작업을 하느라고 지쳐서 일어설 기력도 없을 정도입니다."

장남인 예구가 처음으로 입을 열며 말했는데 볼품없어 보이는 젊은이의 말이었기에 오히려 신빙성이 있는 말처럼 들렸다.

'테무진이 행방불명된 덕분에 카사르가 일족을 거느리고 투항해 온다. 테무진 일족과의 오랜 싸움이 드디어 막을 내리는 건가. 이처럼 좋은 이야기는 좀처럼 생겨날 수 있는 것이 아니다. 뭔가 속임수가 있다고 해도 이쪽에 인질이 있는 이상 놈들은 손을 쓸 수 있는 방법이 없다. 소중한 가족을 내놓으면서까지 함정을 만드는 어리석은 자는 없는 법이니까.'

교활하며 의심이 많은 웅칸이었지만, 카사르의 가족 모두가 와서 하는 말에 완전히 속아 넘어가고 말았다.

"지금 당장 내가 신뢰할 수 있는 이투르겐을 파견하겠다."

웅칸은 칼리우다르와 차울한을 바라보면서 말했다.

"이투르겐의 부대가 9일 동안 수색해서도 찾지 못하면 내가 직접 부대를 거느리고 그곳으로 가서 테무진을 찾는 작업을 도와주겠다. 너희들은 즉시 돌아가서 카사르에게 그렇게 전해라."

이투르겐은 셍굼에게 보내지 않고 곁에 머물러 있게 한 웅칸이 아끼는 장수였다.

"감사합니다."

카사르의 가족과 두 장수는 진심으로 감사하는 표정을 보이며 머리를 숙였다. 칼리우다르와 차울한은 카사르의 가족을 남겨 둔 채 출발했다. 말머리를 나란히 한 이투르겐은 금실로 짠 천과 쇠가죽으로 만든 안장에 앉아 말을 몰았으며 뒤에는 그의 부대가 따르고 있었다. 그는 출발하기 전에 웅칸의 부름을 받아 은밀한 명령을 받았다.

"너의 부대는 가능한 한 따로 행동해라. 테무진의 시체를 발견하면 즉시 카사르에게 넘겨주어라. 만일 살아있어서 생포하게 되는 경우에는 내가 갈 때까지 어디엔가 숨겨 두어라. 카사르가 투항해 올 때까지 테무진의 모습을 그 누구에게도 보이면 안 된다."

빠르게 행군한 이투르겐의 부대는 이윽고 아르갈 가우기에 이르렀다. 한데 그때까지 유연한 태도를 보이고 있던 이투르겐의 표정이 갑자기 달라졌다.

"앗, 저건……"

그는 소스라치게 놀라며 두 눈을 치뜨고 있었다.

땅 속에서 솟아나오기라도 한 것처럼 갑자기 전방에 나타난 칭기스칸군의 아홉 개의 말총으로 만들어진 영기가 전방에서 흔들리고 있었다. 무장한 기마부대가 당장이라도 달려올 것 같은 모습을 보여주고 있었던 것이다. 이투르겐이 이변을 알아차린 것을 본 칼리우다르와 차울한은 지체없이 말고삐를 당기며 그의 양 옆을 막았다.

'뭔가 이상하지만, 나의 임무는 테무진의 생사를 확인하는 것이니까.'

호걸인 이투르겐은 스스로에게 타이르면서 조금 더 전진했는데, 잠시 후 맨 앞줄에 세워져 있는 하얀 말의 털로 장식된 큰 깃발을 볼 수 있었다. 아울러 말에 탄 채 그 옆에 자리잡고 있는 칭기스칸의 모습을….

"빌어먹을, 역시 함정이었군."

신음하는 것처럼 웅얼거린 이투르겐은 허둥대면서 말머리를 돌려 도망치기 시작했다. 그러자 칼리우다르가 지체하지 않고 추격하며 소리쳤다.

"서라! 도망쳐 봤자 헛수고다."

"닥쳐라!"

이투르겐이 검을 뽑아들고 대항했고, 그의 부하들이 그를 도우려고 달려 왔지만 결과는 마찬가지였다. 얼룩말을 타고 쫓아온 차울한이 쏜 화살을 엉덩이에 맞은 말이 뒷다리를 꺾으며 주저앉았고 이투르겐의 몸은 땅바닥에 내동댕이쳐졌다.

"옹칸이여, 어째서 함정이라는 것을 눈치채고 많은 부대를 보내지 않으셨소?"

포로가 되어 두 손이 묶인 이투르겐은 몸부림치면서 절규했다.

칭기스칸은 진지로 끌려온 그에게 한 가지만 물었다.

"자무카는 지금 어디에 있는가?"

"모른다. 그런 놈에 대한 일 따위를 내가 왜 알아야 한단 말인가?"

소리치는 것처럼 대답한 이투르겐은 이어서 탄식하는 듯한 말을 내뱉었다.

"자무카, 그놈이 바로 원흉이다. 자무카 때문에 우리 케레이트가 잘못돼가기 시작했다."

"카사르에게 데리고 가라. 처치를 일임하겠다."

칭기스칸은 그렇게 말하고는 게르 안으로 들어가 버렸다. 이투르겐은 잠시 후 카사르의 검에 목이 베어져 죽고 말았다. 칭기스칸의 게르로 불려간 칼리우다르와 차울한은 그들이 본 것을 그대로 보고했다.

"칭기스칸이 행방불명되었다고 믿은 옹칸은 지금 완전히 방심하고 있습니다. 서둘러 출전하면 틀림없이 승리할 것입니다."

"그 자리에 생굼과 자카 감보가 없었기 때문에 별다른 질문을 받지 않았으며, 카사르가 투항한다는 말을 의심하는 자들도 많지 않았습니다."

"으음, 그래? 천만다행이로군."

칭기스칸은 여자들을 그곳에 남겨둔 채 즉시 출전하기로 했다. 서둘러서 날짜에 맞추지 않으면 옹칸은 당연히 자기가 보낸 자가 돌아오지 않는 것에 대해 의문을 품게 될 것이고 계략도 들통이 나기 때문이었다.

발제조나 호수에서 출발한 칭기스칸군은 밤을 새면서 진군을 계속하여 이틀 후의 해질 무렵이 되자, 제르산을 멀리서 바라볼 수 있는 지점에 이르게

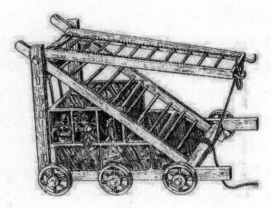

몽골군 공성 차량

되었다.

'수색 기간을 9일간으로 잡기를 잘 했다.'

칭기스칸이 산등성이 뒤로 떨어져가는 해를 바라보면서 생각하고 있을 때 케레이트군으로 변장하여 본부인 게르 가까이까지 접근했던 정찰병이 돌아와 보고했다.

"옹칸은 지금 군사 훈련을 끝낸 셍굼, 자카 감보와 함께 연회를 벌이고 있습니다. 병사들은 누구나 이미 싸움에 이긴 것이라고 생각하는 것 같았습니다. 옹칸은 며칠 동안 계속해서 술을 마셨기 때문에 곤드레가 되어 있습니다. 그리고 카사르님의 가족은 모두 무사합니다."

"알겠다. 수고가 많았다."

칭기스칸은 잠시 후 전군에 명령을 내렸다.

"이번 싸움은 케레이트와의 최후의 결전이다. 넓게 산개하여 진군하고 적과 부딪치게 되면 송곳처럼 격파하라."

석양이 희미한 달빛으로 바뀌는 시점에서 다시 진군을 시작한 칭기스칸군은 모닥불의 불빛으로 타이치오트의 게르들을 볼 수 있는 곳까지 접근했으며 옹칸군에 대한 포위 작전을 감행했다. 이윽고 대열이 갖추어졌을 때 칭기스칸의 명령이 조용히 전군에 전달되었다.

"총공격은 내일 아침 해가 뜰 때 개시한다."

케레이트군은 장수들도 병사들도 승리를 확신하며 술에 취해 있었고 연회장의 들뜬 분위기는 더욱 무르익고 있었다.

"마실 수 있는 대로 실컷 마셔라. 내일 아침에 잠이 깼을 때 제대로 걷지 못할 정도로……."

칭기스칸은 나무들 사이로 보이는 호르도 주위의 광란을 지켜보면서 몇 번이나 마음속으로 중얼거렸다. 시끄러운 노래 소리와 함께 악기를 연주하는 소리가 계속해서 들려오는 가운데 밤은 깊어가고 있었다. 호르도 주위에 모여 앉은 병사들은 소란스럽게 떠들어대며 계속해서 마셔댔다. 그런데 술을 마시던 병사들이 하나 둘 일어서더니 어디론가로 사라졌다.

군인들은 일단 출전하게 되면 전투를 끝내고 돌아올 때까지 사랑하는 사람들끼리 만날 수 있는 시간이 없어진다. 적지 않은 수의 병사들이 술에 취한 김에 사랑하는 여자를 불러내 숲속으로 들어갔다. 단 둘만의 뜨거운 시간을 갖기 위해서였다.

손을 뻗으면 닿을 수 있는 숲속에서 남녀가 사랑을 나누는 소리들이 들리는 가운데 칭기스칸군의 병사들은 숨을 죽인 채 몸을 도사리고 있었다. 그런 와중에 예기치 못했던 일이 일어났다.

"아앗! 테, 테무진의 부대다!"

어디선가 갑자기 놀라면서 외치는 소리가 났다. 숲속으로 들어가던 한 쌍의 남녀가 숨어 있던 칭기스칸군 병사의 몸에 걸려 넘어진 것이다.

"적의 습격이다!"

병사들이 즉시 다가서며 두 사람을 베어버렸지만, 이미 엎질러진 물이었다.

"칭기스칸군이 쳐들어왔다!"

"적이다!"

칭기스칸군이 포진해 있다는 사실은 단번에 노출되고 말았다.

"군비를 갖추어 집합하라!"

당황한 셍굼은 술로 인해 붉어진 얼굴로 소리쳤다.

"적이다!"

"군비를 갖추어 집합하라!"

소식을 전하는 병사가 말을 타고 달리며 셍굼의 명령을 알렸다.

하급 지휘관들은 술에 취해 이미 잠자리에 들었던 병사들을 두들겨 깨워

집합시켰다.

'적은 이곳의 지리에 밝다. 우리가 적은 병력으로 야습을 감행한다고 해도 많은 희생자만 만들어 낼 뿐이다.'

칭기스칸은 전령을 보내 사방에 흩어져 있는 부하들을 한 곳에 집합시켰다.

"테무진은 역시 죽은 것이 아니었던가?"

온몸에서 술기운이 빠지지 않은 옹칸이 숨을 몰아쉬면서 웅얼거리자, 셍굼이 취한 목소리로 대꾸했다.

"살아있어 봤자, 테무진의 전력은 뻔하지 않습니까? 날이 밝은 뒤에 싹 쓸어 버리지요 뭐. 술에 취한 상태로 싸우고 싶지는 않으니……"

"동감이다. 하지만 놈들의 야습에 대비해 모닥불은 더 피워 놓도록 하는 것이 좋겠다."

두 사람의 대화에 끼어든 것은 술이 센 자카 감보였는데, 그는 그다지 멀리 떨어져 있지 않은 곳에 있는 게르쪽으로 시선을 보내면서 다시 말했다.

"지금 당장 카사르의 마누라와 자식놈들을 죽여 버립시다."

그러자 옹칸이 놀라는 얼굴이 되면서 반박했다.

"바보 같은 소리는 하지 마라. 카사르의 가족에게 난폭한 짓을 하면 안 된다. 인질은 어떤 경우에도 도움이 되는 것이니 살려 두어야 한다."

"맞아, 그렇다면 인질들을 내게 맡겨주시오. 내가 죽게 되는 한이 있어도 카사르에게 넘겨주지는 않을 테니까."

"어째서 갑자기 그런 소리를 하는 거지?"

"인질은 도움이 되는 존재라고 방금 말씀하지 않으셨소? 내가 책임지고 감시하겠다는 거요."

"그렇게 하는 것도 나쁘지는 않겠군!"

옹칸은 별다른 생각없이 머리를 끄덕이면서 카사르의 가족을 감시하는 일을 셍굼에게 맡기기로 했다. 케레이트군은 결국 전투 준비를 갖추었지만, 다음 날 새벽으로 싸우는 시간을 미루었다.

공방전은 날이 밝자마자 시작되었다. 전방에서 펄럭이는 칭기스칸의 말총 영기를 확인한 옹칸의 병사들은 흥분하며 외쳤다.

"아! 테무진은 역시 살아있었다!"

"옹칸을 속인 테무진을 잡아 죽여라!"

격렬한 전투는 오전 내내 계속되었는데, 칭기스칸은 숫자적으로 우세한 케레이트군의 맹공격을 감당해 내지 못하고 제제르산 북쪽으로 서서히 밀려갔다.

케레이트군은 하닥이 선봉대를 이끌고 칭기스칸군과 싸우고 있었다. 하닥은 지난번에 칭기스칸군과 싸웠을 때도 선봉대장으로 싸웠던 용맹한 장수였다.

칭기스칸군은 오후가 되자 가까스로 전투의 주도권을 잡아 제르산의 북 쪽에 있는 제르 캅찰이라는 곳으로 케레이트군을 밀어부쳤다.

오후부터 해가 질 때까지의 공방전에서 크게 활약한 것은 역시 모칼리, 보오르추, 보로콜, 칠라운 등의 장수들이었는데, 그들 못지않게 용감하게 싸운 장수들이 있었다. 제베, 쿠빌라이, 젤메, 수부타이가 바로 그들이었다.

칭기스칸은 그날 밤의 회의 때 말했다.

"그대들의 활약은 모두 눈부실 정도였다. 하지만 우리는 예상했던 것 이상으로 많은 병력을 잃고 있다. 이런 상태로 싸움이 계속된다면 불행한 종말을 맞이할 가능성도 있다."

가족들이 케레이트군에게 붙잡혀 있는 카사르는 그 말을 듣자, 단번에 불안해 하는 얼굴이 되었다.

"적은 지리에 밝기 때문에 생각지도 않았던 곳으로부터 공격해오고 있다.

어떻게 해서든지 초원의 한복판으로 끌어냈으면 좋겠는데……."

칭기스칸이 다시 말하자, 제베가 술잔을 들어 단숨에 마셔 버리더니 차분하게 말했다.

"무엇보다도 카사르의 가족을 구하는 것을 제일 먼저 할 일로 정해야 한다고 생각합니다. 그대로 놔두면 질이 나쁜 셍굼이 무슨 짓을 할지 모르니까요."

쿠빌라이가 가느다란 눈을 더욱 가늘게 뜨며 머리를 끄덕이자, 칭기스칸은 힘찬 목소리로 선언했다.

"내일은 내가 선봉이 되어 싸우겠다. 정찰병들의 보고에 의하면 카사르의 가족은 축하연을 벌인 연회장에서 가까운 작은 게르에 있다고 한다. 내가 직접 적진을 돌파하여 가족을 구출하겠다."

다음날 아침이 되어 전투가 시작되자, 칭기스칸을 선봉으로 하는 모칼리와 보오르추 등의 부대가 셍굼이 이끄는 부대에 달려들어 위력 있는 공격을 가한 뒤에 재빨리 퇴각하기 시작했다.

"어째서 저 모양이지? 테무진까지 손수 출전했는데 맹수 같은 네 놈의 사기는 오히려 떨어진 것 같군!"

출전하기는 했지만, 멀리 떨어진 곳에서 관전하고만 있던 옹칸은 친위대의 병사에게 추격을 명하는 징소리를 내라고 지시했다.

"꽹! 꽹! 꽤앵!"

울려 퍼지는 징소리와 함께 케레이트군은 기세 좋게 모칼리와 보오르추를 뒤쫓기 시작했다. 그로부터 잠시 후 후퇴를 가장했던 두 장수의 부대는 느닷없이 반격을 가하며 케레이트군에게 화살을 쏘아댔다. 동시에 제베와 쿠빌라이의 부대들이 나타나 협공을 가했다.

"이것들이 나를 속였구나!"

셍굼은 얼굴이 시뻘개지며 전군에 명령했다.

"한 발자국도 물러서지 마라. 적은 우리의 반도 되지 않는다."

"모두 죽여라!"

하닥이 활 대신 창을 쥐며 그들의 부대로 돌진하자, 제베와 쿠빌라이가 함께 소리쳤다.

"물러서라!"

"흩어져라, 흩어져!"

그들의 부대는 즉시 흩어졌는데 제베와 쿠빌라이의 부대원들은 공격을 멈추지 않으며 케레이트군에게 돌진해 왔다. 때문에 전투의 흐름은 순간적으로 바뀌게 되었다. 케레이트군이 상대하기에 불편한 모칼리와 보오르추 등의 부대들과의 전투를 피하며 일제히 제베와 쿠빌라이 등의 부대들을 뒤쫓기 시작한 것이다.

그들은 전날 밤에 칭기스칸이 지시한 대로 케레이트군을 제르산 남쪽에 펼쳐져 있는 초원으로 유도하고 있었다. 따라서 제베와 쿠빌라이 등은 셍굼이 이끄는 부대를 뒤쫓는 상태가 되고 있었다. 칭기스칸은 그 사이에 그들의 부대에서 떨어져 나와 후방의 친위대와 합류했다. 케레이트군은 또다시 양쪽의 부대들에게 협공을 당하며 고전을 면치 못하게 되었다.

몇 번이나 돌파구를 만들려고 했지만, 그들은 풀밭처럼 진형을 펴는가 하면 송곳 끝 같은 기세로 돌격해오며 심한 타격을 입혔다. 케레이트군과 칭기즈칸군은 결국 서로 뒤엉켰으며 육탄전이 시작되었다. 말을 버리고 땅으로 내려 와 창과 검으로 찌르고 베는 백병전이 벌어졌다.

칭기스칸은 친위대와 함께 카사르의 가족이 있는 게르로 들이닥치고 있었는데 뜻밖의 상황이 그를 기다리고 있었다. 게르 앞에 우뚝 서 있던 세 명의 보초병이,

"칭기스칸이 직접 왔습니다."

하고 소리치자, 게르의 문이 스윽 열리더니 자카 감보가 얼굴을 불쑥 내민 것이다.

"기다리고 있었소. 칭기스칸!"

"으-응?"

자카 감보는 싸울 의사가 없다는 것을 나타내기 위해 두 손을 크게 벌렸다. 그는 무장을 하지 않고 있었다.

이어서 그는 어이없어 하는 칭기스칸에게 공손한 태도로 말했다.

"어서 안으로 들어가 카사르의 가족을 만나보시오."

칭기스칸의 군대는 초원에서의 전투에서 유감없이 저력을 발휘하고 있었다. 두 장수들이 이끄는 용맹한 부대들의 공격은 더 한층 치열해져 케레이트군의 반 이상을 칼과 창으로 찔러죽이며 처절한 백병전을 승리로 이끌어가고 있었다. 칭기스칸군의 위력이 넘치는 공격에 진형이 무너진 케레이트군의 병사들 중에서 칼이나 도끼를 땅에 내던지며 항복하는 자들이 속출했다. 그것을 본 셍굼이 떨리는 목소리로 외쳤다.

"후퇴하라!"

병사들은 그 한 마디를 기다리고 있었던 것처럼 재빨리 몸을 돌려 도망치기 시작했다. 따라서 이틀째의 싸움은 칭기스칸군의 압도적인 승리로 끝나게 되었다.

카사르와 재회하게 된 그의 아내는 눈물을 흘리면서 말했다.

"수호신께 드린 기도가 통해서 이렇게 돌아올 수 있었어요."

옹칸은 야영지의 이동식 게르 안에서 몸이 원하지 않는 술을 마시면서 번민하고 있었다.

"자카 감보까지 테무진에게 붙은 지금, 택할 수 있는 길은 아무래도 둘 중의 하나밖에 없는 것 같다. 후퇴할 것인가? 아니면, 전멸을 각오하고 최후의 결전을 벌일 것인가?"

옹칸이 술잔에 남은 술을 목구멍에 흘려 넣으며 중얼거리자, 셍굼이 화살에 맞은 상처 자국이 선명한 볼을 씰룩거리면서 말했다.

"후퇴하게 되면 우리 케레이트의 백성들은 모두 테무진에게 항복할 겁니다. 하지만……."

"하지만……?"

"하지만 살아남을 수만 있다면, 언젠가 우리 백성들을 되찾을 수 있을 겁니다."

"셍굼, 너는 내가 지금 무슨 생각을 하고 있는지 아는가?"

옹칸이 가늘게 떠는 손으로 다시 술잔을 들어 입으로 가져가면서 억양 없는 목소리로 말을 이었다.

"나는 어이없게도 너의 부추김을 받고 또 한 번 너무나도 나쁜 꿈을 꾸고 말았다는 것이다."

"꿈이라고요?"

"그래."

주름 투성이인 옹칸의 얼굴은 자조하는 표정을 보이면서 일그러졌다. 그의 목구멍에서 이어지는 말이 흘러나왔다.

"신의 부름을 받게 되기 전에 대칸의 자리에 오르고 싶었다. 하지만 너무나 많은 병사들을 잃은 지금, 테무진의 군대를 무찌르는 것은 이제 불가능해졌다. 모든 꿈은 무지개처럼 사라져 버렸다."

두 사람의 한 켠에서 서전에 선봉을 맡았던 하닥이 술을 마시고 있었다. 그는 두 사람의 이야기를 듣고 있었지만, 아무런 반응을 보이지 않았다.

다음 날 새벽에 시작된 3일째의 전투는 어이없게도 오전 중에 결판이 나고 말았다. 전통있는 케레이트군이 많은 백성들과 함께 항복했기 때문이었다.

항복을 제의한 사람은 그날도 역시 선봉장으로 출전했던 하닥이었다. 하지만 밧줄에 묶여 칭기스칸 앞에 무릎을 꿇은 그의 얼굴에는 패배자의 음울한 그늘이 없었다.

"옹칸과 셍굼은 어디에 있나?"

칭기스칸은 게르 안의 높은 자리에서 그를 노려보며 물었다.

"우리 군이 열세가 되자 병사들 사이에서 옹칸과 셍굼을 죽이고 칭기스칸에게 항복하자는 소리들이 속출했소. 하지만 옹칸에게 충성하기로 맹세한 이상 사나이의 신의를 지키기 위해서라도 그를 죽일 수가 없었소."

"그래서 도망치게 했다는 건가?"

"그렇소. 어젯밤에 그들을 도망치게 해 놓고서 그것을 알아차리지 못하도록 오늘도 무모한 싸움을 속행했던 거요. 그들이 가능한 한 멀리 도망칠 수 있도록 하기 위해서. 내 몸은 이제 있어도 없는 것과 같으니 한시라도 빨리 저세상으로 보내주시오."

칭기스칸은 그의 말에 작은 감동을 받으면서 말했다.

"끝까지 왕을 버리지 않고 생명을 유지토록 하기 위해 도망치게 했으며, 그후에도 그를 위해서 싸운 그대는 진짜 사나이다."

"분에 넘치는 말씀이시오."

"내가 그대의 죄를 용서하면 나를 새로운 군주로 섬길 수 있겠는가?"

칭기스칸이 난데없는 질문을 던지자, 하닥은 잠시 뭔가 생각하는 표정을 짓더니 이윽고 대답했다.

"자비심을 베풀어 저를 살려주신다면 제 생명이 다할 때까지 섬기겠습니다."

"그렇다면 동지가 될만한 가치가 있는 그대를 나의 측근으로 발탁하며 앞으로는 하닥 바아투르라고 부르겠다."

칭기스칸은 그의 목숨을 살려주기로 하고는 승리를 축하하는 뜻에서 그때까지 공을 세운 자들에게 상을 내렸다. 또한 붙잡은 케레이트의 백성들은 같은 피를 나눈 자들이 함께 있지 못하도록 고기를 잘게 써는 것처럼 분류하여 전공이 있는 모든 병사들에게 나누어 주었다. 그들이 모여서 반란을 일으킬 기회를 없애기 위해서였다.

케레이트의 백성들이 더해져 갑자기 병력이 늘어난 칭기스칸은 다가오는 겨울을 보내기 위해 칼가강 상류에 있는 대흥안령에 가까운 땅을 향해 이동하기 시작했다. 만리장성에서 제법 가까운 장소인 그곳을 겨울의 둔영지로 만들 것을 결정한 칭기스칸의 의식 속에는 커다란 꿈이 숨겨져 있었다. 그것은 언젠가 때가 오면 금나라를 공격하고 말겠다는 생각이었다.

죽지 않고 가까스로 전장에서 탈출한 옹칸과 셍굼은 정신없이 말을 달려 나이만과의 군사적 경계선 쪽으로 향하고 있었다. 어느덧 겨울이 시작되어 세상은 온통 흰 눈으로 덮여 있었다. 두 사람을 따르는 사람은 아무도 없었다. 끝까지 따라오던 하인 부부도 어디론가 도망쳤기 때문이었다.

"이곳은 우리 케레이트가 대대로 다스려 오던 땅인데, 지금 나는 동네에서 쫓겨난 패륜아처럼 이렇게 도망치고 있다. 이게 도대체 무슨 꼴이란 말인가?"

말 위에 얹힌 상체가 불안정한 모습으로 흔들리고 있는 옹칸은 광채를 잃은 눈으로 전방을 바라보면서 마음속으로 똑같은 말을 되풀이했다.

'이제 와서 후회해 봤자 소용없는 일이지만, 예수게이에게 생명을 구원받은 은혜를 갚는답시고 테무진을 키워준 것이 잘못이었다. 원인을 더듬어보자면 이런 결과는 결국 내가 초래한 일이지만, 좀 더 일찍 테무진을 없애버려야 했었다. 그럴 마음만 먹었다면 기회는 얼마든지 있었다.'

옹칸과 셍굼은 칭기스칸의 추격에 신경을 쓰면서 언덕을 넘고 초원을 가로지르며 계속해서 서쪽으로 달아났다. 서쪽에는 나이만이 있었다.

옹칸은 지난날 칭기스칸과 함께 나이만의 보이로크칸 및 커크세유 사브라크와 싸운 과거가 있었지만 궁지에 몰린 그가 희망을 걸 수 있는 곳은 나이만밖에 없었다.

'하늘의 신은 아직 우리를 버리지 않았을 것이다. 행운은 틀림없이 나이만 땅에서 우리를 기다리고 있을 거다.'

옹칸은 억지로 자위하며 말을 몰았다.

기복이 완만하며 나무들이 몇 그루씩 서 있는 언덕을 넘어서자, 이윽고 습원지대가 보이기 시작했다.

"저곳만 지나면 나이만의 땅이다."

옹칸이 말을 세우면서 말하자, 셍굼이 추위로 인해 덜덜 떨면서 대꾸했다.

"하지만 코리 수베치의 국경 수비대가 저곳을 지키고 있을 겁니다. 무사히 통과할 수 있을까요?"

"그게 무슨 소리냐? 나는 그 친구에게 길 안내를 부탁하려는 참인데……"

"글쎄요. 저는 어쩐지 불길한 예감이 드는군요. 그 친구에게 잡혀 죽을 것 같다는 생각이 듭니다."

"넌 어째서 그렇게도 겁이 많으냐? 내가 손수 왔다는 것을 알게 되면 과거 따위는 잊고 정중하게 맞아줄 거다."

"하지만 우리와 나이만 사이에는 좋지 않은 과거가 너무 많지 않습니까. 그것이 문제라는 겁니다."

"확신할 수는 없지만 자무카는 지금 나이만에 있는 것 같다는 생각이 든다. 타양칸과 만나기 전에 자무카를 먼저 만나 옛정에 호소하며 안내를 부탁할 수도 있을 거다."

"아버지는 너무나 간단하게 생각하고 있군요. 배반자인 자무카가 우리를 도와줄 리가 있습니까? 저는 지금부터라도 다른 방향으로 가겠습니다."

"뭐가 어째? 이런 겁쟁이 같으니⋯⋯."

"겁쟁이라는 말을 듣는 것이 죽는 것보다 나아요. 그러니 여기서 아버지와 헤어져야겠습니다."

"뭐라고?"

옹칸은 너무나 기가 막혔는지 더 이상 말을 잇지 못하며 고삐를 잡은 손을 떨어대기만 했다. 그런 모습을 지켜보던 셍굼은 그때까지 느껴보지 못했던 연민의 정을 희미하게 느끼며 늙은 아버지에게 말했다.

"아무쪼록 건강하게 지내주십시오."

"정말로 가겠다는 거냐?"

"그렇습니다. 하느님의 가호가 있으면 또 만날 수 있겠지요."

"셍굼⋯⋯ 너도 몸조심해라."

칸은 힘없이 아들의 이름을 부르면서 말했다. 셍굼은 이미 그들이 말을 타고 왔던 쪽을 향해 몸을 돌리고 있었다.

"아아⋯ 아들까지도 나를 버리고 가 버리다니⋯ 아마 다시는 만나지 못할 거다. 나를 따르는 것은 이제 나의 그림자밖에 없게 되었구나."

옹칸은 탄식하면서 습원지대를 향해 나아가기 시작했다. 그의 눈앞에 펼쳐진 나무와 풀들에는 어느덧 겨울 빛이 배어 있었고 찬바람이 '윙윙!'하고 소리를 내면서 불어오고 있었다.

옹칸은 이윽고 케레이트부와 나이만부의 국경 지대인 디디크 사칼로 들어섰다. 그리하여 네쿤강 가까이에 이르자 물이 흐르는 소리가 들려오며 그의 갈증을 자극시켰다. 옹칸은 말에서 내려 물가로 걸어갔다. 그런데 그가 두 손으로 막 차가운 물을 떠서 마시기 시작했을 때 등 뒤에서 인기척이 났다.

'으응?'

당황하며 뒤돌아보니 반달처럼 휜 환도를 든 병사들 5~6명이 다가오고 있었다.

"누구인가? 당신은……"

그들의 뒤에서 걸어오던 모양 있게 입수염을 기른 장수가 물었다.

"나는 케레이트의 왕인 옹칸이다. 그대는 혹시 나이만의 장수인 코리 수베치가 아닌가?"

옹칸은 위엄있게 보이려고 일부러 굵은 목소리로 말했다.

"그렇소. 한데 케레이트의 왕이 어째서 이런 곳에 혼자 있는 거요?"

"그럴 만한 이유가 있다. 자세한 설명은 타양칸을 만나서 하겠다."

"흐음, 야만족인 주제에 타양칸의 이름을 함부로 입에 담다니……"

코리 수베치는 옹칸 앞으로 다가서며 다시 물었다.

"거지 같은 몰골을 한 네가 옹칸이라는 증거라도 있나?"

"증거는 없다. 하지만 내가 옹칸인 것은 사실이다."

옹칸은 자기의 이름을 새겨 넣은 술잔이라도 하나 증표 삼아서 간직하지 않았던 것을 그제야 후회했다.

코리 수베치는 놀리는 것처럼 빙그레 웃으며 중얼거렸다.

"그런 말은 누구라도 할 수 있다."

"어쨌든 나를 타양칸에게 데려가 다오. 그는 내가 옹칸이라는 것을 알고 있으니까."

"듣기 싫다. 네가 옹칸이든 아니든 간에 멋대로 우리 영토에 들어온 자는 용서할 수 없다. 그렇게 하는 것이 나의 임무다."

"부탁하겠소. 제발 타양칸을 만날 수 있게 해주시오."

옹칸은 체면도 부끄러움도 내던지고 아들과 같은 중년의 사나이 앞에 무릎을 꿇었다. 하지만 코리 수베치의 환도가 대답 대신 그의 어깨를 향해 날아들었다.

"빠--각!"

뼈가 베어지는 소리와 함께 옹칸의 목에서 내뿜어진 피가 듬성듬성 나 있는 풀들을 적셨다.

옹칸은 파란 많았던 그의 생애를 '검은 숲'에서 아득하게 멀리 떨어진 나이만의 국경 지대에서 마쳤다. 코리 수베치는 피가 묻은 칼날을 헝겊으로 닦으며 중얼거렸다.

"이 작자가 옹칸인 것은 사실일 것이다. 타양칸에게서 큰 상을 받을 수 있게 되었다."

잘려진 그의 머리는 그가 생전에 무척이나 저주했던 타양칸에게 보내졌다. 옹칸은 태어날 때부터 죽는 순간까지 피에 물든 몽골고원의 역사를 반영한 듯한 삶을 살았다. 그는 수많은 검은 구름을 끌어모았으나 마른번개만 번쩍거린 채 비는 뿌리지 못하고 소멸된 태풍의 눈이었다.

하얀 달이 숨바꼭질이라도 하는 것처럼 구름 속으로 숨었다가 나오는 움직임을 몇 번인가 되풀이하는 밤이었다.

아버지와 헤어진 셍굼은 뚜렷한 목적지도 없이 방황하다가 서하의 땅으로 들어서고 있었다. 하지만 그의 운명도 옹칸의 그것과 크게 다르지 않았다. 국경 지대에서 도둑떼를 만난 셍굼은 가지고 있던 보석을 모두 빼앗겼다. 그리고 거지가 되어 도둑질을 하다가 잡혀서 죽어 황야에 버려지는 몸이 되고 말았다. 그렇게 되어 전통있는 케레이트족의 정통 혈통은 완전히 끊어지고 말았다.

제25장

나이만부의 멸망

케레이트부의 멸망으로 몽골고원에서 숨막히게 전개된 전투의 긴 여정은 끝이 났다. 테무진은 몽골고원의 패권을 완전히 장악했다.

하지만 그런 풍경들은 전혀 긴장을 불러일으키지 않았다. 공포감을 주기보다는 오히려 공포의 끝을 알리는 평온의 증거물로 받아들여졌다.

그것이 몽골 유목민들의 1203년이었다.

몽골 유목민들은 그 1203년을 대단히 중요하고 뜻 깊은 해로 받아들이고 있었다. 그해 내내 사냥을 한 것 밖에는 없지만, 그 사냥은 결코 일상적인 의미에 국한되지 않았다.

테무진은 이듬해 봄, 코일다르 세첸이 숨을 거둔 칼카 강변의 어르노오에 모든 백성들을 집결시켰다. 그리고 새로운 시대를 열게해준 수많은 용사들의 죽음을 눈물 속에 기리며, 기존의 씨족제를 해체하고 '천호제'라는 새로운 통치 시스템을 출범시켰다.

새로운 통치 시스템을 이끌어갈 지휘부는 테무진과 함께 역경을 극복해 온 너커르들로 채워졌다. 테무진은 새로운 통치 계층을 위해 '케식텐'이라는 기구를 창설했다.

천호제는 그때까지의 종신 고용형 국가를 일종의 계약형 국가로 바꾼 것으로 정치·행정·사회의 조직 원리였다.

종래의 몽골 사회는 씨족을 기초 단위로 하고 있었다. 군대도 역시 대체적으로 씨족 단위로 편성되어 있었다. 게다가 이해관계가 다른 혈연 중심의 부대들이 힘을 합쳐 전력을 1백 퍼센트 발휘한다는 것은 불가능한 일이다. 그런 군대에 칭기스칸의 권위와 명령이 제대로 먹혀들 리도 없었다. 갈등과 반목할 수 있는 소지들이 곳곳에 도사리고 있었다.

칭기스칸은 몽골고원을 통일하는 과정에서 경쟁적으로 기여한 너커르 집단을 새 시대의 주도세력으로 만들고자 했다. 그것은 칭기스칸 권력의 핵심이었으며, 그가 구축한 새로운 질서의 상징이었다.

이 같은 너커르 집단을 양성하기 위해서는 무엇보다도 먼저 구시대 구질서의 근간이었던 씨족제를 해체해야 했다. 여기서 칭기스칸이 고안해 낸 것이 십호·백호·천호·만호제로 구성되는 국가 조직이었다. 십호란 어느 씨족이든 가리지 않고 그 속에서 10명의 무장 병사를 배출할 수 있는 군사·행정의 기본 단위였다.

십호장엔 말단 너커르가 임명되었다. 그 윗 단위인 백호장에는 좀 더 충성스러운 너커르가 임명되었고, 제일 윗 단위인 천호장에는 최상층의 너커르가 임명되었다. 10진법을 기반으로 해서 성립된 천호제는 당시로서는 놀라운 효율성을 자랑한 사회제도였다. 능력에 따라 십호장(지휘관)이 스스로 바뀌는 그야말로 피로 현상이 발생하지 않는 제도였기 때문이다.

때문에 종래의 기득권 세력이었던 씨족장과 부족장들은 원성이 자자했지만 일반 백성과 병사들은 천호제를 크게 환영했다. 천호제로 인해 '케식텐'이라는 조직이 탄생했는데, 그것은 유능하고 충성스러운 통치 계층을 길러내는 조직이었다고 말할 수 있다. 케식텐은 칭기스칸의 사위들과 능력 있는 십호장·백호장·천호장, 그리고 정복지 유력자의 아들들로 구성되었다.

조직 내에서는 각각 최고지휘관에서 의사·취사병에 이르기까지 다양한 역할을 담당했지만, 전장에 나가면 모두 지휘관이 되었다.

케식텐의 최고위 계층은 황금씨족들이 참가하는 코릴타의 정식 멤버들이기도 했다. 그들은 코릴타에서 케식텐 조직이 수립한 전략과 전술 등을 설명하고, 그것을 채택하기로 동의를 구하기도 했다. 말하자면 그들은 전투 조직이라기보다는 국가를 경영하는 조직이라고 말할 수 있었다.

케식텐은 가장 뛰어나고 영특하며 장래성이 있는 몽골군의 지휘관 및 막료들의 본거지가 되었다. 케식텐 대원 후보들은 그동안 살아온 경력을 기준으로 선별한 뒤 하위 지휘 계통에서 기량이 뛰어난 사람을 뽑거나 우수한 사병들을 대상으로 1년에 한 번씩 벌이는 경합을 통해 뽑았다.

선발은 엄격하게 공로에 따라 이루어졌다. 영향력이 큰 귀족의 아들이 후보가 되기도 했지만 능력이 기준에 못 미치면 최종 선발에서 여지없이 탈락되었다. 케식텐에 소속된 모든 무관은 막료 업무를 훈련받았고 교육과 간단한 회의에도 참석했다.

금나라와 전쟁을 치른 뒤에는 공성병기 이용과 관련하여 중요한 점 한 가지가 강조되었다. 케식텐의 무관이라면 누구나 유사시에 곧바로 만호를 지휘할 수 있어야 한다는 것이다. 전장에서 친위대원의 지시는 천호 이하 지휘관의 명령보다 우선시되었다.

친위대는 대칸의 지시로 기용되어 행렬 중앙에 있는 대칸의 바로 옆자리를 지키는 군내 최고의 전투 만호였다. 친위대 만호에서 세 개의 천호, 즉 위사,

숙위, 전통사가 사용하는 군복과 말은 색깔이 제각기 달랐다. 나머지 7개 천호는 부족간의 경쟁에서 칭기스칸과 함께 싸우고 그의 안위를 지켰던 노장의 정예 근위기병대로 구성되었다. 수부타이는 짧은 기간 동안이었지만 근위기병대원으로 활약했고, 비록 진급했지만 모든 친위대원에게 사용했던 바아투르라는 칭호를 평생 동안 사용했다.

근위기병대는 검은 칼라트와 붉게 장식된 갑옷을 입었다. 각 친위대원은 붉은 가죽 마구와 안장을 채운 검은 말을 탔다.

몽골의 정보 무관들은 모든 것을 셈하고 기록했으며 사후 보고에는 정확한 사망자 수가 반드시 들어가야 했다. 레그니차 전투를 치렀을 때는 특수분대가 전투 후 전쟁터를 헤집고 다니며 죽은 적병의 오른쪽 귀를 조직적으로 잘라내 9개의 자루에 담은 뒤 상관에게 보고했다. 이와 같은 관행은 소름이 끼치는 일이지만 덕분에 몽골 정보무관들은 정확한 사망자 수를 계산할 수 있었다.

행군 마지막 날 몽골군은 항상 남쪽을 향해 야영지를 정했다. 군대의 각 날개는 중군인 콜카르를 중심으로 대칭되는 위치에 진을 쳤다. 즉 좌익(준가르)은 항상 동쪽을, 우익(바라운가르)은 항상 서쪽을 향했다. 야영을 할 때는 유르트치(주거를 뜻한다)라 불리우는 무관들이 오늘날의 병참 장교와 같은 역할을 했다. 이 무관들은 야영지 선별 및 보급로 정비, 연락 수단 운영 등과 같은 일을 했다. 계급이 가장 높은 유르트치는 정찰 및 정보 수집 업무를 맡았다.

유르트치가 맡았던 아주 중요한 일 가운데 하나는 보급에 절대적으로 필요한 군의 낙타 부대를 보호하고 관리하는 것이었다. 몽골족은 말을 사육하는 민족으로 잘 알려져 있지만 말 못지않게 낙타를 많이 길렀다는 사실은 자주 간과된다. 몽골군은 보급소와 군 사이를 오갈 때 대규모 낙타 부대를 활용했다.

이제 모래알 같았던 민족은 단단한 바위로 변했다. 바위는 거대한 굉음을 내며 구르기 시작했다. 1204년 봄, 대몽골제국은 소리없이 성립되었다.

테무진은 이 개혁을 기초로 자신을 따르는 저승사자와 같이 용맹한 기마 군단을 '푸른 군대'라 칭하고 정비를 끝냈다. 사냥은 그 때문에 하게 된 국가적 차원의 행사였던 것이다.

그 해의 사냥은 그들에게 두 가지 의미를 띠고 있었다. 하나는 대규모 군사 훈련을 시행한다는 의미였다. 그들은 마치 정착 문명을 약탈하듯 신명을 다해서 짐승들을 공략했다. 또 하나는 대원정에 앞선 일종의 출정식의 의미를 가지고 있었다. 테무진은 그들을 향해 다시는 억압과 고통을 받는 처지로 전락시키지 않을 것을 약속했고, 그들은 충성을 서약했다.

각 병사는 부대 내에서 훈련을 받으며 유목생활에서 얻은 타고난 재능을 닦을 수 있었다. 한편 군대의 조직력과 명령 이행 능력을 기르는 일은 별개의 문제였다. 몽골족은 초겨울마다 실시하는 대규모 사냥인 네르제를 통해 군대를 훈련시켰다.

사냥은 석 달 동안 계속되었으며 군사들 전체가 전투복을 완전히 갖춰 입고 참여했다. 군사들이 늘어선 줄은 그 길이가 거의 13킬로미터나 되었다. 이들은 대칸의 지휘에 따라 전진하며 모든 동물을 추월해 나갔다. 사냥은 수백 킬로미터 떨어진 곳에서 끝나는데, 군대가 끈질기게 전진을 계속하는 동안 군대의 양쪽 날개는 반원을 그리며 펼쳐졌다. 하루하루 지날수록 쫓기는 동물들은 서서히 좁혀가는 원 안에 갇혔다.

마침내 원이 닫히고 점점 더 좁아지면 사냥감들은 중앙으로 몰리게 된다. 병사들은 토끼 한 마리조차 빠져나가지 못하도록 힘을 합쳐 움직였다. 한 마리라도 병사들 틈으로 빠져나가면 그곳에 있던 병사와 그의 상관은 처벌을 받았다.

원이 작아지면서 그 안을 가득 메운 동물들은 가로막고 있는 군인들의 벽을 뚫고 어떻게든 달아나려고 한다. 바로 이때 살육이 시작되는데, 병사들은 원 안에 있는 짐승들을 한 마리도 놓치지 않고 모두 잡는 것을 목표로 하고는 말에서 내려 짐승들을 공격한다. 곰, 호랑이, 늑대와 같이 큰 짐승들도 겁에 질리고 동물과 사람 사이에 백병전이 벌어진다. 사냥이 이루어진 곳을 뜻하는 게르카는 부족장의 요청으로 대칸이 중지 명령을 내릴 때까지 피로 붉게 물들 었다.

사냥은 군대의 조직력을 기르는 동시에 매우 힘든 상황에서 어려운 임무를 수행할 때 작은 전투 단위의 지도자들도 부대의 상태를 파악해 지휘할 수 있도록 좋은 기회를 주는 훌륭한 훈련이었다.

그 사냥은 그해 겨울을 꼬박 넘기고 이듬해 봄까지 계속되었는데, 이 같은 시점에서 눈여겨보아야 할 두 개의 부족이 있었다. 상호 동맹을 맺고 있었던 엉거 트부와 나이만부다.

만리장성에 위치한 엉거트부는 여섯 종류의 외국어가 통용되는 대단한 상업 국가였다. 주변의 정세 변동에 민감했던 엉거트부는 푸른 군대가 과시하고 있는 사냥의 의미를 본능적으로 알아차렸다. 그래서 사냥이 채 끝나기도 전에 엉구트부의 군주 알라코시 디기트코리는 두 명의 사신을 파견해 몽골부에 순종하겠다는 뜻을 밝혔다.

엉거트부는 몽골고원을 오가는 서역 상인들을 통해 이미 칭기스칸의 출현 을 알고 있었던 것이다. 그래서 이제까지의 동맹국인 나이만을 가차없이 포기 하고 칭기스칸을 선택했다. 참으로 재빠른 변신이었다.

그처럼 민첩한 반응의 결과는 엉구트부에 상당한 행운을 가져다주었다. 먼저 칸의 출현을 알아본 공으로 학살 목록에서 제외된 것이다. 뿐만 아니라 현명한 선택을 한 군주 알라코시 디기트코리에게 칭기스칸의 딸이 제공되었다.

그러나 나이만부는 달랐다. 나이만의 군주 타양칸이 기개를 떨치며 도전을 선택한 것이다.

"하늘 위에는 해와 달이 영원히 빛나는 밝음으로 존재하고 있다. 그러나 대지 위에는 두 명의 칸이 동시에 존재할 수 없다. 우리는 몽골족을 치겠다."

"아⋯⋯."

마침 궁전 안에 있었던 맹장 커크세유 사브라크는 두 주먹을 이마에 대면서 길게 한숨을 쉬었다. 그리고는 조용한 목소리로 천천히 말했다.

"폐하, 그런 말을 했다가 몽골군에게 패하기라도 한다면 어떻게 변명하시겠습니까? 무책임한 말을 남발하게 되면 가지고 있는 것을 모두 잃게 될지도 모릅니다."

"말조심하라, 사브라크. 감히 나의 말에 충고를 하다니⋯⋯."

타양칸이 분통을 터뜨리며 호통을 쳤다.

"오늘부터 그대가 왕성에 출입하는 것을 금하겠다!"

"우리 나이만의 앞날을 생각해서 결례인 줄 알면서 드린 말씀입니다. 깊이 헤아려 주십시오."

"닥쳐라! 지금 생각하니 왕실 출입을 금하는 것만으로는 부족하다. 그대가 거느리고 있는 병사들을 전부 몰수하겠다."

"원하신다면 그렇게 하시지요."

커크세유 사브라크는 잔뜩 치솟은 눈으로 타양칸을 쏘아보고 나서 군화 소리를 요란하게 내며 그 방에서 나갔다.

자기의 집으로 돌아가면서 그는 한탄했다.

'운명이라고는 하지만 나이만에서 태어난 것이 잘못이다. 칭기스칸이었다면, 이렇게 간단히 공이 있는 장수의 부대를 빼앗는 어리석은 짓을 하지는 않았을 것이다.'

타양칸은 즉시 정치적인 동맹을 맺고 있는 엉구트의 군주 알라코시 디기트코리에게 사자를 파견했다. 그를 만난 사자는 타양칸이 한 말을 그대로 전했다.

"요즘 몽골놈들의 우두머리인 테무진이 건방지게도 우리 나이만뿐만 아니라 엉구트까지 정벌하여 대칸이 되겠다고 큰소리를 치는 모양이요. 엉구트의 군주 알라코시 디기트코리시여, 당신은 우군이 되어 출전해 주시기 바라오. 나는 여기서 출전할 것이니 합류하여 몽골군의 게르를 모두 불태워 버립시다."

"유감스러운 일이지만, 나는 참가할 수 없소. 우리는 지금 평화를 유지할 수 있는 방법만을 생각하고 있는 중이니까요."

알라코시 디기트코리는 타양칸의 사자에게 확실하게 거절한다는 의사를 밝혔다. 뿐만 아니라, 그 같은 일은 엉구트부에 의해 토씨 하나 빠뜨리지 않고 칭기스칸에게 일러바쳐졌다.

그 소식을 들은 칭기스칸은 조금도 망설일 이유가 없었다. 푸른 군대는 모두 말에 올랐다. 그리고 바람처럼 달려가 지난 1년간 사냥터에서 했던 일을 나이만 부족들에게 그대로 옮겨 작전을 수행했다.

싸움은 순식간에 끝났다. 빛나는 역사를 자랑하던 강건한 유목국가 하나가 비명도 지르지 못한 채 도륙되어 지상에서 감쪽같이 사라져 버린 것이다.

얼마 남지 않은 부하들을 이끌고 도망친 타양칸의 아들 쿠출루크는 처음에 나이만의 본거지로 돌아가 군비를 정비하여 칭기스칸의 군대와 다시 싸워야겠다고 생각했지만 도망치는 동안 생각이 달라졌다.

'군사 훈련을 제대로 받지 못한 왕성의 호위부대를 이끌고 몽골군과 싸워 봤자 승산이 없다. 아니, 몽골군은 지체하지 않고 왕성으로 쳐들어 갈테니, 도망친 메르키트의 토크토아를 다시 한 번 설득하여 전력을 갖추는 일이 먼저 할 일이다.'

라고 생각한 쿠출루크는 일단 알타이 산중의 벽지에 몸을 숨긴 뒤에 메르키트와 접촉할 수 있는 기회를 기다리기로 했다.

타양칸이 죽었다는 것을 알게 된 왕성의 호위부대는 아무런 저항도 하지 않고 아르카이 카사르 부대에 항복했다. 카사르는 구르베스비와 행정 업무를 맡아왔던 고문과 측근, 의술에 능통한 자, 천문학자, 무기나 가구를 만드는 장인들을 연행하여 칭기스칸의 군영으로 개선했는데, 그들 중에는 타양칸의 문서 기록관인 위구르인 타타통가도 있었다.

칭기스칸은 그때부터 타타통가의 지도를 받으며 몽골군이 위구르 문자를 사용하게 했으며, 자기의 아들들에게도 위구르어와 위구르 문자를 배우게 했다.

칭기스칸 일족에게 위구르의 법률과 제도가 빠르게 침투하기 시작한 것은 그때부터였는데, 주변의 문명 대국들은 나이만부가 갑자기 멸망하게 된 이유를 이해하지 못했다. 그리하여 차례대로 돌이킬 수 없는 운명을 불러들이게 된다.

제26장

콜란과 자무카

　그 해 가을 칭기스칸에게 새로운 정보가 날아들었다.

　"나이만의 쿠출루크가 메르키트의 우두머리인 토크토아와 오아스 메르키트의 우두머리 다이르 오손 등과 함께 사리 들판의 오지에서 둔영하고 있습니다."

　"어디로 도망쳤는지 궁금했었는데, 그런 곳에서 서성거리고 있었군."

　보고를 받은 칭기스칸은 적의 병력이 자기 병력의 4분의 1밖에 안 된다는 사실을 알자 시간을 두고 군비를 정비한 뒤에 제베와 모칼리 등이 이끄는 부대들을 선봉군으로 내보냈다.

　사라 평원은 케룰렌강이 거대한 뱀처럼 굽이치면서 돌아 남서쪽으로 흐르는 강 부근의 땅이었다.

　토크토아는 그의 아내 버르테를 납치해간 적이 있는 증오스러운 종족 오도이트 메르키트의 족장이었다.

'이번에야말로 그때의 원한을 꼭 갚고 말겠다.'

타양칸의 아들 쿠출루크를 붙잡아 나이만을 완전히 궤멸시키는 것이 목적이었지만, 칭기스칸은 토크토아에게 복수하는 것에도 의욕을 불태우고 있었다.

'그나저나 자무카는 어디로 사라진 것일까?'

칭기스칸은 선봉대보다 먼저 활발하게 움직이고 있는 수많은 첩자들 중의 어느 누구도 자무카의 소식을 찾아내지 못하고 있는 것에 신경이 쓰여졌다.

칭기스칸과 싸우기 위해 준비를 갖추고 있던 적들 중에서 맨 앞에 둔영해 있던 것은 토크토아의 부대였다. 쿠출루크에게 가담하기는 했지만 칭기스칸과 싸울 만큼의 군비를 갖추지 못하고 있었던 그는 칭기스칸이 공격해 올 것이라는 사실을 알게 되자, 또다시 아들인 쿠투와 소소의 병사들과 백성들만을 이끌고 북서쪽으로 도망치기 시작했다.

토크토아는 도망치는 중에 오아스 메르키트의 족장 다이르 우순에게 칭기스칸이 공격해 온다고 알려주었다.

"테무진이 냄새를 맡고 쳐들어 오고 있다. 나는 쿠출루크와 합류하여 대책을 강구하겠다."

족장을 잃은 메르키트군을 반나절만에 격파하고 그들의 재화와 가축들을 모두 빼앗은 제베와 모칼리의 부대는 계속해서 서쪽으로 진격하여 오아스 메르키트군을 공격할 테세를 보였다. 다이르 오손은 그들이 초원 저쪽에 나타난 것을 보자

"대항해 봤자 전체 메르키트의 족장 토크토아가 도망친 이상 결과가 뻔하다. 이 기회에 아예 깨끗이 항복하자."

라고 말하며 무장을 해제했다. 뿐만 아니라, 그것만 가지고는 부족하다고

판단하여 딸인 콜란을 칭기스칸에게 바치고 목숨을 살려 달라고 구걸하기로 했다.

다이르 오손은 이윽고 일족과 함께 포로가 되었으며, 그를 처리하는데 있어서 칭기스칸의 의견을 묻기 위해 전령이 파견되었다.

"토크토아 일족은 놓쳤습니다만, 다이르 오손 일족을 생포했는데 딸인 콜란을 칸님께 바치고 싶답니다. 어떻게 할까요?"

전령이 보오르추에게서 들은 말을 전하자, 칭기스칸은 대답했다.

"토크토아의 목은 훗날 내가 치겠다. 다이르 오손과 그의 딸을 데리고 귀환하라."

말을 바꿔 탄 전령이 떠난 뒤, 칭기스칸의 모사이며 장로격인 멍리크가 말했다.

"나도 그녀에 대한 이야기를 들었던 적이 있소."

칭기스칸도 그녀의 미모에 대한 말을 누구에겐가 들은 적이 있었다.

"콜란의 용모는 동쪽의 금나라는 물론, 서쪽 끝까지의 모든 나라에서도 찾을 수 없을 정도의 미녀랍니다. 재색 겸비라는 말은 콜란과 같은 여자를 두고 하는 말일 것입니다."

"그처럼 뛰어난 여자란 말인가?"

멍리크의 말을 들은 칭기스칸은 한 시라도 빨리 콜란이 보고 싶어졌다.

"다이르 오손에게 좋은 혼담이 많이 들어왔지만, 콜란은 아버지의 말에 귀를 기울이지 않고 고개만 흔들었다고 합니다."

"다이르 오손은 살고 싶어서 그런 딸을 나에게 바친다는 거요?"

"아마도 딸이 칸의 총애를 받아 아이를 갖게 된다면 그보다 더한 요행은 없을 것이라고 생각했겠지요."

하지만 콜란은 예정된 날에 칭기스칸의 군영에 도착하지 않았다. 밤 사이에

칭기스칸 기념관 위에 세워진 칭기스칸 기마상

야영지에서 혼자 도망쳐 어디론가로 사라졌기 때문이었다.

칭기스칸은 사흘 동안 밤낮으로 수색을 계속한 끝에 케룰렌강 대안의 숲속에 누워 있는 그녀를 병사들이 발견했는데, 그녀는 식량을 가지고 있지 않았기에 강물로 허기를 달래고 있었다.

그로부터 이틀 후 호화스러운 옷으로 갈아입고, 머리에 황금 장식을 얹고, 가슴 부분을 보석으로 장식한 콜란이 포장마차를 타고 칭기스칸의 군영으로 향했다. 그녀의 몸을 장식한 각종 장신구는 그녀가 시집갈 때를 위해 그녀의 어머니가 많은 시간에 걸쳐 모은 것들이었다.

'아름답다. 멍리크의 말을 듣고 상상했던 것 이상으로 아름다운 여자다!'

칭기스칸은 그녀를 보는 순간 그녀의 뛰어난 아름다움에 완전히 매혹되고 말았다. 옥좌 앞에 선 콜란은 크고도 아름다운 눈으로 칭기스칸을 똑바로 바라보고 있었다.

"어째서 도망쳤었나?"

칭기스칸이 높아지는 흥분감을 애써서 억누르면서 묻자, 그녀는 맑은 목소리로 야무지게 대답했다.

"도망치고 싶었기 때문입니다. 저를 낳고 키워 주신 부모님에게는 감사하고 있습니다. 하지만 저는 다이르 오손의 딸인 동시에 한 인간입니다. 아버지라고 할지라도 목숨을 부지하기 위해 제 의사를 무시하면서까지 저를 당신에게 내주어도 좋다고는 생각되지 않았습니다."

"……."

"저는 전리품이 아닙니다. 한 번도 말을 나눈 적이 없는 남자의 것이 될 수 없었습니다. 그래서 도망쳤습니다. 제가 남자였다면 땅 끝까지 도망쳤을 텐데 잠시 방심한 사이에 말이 도망친 것이 유감스럽습니다."

칭기스칸은 의연한 태도를 무너뜨리지 않으며, 칸을 상대로 겁없이 분명하게 말하는 콜란에게 더욱 더 매혹되었다. 미모뿐만 아니라 뚜렷한 생각을 주장할 수 있는 강한 의지도 함께 가지고 있는 젊은 여자에게 40살이나 넘는 사나이는 완전히 사로잡히고 있었던 것이다.

"콜란이여, 지금부터 그대를 '하툰'이라고 부르겠다."

칭기스칸은 이미 결심하고 있었다. 아들에게 그녀를 줘야겠다는 생각을 바꾸어 그녀를 제2부인으로 삼았다. '하툰'은 '귀부인'을 뜻하는 말이다.

"앞으로는 서로 인간으로서의 시간을 가지고 여러 가지 이야기를 나누어 보자. 그대가 나를 이해하고, 내가 그대를 이해하기 위해서 말이야. 어떤가?"

칭기스칸의 상냥한 한 마디가 젊은 처녀의 심금을 울렸다. 그것은 때로는 관대하고 때로는 잔인하게 사람을 죽이는 인간이라고 들었던 칭기스칸에 대한 궁금증을 풀 수 있는 순간이기도 했다. 비록 말로 표현하지는 않았지만, 콜란은 감사하는 마음을 두 눈에 담으며 칭기스칸 앞에서 무릎을 꿇었다.

즉시 콜란 하툰이 생활할 호르도가 세워졌다. 그녀에겐 칭기스칸의 정식 부인인 버르테 다음인 제2부인 자리가 주어졌고, 예수겐은 제3부인, 예수이는 제4부인이 되었다.

칭기스칸은 일생 동안 5백 명이나 되는 첩들을 두었다고 한다. 그러나 그는 그들로 인한 복잡한 일은 만들지 않았다. 대부분 적장의 아내나 딸인 여자들을 취했지만 그래도 골고루 애정을 베풀었고, 부귀영화도 보장해 주어 다른 욕심을 부리지 못하도록 했다. 그는 특히 여자들과는 농경인들로서는 이해하기 힘든 이상한 관계를 맺었다.

어머니 허엘룬과 처 버르테가 모두 약탈된 경력이 있는 것처럼 그는 타타르부의 족장을 죽인 뒤 그의 딸 두 명을 첩으로 취했다. 큰 아들 주치에게는 케레이트부를 정벌한 뒤 빼앗은 여자(바토를 낳음)를 주어서 며느리로 삼았고, 셋째 어거데이에게는 메르키트부를 정벌한 뒤 적장의 아내(구유크칸을 낳음)와 자기의 첩 콜란의 어머니를 주었으며, 막내 톨로이에게는 케레이트부를 정벌한 뒤에 빼앗은 공주(멍케칸과 쿠빌라이칸을 낳음)를 주어서 각각 결혼하도록 했다.

칭기스칸은 비록 적장의 딸이라고 해도 차별하거나 꺼리지 않았다. 그 여자들도 역시 원한을 품지 않았다고 한다. 이 같은 원칙은 서자庶子들에게도 적용되었다. 그들도 역시 부富는 나누어 받았지만 권력은 얻지 못했다. 구루베스비는 후궁으로 격하되었다.

어느 샌가 다시 겨울이 다가오고 있었다. 쿠출루크와 토크토아를 공격할 때를 연기한 칭기스칸은 허엘룬과 버르테가 기다리고 있는 오논강 상류로 돌아가지 않고 눈바람을 막기에 적합한 알타이산 남쪽의 '붉은 봉우리' 사면에서 겨울을 보내기로 했다.

해가 바뀌어 1205년 봄. 콜란과 함께 더없이 달콤한 생활을 즐기고 있는 칭기스칸에게 급한 보고가 날아들었다.

"나이만의 쿠출루크가 메르키트의 토크토아와 함께 부크두르마 강변에서 전투 준비를 갖추고 있습니다."

"그래? 그놈들이 다시 모일 수 있는 기회를 주면 안 된다."

칭기스칸은 '붉은 봉우리'에서의 동면 생활을 중지하고 즉시 출전했다. 숙위와 시위만을 남겨 둔 채 거의 전군을 이끌고 부크두르마강이 있는 이르티슈강의 상류로 향했다.

그 해의 기후는 제법 온난한 편이어서 칭기스칸이 이르티슈강에 이르렀을 때는 얼어붙었던 강은 이미 알타이산에서 흘러내려오는 눈이 녹은 물을 더하면서 도도하게 흐르고 있었다. 강줄기를 따라 진군을 계속한 칭기스칸은 이윽고 전방에 보이는 토크토아의 둔영지를 확인했으며, 우렁찬 소리를 내면서 흐르는 부크두르마강을 오른쪽에 두며 포진했다.

'드디어 토크토아의 최후를 볼 때가 왔다.'

말에 탄 토크토아는 큰 소리로 말하면 들을 수 있는 거리에 있었다. 칭기즈칸은 한동안 오랜 세월에 걸쳐 계속된 토크토아와의 싸움에 대해서 생각했다. 그는 원수이기는 했지만 뭐라고 표현하기 힘든 친근감이 느껴지는 인간이었다. 그는 적인 동시에 '삼림 백성들의 영웅'으로 살아온 인간이기 때문이었다.

토크토아가 긴 칼을 휘두르는 모습이 보였다. 그의 후방에 버티고 선 나이만의 잔당은 쿠출루크가 명령은 내리기를 기다리고 있었다.

"와!"

"와아!"

토크토아군에서 함성이 일어났는데 그다지 기세가 좋은 소리는 아니었다. 토크토아가 이끄는 메르키트의 잔당은 칭기즈칸군이 돌격을 감행해 화살을 쏘아대기 전에 죽을 각오로 먼저 공격을 감행할 생각인 것 같았다.

'토크토아는 여기서 생명을 버릴 생각이로군!' 한 줌도 안 되는 병력으로 선제공격을 감행해오다니… 백전노장인 토크토아는 그 결과가 어떤 것일지 알고 있다.'

칭기즈칸은 본능적으로 그렇게 생각했다.

"다른 자들은 거들떠보지 마라. 토크토아만 노려라!"

쏘아진 화살들이 빗줄기처럼 토크토아에게 집중적으로 날아들고 있었다. 긴 칼을 치켜든 토크토아가 칭기즈칸군을 향해 돌진해오고 있었다. 하지만 그는 다음 순간 온몸에 화살을 맞으며 말 아래로 떨어졌다.

토크토아의 아들들이 말에서 뛰어내려 고슴도치 같은 형상이 된 아버지에게 달려갔다. 하지만 그는 이미 엄청나게 많은 피를 흘리면서 죽어 있었다. 토크토아가 쓰러진 것을 본 메르키트군은 앞을 다투며 강변을 따라 도망치기 시작했다.

"카사르, 뒤처리를 부탁한다!"

칭기스칸이 뒤늦게 명령하자, 카사르의 부대가 메르키트군을 추격하기 시작했다.

"수부타이, 너는 토크토아의 아들들을 사로잡는다!"

"예!"

힘차게 대답한 수부타이는 말 잔등에 채찍을 후려쳤다.

"하아!"

"철썩!"

그의 부하들도 일제히 전차를 끄는 네 마리의 말들을 채찍으로 때렸다. 그 전차들은 산악지대에서의 전투에 대비하여 겨울을 지내는 동안 칭기스칸이 만들도록 한 것이었다.

카사르의 부대에게 몰린 메르키트군의 패잔병들은 부쿠두르마강에서 이르티슈강까지 도망치기는 했지만, 제대로 대항해 보지도 못한 채 강물에 뛰어들어 분류에 휩쓸려 익사한 자들이 대부분이었다.

격렬한 공격을 받은 나이만군도 결과는 비슷했다. 전차를 가진 수부타이의 부대가 추가된 칭기스칸군에게 쫓겨 간신히 도망쳐 메르키트군의 잔당과 합류한 나이만의 병사들은 이르티슈강의 여울을 건너자 뿔뿔이 흩어지며 사방으로 흩어졌다.

'이번에도 또 패했지만 아직 끝나지 않았다. 언젠가 반드시 테무진을 치고야 말겠다. 그날이 올 때까지 어떻게 해서든지 살아남아야 한다.'

나이만의 쿠출루크는 도망치면서도 여전히 강한 다짐을 되풀이했다.

도망치고 또 도망친 쿠출루크는 위구르족의 땅을 통해 서남쪽에 위치하고 있는 투루게스탄으로 향했다. 서요의 비호를 받아 다시 군비를 갖추어 칭기스칸의 몽골군과 싸우기 위해서였다.

서요는 요나라가 금나라에 멸망했을 때, 요의 왕족이었던 야율대석이 도망쳐 투르게스탄에 세운 나라이다. 쿠출루크가 서요로 향했를 때의 왕은 3대 황제인 칠루크였다.

'우리 나이만과 아무런 원한 관계도 없는 칠루크는 아마도 내 청을 받아줄 것이다. 서요는 영토가 넓고 백성들도 많다. 시간을 가지고 노력한다면 반드시 테무진과 싸울 수 있는 힘을 얻게 될 것이다.'

쿠출루크가 서요를 찾아간 이유는 그것 때문이었다.

칭기스칸은 결국 쿠출루크나 토크토아의 아들들을 생포하지는 못했지만 나이만과 메르키트를 궤멸시키는 데는 성공했다. 남은 것은 이제 소재 불명인 자무카뿐이었다. 한데 그 자무카가 너무나도 엉뚱한 모습이 되어 난데없이 칭기스칸 앞에 나타나는 사건이 발생했다.

"자무카가 자기의 부하들에게 포박되어 끌려왔습니다."

갑자기 게르 안으로 들어선 보오르추가 보고하자, 칭기스칸은 금방 대답할 말을 찾지 못하며 얼떨떨해 하는 얼굴이 되었다.

"어느 씨족에서도 받아주지 않아 그동안 도둑으로 전락해 살아온 것 같습니다. 만나시겠습니까?"

"자무카가 도적으로?"

칭기스칸은 망설이지 않을 수 없었다. 자무카는 오랜 시간에 걸친 숙적이지만 안다가 되기로 약속한 상대이기도 했다. 당장 만나고 싶다는 생각과 몰락한 모습을 보고 싶지 않다는 생각이 서로 교차했다.

"다섯 명의 부하들이 상금을 받으려고 자무카를 끌고 온 것입니다. 그 자들을 어떻게 할까요?"

"자무카에게 깨끗한 옷을 주어라. 그 다섯 명의 사나이들은 자무카의 이야기를 다 들을 때까지 가두어 두어라."

그로부터 얼마 후 정장을 하고 변발을 가지런하게 땋은 자무카가 군영 안으로 들어왔다.

"꿈속에서도 생각하지 못했다. 이런 모습으로 자네와 다시 만나게 될 것이라고는……."

자무카가 엷은 입술을 일그러뜨리면서 말하자, 칭기스칸은 이윽고 입을 열었다.

"자무카여, 앉아서 이야기 하자."

"다섯 마리의 들개들이 덤벼들어 나를 붙잡아버렸네. 세상이 말세가 되었어. 노예들이 주인을 붙잡다니 말이야. 하지만 그 덕분에 이렇게 안다와 재회하게 되었다."

붙잡힌 몸이면서도 여전히 자무카는 말재주를 부리고 있었다.

"카사르!"

칭기스칸은 크게 소리쳐 동생을 부르고는 빠르게 명령했다.

"자무카에게 손을 댄 자들을 당장 베어버려라."

"예!"

카사르는 군영 밖으로 나갔으며 부하들에게 명해 자무카를 끌고 온 다섯 사나이들의 목을 베어 죽이게 했다.

"안다 자무카여……."

칭기스칸은 한동안 침묵을 지키고 있다가 입을 열어 말했다.

"하늘의 뜻에 따라 우리는 이렇게 다시 만났다. 그러니 어떤가? 다시 한 번 함께 살아가지 않겠는가?"

"……."

자무카는 한동안 입을 다물고 있다가 이윽고 천천히 중얼거렸다.

"나는 주위 사람들에게 교사 당한 것도 아니고 선동된 것도 아니다. 스스로 그대의 곁을 떠났고 안다로서의 맹세도 깨고 말았다. 현명한 그대는 그때의 맹세를 끝까지 지켜왔는데 말이야."

"……."

"마지막으로 한 가지 소원이 있네. 나를 죽일 때 가능하다면 피를 흘리지 않고 죽도록 해주게. 그리고 장례는 높은 산 위에서 지내주게. 그렇게 해주면 내 영혼은 테무진 일가의 자자손손에 이르도록 행운을 기원하는 수호신이 되어 주겠네."

"……."

칭기스칸은 자무카가 진심으로 죽으려 한다는 것을 알았다.

"아무래도 다시 나의 안다가 될 생각이 없다는 건가?"

"나는 죽이는 방법까지 부탁했네. 이젠 더 이상 할 이야기도 남아 있지 않아."

"그래? 그렇다면 그대가 원하는 대로 해주겠다."

그로부터 잠시 후 자무카의 몸은 산 채로 가죽부대에 넣어졌고, 그 가죽부대를 격렬하게 흔들어 그가 죽도록 했다. 그 같은 처형 방법은 귀한 사람들에게만 행해지는 것으로서 죽는 자에게 있어서는 명예롭게 죽는 방식이었다.

본인이 원했던 대로 산 정상에서 자무카의 시체를 장사 지낸 다음 날, 칭기스칸은 22마리의 말들이 끄는 이동식 게르에 타고서 어머니 허엘룬과 아내 버르테가 기다리고 있는 오논강 상류를 향해 출발했다.

오논강 주변은 소년 시절의 칭기스칸이 자무카와 함께 뛰어놀던 장소였다.

'자무카가 죽었다. 안다 자무카가…….'

칭기스칸은 마음속으로 중얼거리며 자무카의 얼굴을 머릿속에 떠올렸다.

잔혹한 도살자이자 음모의 대가였던 자무카의 죽음은 몽골고원의 역사에

한 획을 긋는 획기적인 사건이었다. 테무진은 자무카의 죽음을 확인한 뒤에야 비로소 대몽골제국의 탄생을 선포할 만큼 그를 경원敬遠했었던 것이다.

제27장

대몽골제국 선포

칭기스칸이 오논강가에서 그때까지 없었던 대*코릴타를 연 것은 1206년 봄이었다.

코릴타(부족집회)는 원래 참가한 자들과 중요한 안건을 토의하고 결정하는 모임이지만, 그 집회에 한해서는 칭기스칸이 구상한 일을 참가자 전원이 승인케 하며, 아울러 결정 사항을 엄수하게 만드는 것이 목적이었다.

커다란 호르도 앞에 세워진 9개의 천들이 이어진 하얀 색깔의 깃발이 오논강을 건너 불어오는 시원한 바람을 맞으며 펄럭이는 가운데 코릴타는 시작되고 있었다. 입구가 남향인 호르도는 이 날을 맞이하기 위해 새로 지어진 것으로서 천여 명을 수용할 수 있는 공간과 호화로움을 아울러 지니고 있었다.

정면에 보이는 가장 안쪽의 높은 장소에 칭기스칸의 옥좌가 있고 왼쪽 옆에 정비인 버르테의 자리가 있었다. 그 아랫자리에는 제2부인 콜란, 제3부인 예수겐, 제4부인 예수이가 차례대로 앉아 있고, 그 아랫자리에는 그밖의 후궁들이 앉아 있었다. 칭기스칸의 아들들은 서쪽, 딸들은 동쪽 자리에 태어난 순서대로 나란히 앉았다.

징소리가 울리면서 옥좌의 뒤쪽으로부터 칭기스칸이 모습을 나타냈다. 금란단자의 화려한 의상을 두르고 손잡이와 칼집에 보석을 장식한 의식용 환도를 차고 왕관을 쓴 칭기스칸의 뒤에는 몇 명의 중신들이 따르고 있었다.

칭기스칸이 옥좌에 앉자 순백색의 의상을 걸친 주술사 코코추가 천천히 옥좌 앞으로 걸어나오며 개회를 선언했다.

"지금부터 칭기스칸의 초청에 의한 대코릴타를 거행한다!"

그러자 자리에서 일어나 머리를 숙이고 있던 자들은 비로소 얼굴들을 들어 칭기스칸에게 시선들을 집중시켰다. 장로격인 멍리크의 아들 코코추는 정식으로 '신이 보낸 자'를 뜻하는 '텝 텡게리'라고 불리어지고 있었다.

늘어서 있는 사람들 쪽을 향해 서 있던 텝 텡게리는 엄숙한 분위기를 더 한층 고조시키는 것처럼 낮지만 잘 들리는 목소리로 말을 이었다.

"모든 족장들을 격파하고 그들이 거느렸던 백성을 평정한 빛나는 칭기스칸을 천제의 명에 따라 지금부터 칸보다 강력하며 가장 위대한 대칸으로 모신다. 이곳에 모인 자들이여, 이의는 없겠지?"

"그렇소."

모든 사람들은 즉시 텝 텡게리의 말을 받아들이며 칭기스칸을 향해 다시 머리를 숙여 찬성한다는 뜻을 나타냈다. 그러자 자리에서 일어난 칭기스칸은 그들을 둘러보면서 호르도의 구석구석까지 들리는 굵은 목소리로 힘차게 선언했다.

"내가 천하를 통일한 것은 만민을 위해서였다. 나는 코릴타에 참석한 여러분의 승인에 의해 내 생명이 다하는 날까지 대칸으로서 그대들을 통솔할 것이다. 또한 대칸의 지위는 내 자자손손에 이르도록 영구불변할 것이다."

"우리들은 생명이 다할 때까지 대 칭기스칸을 섬길 것이며, 우리들의 자자손손에 이르기까지 충성을 다하겠습니다."

텝 텡게리가 그때까지의 것보다 한층 더 높은 목소리로 선서하자 그 소리에 대답하는 목소리들이 마치 해일이 밀려오는 것처럼 호르도 안에서 퍼져나갔다.

"지당하신 말씀입니다."

그것은 중앙 집권화된 권력을 승인받는 선언이었다. 호르도에 모인 사람들뿐만 아니라, 칭기스칸이 지배하는 전 영토의 백성들에 대해서도 영구적으로 절대 복종과 충성, 헌신을 철저하게 주지시키는 행위였다.

"우리들이 존경하며 섬기는 칭기스칸, 대칸의 즉위를 하례드리옵니다."

코코추의 선창에 따라 쏟아지는 찬사의 말들이 호르도 안에 울려퍼졌다.

"우리들의 위대한 칭기스칸, 하례드리옵니다."

칭기스칸은 천천히 부드러운 미소를 지으며 그들을 둘러보면서 연거푸 고개를 끄덕였다. 그 순간 칭기스칸은 명실공히 몽골고원 전역의 여러 부족들을 통합하는 대몽골제국의 황제가 되었다.

칭기스칸의 나이는 그때 44세, 중국의 역사에서는 이 1206년을 기해 칭기스칸을 '태조'라고 부르게 되었으며, 몽골의 '원년'으로 기록하기 시작했다.

몽골에서 대코릴타가 개최될 무렵, 송나라는 황제 장종의 졸렬한 행정으로 쇠퇴의 길을 더듬기 시작한 금나라에 대해서 40년 동안 계속되었던 평화를 깨고 재상 한탁주가 이끄는 대군으로 하여금 공격하게 했다. 그러자 금나라도 역시 송나라와 싸우기로 결정하고는 철저한 항전 태세를 갖추게 되었다.

일찍부터 첩자들을 활용해온 칭기스칸은 그 같은 움직임을 이미 알고 있었다. 때문에 봄의 폭풍이 끝나자마자 대코릴타를 개최했던 것이다. 그야말로 숙적인 금나라를 협공할 수 있는 기회가 그를 찾아온 것이었다.

칭기스칸을 대칸으로 승인하는 의식이 끝나자, 이제는 재상이 된 타타통가가 지난날 케레이트에서 옹칸을 섬겼던 두 사람의 서기관과 함께 앞으로 나와 위구르 문자로 작성된 서류를 펼쳤다. 그리고는 칭기스칸이 발표할 군사 조직에 대해서 이미 기록해 놓은 인사 일람표를 확인했다. 칭기스칸이 이름을 잊었을 경우에 대비하기 위해서였다.

칭기스칸은 잠시 후 그 자리에서 낭랑한 목소리로 88명이나 되는 사람들의 이름을 부르고는 그들을 똑바로 바라보면서 말했다.

"우리 몽골제국을 세우는 데 있어서 분골쇄신하는 노력을 아끼지 않은 자들에게 은상으로 봉토를 수여하고 천호장관으로 임명하는 바이다."

어릴 때부터 얼굴과 이름을 기억하는 재능이 뛰어났던 칭기스칸은 그들의 이름을 다 부를 때까지 단 한 번도 탁자 앞에 서 있는 서기관들 쪽으로 시선을 보내지 않았다.

한 마디로 말해서 천호장관이지만 본인의 능력에 따라서 혼자서 3천 명이나 5천 명의 부하들을 거느리는 자들도 있었기 때문에 실질적으로는 95개의 천호부대들이 탄생했다. 따라서 88명의 천호장관들이 이끄는 실제 병력은 9만 5천기가 되었다.

칭기스칸은 이어서 타타통가로 하여금 몽골제국을 건설하는데 있어서 특별한 공로가 있는 사람들의 이름을 하나씩 부르게 했다. 그것은 대코릴타에 참석한 모든 사람들에게 소개하여 칭기스칸과 고락을 함께 한 자들의 이름을 확실하게 기억하도록 하는 동시에 공을 세우면 반드시 보답을 받는다는 것을 가르치는 의미를 담고 있었다.

신하들을 한 사람씩 불러 공을 치하하는 의식은 오랫동안 계속되었고 마지막으로 군사 조직에 관한 발표가 있었다. 먼저 밤의 위병인 '숙위'는 80명이었던 것을 1천 명으로, 낮의 위병인 '시위'는 70명에서 단번에 8천 명으로 늘어났다. 그때까지 4백 명으로 편성되었던 전통사들은 1천 명으로 늘렸으며,

젤메의 아들 예순테가 제1반장이 되었다. 숙위와 시위, 전통사는 설명할 것도 없이 목숨을 걸고 칭기스칸을 지키는 친위대인데. 칭기스칸은 그들의 반장을 친위대의 장로격이라는 뜻을 담아 나이에 상관없이 '숙노'라고 부르기로 했다.

칭기스칸이 정해 놓은 군율은 다음날에 발표하기로 하고 그날의 대코릴타는 일단 막을 내렸다. 호르도로 엄청난 양의 술과 음식이 운반되었고 또 하나의 작은 게르에서 대기하고 있던 악사와 무용수들이 들어왔다.

대연회의 준비가 끝나자 징소리가 울려 퍼지면서 일단 밖으로 나갔던 칭기스칸과 정비 버르테가 다시 모습을 나타냈다. 참석자들 모두의 술잔에 술이 따라지자 주술사 텝 텡게리의 선창으로 하늘과 땅의 신에게 바치는 술이 각자의 손가락으로 튕겨졌다.

"하늘과 땅의 모든 신에게 술을!"

"몽골은 이제 하나가 되었다. 대칸, 칭기스칸의 건강과 영원한 영광을 위해서 건배!"

"건배!"

커다란 호르도를 뒤흔들 정도의 환성이 터져 나오자, 칭기스칸도 술잔을 들면서 큰 소리로 말했다.

"여러분의 건강을 빌겠다."

"대몽골제국 만세!"

전원이 소리치는 것과 함께 악사들은 일제히 연주를 하기 시작했고, 대연회는 드디어 시작되었다. 칭기스칸이 첫잔을 비우자, 칭기스칸군에 소속된 신하들이 한 사람씩 옥좌 앞으로 걸어나와 더 한층 충성할 것을 맹세했다. 대선직이 건네주는 칭기스칸의 이름이 새겨진 술잔을 비우면서…….

그들의 알현이 끝나자 초대를 받고 멀리서 온 손님들이 칭기스칸을 알현하기 위해 앞으로 나왔다. 대코릴타는 하루나 이틀 만에 끝나지 않는 것이

관례였다. 때로는 의안 채택을 둘러싼 의논을 위해 생각이 같은 자들끼리 말을 타고 멀리 나가기도 하고, 의견 조정을 위해 몇 사람이 다른 장소로 옮겨 별도의 연회를 열기도 했다. 때문에 공백이 생겨 코릴타가 끝날 때까지 한 달 이상이나 걸리는 경우도 있었다.

이슬람 상인 아산이 오논 강변에 도착하여 칭기스칸과 오랜만에 재회한 것은 다음 날 아침, 대코릴타가 다시 시작되기 직전이었다. 칭기스칸은 여러 참모들과 함께 호르도의 뒤에 위치한 작은 게르에서 약속대로 다시 찾아온 아산을 맞으며 그의 노고를 치하했다.

"당장 이국의 무기들을 보여주게."

칭기스칸이 흥미진진해 하며 말하자, 아산은 호위를 겸해서 데리고 온 30 명 정도의 낙타를 끄는 사나이들에게 명령하여 무기와 방어용 기구들을 게르 안으로 가지고 오게 했다. 운반해 온 물건들이 모두 진열되자, 아산은 그것들 하나하나에 대해 자세히 설명하기 시작했다.

칭기스칸은 직접 물품들을 점검하는 한편, 성능과 사용법 등을 확인하면서 신하들에게도 시험해 보게 했다.

"어떻습니까? 마음에 드시는 것이 있으신가요?"

"그래. 이건 매우 좋은 것 같다."

여러 종류의 도검들 중에서 칭기스칸의 관심을 끈 것은 그때까지 자기가 사용하던 것보다 칼날이 얇으면서 날카로운 환도였다. 칼날이 길면서도 손잡 이 부분이 작고, 한 손만으로 자유롭게 사용할 수 있다는 것이 기마전에서는 제 격이었다. 다른 도검들은 지상에서 싸울 때 목이나 어깨를 베거나 가슴을 찔러 죽이는 데에는 적합하지만, 칼자루를 두 손으로 힘을 주어 잡아야 했으며 너무 무거워 말을 탄 상태에서는 사용하기에 적합하지 않았다.

"이 칼이라면 오른쪽 적병의 목을 베고 곧바로 왼쪽으로 접근한 적도 쳐

죽일 수 있겠군."

카사르도 그 환도가 마음에 들었는지 허공을 향해 그것을 힘껏 휘둘러보고 있었다. 창도 몇 종류가 진열되어 있었는데, 그것들 중에는 창끝에 날카로운 갈고리가 달려 있는 것도 있었다. 그것은 말 위의 적병을 갈고리로 걸어서 당겨 낙마시킨 뒤에 찔러 죽이기에 적합했다. 하지만 칭기스칸이 직접 들어보니 너무 길고 무겁다는 문제점이 있어 말을 타고서 사용하려면 개량의 여지가 있을 것 같았다. 몇 가지의 전투용 도끼들도 비슷한 결점을 가지고 있었다.

한데, 둔중해 보이는 철제 투구는 실제로 머리에 써보니 의외로 가벼웠다. 그때까지 몽골군이 사용하던 긴 칼로 쳤을 때 칼날이 부러질 정도의 강도를 가지고 있었다. 따라서 강도를 줄이지 않고 좀 더 가볍게 하기 위해 양쪽에 달린 얼굴과 목을 보호하는 쇠사슬 덮개를 가죽으로 만든 가벼운 덮개로 바꾸면 몽골군에게 적합한 투구가 될 것 같았다.

결국 환도와 투구는 그때까지의 몽골 것보다 기술 수준이 높아 즉시 실전에서 사용할 수 있을 것 같다고 생각한 칭기스칸은 친위대 반장들의 의견을 들은 뒤에 구입하기로 했다.

"감사합니다."

"그리고 저것은 꼭 실물을 보고 싶은데……."

"아, 네……."

칭기스칸은 이미 보고 지나갔던 도면 쪽으로 시선을 옮기고 있었다. 현물을 가지고 오지는 않았지만, 아산은 칭기스칸에게 '괴자목패'와 '투석기'의 도면을 보여주었던 것이다. 괴자목패는 굵은 나무들로 엮은 공성攻城용의 사다리이며 동시에 적이 던지는 돌을 막을 수 있는 강력한 무기였는데, 칭기스칸은 그것에 적지 않은 관심을 보이고 있었다.

투석기는 '포砲'라고도 불리었는데, 글자의 뜻 그대로 돌을 쏘아서 성벽을 부수고, 성벽 위에서 공격하는 적병에게도 타격을 주어 전투를 유리하게 이끄는 무기였다.

한데 두 가지 무기들은 실제로 싸움터에서 사용할 경우 40명 정도의 병사들이 필요할 만큼 부피가 컸다. 따라서 해체하여 낙타에 싣고 온다고 해도 멀리 콰레즘으로부터 운반해 오려면 부담이 너무나 컸다. 또한 많은 낙타들을 동원해 운반한다고 해도 오는 도중에 어떤 나라의 군대를 만나 운반하는 목적을 추궁당한 끝에 압수당할 가능성이 많다고 생각되어 우선 도면만 가지고 왔던 것이다.

"이것들을 갖추게 되면 병사들도 따로 훈련을 시켜야 되겠군."

괴자목패와 투석기는 금나라 앞에 커다란 뱀처럼 버티고 있는 만리장성을 돌파할 때 없어서는 안 되는 무기라고 생각한 칭기스칸은 당장이라도 두 가지 무기의 성능을 시험해보고 싶어졌다.

"이 도면은 상당히 정확한 것 같으니, 먼저 우리 쪽에서 만들어보는 것이 어떨까요?"

도면을 유심히 살피고 있던 카사르가 말하자, 칭기스칸은 머리를 저었다.

"어떤 무기도 미묘한 점에서 착오가 생기면 쓸모가 없다. 다소 시간이 걸리더라도 아산의 나라에서 기술자를 불러오는 것이 좋을 거다."

칭기스칸은 아산에게 시선을 옮기면서 물었다.

"나를 위해 다시 한 번 수고해 줄 수 있겠나?"

아산은 두 손을 비비면서 대답했다.

"먼 곳에서 불러오려면 많은 시간과 보수가 필요합니다. 그것을 인정해 주신다면 기술자를 불러오는 게 가능합니다."

"보수는 원하는 대로 주겠다. 그 대신 서둘러 주기 바란다."

"그렇다면 숙적 금나라를 여행하는 도중에 알게 된 정보입니다만,

송나라의 대장 한탁주는 금나라와의 싸움이 시작되자마자 고전을 면치
못하고 있는 모양입니다."

　일단 환도와 투구를 매입하는 상담을 매듭지어준 보답으로 아산은 묻지도
않은 정보를 흘렸다.

　"금나라와의 싸움을 계속한다면 틀림없이 패배할 것이라는 소문이
자자합니다."

　"한탁주가 고전하고 있다고? 자세하게 말해 보라."

　모칼리가 자신도 모르게 다가서면서 묻자, 아산은 정색을 하면서 말을
이었다.

　"영종 옹립을 도모했던 한탁주는 고종의 황후와 인척인 관계를 믿고
승진을 원한 나머지 그것을 저지한 우승상 조여우에게 원한을 품고 재상이 된
간계의 모사로서, 금나라에 도전한 이유도 금나라를 멸망시켜 자기의 권세를
강화하기 위해서라고 들었습니다. 한데 금나라의 장종은 이렇다 할 작전을
세우지 못하는 문인文人 황제입니다. 더욱이 아직 40살이 되지 않았는데도
호사스러운 생활에 흠뻑 젖어왔기 때문에 최근에는 병석에 눕는 일이 잦다고
합니다."

　"그러니까, 젊은 나이에 죽을 날이 가까워졌다는 건가?"

　"금나라는 국가의 정책이 치졸하여 여진인과 한인과의 반목이 더욱 심해진
상태인데, 설상가상으로 송나라와의 전쟁 문제까지 생겨 내우외환에 시달려
몸이 쇠약해진 장종은 책도 읽지 못하며 누워 있다는 소문입니다. 하지만
금나라는 일찍부터 장성을 구축할 정도로 국방엔 신중한 나라입니다.
금나라에는 오랜 전쟁의 역사가 있으며, 아직도 뛰어난 장수들이 많이
있습니다. 장종에게 만일의 사태가 발생한다고 해도 송나라의 군대를 맞아서
싸울 장수들은 부족하지 않을 것입니다."

"만일 장종이 죽게 되면 누가 그 뒤를 계승하게 되나?"

모칼리가 집요하게 묻자, 아산은 잠시 생각하는 표정을 짓더니 말했다.

"이건 어디까지나 소문에 불과한 이야기입니다만, 금나라의 5대 황제 세종의 일곱 번째 아들인 위소왕이라더군요."

'위소왕이라……'

칭기스칸도 그 이름 정도는 알고 있었다. 현재의 장종은 그의 조카인 것이다. 위소왕은 상당한 야심가인데 장종과는 대조적으로 저돌적으로 돌격하는 성격이었으며 황제가 될 만한 인물이 못된다고 듣고 있었다. 그런 위소왕이 황제가 된다는 소문이 나돌고 있다면, 금나라도 그다지 오래 가지는 못할 것이라는 생각이 문득 들었다.

금나라를 공략할 수 있는 기회는 확실히 무르익고 있었다. 대코릴타도 그것 때문에 개최된 것이었다. 하지만 송나라의 도전을 받은 금나라는 저력을 발휘하여 급히 군사력을 증강시켰다. 그러한 금나라와 싸우기 위해서는 아산이 도면으로 보여준 무기가 필요하다고 생각한 칭기스칸은 무기 기술자가 도착하여 괴자목패와 투석기를 만들 때까지 출전을 연기해야겠다고 생각했다.

'송나라와의 전투가 금나라에 유리한 쪽으로 전개되고 있다고 하지만 전투가 계속되면 쌍방의 병사들이 많이 죽어가게 마련이다. 더욱이 장종이 죽고 위소왕이 황제의 자리에 오르면 그의 성격으로 보아 폭정으로 치닫게 될 것이다. 그렇게 되면 백성들 사이에서 반드시 폭동이 일어나게 될 것이며 전쟁과 폭동으로 인해 금나라는 더욱 피폐해질 것이다. 그러니 지금 미리 서둘러서 출전할 필요는 없다.'

칭기스칸은 마음속으로 그 같은 생각을 하고 있었다.

그로부터 이틀째 계속된 대코릴타에서 칭기스칸군은 '군율' 전반에 대해서 자세히 선고했는데, 일단 그의 입에서 나온 말들은 신성한 것으로 간주되었으며 새로운 규범이 되었다.

칭기스칸은 그 자리에서 아산에게 '참모'의 자격을 주었으며 콰레즘 국경까지 그를 호위할 5백 명의 병사들도 내려주었다.

그로부터 며칠 후 아산은 콰레즘을 향해 다시 떠났다.

제28장

원정을 위한 준비

아산이 데리고 올 무기 기술자를 기다리는 동안 금나라와 송나라의 싸움은 칭기스칸이 예상했던 것처럼 전개되고 있었다.

송나라의 재상으로 취임한 한탁주가 금나라 침공의 대의명분으로 삼은 것은 회수 국경을 돌파하여 잃었던 땅을 되찾는다는 것이었다.

1141년, 두 나라 사이에 최초로 체결되었던 화의에 따라 두 나라의 국경은 회수와 대사관을 잇는 선으로 한다는 약속이 지켜져 오고 있었다. 한탁주는 어떻게 해서든지 그것을 타파하여 40년에 걸친 굴욕을 씻고 싶었다.

큰 공을 세우면 그의 권력도 요지부동이 된다. 하지만 그의 생각과는 반대로 송나라의 군대는 계속해서 금나라 군사들에게 패해 국경선을 침식당할 지경에까지 이르고 있었다.

늪에 빠지게 된 한탁주는 결국 황제 장종에게 사자를 보내 강화를 청하게 되었는데, 이미 권력자가 된 위소왕은 장종의 이름을 내세워 그 제의를 거절했을 뿐만 아니라, 한탁주의 목을 요구했다. 따라서 한탁주는 금나라의 군대를 방어하느라고 급급하게 되었고 백성들로부터 전쟁 책임을 추궁당하는 괴로운 입장에 처하고 말았다.

그 같은 정보는 대흥안령 방면에서 주둔하고 있는 모칼리가 보낸 첩자를 통해 칭기스칸에게 보고되었다.

칭기스칸은 그때까지도 자기를 대칸으로 인정하지 않는 약소족이나 벽지에 틀어박혀 있는 잔당들을 정벌할 계획을 세우고 있었다. 신하들과 협의한 결과 알타이산 서쪽에 있는 터키계의 반농 반유목민인 카르루크 씨족이 표적으로 정해졌다.

옛날에는 강대한 군단을 거느리고 국세를 자랑한 적도 있었지만 키르키스 씨족의 침공을 받은 뒤 백성들이 각지로 흩어져 아이슬란을 족장으로 하는 카르루크 씨족의 땅은 서요의 한 영토로 편입되었으며, 그들의 지배를 받고 있었다.

칭기스칸은 족장인 아이슬란에게 특별한 원한이 없었다. 하지만 나쿠 산에서 도망친 타양칸의 아들 쿠출루크가 서요에 의지하여 재기를 도모하고 있다는 정보가 들어와 있었다.

'쿠출루크가 군비를 갖추고 있다면 나이만 일족을 말살시키기 위해 서요로 진군하는 것은 당연한 일, 먼저 약소한 카르루크를 쳐서 발판을 확보하자. 카르루크만 손에 넣으면 서요에 대한 정보를 쉽게 얻을 수 있을 것이다.'

스스로를 납득시킨 칭기스칸은 즉시 계획을 실행으로 옮겨 쿠빌라이의 부대를 출전시켰다.

그런데 '라이온(사자)'이라는 뜻의 이름을 가진 족장 아이슬란은 이름과는 달리 무인이라기보다는 페르시아 등의 이슬람 문화를 몸에 익힌 문인에 가까웠다. 그런 만큼 몽골의 대군을 보기만 하고도 쿠빌라이에게 항복을 청했다.

쿠빌라이는 아이슬란과 그의 아들 에셴 부카를 오논 강변에 있는 호르도로 데리고 와서 칭기스칸에게 알현시켰다.

"우리들 카르루크는 단 한 번도 몽골에 대항한 적이 없습니다. 또한 우리의 영토는 좁기는 하지만, 페르시아어에 능통한 학자나 이슬람교의 성직자들이 많습니다. 그들이 살해 당하는 것을 방지하기 위해 항복한 것입니다."

아이슬란이 지적인 빛이 감도는 눈을 빛내면서 정직하게 말하자, 칭기스칸은 부드러운 목소리로 대꾸했다.

"앞으로 배반하지 않겠다고 맹세할 수 있겠나?"

"물론입니다."

"좋다. 돌아가는 즉시 나를 위해 페르시아어에 능통한 자들을 파견시켜라."

"그렇게 하겠습니다."

"그대는 어떤가?"

칭기스칸은 이어서 아버지와는 대조적으로 무인의 품격을 갖추고 있는 아들에게 물었다.

"자자손손에 이르기까지 대몽골제국에 반기를 드는 일은 절대로 없을 것이라고 맹세하겠습니다. 저의 싸움터는 오늘부터 칭기스칸과 함께 진군하는 장소가 될 것입니다."

"솔직하게 항복하고 우리 군과 힘을 합치겠다고 맹세했으니 상을 내리겠다."

칭기스칸은 그들 부자의 말에 만족하고 있었다.

칭기스칸의 인덕에 감명을 받은 아이슬란 부자는 발하슈 호반으로 돌아오자, 즉시 페르시아어에 능통한 천문학자와 역사학자들을 뽑았다.

그런데, 그들 학자들을 칭기스칸에게 보낸 후 아이슬란에게 예상치 못했던 난제가 생겼다. 서요의 왕이 "호탄 국왕이 반란을 일으켰다. 즉시 출전하여 그를 말살하라"는 명령을 내린 것이다. 호탄은 곤륜산맥 북쪽 기슭에 위치한 오아시스 도시이다.

예로부터 천산 서역 남로의 요지에 있어서 인도와 페르시아 문화가 교류하는 요충지였다. 당시의 호탄은 서요 왕국에 속해 있었으며 백성들의 반 이상이 이슬람교를 믿고 있었는데 칸의 압정으로 고생을 하고 있었다. 따라서 그들을 토벌하라는 명령은 아이슬란에게 있어서 받아들이기 어려운 문제였다.

'그는 자기 휘하의 병사들을 희생시키지 않고 호탄을 진압하려는 것이다. 그의 검은 마수는 머지않아 같은 이슬람교도인 나에게도 미칠 것이 틀림없다.'

취약한 성격의 아이슬란은 결국 고민을 계속하던 끝에 스스로 독을 마셔 목숨을 끊고 말았다. 그러자 아버지의 뒤를 이어 카르루크 씨족의 족장이 된 아들 에셴 부카는 '아버지는 서요의 왕 칠루크에 의해 살해당한 것이나 마찬가지 다'라면서 반기를 들었고, 칭기스칸에게 원군을 청했다.

그것이 쿠출루크를 치려는 또 하나의 원인이 되어 칭기스칸은 마침내 서요로 원정할 결심을 굳히게 되었다.

쿠출루크의 말로도 크게 다를 것이 없었다. 뛰어난 말재주로 서요의 왕 칠루크의 마음을 잡아 신임을 얻게 된 쿠출루크는 결국 공주를 아내로 맞았으며 권력의 자리도 얻었다. 그리고는 야망을 이루기 위해서 돌진했다.

그는 먼저 늙은 칠루크를 퇴위시키고 스스로 서요의 왕이 되었다. 이어서 칭기스칸에게 충성을 맹세했다고 들은 카르루크 씨족을 공격하여 귀족 계급의 사람들을 모두 죽였다. 그리고는 호탄과 카슈가르 지역으로 침공하여 그곳의 백성들에게 자기에 대한 충성을 맹세하게 하고 이슬람교에서 불교로의 개종을 강요했다.

하지만 그러한 폭거가 화근이 되어 백성들이 일제히 봉기하여 쿠출루크의 발판을 흔들어 놓았다. 그렇게 되자 그 기회를 놓치지 않고 공격을 감행한 것이 칭기스칸의 명령을 받아 출전한 제베의 2만 대군이었다.

호탄과 카슈카르를 평정했을 때만 해도 몽골군과 싸울 만한 군사력을 가지고 있었던 쿠출루크였지만, 그의 세력은 크게 약화되어 있었다.

'하늘이 준 기회를 놓쳤다. 영토를 확장하기 전에 몽골군과 먼저 싸워야 했었다.'

자신의 잘못을 깨달은 쿠출루크는 불과 며칠 동안만 몽골군과 싸우다가 카슈카르로 도망쳤다. 한데, 쿠출루크를 추격하여 카슈카르로 접근한 제베는 싸우기 전에 주민들의 신앙의 자유를 인정한다고 선포했다.

그러자 주민들이 쿠출루크를 받아들이지 않고 괭이나 도끼를 휘드르며 쿠출루크의 병사들을 학살하는 사건이 벌어졌다.

결국 음식도 제대로 구하지 못하게 된 쿠출루크는 파미르 고원으로 도주했으며 '대룡호'라고도 불리는 카라콜호 부근에 이르렀을 때 제베의 병사들에게 잡혀 목이 잘려지고 말았다. 그것은 나이만 부족 자체가 완전히 소멸되는 순간이기도 했다.

금나라와의 전쟁을 시작하기 전에 해두어야 할 또 하나의 일이 있었다. 그것은 엄청난 수에 이른 몽골 국내의 백성을 가족들에게 적절하게 분배하여 통치하게 하는 체제를 만드는 것이었다. 혈연관계가 있는 자들이라면 원정으로 인해 자리를 비우더라도 안심하고 나라를 맡길 수 있을 것이라 생각했다.

칭기스칸은 타타퉁가 등의 문서부에 속해 있는 위구르인 문서 기록관을 불러 미리 결정한 각자의 이름들과 분배할 인원수를 기록하게 했으며, 그것을 발표하게 했다.

주술사인 텝 텡게리가 택일한 중대한 행사를 집행하는데 길일이라는 그날, 호르도에는 일가친척을 위시한 신하들이 모두 모였고, 태양이 머리 위에 오는 오시(정오)에 칭기스칸은 옥좌에 앉았다.

이윽고 하얀 옷을 걸친 텝 텡게리가 옥좌의 아랫자리에서 말했다.

"지금부터 칭기스칸이 백성과 영토에 관한 중대한 발표를 한다."

이어서 칭기스칸이 자리에서 일어나 말했다.

"이제 여러분의 노력으로 인해 우리들은 '황금의 씨족' 집단이라고 불리게 되었으며, 그것에 걸맞는 힘을 비축하게 되었다. 지금까지 많은 백성들을 결속시키기 위해 가장 고생한 분은 나의 어머니 허엘룬이시다."

칭기스칸은 굵으면서 잘 들리는 목소리로 말하고는 발표를 시작했는데 '초원의 백성'과 '삼림의 백성'을 모두 거느리게 된 칭기스칸은 그날 자기가 통치하는 광대한 몽골제국의 영토를 확실하게 둘로 구분했다. 즉, 어머니 허엘룬과 동생들에게는 중앙부로부터 대흥안령의 동쪽, 아들들에게는 알타이산 방면의 서쪽 봉지를 분배한 것이다.

칭기스칸의 발표가 끝나자, 여느 때와 마찬가지로 화기애애한 분위기에 감싸인 축하연이 열렸다.

카사르와 텝 텡게리만이 시무룩해 하는 표정을 짓고 있었다. 카사르가 화난 원인은 자기가 다스리게 된 백성들의 수가 칭기스칸의 장남인 주치가 받은 숫자의 반도 되지 않았기 때문이었고, 텝 텡게리가 화가 난 원인은 같은 주술사인 코르치보다 낮은 대접을 받았기 때문이었다.

칭기스칸은 물론 그것을 알아차렸지만, 자신이 결정한 분배와 임명은 온당하다고 생각했기에 두 사람을 무시하는 표정을 보이면서 술을 마셨다.

넓은 봉지를 받기는 했지만 칭기스칸의 어머니와 형제, 그리고 아들들은 금나라로의 원정이 결정될 때까지는 봉지로 부임하지 않고 그때까지와 마찬가지인 생활을 계속하기로 했다.

오랜만에 평화로운 생활을 즐기고 있는 칭기스칸에게 금나라와 송나라의 싸움에 관한 정보는 계속해서 날아들었다. 그 같은 정보들 중에서 칭기스칸이 관심을 갖게 된 것은 금나라의 화평 교섭을 완강하게 거절한 한탁주가 송나라 백성들의 비난을 받아 군정과 국정의 최고책임지의 자리인 평장 군국사에서 파면되었을 뿐만 아니라, 재상의 자리마저 잃었다는 것이었다. 따라서 칭기스칸은 확신했다.

'내가 예상했던 대로 한탁주는 머지않아 암살되어 전쟁에 종지부가 찍히게 될 것이 틀림없다.'

칭기스칸의 확신은 들어맞고 있었다. 송나라에서는 그즈음 비밀리에 예부 시랑인 사미원 등이 한탁주를 암살할 계획을 세우고 있었다. 남은 일은 황제인 명종의 황후 양씨를 설득하여 영종에게서 암살을 승인받는 것이었다.

양 씨의 오빠 양차산은 금나라와의 개전을 강행한 한탁주에게 강한 적개심을 불태우고 있었다. 사미원과 양차산에게 설득당한 영종은 금나라와의 싸움을 계속해 봤자 국토가 황폐해질 뿐이라고 생각했으며, 결국 자기를 황제로 추대한 한탁주를 암살하는 문제를 인정했다.

"한탁주가 암살되었습니다."

라는 보고가 칭기스칸에게 들어온 것은 혈연 관계가 있는 자들에게 영토를 분배한 지, 몇 달 후인 1207년 11월이었다.

추운 바람이 몰아치고 눈발이 날리는 11월이었기 때문에 송나라는 한탁주의 목을 금나라로 보내는 것을 이듬해로 미루었고, 금나라와 송나라 사이에는 해빙과 함께 화의가 성립되었다.

"한탁주를 암살하려고 계획했던 사미원과 양차산이 송나라의 권력을 장악했습니다."

새로운 정보가 칭기스칸에게 날아들었지만, 그의 관심은 다른 데에 있었다.

"누가 송나라의 실권을 쥐건 나는 관심이 없다. 내가 갈 곳은 어디까지나 숙적 금나라이다. 금나라를 함락시키면 송나라도 언젠가는 우리의 영토가 될 것이다."

칭기스칸은 세부적으로 금나라 토벌 작전을 짜기 시작했다. 이슬람 상인 아산은 이미 콰레즘에서 실력이 뛰어난 무기기술자 6명을 데리고 도착해 있었다. 또한 칭기스칸의 밀명으로 금나라에 잠입한 모칼리의 부하들도 교묘하게 공작을 계속한 결과 금나라의 무기기술자 수십 명을 모으는 목적을 성공시키고 있었다.

엄청나게 많은 보수를 약속받은 금나라의 기술자들은 가족과 함께 위험을 무릅쓰고 이주해 왔으며, 만리장성이나 주요 도시의 성에 대해서 칭기스칸의 부하들에게 소상히 설명하는 임무도 맡게 되었다. 그때까지 칭기스칸이 치른 싸움들은 거의 모두가 대초원에서의 전투였다.

하지만 금나라로의 원정은 공성전이 중심이 되었다. 기마군단에서 성을 공격하는 무기를 갖추고 싸우는 정예 부대로 바뀌어야 했다. 많은 돈을 주고 금나라의 기술자들을 불러들인 것은 그들의 기술뿐이 아니라, 그들이 가지고 있는 지식 모두를 흡수하기 위해서였다.

또한 아산을 통해 칭기스칸에게 만리장성 공략에 대한 정보를 제공한 자가 있었는데, 그는 엉거트부의 족장인 알라코시 디기트코리였다.

나이만을 섬멸한 칭기스칸은 나이만이 공격할 것이라는 정보를 알려준 그와 손을 잡았으며, 금나라를 정벌한 뒤에 엉구트에 자치권을 주겠다고 보장했다.

대칸 칭기스칸은 거의 매일같이 취침 전에 만리장성의 도면을 유심히 살펴보았 다.

만리장성이 최초로 구축된 것은 춘추 전국시대였다. 북방 유목민의 침입을 막기 위해 구축된 장성은 그 후에도 확장되었는데, 특히 힘을 쏟아 넣은 것은 진나라의 시황제(재위 246~210)였다.

어쨌든 칭기스칸이 금나라로의 원정을 생각하고 있었던 당시의 만리장성은 재정이 궁핍해진 금나라로서는 너무 길었기 때문에 군사비는 물론이고, 모든 장소에 군사들을 배치할 수 없었을 뿐만 아니라 군량미 수송 문제도 순조롭지 못했다.

칭기스칸은 물론 금나라에 대한 정보 수집에만 몰두하고 있지는 않았다. 당시의 중국은 3개의 나라로 나누어져 있었다. 면적은 거의 같지만 회하 이북은 만주 출신인 퉁구스계의 여진족이 세운 금나라 왕조, 원래는 전통적인 중국 왕족이면서 금나라 군대의 침입으로 인해 남쪽으로 도망간 송나라, 서북부는 티베트계 탕구트족인 서하가 각각 지배하고 있었다. 칭기스칸이 금나라로 원정하기 전에 송나라와 서하에 관해서도 충분한 사전 조사를 하는 것은 지극히 당연한 일이었다.

때문에 각지의 첩자들로부터 들어오는 정보의 양은 방대한 것이었으며, 상황에 따라서는 금나라에 앞서 송나라나 서하를 공격할 수도 있는 작전이 수립되어 갔다.

이미 칭기스칸의 참모가 된 아산은 무기 기술자들 뿐만 아니라, 18살이 된 아들도 데리고 왔다. 칭기스칸과 재회한 날 아산은 말했다.

"제 뒤를 이어 상인이 될 아이에게 다른 세상을 보여주고 싶어서요. 여행을 통해 견문을 넓히는 것은 상인에게 있어서 무엇보다 필요한 일입니다. 많은 것을 배우고 자연스럽게 정보를 수집하는 버릇을 몸에 익히는 것은 여행을 체험해야만 가능합니다."

아버지를 닮아 영리하게 생긴 아들의 이름은 알리라고 했다. 알리는 17살이 된 톨로이와 금방 친해졌으며, 얼마 지나지 않아 몽골인들의 습관을 몸에 익히고 이야기도 나눌 수 있게 되었다.

칭기스칸은 공성전에 사용할 무기들이 완성됨에 따라 금나라 토벌을 위해 특별히 편성한 공성 부대를 매일같이 훈련시켰다.

서하 방면으로부터 괴자목패와 전호차 등을 운반할 낙타들이 조달되기 시작했으며, 그 수는 날이 갈수록 많아졌다.

그러던 중 그 누구도 예상하지 못했던 놀라운 사건이 발생했다.

'텝 텡게리 사건'이라고 이름 붙여진 그 사건이 발생한 것은 1208년 초여름이었는데, 그것은 주술사인 텝 텡게리가 카사르에게 전해준 무서운 내용의 신탁에서 비롯되었다.

신탁의 내용은 카사르가 칭기스칸의 뒤를 이어 황제의 자리에 앉게 된다는 것이었다. 그때부터 카사르는 무너진 몽골부를 재건하는데 큰 공헌을 한 대가로 자기가 형의 뒤를 이어 칸이 되어야 한다는 이야기를 은근히 퍼뜨렸다.

그것을 알게 된 칭기스칸은 칸 위에 대한 노골적인 야망을 드러낸 카사르를 만민이 보는 앞에서 처형하려고 했다. 어머니의 눈물 어린 호소 때문에 결행하지는 못했지만, 아무튼 그후 카사르는 권력에서 철저하게 배제되었다.

또한 그 사건은 결국 칭기스칸을 말살시켜 세력을 쥐려던 텝 텡게리의 음모로 밝혀지면서 그는 결국 죽음을 당하게 되는데, 칭기스칸은 그 사건으로 인해 신의 말씀도 인간이 중개함으로써 엉뚱한 내용으로 바뀔 수 있다는 사실을 알게 되었다. 동시에 그는 그 사건은 결국 신이 자기에게 내리는 바가 있어서 발생한 것이라고 받아들였다.

제29장

고비사막을 넘어서

동서 교통의 요충지에 자리잡은 서하의 변경에 푸른 군대의 한 기마군단이 나타난 것은 1205년이었다. 서하는 정예 군단만 30~40만 명에 이르는 군사력을 바탕으로 금나라 및 남송과 함께 동아시아를 3등분하고 있는 문명 세계의 대국이었다.

푸른 군대의 기마군단은 곧바로 변방을 공격했다. 그리고 서하가 자랑하던 변방의 군단은 단 한 번의 전투에서 전멸당했다. 서하의 주력군을 간단하게 섬멸시킨 푸른 군대는 많은 양의 낙타를 약탈한 후 바람처럼 사라져 갔다.

중앙아사아의 대국이었던 서하는 당황했다. 그 군대의 정체를 알 수 없었기 때문이다. 그것은 악몽이었다.

그들의 변방을 찬탈했던 그 군대는 1207년에 또다시 나타났다. 엄청나게 많은 대군이 지키고 있는 견고한 방어선을 새끼줄 자르듯이 무너뜨리고 밀어닥쳤다. 그런데 그것들보다 몇 배나 큰 무서운 재앙이 그들을 다시 찾아오게 되었다.

금나라의 황제 장종이 40세라는 젊은 나이로 죽은 것은 1208년 11월이었으며, 뒤를 이은 제7대 황제가 위소왕 영제(1209~1213)다.

황제가 된 위소왕은 칭기스칸에게 사자를 파견했다. 자기의 즉위를 인정하고 곡물을 바치라는 요구를 하기 위해서였다.

호르도 안으로 들어선 사자는 옥좌에 앉아 있는 칭기스칸에 대해서 처음부터 고압적인 자세를 취했다.

"그 자리에서 내려와 무릎을 꿇고 우리 황제님의 칙명을 받도록 하라."

칭기스칸은 어이없어 하면서 그에게 물었다.

"금나라의 새로운 황제는 누구인가?"

"위소왕이시다."

"그 이름은 들어서 알고 있다. 어리석은 위소왕으로서 말이다."

라고 말한 칭기스칸은 사자를 향해 "퉤!"하고 참을 뱉었다. 사자는 크게 놀라며 화를 냈다.

"황제의 칙명을 전하는 사람에게 침을 뱉다니? 그렇게 하고도 무사할 것이라고 생각하는가?"

"황제는 만민의 신뢰를 받으며 존경받는 인간이어야 한다. 위소왕은 쓸모없는 말만도 못한 무능력자, 그런 자가 황제의 자리에 올랐으니 금나라의 장래는 어둡다. 그런데 내가 어째서 천한 자를 위해 무릎을 꿇고 칙명을 받아야 한단 말인가?"

칭기스칸은 결국 공납을 인정하지 않으며 자리를 박차고 일어나 밖으로 나가 버렸다. 몽골과 금나라의 관계는 단번에 악화되었다. 하지만 위소왕은 몽골인들을 야만족이라고 깔보면서도 자기들 쪽에서 먼저 공격하려고 하지는 않았다.

긴 겨울 동안에도 각지에서 활동 중인 첩자들이 여러 가지 정보를 가져다주었는데, 그 중에는 칭기스칸의 관심을 특별히 유발시키는 내용이 있었다.

'금나라의 황제 위소왕이 북서 방면의 경비를 공고히 하기 위해 서하(탕구트)와 다시 동맹을 맺었으며, 서하도 역시 군사력을 증강하기 시작했다.'

새로운 입장에 처하게 된 칭기스칸은 즉시 케룰렌 강변의 호르도로 신하들을 소집하여 작전회의를 열었다.

"지금 금나라로 원정하게 되면 서하로부터 배후를 공격당할 위험이 있습니다."

오랫동안 첩보 임무를 수행해 온 보오르추가 먼저 의견을 말하자 선봉대를 이끌 제베가 즉시 이의를 제기했다.

"우리와 동맹한 엉구트의 족장 알라코시 디기트코리가 만리장성을 돌파할 때 길 안내를 맡겠다는 밀약을 맺어준 바 있소. 서하가 배후에서 공격해 오는 것을 경계하려면 우리의 병력을 둘로 나누면 된다고 생각합니다. 한쪽을 서하와 금나라의 국경 부근에 배치해 놓으면 금나라 공략은 가능합니다."

원정에 참가하기로 되어 있는 칭기스칸의 장남 주치는 강력하게 반대했다.

"지금 평화를 유지하고 있는 서하가 우리의 배후를 공격할 것이라고 장담할 수는 없습니다. 그렇게 하면 공연히 서하를 자극하게 되어 우리 군은 금나라와 서하의 군대를 동시에 상대하며 싸우게 되는 상황이 될지도 모릅니다."

보급부대를 이끌게 되어 있는 젤메는 여느 때처럼 신중론을 내세웠다.

"금나라로 원정하는 것을 당분간 연기하고 첩자들로 하여금 쌍방의 움직임을 좀 더 확실히 조사해 보는 것이 어떨까요? 금나라는 송나라와의 싸움을 끝낸 지 얼마되지 않아 장병들이 지쳐 있습니다. 서하도 역시 문화면에만 충실하게 힘을 기울여 왔기 때문에 실질적인 군사력은 대단치 않다고 생각합니다. 위소왕의 요구를 받았기 때문에 어쩔 수 없이 필요 이상의 병력을 국경 지대에 집결시켰다고 생각됩니다."

"그렇다면 제베의 의견대로 우리 군을 둘로 나누어 금나라로 먼저 쳐들어
가는 것이 좋겠소."

군사 훈련에서 뛰어난 능력을 나타내는 용장인 수부타이는 제베의 편을
들었다. 그러자 대흥안령 방면에 자기 부대의 반 이상을 보내놓고 있는
모칼리가 굵은 손가락으로 입수염을 건드리면서 반대했다.

"아니오. 금나라에 대한 대규모의 원정을 시도하기 전에 전초전으로 전군이
서하를 공격해야 하오.'

옥좌의 칭기스칸은 책상 위에 펼쳐 놓은 지도를 내려다보며 신하들의
의견을 듣고만 있었다.

"서하에는 금나라와 마찬가지로 성곽이 있습니다. 그것은 우리들의
게르와는 달라서 불을 붙인다고 해도 쉽사리 타버리지 않습니다. 모칼리님의
말씀처럼 먼저 서하로 가서 성곽을 공격하는 공성전을 장병들에게 체험시키는
것이 어떨까요? 실전을 통해 얻게 되는 전술이야말로 귀중한 것이며, 금나라
와의 싸움에 도움이 될 것이라고 생각합니다."

칭기스칸의 아들들 중에서 가장 머리가 뛰어나다는 어거데이가 말하자,
보오르추는 즉시

"흠, 묘안이로군."

하며 동감의 뜻을 표했다. 그러자 다른 신하들도 머리를 끄덕이며 칭기스칸
쪽으로 시선을 집중시켰다.

칭기스칸은 이윽고 지도를 펼쳐 놓은 책상 가까이로 중신들을 오게 하고는
말했다.

"잘들 보라. 어거데이가 말한 것처럼 서하의 수도는 견고한 성벽으로 둘러
싸여 있다."

모든 일을 하는데 있어서 용의주도한 칭기스칸은 금나라와 인접한 송나라와 서하에 대해서도 빈틈 없는 조사를 해오고 있었다. 그것에 대한 성과가 몇 장의 지도와 도면에 집약되어 있었다.

신하들은 일찍부터 만들어져 있는 정밀한 서하 전국의 지도와 성곽도시인 수도 중흥부中興府의 도면을 자세히 살펴보았다.

"나는 금나라에 대한 원정을 중지하고 서하를 먼저 집중적으로 공격해야 한다고 생각한다."

칭기스칸이 비로소 자기의 의견을 말하자, 쿠빌라이가 전의를 드러내며 큰 소리로 말했다.

"계획을 변경하는 것에 대한 이의는 없습니다. 서하를 철저하게 깨뜨려 금나라로 원정했을 때 한 놈도 원군으로 달려갈 수 없게 만들어 버립시다."

"다른 의견이 있으면 듣겠다."

칭기스칸이 묘안이 있으면 들어줄 자세를 보이자, 보오르추가 그의 말에 적극적으로 찬성하는 발언을 했다.

"광대한 오아시스의 나라 서하를 미리 제압해두면 금나라 원정 때 교두보로가 되어 크게 도움이 될 것입니다."

다수가 호응하는 뜻을 얻어낸 칭기스칸은 잔뜩 힘이 들어간 단호한 목소리로 말했 다.

"좋다. 그럼 결정된 것으로 알겠다."

"이의 없음!"

일치단결한 신하들의 목소리가 호르도 안에 울리면서 칭기스칸의 말에 대답했다.

궁전에서 나온 장수들은 즉시 자기의 부대들을 집합시켜 언제라도 출전할 수 있도록 장비를 갖추라고 전하며 장병들의 사기를 높여주었다.

몽골군의 동유럽 침략 전투를 묘사한 그림.

서하는 원래 중국 서북쪽의 변경에서 활약하던 티베트계 민족인 탕구트가 중국에 성립된 송나라에 반기를 들고 그 선봉에 섰던 이계천이 독립하여 세운 나라였다.

1115년, 여진족인 아골타가 중국의 동북 지방을 통일하여 금나라를 세운 뒤에 강대한 군사력으로 송나라에 대한 공격을 감행했다.

그것을 본 서하는 1124년 금나라의 제후국이 되었으며, 그 후 금나라와 함께 송나라를 공격했다. 그 싸움에서의 승리로 인해 서하의 영토는 비약적으로 넓어졌다. 그리고 1138년, 송나라의 황제 고종이 금나라 군대의 공격을 피하기 위해 남쪽에 있는 임안으로 도읍을 옮기게 됨으로써 서하와 송의 항쟁은 마침내 종결되어 서하에 평화가 찾아오게 되었다. 그때부터 서하는 군사력 강화보다는 문화 쪽으로의 향상에 신경을 쓰게 되었다.

서하를 정벌하면 금나라 원정 때 물자를 운반할 낙타를 대량으로 얻을 수 있다. 더욱이 승리로 인해 받는 배상금 덕분에 재정이 윤택해지며 그것을 군자금으로 충당할 수도 있다. 칭기스칸은 그런 계산 외에 또 하나의 목적을 가지고 있었다.

그는 나이만을 공략한 직후부터 강대한 군사력을 보유하는 것만으로는 국가가 성립되지 않는다고 통감하고 있었다.

언젠가 문서 기록관인 타타통가에게서

"문과 무 두 길에 모두 통달해야만 천하의 만민을 다스리는 참다운 황제라고 말할 수 있습니다. 문화를 모르는 인간은 동물과 크게 다르지 않습니다."

라는 말을 들은 적이 있었다. 그때는 무례하기 짝이 없는 말이라고 생각했었지만, 칭기스칸은 솔직하게 충고를 받아들일 만큼 도량이 넓은 인간이었다. 그때부터 그는 그의 말대로 문화를 흡수하는 일에도 힘을 쏟기로 했다. 타타통가에게 지시하여 자기의 아들들에게 위구르 문자를 가르치게 한 것도 그러한 생각에서 나온 결과였다.

다시 말하자면 칭기스칸은 위구르의 문화뿐만 아니라 서하의 문화도 몽골에 끌어들이고 싶다는 생각을 가지고 있었다. 칭기스칸은 서하를 거쳐서 몽골로 오는 아산의 이야기를 통해 서하의 문명이 높다는 것을 알고 있었다. 따라서 서하를 제압하여 교역에 의한 이익과 높은 문명을 국내에 흡수하고 싶다는 생각은 자연스럽게 생겨나게 되었다.

다음 날 아침, 칭기스칸은 서하를 공략하기 위한 작전 회의를 열었다.

"보오르추여, 그대는 서하의 군대가 우리 군대와 만나게 되면 누가 총지휘를 할 것이라고 생각하시오?"

제베가 묻자, 보오르추는 즉시 대답했다.

"외명嵬名일 것이오. 그는 평화로운 시대에도 군사 훈련을 게을리하지 않는 뛰어난 장수라고 들었소."

"서하의 병력은 얼마나 되오?"

제베가 이어서 물었다.

"현재의 상황은 우리의 영토에서 가까운 흑수성黑水城에 있는 국경 방위군이 3만, 사주와 숙주·영주·염주에 각각 2만, 서량부에 5만, 중흥부에 수도 방위군 7만이 있는 것으로 파악되었소이다. 그밖에도 송나라와 금나라의 국경 지대에 각각 5만 명의 병사들이 주둔하고 있소이다."

"우리의 원정군은 8만 명으로 구성한다."

칭기스칸이 마음속에 두었던 말을 꺼내자, 신하들 사이에서 작게 웅성거리는 소리가 일어났다.

"8만이라고……?"

몽골의 '푸른 군대'는 그때까지 그 정도의 대군을 집결시켰던 적이 없었다. 하지만 서하의 병력 33만 명에 비하면 8만이라는 병력은 너무나 적었다.

장수들이 그 숫자를 어떻게 해석해야 할지 몰라 하면서 서로 얼굴들을 마주보자, 칭기스칸이 그들을 설득시키는 것처럼 말했다.

"병력이 많아야만 전쟁에서 이길 수 있는 것은 아니다. 지금까지 있었던 우리 군대의 싸움이 그것을 증명하고 있다. 상기해 보라. 나이만과 싸웠을 때도 우리의 병력은 그들의 3분의 1밖에 되지 않았다."

작전회의는 4일 동안에 걸쳐 계속되었다. 중신들과 충분히 작전을 의논한 칭기스칸은 일단 카라코롬에 8만 대군을 집결시킨 뒤에 단숨에 고비사막을 남하하여 서하의 영토로 침입하기로 했다. 카라코롬은 오르콘강의 왼쪽 기슭에 위치하고 있는 상태가 양호한 목초지였다.

1207년 여름, 원정군이 드디어 케룰렌 강변으로부터 출발하는 날, 칭기스칸은 배웅하는 추루제다이의 어깨를 두들기며 다시 한 번 말했다.

"후방을 잘 부탁한다."

잔류부대 3만 기를 맡게 된 주루체다이는 자신만만하게 대답했다.

"염려 마시고 잘 다녀오십시오."

카라코롬에 집결한 대군이 남하할 경우 제일 먼저 그들을 가로막는 것은 고비사막이었다. 그들은 먼저 그것을 넘어가야 했다.

한 마디로 사막이라고 말하기는 하지만, 고비사막은 흔히들 알고 있는 사막처럼 모래밭만이 펼쳐져 있는 곳이 아니다. '고비'는 몽골어로 삼림이나 강이 없고 모래자갈이 포함된 짧은 풀들이 듬성듬성 나 있는 스텝Steepe(나무와 풀이 없는 초원) 지대를 의미하는데, 모래밭이나 모래로 이루어진 구릉지대는 포함되지 않는다.

사막의 종단을 끝낼 때까지의 거리는 약 5백 킬로미터, 대군이 이동하려면 간단하게 계산해도 한 달 반 정도가 소요된다. 뿐만 아니라 고비사막은 기후의 변화가 심해서 큰 비를 만나게 되는가 하면, 며칠 동안 물이 한 방울도 나오지 않는 지대를 통과하게 되기도 한다. 또한 낮과 밤의 일교차가 매우 컸다.

칭기스칸은 고비사막을 넘어 서하의 국경을 돌파하게 되면 사주나 숙주 등을 거치지 않고 직선 코스로 중흥부로 진군할 작정이었다. 중흥부만 함락시키면 다른 도시들을 공략하는 것은 그다지 어려운 일이 아니며, 후에 천천히 공격해도 좋다고 판단했기 때문이었다.

고비사막이 가까워짐에 따라 주변의 경치는 색깔이 달라지기 시작했으며, 다갈색의 대지는 지평선 끝까지 광대하게 펼쳐졌다. 뜨거운 햇살이 중무장을 한 병사들의 몸에 사정없이 쏟아졌다.

사막에서의 행군은 초원의 백성들에게 있어서 예상했던 것 이상으로 괴로운 것이었다. 초원에서의 이동이라면 상쾌한 바람을 기대할 수 있지만 고비사막에 부는 바람은 열풍이었다. 땀이 솟는 작용이 심해져 잠시 쉴 때 물을 마셔도 이내 목이 말랐다. 장병들은 일몰과 함께 조립한 게르 안으로 들어가지만 불침번을 서는 병사들은 온몸이 떨릴 정도의 추위에 시달렸다.

칭기스칸에게 걱정거리가 생기고 있었다. 식량은 충분했지만 8만 명 이상이나 되는 인원이 뙤약볕은 맞으며 행군하는 동안 휴대한 물은 예상했던 것 이상으로 소비하여 물의 보급이 필요해졌다. 때문에 칭기스칸은 빗방울이 조금만 떨어져도 행군을 중지시키고는 병사들이 빗물을 받아 비축하도록 했다. 그들이 충분한 물과 만나게 된 것은 고비사막으로 들어선 지 한 달 반쯤이 지났을 때로 카라코룸에서 가지고 온 물은 거의 바닥이 나고 있었다.

낙타를 기르는 유목민의 움막에 도착한 칭기스칸은 하늘과 땅의 신에게 감사하는 기도를 드리고는 차가운 물을 실컷 마셨다. 병사들도 마찬가지였다. 앞을 다투면서 물을 마신 병사들은 커다란 가죽부대에 우물물을 가득 채웠고 말과 낙타에게도 물을 먹였다.

그로부터 보름 정도가 지나서 몽골군은 마침내 고비사막을 종단하는데 성공했으며 서하의 국경 지대 가까이에 이를 수 있었다. 검은 게르들 주변에서 사람들이 바쁘게 오가는 것을 본 칭기스칸은 손을 들어 행군을 멈추게 하고는 명령했다.

"장병들 전원은 말에서 내려 게르를 치도록 하라."

잠시 후 칭기스칸의 이동식 군영이 먼저 설치되었고, 그것을 둘러싸는 형태로 신하들의 게르가 고리 모양으로 배치되었다. 그리고 그곳에서 상당히 떨어진 장소에 병사들의 게르가 역시 고리와 같은 형태로 세워졌다.

"이상한 군대가 다시 쳐들어왔습니다."

국경 수비대에서 달려온 전령이 위급함을 알리자 서재에서 책을 읽고 있던 이안전은 소스라치게 놀라며 중얼거렸다.

"도대체 무슨 날벼락이지? 그 무서운 놈들이 또, 병력은 얼마나 되나?"

이안전이 혀가 굳어진 목소리로 묻자 전령이 대답했다.

"그… 그것이 이번에는 큰 깃발들의 수효로 보아 10만… 아니, 그 이상입니다."

"10만이 넘는다고?"

완전히 겁을 먹은 이안전은 대책을 강구하지 못한 채 일단 황태자인 장남을 불렀다.

"그야말로 아닌 밤중에 홍두깨식으로 최악의 상태에 빠지고 말았다. 10만여 기의 적군이 다시 쳐들어왔다. 너는 지금 당장 금나라와의 국경 지대에 주둔한 부대와 합류하여 놈들이 내습한 북쪽의 도시 우하이(조해鳥海)로 출전하라."

그는 일찍이 금나라에 유학하여 중국 문화를 배웠으며 군사 훈련도 받은 자였다.

아들에게 2만의 병력를 주어 출전시킨 이안전은 이어서 원군을 청하는 사자를 금나라로 급히 보냈다. 그리고는 외명 장군을 불렀다.

"그대를 요격대의 총지휘관으로 임명한다."

"예."

이안전은 정체를 알 수 없는 대군이 공격해 왔다는 것을 알고서도 여느 때처럼 냉정하고 침착한 외명을 보자, 비로소 두려움이 사라졌다.

이안전의 아들은 금나라와의 국경 부근에 있는 요새 도시 우하이에서 5만의 병력을 이끌고 몽골의 푸른 군대와 전투를 벌이고 있었다.

"조금도 두려워할 것 없는 놈들이다. 계속해서 몰아붙여라."

실전 경험이 없었던 그는 국경 수비군이 예상했던 것 이상으로 잘 싸우자, 그때까지의 불안감에서 빠져나오고 있었다.

칭기스칸의 군대는 확실히 서하군과의 전투에서 고전을 면치 못하고 있었다. 그럴 수밖에 없는 것이 그들은 기온의 차이가 큰 고비사막을 2개월 동안에 걸쳐 넘어오느라고 누적된 피로를 풀지 못하고 있었다. 더욱이 전과는 달리 공성전을 목적으로 한 원정이어서 중장비로 무장했기 때문에 민첩하게 움직일 수가 없었다.

"적의 원군이 도착했습니다. 병력은 약 2만입니다."

제베가 보낸 전령이 달려와서 전하자, 칭기스칸은 수부타이가 이끄는 좌익군과 칠라운이 이끄는 우익군에게 각각 2만 5천기를 주어 제베의 군대와 합류하게 했다.

"우리 쪽에도 원군이 왔다!"

두 맹장들의 큰 깃발을 본 제베는 병사들에게 크게 소리쳤다.

"우리 선봉군은 가운데에서 공격하라."

제베의 군대는 즉시 전투 형태를 바꾸었으며, 그러자 서하의 군대는 큰 동요를 일으켰다.

세 군데에서 공격하게 된 몽골군은 그야말로 태풍이 몰아치는 것처럼 거칠게 돌격을 감행했다. 제베군은 좌·우익군과 함께 맹렬히 활을 쏘아대면서 적들의 앞으로 접근했다. 하지만 몇 번이나 되풀이해서 공격했지만, 우하이성은 쉽게 함락되지 않았다.

도시를 장악할 수 없게 되자, 칭기스칸은 전설에 빛나는 기발한 책략을 쓰게 된다.

그는 고양이 1000마리와 제비 1만 마리를 조공으로 바친다면 포위망을 풀겠다는 엉뚱한 제안을 서하 수비군에 했다. 수비군은 어리둥절하면서도 이 제안을 받아들였다. 그러자 칭기스칸은 부하들에게 그 고양이와 제비들에게 각각 솜뭉치를 달고 불을 붙여서 풀어주라는 명령을 내렸다.

병사들이 그가 시킨대로 하자 고양이들은 자신의 굴을 찾아 달아나고 제비들도 둥지로 되돌아가는 엄청나게 소란스러운 일이 벌어졌다. 우하이성은 몇 시간만에 화염에 휩싸이게 되었다. 거센 불길이 수비군을 덮치는 사이에 몽골군은 성채를 공격하고 도시를 점령했다.

몽골군의 공격을 받으며 뒤로 물러선 이안전의 아들은 결국 흑수성으로 후퇴하라고 전군에 명령했다. 엉뚱하게 우하이성을 빼앗긴 그는 흑수성 안에 틀어박혀 중국에서 배운 방법을 활용해 봐야겠다는 생각을 하는 한편, 그곳에 있는 동안 금나라의 원군이 달려와 줄 것이라는 기대도 있었다. 서하군은 그 시점에서 이미 7천여 명의 병사들을 잃고 있었다.

그 무렵 금나라의 수도 중도의 조정에서는 위소왕이 이안전이 보낸 사자를 만나고 있었다.

'지금 서하로 원군을 보내 정체를 알 수 없는 대군과 싸우게 함으로써 우리의 병력이 줄어들게 되는 것은 바람직한 일이 아니다. 놈들의 병력이 서하군과의 싸움으로 인해 조금이라도 줄어들 때까지 방관하는 것이 좋다. 두 나라의 군대가 서로 싸우는 것은 우리 금나라에 있어서 크게 기뻐해야 할 일이다. 그나저나 그놈들은 도대체 누구일까?'

위소왕은 결국 동맹을 맺은 서하가 위기에 처한 것을 알면서도 좌시하기로 결정했고, 그 같은 사실은 이안전에게 보고되었다.

"위소왕은 믿으면 안 되는 인간이었다. 우리도 역시 앞으로 무슨 일이 생겨도 금나라에 원군을 보내지 않을 것이다."

이안전은 크게 실망했으며 자국의 병력만으로 몽골군과 싸우기로 했다. 장군 외명이

"황태자의 군단이 전투에서 패해 흑수성으로 후퇴했다고 합니다. 한시라도 빨리 흑수성으로의 출전을 허락해 주십시오."

라고 말하며 요구했지만, 자기 몸의 안전을 우선적으로 도모하는 그는 냉정하게 거절했다.

"여기에 있도록 하라. 수도 방위를 허술하게 하면 안 된다."

제베는 그때, 칭기스칸에게 전군이 일체가 되어 흑수성을 공격하자고 주장하고 있었다. 고양이와 제비를 이용한 작전은 두 번 사용할 수 있는 작전이 아니었다. 서둘러 그렇게 조치하지 않으면 흑수성의 수비대가 증강될 염려가 있다고 생각했기 때문이었다.

하지만 칭기스칸은 선봉대가 고전을 면치 못한 것은 병사들이 피로했기 때문이라고 판단했으며 7일 동안의 휴식을 취하게 했다. 그리고는 여유있게 말했다.

"흑수성의 방어력이 강해지는 것은 오히려 내가 원하는 바이다. 금나라 공격을 위한 예행 연습을 좀 더 확실하게 할 수 있으니까 말이다."

몽골군은 거의 모든 전투에서 적군보다 규모가 작았기 때문에 군대가

실제보다 더 커 보이게 하는 술수를 썼다. 그 방법 중의 하나로 몽골군 병사 한 명 당 세 필의 말을 교체해가며 전차를 끌게 했다. 지휘관들은 가끔 본대와 함께 이런 교체된 말을 타고 진군했는데 말 위에 지푸라기 인형을 올리거나 때때로 민간인 포로를 말에 묶어두기도 했다. 가령 1만 개의 지푸라기 인형이 끌고가는 말 3만 필, 그리고 보병이 되어 전방에 배치될 민간인 포로 1만 명이면 군사들의 수는 족히 5만 명 정도되어 보이므로 실제보다 다섯 배나 더 커지는 셈이다. 몽골군은 전투를 벌이기 전에 포로들 가운데서 선발대를 뽑아 군대의 규모를 부풀려서 소문을 내게 한 다음, 적이 칭기스칸군을 과대평가하게 만들어 좀 더 쉽게 기마전술을 펼치기도 했다.

공교롭게도 몽골의 지배를 받게 된 서쪽 지방 사람들 다수는 말과 활을 주요 병기로 사용하는 부족들이었다. 몽골군은 사로잡은 적병들로 아군을 보강하며 오랫동안 전투를 이어나갔고, 삼엄한 감시 아래 가혹한 규율을 내세워 불충하거나 불복종하면 포로의 목숨을 가차없이 빼앗기도 했다.

그러나 전투가 끝나면 새 동맹 부족을 공격하고 부족원들을 모조리 몰살시키기도 했다. 몽골 군인은 평소에 말안장에서 잠을 잤으며 아주 먼 거리를 갈 때는 말만 바꿔 타면서 쉬지 않고 계속해서 이동을 했다.

예를 들어 1221년에 칭기스칸의 군대는 아무것도 먹지 않고 이틀 만에 200킬로미터를 이동했다. 유목생활 방식이 몽골인들을 타고난 군인으로 만들어준 셈이다. 이러한 천성이 군사 체계 내의 군율 및 훈련과 결합되었을 때 몽골족은 역사상 가장 공포스러운 전사, 즉 악마의 기수들이 되었다.

흑수성으로 들어간 이안전의 아들은 그즈음 실망과 불안감을 동시에 느끼며 괴로워하고 있었다. 중흥부로부터 온 전령이 '금나라의 원군은 오지 않을 것이니 황태자 혼자의 힘으로 흑수성을 사수하라'라는 이안전의 말을 전했기 때문이었다. 전령은 이어서

"외명 장군의 요청에 의해 황제께서는 우선 사주와 숙주의 병력 2만을 이곳으로 보내기로 하셨습니다."

라고 했지만 불안감은 그의 머릿속에서 사라지지 않았다. 그때까지도 그는 적의 병력이 10만은 넘는다고 믿고 있었기 때문이다.

제30장

서하의 종말

7일 동안에 걸친 휴식이 끝나자, 칭기스칸의 이동식 군영을 제외한 모든 게르가 해체되었다.

푸른 군대가 흑수성을 향해 출발한 것은 휴식을 취하기 시작한 지 8일째 되는 날 밤이었다. 기수들이 치켜든 큰 깃발들은 밤바람을 받아 요란한 소리들을 내며 펄럭이면서 행군하는 장병들의 사기를 돋우어 주었다.

몽골 병사들의 장비는 단순하고 투박했지만 숙련된 초원 기병의 손에 들리게 되면 치명적인 위력을 발휘하게 된다. 일반 병사는 보통 무명으로 된 갈색이나 청색 겉옷(칼라트:몽골의 튜닉)을 입었고 겨울에는 모피로 된 겉옷을 입었다. 모전 안감을 댄 두터운 겨울용 가죽부츠는 표준 품목이었다.

말등자에 늘 발을 걸치고 생활하는 몽골족의 신발에 굽이 없다는 사실은 다소 아이러니하다. 중기병은 칼라트 위의 가슴 부분에 소가죽이나 미늘을 대고 칠을 입힌 가죽을 덮어서 만든 쇠사슬 갑옷을 입었다. 경기병은 칼라트와 칠갑옷 또는 갑옷없이 누비로 된 칼라트만 입었다. 칭기스칸 이전 시대의 몽골군 장비에 대해서는 알려진 것이 거의 없다.

몽골이 통일되었을 때 중국 용병이었던 부족들은 중국의 우수한 무기와 방어구를 들여왔을 가능성이 있다. 미늘 갑옷과 쇠사슬 갑옷은 중국 및 서방과 전쟁을 치른 뒤에야 몽골군에게 도입되었다. 그러므로 몽골족이 금속제 화살과 창촉 만드는 비법을 갖게 된 시기가 상당히 늦은 것은 분명하다. 게다가 전통 소재인 불에 달군 나무, 뼈, 뿔 대신 철로 무기를 만들게 된 것은 칭기스칸이 집권한 후가 된다.

칭기스칸은 이윽고 흑수성 전방 5킬로미터가 되는 지점에서 행군을 멈추게 하고는 새로운 출전 기지를 만들었다. 성곽 도시인 흑수성은 나무심이 들어 있는 벽돌들을 쌓아올린 성벽으로 둘러싸여져 있었다.

북벽의 길이는 약 450미터, 서벽은 약 360미터, 동벽은 약 4백 미터, 남벽은 약 430미터였으며 사면의 가운데에 문이 있었다.

성 안은 관청가와 상점가, 귀족들의 주택지 등으로 나뉘어져 있었는데 불교와 이슬람교의 사원들도 여러 개 있었다.

다음 날 아침 일찍, 젤메는 정찰부대를 이끌고 흑수성 가까이 접근해갔다. 물이 가득찬 원 모양의 호수로 둘러싸인 성벽 위에서 서하의 병사들이 방어 자세를 취하고 있었는데, 성 밖의 주민들은 이미 성 안으로 도망친 상태였다.

젤메는 화살이 날아와도 닿지 않을 거리를 유지하면서 투석기로 어디를 노려야 할 것인지 곰곰이 생각했다.

'4개의 문들 중에서 남문이 가장 크고 견고하다. 활을 쏘는 구멍들이 가장 적은 북문을 집중적으로 공격하는 것이 효과적일 것이다.'

젤메의 보고를 들은 칭기스칸은 정렬해 있는 병사들에게 말했다.

"북문을 철저하게 공격하면서 좌우의 성벽에 사다리를 걸어 성 안으로 들어가라. 하지만 서전에서는 양동 작전을 전개하여 우리가 북문을 노리는 것을 숨겨라."

이어서 그들은 기지에서 출발했으며 흑수성 전방 1킬로미터 지점에 이르자 제베의 선봉부대가 먼저 성벽을 향해 돌격을 감행했다.

"적이 공격해 온다!"

자욱하게 흙먼지를 일으키며 돌진해 오는 기마군단을 확인한 북쪽 망루의 초계병이 다른 망루로 급보를 알렸다. 서둘러 북쪽 성벽으로 집결한 서하의 병사들은 순식간에 접근해 온 푸른 군대에게 활을 쏘면서 저항했다.

선봉군은 즉시 서하의 군대에 대해서 양동작전을 펼쳤다. 성벽 주위에서 사방으로 활을 쏘아 그쪽으로 적병들이 이동하게 하여 그들의 체력을 떨어뜨렸다.

멀리서 전황을 살피고 있던 칭기스칸은 더욱 빈번하게 그들을 이동시키기 위해 좌익군과 우익군을 출진시켰다. 그러자 서하군의 움직임은 한층 더 바빠졌다. 하지만 이안전의 아들은 푸른 군대의 그 같은 움직임을 어느 문도 돌파하지 못하고 우왕좌왕하는 것으로만 보면서 비웃었다.

"용감하기는 하지만 역시 야만족이로군. 화살만으로 성을 함락시킬 수 있을 거라고 생각하나 보지?"

오후가 되면서 적의 부대에 피로해진 기색이 나타난 것을 본 칭기스칸은 드디어 투석기를 사용한 공격을 가하게 했다. 낙타들로 하여금 5문의 투석기들을 끌게 한 보급부대가 북문을 향해 움직이기 시작하자, 칭기스칸이 이끄는 중군이 그 뒤를 따랐다. 젤메는 북문 앞 250미터 정도되는 곳에 투석기들을 나란히 설치하도록 했다.

푸른 군대가 접근하기 전에 4개 성문의 도개교跳開橋들은 이미 튼튼한 밧줄에 의해 끌어올려져 있었다. 즉, 북문에는 원래의 문 외에 '덧문'이 있었던 것이다.

투석기는 도개교의 덧문을 부수기 위해 2문, 성벽에 구멍을 뚫기 위해 2문, 성벽 위의 수비대를 향해 1문이 설치되어 각각 높이와 거리 조정을 끝냈다.

그런데 막상 돌을 발사하자 예상 밖의 사태가 발생했다. 케룰렌 강가에서 여러 번 시험 발사를 했었는데도 조준이 잘못되어 돌이 성문까지 이르지 못하고 떨어지는가 하면, 너무 멀리까지 날아가기도 했다. 더욱이 날아간 돌이 두터운 성벽에 맞아도 성벽이 조금도 파괴되지 않았다.

'으음, 성벽이라는 것은 생각했던 것보다 단단하군.'

평소에 침착하고 냉철했던 젤메는 단번에 초조해졌다. 투석기가 성능을 발휘하지 못하기 때문에 흙부대로 호를 메운 다음의 작전을 감행할 수 없었기 때문이었다. 망루에서 투석기를 내려다보던 이안전의 아들은 다시 그들을 비웃었다.

"그따위 것으로 성문이나 성벽을 파괴할 수 있을 것 같은가? 금나라의 것은 1문에 대해 조작하는 병사들이 몇 배나 되는 대형이라던데, 돌덩이 하나만 해도 직경이 사람의 키 정도가 되었다. 네놈들은 소형인데도 제대로 다루지 못하고 쩔쩔 매는군!"

젤메는 5문의 투석기들의 목표물을 호로 돌려 흙부대를 던져 넣는 작전으로 바꾸었다. 흙부대로 호를 메우고 북문에 접근하여 사람의 힘으로 성문을 파괴하든가, 사다리를 이용하여 성벽 위로 기어 올라가기 위해서였다. 그런데 흙부대를 던지기 시작하자 서하의 병사들은 투석기를 향해 불이 붙은 화살을 집중적으로 쏘아댔다. 나무로 만들어진 투석기에 불이 붙으면 작전을 수행하는 것이 불가능해졌다. 젤메는 결국 투석기를 후방으로 철수시키고 말았다. 그러는 동안 해가 떨어지는 시간이 가까워졌다.

칭기스칸은 답답해 하면서 명령했다.

"오늘은 이만 철수한다."

전진 기지로 돌아온 칭기스칸은 솔직하게 반성했다.

"금나라를 칠 때가 되었다고 내가 생각했던 것은 너무나 잘못된 판단이었다. 흑수성 하나 함락시키지 못하는 군대가 어떻게 서하보다 훨씬 강한 군대를 가진 금나라와 싸울 수 있단 말인가. 만일 금나라로 원정했었다면, 오래 전에 이미 패배의 쓴맛을 보았을 것이다. 어쨌든 성벽이라는 것은 내가 상상했던 것 이상으로 강한 존재다."

그날 밤 사주와 숙주에서 온 2만 명의 원군이 흑수성에 도착했으며 남문을 통해 성 안으로 들어갔다. 다음 날 아침이 되자 푸른 군대는 처음부터 북문을 향해 공격을 개시하면서 괴자목패를 성 가까이로 이동시켰다.

괴자목패는 활차滑車가 달린 거대한 방패라고 말할 수 있는데 방패의 높이는 6미터 정도가 되며 뒤에 조립식 사다리가 부착되어 있었다. 젤메는 괴자목패로 성벽 위에서 쏘아대는 화살과 떨어지는 돌들을 막으면서 흙부대로 호를 메우는 작전을 감행하기로 했다. 활차가 네 개 달린 다섯 대의 괴자목패들이 각각 30여 명의 병사들에게 밀려 서서히 전진하기 시작했다.

"저건 큰 효과를 기대해도 되겠다."

성벽 위에서 날아드는 화살과 돌들을 튕겨내면서 앞으로 나가는 괴자목패를 지켜보던 주치는 자기도 모르게 감탄의 말을 토했다. 칭기스칸은 대기하고 있던 보급 부대에게 서둘러 흙부대를 운반하라고 명령했다. 괴자목패는 호 앞에까지 전진하고 있었다.

"던져라!"

젤메의 호령과 함께 병사들이 방패 뒤에서 호를 향해 흙부대를 던져 넣기 시작했다. 그러자 서하군의 공격은 치열해졌다. 불붙은 화살들이 괴자목패를 향해 소나기처럼 쏟아졌다.

괴자목패의 문제점은 전진과 후퇴만 가능하고 옆으로는 이동할 수 없다는 것이었다. 때문에 방패에 불이 붙으면 일단 뒤로 끌고 나와 병사들이 말가죽을 휘둘러 불을 끄고는 다시 전진시켰다. 한데 불이 붙은 화살에 맞는 경우가 많아지자, 그 자리에서 즉시 불을 끄지 않으면 방패가 타 버리는 사태가 자주 발생했다. 따라서 불을 끄는 병사들은 서하의 병사들에게 좋은 표적이 되었으며 말가죽을 휘두르다가 화살을 맞고 쓰러지는 병사들이 많아지게 되었다.

결국 그날도 북쪽의 호를 약간 메웠을 뿐 별다른 성과를 얻지 못한 채 일몰 시간을 맞게 되었다. 칭기스칸은 부질없이 시간만 소비했으며, 괴자목패를 다루는 병사들만 여러 명 잃었다며 괴로워했다.

다음 날도 역시 괴자목패를 사용하여 북문 앞의 호를 메우는 작업이 이어졌지만 결과는 마찬가지였다. 괴자목패는 다시 두 대가 타 버려 두 대만 남게 되었다.

"나머지 두 대까지 타 버리면 수도인 중흥부에서는 사용할 수 없게 됩니다. 작전을 계속하실 겁니까?"

젤메가 말을 타고 달려와서 묻자, 칭기스칸은 대답했다.

"그곳에서는 다른 작전으로 싸운다. 계속하라."

괴자목패를 사용한 지 닷새째가 되는 날의 오후, 푸른 군대는 마침내 북문 앞의 호를 완전히 메울 수 있었다. 그것은 수많은 희생자들의 피로 만들어진 길이었다.

"됐다! 돌격하라!"

선봉장인 제베가 명령하자 끝이 뾰족한 통나무와 사다리를 든 병사들이 함성을 지르며 전방으로 달려갔다.

"와!"

"와아!"

그런데 제베군과 젤메군의 사다리들이 성벽 위에 걸린 순간 서하군의 공격이 갑자기 멈추어졌다.

'이상하군. 겁을 먹고 제 위치에서 벗어난 건가?'

한 순간 의아해 하며 제베는 통나무를 안은 병사들이 성문을 향해 돌진하는 것을 보았다. 그리고 자기도 병사들과 함께 사다리를 밟고 성벽 위로 올라가려고 말에서 내렸다.

칭기스칸도 흥분을 감추지 못하며 말을 전진시키고 있었다.

그런데 사다리에 매달린 병사들이 성벽의 중간 정도까지 올라갔을 때 성벽 위가 다시 소란스러워졌다.

"어… 저게 뭐지?"

제베는 북문 위에 갑자기 나타난 물체를 보면서 소스라치게 놀랐다. 긴 쇠못들이 무수히 박힌 10미터 정도의 통나무가 성벽 위에 설치된 활차에서 갑자기 떨어졌기 때문이었다.

중국에서 예부터 사용했던 그 무기는 성벽을 기어오르는 적병들을 격퇴할 때 사용되었다. 사다리를 밟으며 올라가던 병사들은 떨어지는 통나무에 부딪쳐 튕겨지며 쏟아지는 고기조각들처럼 추락했다.

서하군은 이어서 한 평 정도의 넓은 판자에 쇠못들을 박은 무기를 떨어뜨렸다. 그것은 통나무를 안은 병사들을 한꺼번에 처치하는 가공할 살상력을 가지고 있었다. 성문을 부수던 병사들은 한순간에 압사 당했고, 그들이 흘린 피가 넘쳐 흐르면서 호의 물을 붉게 물들였다.

'적에게 저런 특별한 무기가 있었던가?'

칭기스칸은 처음으로 본 그 무기의 위력에 놀라며 5일 동안의 노력이 수포로 돌아간 것을 인정했다. 북문쪽의 서하군들은 어느 새 또 하나의 통나무를 떨어뜨릴 준비를 하고 있었다.

"흑수성에 대한 공격은 일단 중지한다."

칭기스칸은 결국 그렇게 명령하지 않을 수 없었다. 그것은 자기의 흰 말꼬리 깃발을 흑수성에 높이 게양하는 것을 포기하는 순간이기도 했다.

"우리가 목표로 했던 것은 원래 중흥부다. 신병기를 시험하기 위해 언제까지 여기서 지체할 수는 없다. 남하하여 중흥부로 향한다."

케룰렌 강변에서 세웠던 작전 계획에 의하면 흑수성은 3일 만에 함락시키게 되어 있었다. 칭기스칸으로서는 창자가 끊어지는 것 같은 아픔을 느끼면서 내린 결단이었다.

모든 게르들을 해체시킨 푸른 군대는 다음 날, 중흥부를 향해 진군을 시작하게 되었다. 칭기스칸은 중흥부에 주둔해 있는 서하군의 추격을 막기 위해 모칼리로 하여금 후군이 되어 후방을 지키게 했다. 하지만 서하의 군대가 추격해 오는 기미는 없었다.

진군하기 시작한 지 20일 정도가 지나자, 마침내 하란산맥이 그들의 눈앞에 나타났다. 칭기스칸은 그곳에서 진로를 바꾸었다. 하란산맥을 서쪽으로 우회하면서 비교적 낮은 산들을 골라 넘어가기로 했다. 하지만 그 전에 햇볕이 잘 드는 목초지에서 20일 동안 휴식을 취하기로 했다. 병사들이 흑수성에서의 전투로 인해 너무나 지쳐 있었기 때문이다. 게르들을 세우는 작업이 끝난 날 밤, 칭기스칸은 중신들을 한데 모아 그때까지의 노고를 치하하는 술자리를 베풀었다.

그런데 마유주를 마시던 쿠빌라이가 불쑥 말했다.

"금나라의 군대가 흑수성으로 달려오지 않은 걸 보면 위소왕이 원군을 보내지 않았나 봅니다."

"아직은 모르는 일이요. 금나라의 원군은 중흥부에서 우리를 기다리고 있을지도 몰라."

제베가 그의 주장에 반박하면서 말했다.

긴 휴식을 끝내고 다시 진군을 시작한 푸른 군대는 15일 동안에 걸쳐 하란 산맥 서쪽의 비교적 낮은 산들을 여러 개 넘었다.

잡목림에서 가까운 초원에 기지가 만들어지자, 칭기스칸은 장수들을 이동식 군영에 모아 놓고 말했다.

"흑수성에서의 공방전은 나에게 많은 교훈을 주었다. 덕분에 금나라로 원정할 때는 새로운 작전을 구사할 수 있게 되었다. 그것은 신이 나에게 보다 강해지라고 시사하신 것이라고 생각한다."

장수들은 모두 기침 소리 하나 내지 않으며 진지하게 귀를 기울였다.

"견고한 중흥부의 성벽을 돌파하기 위해 우리 병력의 10분의 3을 선봉군으로 내보낸다. 적은 또다시 불이 붙은 화살이나 돌 등으로 반격하며 우리의 병사들이 성벽에 달라붙으면 못이 박힌 통나무나 판자를 떨어뜨릴 것이라고 예상된다. 따라서 호를 메우는 작업은 네 개의 문 전체로 분산시켜야 할 것이며, 사다리를 타고 성벽을 기어오르기에 앞서 성문 돌파 작전을 감행하고자 한다."

흑수성 전투에서 목적을 달성시키지 못했기 때문에 작전 지시는 전보다 훨씬 더 구체적으로 계속되었다.

"이번에는 불화살을 이용하는 공격을 포함시킨다. 어느 성문이라도 좋으니 먼저 불에 탄 성문을 통해 안으로 돌입하라. 들어가는 것과 동시에 보병과 기마군단으로 공격하는데 한군데에 집중되지 않도록 하라. 포위당하게 되면 성문을 돌파해도 소용이 없어지게 되니까. 분산은 마치 하늘의 무지개가 사라지는 것처럼 신속하게 행한다."

회색빛이 감도는 칭기스칸의 커다란 눈은 타오르는 것처럼 이글거리고 있었다.

그때 중흥부를 비롯한 몇 개 도시에 잠입했던 첩자들이 돌아와 보고했다.

만리장성

"사주나 숙주 등의 군대는 우리 군의 침입에 대비하고 있습니다. 또한 우리가 흑수성을 함락시키지 못했다는 것을 알면서도 가재를 챙겨 도망치는 주민들이 속출하고 있습니다. 그것은 위소왕이 이안전의 원군 요청을 거절했다는 소문이 퍼져 그곳의 수비대만으로는 우리의 군대를 막을 수 없다고 생각했기 때문인 것 같습니다."

'으음, 위소왕이 이안전의 원군 요청을 거절했다고…… 역시…….'

"흑수성의 지휘관은 이안전의 아들이었습니다. 그가 승리했다는 소식을 들은 이안전은 우리의 전력을 과소평가하며 총지휘관 외명을 중흥부에 머물러 있게 하면서 내습에 대비하고 있습니다. 수도 방위병력은 10여 만 명입니다."

"사주나 숙주의 군대가 우리 군의 내습에 대비하고 있다면, 이안전이나 외명은 우리가 서쪽을 우회하여 사주나 숙주로 침입한 뒤에 중흥부로 침입할 거라고 생각하고 있군요. 그렇다면 망설이지 말고 중흥부로 진군해도 되겠군요?"

어거데이가 눈을 빛내면서 말하자, 칭기스칸은 짧게 대답했다.

"그렇다!"

금나라가 원군을 보내지 않았다는 소식은 그야말로 길보였다. 칭기스칸은 서하군의 의표를 찌르기 위해 서쪽으로 우회하지 않고 중흥부를 향해 직접 남진하기로 했다.

칭기스칸의 제2부인 코란과 아들들의 가족, 그리고 장수들의 가족은 그곳에서 일단 원정군과 헤어져 잡목림 안으로 옮겨 게르를 치고 1천 명 정도의 잔류 부대와 함께 머물러 있기로 했다.

"출발!"

하란산맥을 왼쪽으로 바라보면서 행군은 다시 시작되었다. 7만 명이나 되는 대군이 이동하는 은천 평야에는 갖가지 색깔의 들꽃들이 여기저기에

어지럽게 피어 있었다. 20일 가까이 걸려 중흥부 전방 10킬로미터가 되는 지점에 도착한 푸른 군대는 즉시 출진 기지를 만드는 작업에 착수했다.

"괴자목패를 사용하면서 투석기의 위력을 다시 한 번 시험해 보기로 한다. 그리고 중흥부의 성은 오랫동안 보수를 하지 않았다니 어쩌면 파손된 성문이나 성벽이 있을지도 모른다."

라고 말한 칭기스칸은 젤메에게 명령했다.

"이번에는 조준을 정확히 하여 확실한 성과를 얻어내도록 해라."

부서지지 않고 남아 있는 투석기와 괴자목패는 각각 두 대씩이었다. 젤메는 즉시 병사들로 하여금 발사하기에 적당한 돌과 흙부대 등을 준비하도록 했다.

왕성에서 그 같은 소식을 전해 들은 이안전은 외명 장군을 불러 강한 목소리로 말했다.

"놈들이 드디어 왔다. 목숨을 버릴 각오로 중흥부를 사수하도록 하라."

이윽고 출전한 칭기스칸의 대군이 노도처럼 중흥부에 들이닥쳤을 때 성문의 도개교들은 밧줄에 매달려 허공으로 올라가 있었고 성벽 위에는 병사들이 배치되어 있었다.

푸른 군대는 빠르게 성곽 도시를 포위하고는 각 성문 앞에 투석기와 괴자 목패들을 배치했다. 제베가 지휘하는 선봉대인 기마군단이 먼저 사방으로 산개하면서 성벽 위를 향해 많은 화살들을 쏘아댔다. 그것은 어느 부분의 성벽 이나 성문에 허점이 있는지 알아보는 목적도 가지고 있었다. 전투의 양상은 흑수성에서의 싸움과 비슷하게 전개되었다. 성벽 위의 병사들은 흑수성의 수비대처럼 한 곳에만 있지 못하고 우왕좌왕하기 시작했다.

칭기스칸은 그 기회를 노리며 좌익군과 우익군을 투입시켰다. 때문에 서하 군의 움직임은 한층 더 어수선해졌다.

'저것이 놈들의 전투 방법인가?'

성벽 위에서 내려다보던 외명은 마음속으로 중얼거렸다. 얼핏 보기에는 무질서하게 공격해 오는 것 같았지만, 실은 효과적으로 통제되고 있는 몽골군의 전투 방식에 대해서 두려움을 느끼기 시작했다.

이안전도 마찬가지였다. 왕성의 깊은 방에 틀어박혀 전황이 불리해진다고 계속해서 전하는 전령들의 보고에 귀를 기울이면서 겁을 먹고 있었다.

서하군의 병사들에게서 피로해진 기색이 나타나자, 칭기스칸은 투석기를 활용한 공격을 명령했다. 젤메가 직접 틀을 조절한 투석기는 10분 정도의 간격을 두고 돌을 발사시켰으며, 그것들 중의 하나가 북문을 강타했다. 하지만 모서리와 중앙에 十자 모양의 철판이 박힌 성문은 끄덕도 하지 않았다.

흑수성에서의 전투 때와 마찬가지로 투석기의 효과는 기대할 수 없게 되고 말았다.

푸른 군대는 또다시 부질없이 시간만 허비하는 싸움을 하게 되었다.

"괴자목패로 호에 접근하며 싸우겠습니다."

젤메가 초조해 하면서 말하자, 칭기스칸은 그를 위로하면서 말했다.

"알겠다. 잘 해봐라."

칭기스칸은 이어서 주치와 어거데이에게 명령했다.

"적은 불이 붙은 화살들을 집중적으로 괴자목패에 쏘아 댈 것이다. 가능한 한 빨리 호에 접근할 수 있도록 성벽 위의 사수들을 사살하고 네 개의 성문에 불화살을 쏘게 하라."

괴자목패가 호에 접근하여 흙부대를 던져 넣기 시작하자, 서하의 병사들은 연노를 이용하여 불이 붙은 화살들을 연이어서 쏘아댔다.

그러자 젤메는 병사들이 불을 끄다가 죽어가지 않도록 하기 위해 화살이 닿지 않는 곳까지 괴자목패를 후진시켜 불을 끄고 다시 전진시키는 완만한 움직임으로 대응했다.

푸른 군대도 성문을 향해 화살을 쏘았는데 성문에 불이 붙자 병사들은 즉시 큰 항아리에 든 물을 위에서 부어 불을 껐다.

고전을 면치 못하며 싸우던 푸른 군대는 결국 해가 지기도 전에 싸움을 멈추고 철수했다.

"초조해 하지 마라. 차분히 싸우다 보면 승리는 우리의 것이 된다."

칭기스칸은 지친 장병들을 위로했다.

중흥부에 대한 공격은 3일 동안이나 계속되었지만, 어느 쪽 문 앞의 호도 메울 수가 없었다. 그러자 푸른 군대의 장병들 사이에 초조감이 번지기 시작했다. 나흘째가 되는 날 아침, 출전을 앞둔 쿠빌라이가 칭기스칸에게 진언했다.

"이럴 것이 아니라 수공水攻을 써보시지요. 다행스럽게도 가까운 곳에 황하가 흐르고 있으며, 호의 물은 거기서 끌어온 것입니다. 강을 막아 만수가 되었을 때 홍수를 일으켜 성 안을 물로 공격해 보자는 것입니다."

"우리로서는 전혀 경험이 없는 작전인데 생각대로 될 수 있을까?"

"예로부터 황하는 미친 여자와 같다고 일컬어져 왔습니다. 일단 미치게 되면 손을 댈 수 없을 정도로 날뜁니다. 그러니 신중에 신중을 기하는 것이 좋을 겁니다."

보오르추가 끼어들며 말렸지만, 쿠빌라이는 어떻게 해서든지 황하의 물을 막아 인공적으로 홍수를 만들어 보고 싶었다.

"금나라를 공격할 작전을 세울 때 물을 이용하는 전술이 거론되지 않았습니까? 지금이야말로 그 전술을 사용할 때라고 생각합니다. 이번 원정의 목적은 공성전을 체험하기 위한 것이니 꼭 한 번 시도해 보고 싶습니다."

"글쎄……."

집요하게 설득하는 쿠빌라이의 끈기에 졌기 때문이 아니라, 칭기스칸

자체가 호기심이 강한 인간이었기에 수공^{水攻}이 얼마나 효과가 있는지 보고 싶다는 생각이 들었다.

"좋다. 한 번 해보자."

칭기스칸은 전혀 경험이 없는 그 작전을 시도해 보기로 했다. 황하 그 자체와 중흥부의 바깥쪽으로 물이 흘러들어가는 장소를 막아 일종의 댐을 만들겠다는 것이었다.

"제베는 서하군이 알아차리지 못하도록 지금까지와 마찬가지로 공격을 계속하라. 나머지 장병들은 황하를 막는다. 우리의 계략을 알게 되면 외명은 성에서 나올 것이다. 야전은 우리가 바라는 바이니 그렇게 되어도 상관없다. 공사를 중단하고 서하군과 싸우면 되니까."

칭기스칸의 명령에 의해 제베가 이끄는 부대 이외의 장병들은 6개의 부대로 나뉘어졌다. 가까운 잡목림으로 들어가 나무를 베는 부대, 그것들을 말을 이용하여 황하까지 운반하는 부대, 흙부대를 만드는 부대와 운반 부대, 강의 흐름을 막기 위해 흙부대를 던져 넣는 부대, 나무 울타리를 강속에 박는 부대 등이었다.

강물을 막는 공사는 초원에서 자란 자들로서는 처음으로 경험하는 노동이었다. 공사 지휘는 수공을 제의한 쿠빌라이가 맡았다. 제베는 매일같이 공사가 시작되기 전에 부대를 이끌고 성벽으로의 접근을 꾀하는 전투를 벌였다.

6개 부대로 나뉘어진 병사들의 대역사는 계획대로 진행되었다. 은천 평야는 이미 가을로 접어들고 있었는데 공사가 시작될 무렵부터 검은 구름이 낮게 깔리더니 한바탕 비가 쏟아질 것 같은 나날들이 계속되었다.

제베는 성벽 위에서 응전해 오는 서하군에 대한 공격과 방어를 되풀이하고 있었다. 인해전술 덕분에 15일 정도가 지나자 황하의 물길을 막을 수 있게 되었는데, 그동안 비가 쏟아진 날들이 몇 날인가 있었기에 황하의 물은 많이 불어나 있었다.

물을 방류할 날이 되었을 때 보오르추가 하늘을 올려다보며 중얼거렸다.

"날씨가 또 흐려지고 있습니다. 지금 물을 방출하지 않으면 수면이 높아져 뜻하지 않았던 사태가 벌어질지도 모르겠습니다."

"그렇다면 지금 곧 물이 흘러가게 하자."

칭기스칸은 즉시 황하로 달려가 댐을 붕괴시키기 위해 대기하고 있는 병사들을 향해 한 손을 들어보였다.

"신호다!"

"터뜨려라!"

말에 탄 병사들이 크게 소리치면서 강바닥에 박아 놓은 말뚝에 걸어 놓은 밧줄을 힘차게 당겼다.

칭기스칸은 더없이 진지한 얼굴로 그 광경을 지켜보았다. 힘을 받고 있던 말뚝들이 뽑혀지자 갇혀 있던 거대한 양의 물은 커다란 소리를 내면서 세차게 흘러가기 시작했다. 중흥부의 호를 향해 해일과 같은 기세로 들이닥쳤다

"콰아아아아!"

"와!"

"해냈다!"

처음으로 홍수를 본 몽골의 병사들 사이에서 커다란 환호성이 터져 나왔다.

"대단하군! 정말 대단하다!"

칭기스칸 역시도 물의 무서운 위력에 놀라며 두 눈을 크게 떴다. 엄청난 기세로 흐르는 탁류는 성곽 도시를 향해 맹렬한 속도로 덮쳐 갔다.

'물을 이용한 것은 정말 잘 한 일이었다.'

쿠빌라이도 만족스러워하며 탁류의 앞부분을 눈으로 좇고 있었다. 탁류는 마침내 성벽 앞에 당도하여 순식간에 호를 덮으면서 넘쳐 흘러 성문에

부딪치면서 커다란 소용돌이를 만들었다. 그런데 전혀 예측하지 못했던 사태가 벌어진 것은 바로 그 직후였다. 물은 분명히 성문과 성벽에 부딪쳤는데 성벽을 넘지 못하고 역류하면서 황하의 흐름과 합류하여 제방에서 넘쳐 흘렀으며, 몽골군이 있는 쪽으로 덮쳐왔던 것이다.

처음으로 시도한 일이어서 계산을 잘못했다고 깨달았을 때는 이미 늦어져 있었다. 성 안으로 많은 물을 흘려 보내려면 하류를 막아 좀 더 많은 물을 모아야 했었던 것이다.

"후퇴!"

칭기스칸은 제베에게 전령을 보내 포위망을 풀게 하면서 물이 오지 않은 언덕까지 서둘러 후퇴했다.

물로 인한 피해를 입은 것은 서하군도 마찬가지였다. 중흥부의 성 안으로 쏟아져 들어간 물 때문에 관청가와 상점가들은 마루 위까지 침수되어 서류와 상품 등이 물에 젖고 말았다. 그 중에서도 가장 큰 피해는 무기 창고에 물이 들어가 준비해 두었던 화살촉과 화기류를 써먹을 수 없게 되었으며, 식량 저장 창고도 침수되었다.

군영으로 돌아온 칭기스칸은 주위를 물리고 생각에 잠겼다.

'몽골의 백성들을 통일하고 패자가 되었지만, 나는 좁은 시야밖에 가지지 못하고 있었다. 세계는 넓고 내가 모르는 것은 너무나 많다. 이번에 경험한 것들 모두를 교훈으로 삼아 참다운 세계의 패자가 되어야 한다.'

그로부터 나흘이 지나 물이 빠지자, 칭기스칸은 정공법으로 중흥부를 공격하기로 했다. 몽골군은 진흙탕이 된 길 위로 진군하여 성벽 앞에 이르자, 그때까지 없었던 맹렬한 기세로 집중 공격을 감행했다. 병력을 분산시켜 성문을 공격하지 않고 가장 견고한 남문만을 치열하게 공격했다.

특히 불을 붙인 화살들을 끊임없이 발사했다. 그러자 성벽 위에서 저항하던 서하군의 반격이 눈에 띄게 약해졌고 황하를 막았던 병사들은 남문의 호에 계속해서 흙부대를 던져 넣었다.

붕괴된 황하의 물은 토사까지도 함께 운반해 놓은 상태였다. 그것이 호에 퇴적되어 있었기 때문에 원래의 3분의 1 정도의 흙부대만으로 호를 메울 수 있었다. 7만여 명이나 되는 병사들이 동원된 인해전술의 결과로 호는 그날을 넘기지 않고 메워졌다.

방어 능력을 상실한 서하는 그즈음에야 비로소 자신들을 괴롭히는 군대의 실체가 무엇인지 깨닫고 있었다. 하지만 너무 늦었다. 그 군대와의 만남은 이미 정해진 운명처럼 도저히 피할 수 없는 재앙이었다.

"몽골군이 드디어 남문 앞에 이르렀습니다. 성문이 곧 돌파될 것으로 여겨집니다."

왕성 안으로 뛰어들어온 전령이 보고하자 불안해 하며 떨고 있던 이안전은 즉시 외명을 불렀다.

"더 이상 싸워봤자 승산이 없다. 성을 내놓을 때가 온 것 같다."

어깨가 축 처진 이안전이 허탈해 하며 말하자, 외명이 강한 어조로 대꾸했다.

"아닙니다. 우리의 군대는 아직도 싸울 수 있습니다. 황제께서는 제게 목숨을 바쳐서라도 중흥부를 사수하라고 명령하시지 않았습니까?"

"싸움도 생명이 있어야 할 수 있는 것이다."

이안전은 칭기스칸에게 항복하기로 했다.

푸른 군대가 막 남문을 파괴하려고 했을 때, 이안전의 신하가 성벽 위에 나타나더니 소리쳤다.

"즉시 도개교를 내리겠다. 황제께서 칭기스칸에게 항복을 청하신다."

칭기스칸은 잠시 후 서하군이 내려놓은 도개교를 건너 왕성으로 들어갔다.

아들들과 신하들이 그의 뒤를 따랐다.

예복 차림의 이안전은 옥좌에서 내려오더니 칭기스칸 앞에서 무릎을 꿇으며 절을 했다. 이안전의 신하가 칭기스칸에게 옥좌를 가리키며 앉으라고 권했다.

칭기스칸이 옥좌에 앉자, 이안전은 공손하게 말했다.

"우리는 오래 전부터 칭기스칸의 군대를 두려워하고 있었습니다. 이안전은 머리 숙여 칭기스칸의 위세 앞에 항복합니다. 앞으로는 서하의 백성들이 모두 칭기스칸의 오른손이 되어 충성을 다하겠다고 맹세하겠습니다. 저의 딸 차카 공주를 칭기스칸에게 바치겠으니 받아주시기 바랍니다."

그러자 그의 옆에 서 있던 중국식 옷을 입은 17~18세 정도로 보이는 아가씨가 칭기스칸 앞으로 나서더니 공손하게 절을 했다. 살결이 백옥처럼 흰 대단한 미녀였다. 칭기스칸은 자기의 옆으로 와서 서는 여자가 풍기는 향기에 감싸이면서 말했다.

"이안전이여, 나는 머지않아 금나라를 공격한다. 그대는 그때 병사들을 파견하여 나와 함께 싸우겠다고 약속할 수 있겠는가?"

이안전은 잠시 뭔가 생각하는 표정을 짓다가 말했다.

"우리는 칭기스칸을 위해서 싸우고 싶어도 성곽도시에서 살아왔기에 말 타는 것에 익숙하지 않습니다. 따라서 갑자기 출전 요청을 받았을 때 귀측의 군대처럼 빠른 진군을 할 수가 없으며, 격렬한 전투도 할 수 없는 형편입니다. 칭기스칸께서 허락해 주신다면, 우리는 기운차게 자란 많은 낙타들을 바치겠습니다. 또한 최고의 단자옷들을 짜서 바치겠습니다."

"변명은 듣고 싶지 않다."

칭기스칸은 냉정하게 그의 말을 막고는 엄하게 말했다.

"나는 금나라를 공격할 것이라고 말했다. 서하군은 우리가 괴로워할 정도로 과감하게 공격해 오지 않았던가. 말타기에 익숙하지 못하다는 것은 인정하겠으니 금나라 원정 때 보병 부대를 보내겠다고 약속해 주기 바란다."

"약속하겠습니다."

이안전은 결국 금나라와의 전면적인 충돌을 각오하며 칭기스칸의 요청을 받아들였다. 그로 인해 80년 동안이나 계속되었던 서하와 금나라의 평화는 깨지고 말았다.

서하는 바로 칭기스칸이 구상하고 있는 세계 제국이라는 거미줄에 걸려든 최초의 희생양이었다.

서하와의 전쟁이 끝난 뒤 칭기스칸은 몽골에서 연 회의에 지휘관들을 불렀다. 칭기스칸은 이 회의에서 부하들에게 공성술을 연구할 것을 주문하고 공성용 사다리와 모래자루, 포위병을 보호할 대형 방패를 만들어서 공급하라고 지시했다. 모든 부족에게 공성술을 연마할 특수반을 만들라는 명령도 떨어졌다. 따라서 장비를 이동하는 낙타차가 도입되고 특수 무기고가 마련되었다.

이로써 몽골의 공성 능력은 개선되었지만, 사실 개선 정도가 그리 큰 편은 아니었다. 그때까지도 몽골은 공병술과 공성 작전에서의 공병의 역할에 대한 세부 지식을 갖추지 못한 상태였고, 중간 규모의 도시 총안흉벽을 제거하는데 필요한 공성병기 사용법은 커녕 그 존재에 대해서도 전혀 알지 못했다.

중국과 이슬람, 서양에서는 기본적인 교통시설인 다리가 몽골에는 알려지지 않은 터라, 몽골인은 어느 누구도 해자를 본 적이 없었고 어떻게 건너야 하는지도 몰랐다. 서하와의 전쟁으로 기본적인 공성술은 터득했지만 금나라와의 전쟁에 응용하기에는 너무나 초보적인 수준이어서 쓸모가 없을 정도였다.

제31장

웅대한 계획

서하와 첫 전쟁을 치른 후, 칭기스칸은 군대에 비단 속옷을 도입했다. 이것은 오늘날 군에 방탄조끼가 도입된 것에 비할 만큼 중요한 혁신이었다.

병사를 향해 화살이 날아와도 비단 속옷은 뚫을 수가 없었다. 돌면서 날아간 화살의 촉이 비단에 감기면서 상처를 내는 것이다. 게다가 무기의 침투 속도가 늦어져서 부상의 심각성도 줄어들었고 화살이 몸에 박혔을 때는 비단 속옷을 잡아당기면 훨씬 더 쉽게 빼낼 수 있었다.

반면에 화살대를 잡고 빼거나 화살이 몸을 관통했을 때는 끔찍한 상처를 입거나 목숨을 잃을 가능성도 있었다. 몽골군이 위생을 조금이라도 생각했더라면 비단 속옷은 감염의 위험까지 줄여주었을 것이다. 하지만 당시의 몽골족은 잘 씻지 않았으며 속옷은 병사의 몸에서 낡아 없어진 뒤에나 갈아입는 것이 보통이었다.

행군할 때 몽골 병사는 차가운 바람을 막기 위해 모전과 가죽으로 된

귀마개가 달린 전통 챙모자를 썼다. 하지만 전투 중에는 가죽으로 된 투구 를 썼고, 나중에는 쇠로 만든 투구도 등장했다. 투구 뒤쪽의 테두리에는 페르시아식으로 가죽이나 천을 늘어뜨려 목을 보호했다. 투구 속에 양털 모자 같은 것을 쓰거나 빠르게 질주할 때는 투구를 고정시킬 턱끈을 사용하기도 했다. 투구 가장자리에 달린 띠나 털 장식은 계급을 나타내기도 했다.

중기병은 적군을 말에서 떨어뜨릴 수 있도록 날에 갈고리가 달린 약 3.5미터 짜리 창을 사용했다. 몽골 기병은 전투에 나설 때 단거리용 활과 장거리용 활, 그리고 화살 30대를 담을 수 있는 화살통 2개에 화살을 총 60대 정도를 기본으로 갖추었다. 화살은 화살대의 길이와 사거리를 결정하는 무게, 그리고 화살촉의 종류에 따라 매우 다양했다. 초기 군대가 사용했던 화살은 불에 달군 나무로 만들었지만, 그중에는 철갑옷을 뚫기 위해 화살촉을 쇠불림한 것도 있었다. 불화살과 효시도 사용했다.

모든 몽골 병사는 올가미와 작은 단검을 지니고 다녔다. 중기병은 이슬람 군대에서 들여온 듯한 구부러진 언월도(옛날 무기의 하나로 초승달 모양으로 생긴 큰 칼)와 서방 군대에서 들여온 듯한 손도끼나 철퇴도 갖추었다.

몽골 기병들은 가죽으로 된 안낭(여러 가지 필수품을 넣어 말안장 양쪽 앞에 달아두는 가죽 주머니)에 여벌옷과 함께 낚싯줄, 조리용 항아리, 비상 식량, 가죽 물통 두 개, 화살촉을 깎는 줄, 바늘과 실을 넣어 가지고 다녔다. 몽골 안낭은 약간의 방수 효과가 있어 강을 건널 때는 종종 말꼬리에 묶어두기도 했다.

또 다른 방법은 개인 장비 일체를 안낭에 넣고 그 안에 있는 공기가 새어나가지 않도록 주머니 입구를 밀봉하는 것이었다. 그리고 둥그렇게 말아서 단단하게 묶은 안낭은 구명구처럼 사용할 수도 있었는데, 말이 강을 건널 때 몽골 병사는 안낭 위에 앉아서 말 꼬리를 붙잡고 가기도 했다.

활은 나무틀에 짐승의 뿔과 힘줄을 조합하여 만든 경기병의 기본 무기로 작은 합성 만곡궁이었다. 몽골족은 수분으로 인해 활대의 합판층이 갈라지는 것을 막기 위해 칠을 많이 입혔으며, 활은 활집에 넣어 종종 말 옆구리에 매달아 두었다.

몽골 활은 시위를 당길 때 드는 장력이 70킬로그램, 최대 유효 사거리는 270미터 정도였다. 하지만 이런 유의 활은 시위를 최대의 힘으로 당기는 경우가 거의 없고 단거리에서 재빨리 시위를 당겨 툭 쏘는 것이 일반적이었다.

몽골족은 오른쪽 엄지손가락에 돌가락지를 끼고 시위를 잡아당겼는데 이 기술은 꽤 유용했다. 그야말로 세계 최고의 궁기병이었던 몽골 경기병들은 말의 네 발굽이 모두 땅바닥에서 떨어져 있을 때 화살을 쏘는 기술을 연마했다. 이런 기술은 땅을 밟는 말발굽의 충격으로 인해 기병의 표적이 벗어나는 일을 막아 주었다.

그리고 몽골족은 프르제발스키 말이라는 야생마를 탔다. 이 품종은 키가 13~14뼘 정도에 다리가 두꺼우며 갑옷을 입은 기사가 타던 중세 유럽의 군마보다 몸집이 훨씬 더 작고 힘도 세지 않았다.

이 몽골 말들은 말발굽으로 툰드라의 눈을 긁어내어 그 아래에 있는 풀이나 이끼를 찾았고 심지어 나뭇잎을 먹기도 했다. 말이 눈 속에서 먹이를 찾을 수 있었던 덕에 몽골족은 혹독한 추위에도 말을 부릴 수 있었다. 실제로 한겨울에 파미르 고원을 넘어 전투를 치르기도 했다.

몽골 병사들은 여분으로 세 필의 말을 더 끌고 다녔다. 강행군 중에는 몇 시간만에 말을 자주 바꿔 타면서 말의 체력을 비축해 주었는데, 이 기술은 각 말이 짐을 효율적으로 운반할 수 있게 했다. 몽골 기병들은 식량으로 쓸 젖과 피를 얻기 위해 주로 암말을 몰았다. 병사들은 말이 개처럼 주인을 따르고 주인의 부름이나 휘파람에도 응답하도록 훈련시켰다. 그렇게 함으로서 말을 돌보고 먹일 사람이 많지 않아도 수많은 말이 군대와 함께 움직일 수 있었던 것이다.

말은 몽골 사회에서 거의 신비에 가까운 존재가 되었고, 칭기스칸은 말을 인간적으로 대하도록 엄격하게 규제했다. 예를 들면 전쟁터를 누볐던 말은 더이상 활용할 수 없을 때 도살하지 않고 자연으로 방생했다. 보통 병사들이 휴대하는 비상식량은 주로 가루 우유 약 5킬로그램, 수수가루, 암말의 젖과 피를 발효시켜 만든 알코올이 강한 말젖술(쿠미스) 2리터 정도였다.

고기는 안장 밑에 두어 말이 움직일 때 발생하는 열과 땀으로 부드럽게 절여지도록 했다. 그렇게 안장 밑에서 육포가 된 고기는 쉬는 동안 병사들의 간단한 간식이 되었다. 가루우유는 물통에 넣고 섞으면 부드러운 요구르트가 되었다. 양이나 염소, 야크 등의 가축들은 군의 보급 대열과 함께 뒤따라 갔다.

몽골 병사들은 정복한 지역에서 약탈한 음식 외에도 쥐와 이, 심지어는 출산한 암말에서 나온 태반까지 거의 모든 것을 다 먹었다. 특히 막 잡은 동물의 장을 배설물만 짜내버리고 먹는 이들의 식습관에 이슬람계 사람들은 경악을 금치 못했다.

서하의 왕 이안전이 칭기스칸에게 항복했다는 소식은 즉시, 금나라의 황제 위소왕에게 전해졌다.

"전쟁에 패한 이안전은 칭기스칸에게 딸을 바쳤을 뿐만 아니라, 낙타 시장에서 상인들이 1년 동안 거래하는 양에 해당하는 많은 낙타를 바쳤으며, 앞으로도 금과 은, 매, 직물 등을 바치겠다고 맹세했습니다. 서하는 이제 몽골의 속국이 되어버린 것입니다."

수도 중도로 달려와 정보를 전한 사람은 서하와의 국경지대 경비대장인 납합매주納合買住였다. 위소왕은 크게 충격을 받으며 이안전을 비난했다.

"서하의 백성들을 통솔할 만한 황제로서의 그릇이 아니었기 때문이다.

서하를 세운 이계천에서 이원호의 시대까지는 괜찮았지만, 그 후의 황제들은 얼간이들 뿐이었다."

"첩자의 보고에 의하면 칭기스칸은 머지않아 금나라를 공격하겠다고 이안전에게 말했다고 합니다."

"칭기스칸은 어리석은 사나이로군. 우리 금나라는 모든 면에 있어서 몽골과는 현격한 차이가 있는 대국이다. 칭기스칸이 쳐들어와도 두려울 것이 없다."

"옛날부터 유비무환이라고 했습니다. 더 늦기 전에 이안전을 설득시켜 칭기즈칸과의 약속을 백지화시키고, 우리 군의 군비를 강화하여 몽골군의 내습에 대비해야 되지 않겠습니까?"

"야만족의 우두머리인 그놈은 서하에서 처음으로 동서 문화의 정수인 재화와 보물들을 보고 크게 놀랐을 거다. 지금쯤 서하의 미녀들을 옆에 끼고 기분 좋게 술에 취해 있겠지?"

정치적인 수완뿐만 아니라, 군사적인 통찰력도 거의 없는 위소왕은 납합매주에게 어리석은 질문을 던졌다.

"그렇지 않습니다. 칭기스칸은 이미 전군을 이끌고 고비사막 저쪽으로 돌아갔습니다."

"가축들의 냄새가 몸에 밴 이민족은 성곽의 도시에서 사는 것이 싫은 모양이지? 그나저나 몽골군은 도대체 어느 정도의 병력으로 우리나라를 치겠다는 건가?"

뒤늦게나마 궁금해진 위소왕이 묻자, 납합매주는 진지하게 말했다.

"몽골군은 이번 원정 때 괴자목패, 투석기, 구름사다리 등의 신무기를 가지고 왔습니다. 우리가 한시라도 빨리 대책을 강구하지 않으면 신병기를 가진 몽골군에 대처하지 못하는 상황에까지 이를 수도 있습니다."

"그놈들은 흑수성 하나도 제대로 함락시키지 못했으며 투석기도 제대로 다루지 못했다고 말하지 않았는가? 그들이 쳐들어와 봤자 만리장성 위로 올라오지도 못하고 쫓겨갈 것이 뻔하다."

"새삼스럽게 설명할 필요가 없겠습니다만, 몽골군이 서하를 정벌한 것은 우리나라를 침공할 때 배후를 공격 당하지 않기 위해서였습니다. 군사력 강화에 힘을 쏟고 있는 현재의 몽골군은 지금까지의 몽골군과는 비교가 안 될 정도로 거대하고도 강력한 군대로 성장했습니다."

"그대는 나에게 일부러 불안감을 주려는 것 같군."

"당치도 않습니다. 그것과 반대입니다. 서둘러 군비를 갖추어 몽골군의 내습에 대비하지 않으면 우리 군의 병사들 사이에 공포감이 생겨나게 됩니다. 병사들이 겁을 먹으면 그것은 백성들에게도 전달될 것입니다."

"닥쳐라! 몽골군은 서하와의 싸움으로 인해 지쳐 있다. 지금 당장 우리를 공격할 수 없다. 그대의 입을 통해 나쁜 소문이 퍼지게 되면 백성들이 동요되고 도망치는 자들도 속출하게 될 것이다."

위소왕은 잔뜩 화가 난 목소리를 내뱉더니 옥좌의 계단 밑에 서 있는 호위병을 향해 한 손을 들어보였다. 그리고 짧게 말했다.

"끌고 가라."

"폐하, 지금 당장 해야 할 일들이 태산 같은데, 지금 무슨 생각을 하고 계시는 겁니까?"

납합매주는 호위병들에게 양 팔을 잡힌 채 끌려 나가면서 소리쳤다. 하지만 위소왕은 그 소리를 무시하며 중얼거렸다.

"저놈의 이야기를 들었더니 나도 모르게 초조해지는군."

결국은 옥에 갇히게 된 납합매주는 어리석은 왕을 섬기는 자신이 딱하게 생각되었다.

'영화를 자랑했던 금나라는 머지않아 망하게 될 것이다. 칭기스칸의 공격에

의해서가 아닌 위소왕의 어리석음 때문에⋯⋯.'

납합매주가 투옥되었다는 이야기는 단번에 신하들 사이에 퍼졌으며, 위소왕 앞에 나가서 군비를 갖추자고 진언하는 자들은 하나도 없게 되었다. 위소왕도 몽골군이 언젠가 쳐들어올 것이라는 걱정을 조금은 하고 있었다.

금나라는 1115년에 건국된 이래 몽골고원에 큰 세력이 형성되는 것을 극도로 경계해 왔다. 그래서 고원의 유목부족들 중 타타르부를 용병집단으로 흡수하여 여타의 부족들을 견제시켰고, 만일의 사태에 대비하여 변방 지대에 참호와 성벽을 구축했다. 그리고 주기적으로 정예 군단을 파견해 의심나는 부족들을 도륙하기도 했다.

금나라의 무차별적인 도륙 정책은 몽골고원의 비극이라고 해도 무방할 만큼 살벌했다. 비록 정책 중에 약간의 오해가 있어 용병 집단 타타르의 반란(1194~1198)이 일어나기도 했지만, 몽골고원에서 대세력이 일어난다는 것은 불가능한 일에 가까웠다. 그만큼 몽골고원에 대한 그들의 정책은 집요했다.

그러나 금나라는 1200년 가을 이래 변방 정보의 책임자였던 타타르부가 갑자기 실종되자 매우 당황했다. 도대체 타타르부는 어디로 이동해 간 것일까? 의문은 그것만이 아니었다. 그동안 금나라의 변방을 들락거렸던 컬렌호 일대의 몽골 씨족들이 1200년을 기점으로 갑자기 그 움직임을 멈춘 것이다.

그리고 만리장성 부근의 엉구트부 상인들로부터 서 몽골고원의 유목제국인 나이만부가 누군가에 의해 멸망당했다는 소문도 전해졌다. 또 강대국 서하가 1205년부터 이상한 군대에게 시달림을 받고 있다는 미확인 정보까지도 입수되었다.

장종(1190~1208) 말년에 집중적으로 입수된 그 정보들은 그때까지는 금나라 변방에 아무런 변화가 없다는 이유 때문에 신빙성을 의심받았다.

그러는 중에 즉위한 위소왕은 조정의 의견에 따라 긴급 지도자 회의를 소집했다. 그 회의에서 대신들과 일선 지휘관들은 서하를 침공한 부대의 실체에 대해서 격론을 벌였다. 그리고 다음과 같은 잠정적인 결론을 내렸다.

'우리가 모르는 사이에 몽골고원에서 대 세력이 탄생할 수는 없다. 지금 서하를 침공한 자들은 타타르부의 군대일 가능성이 많다. 따라서 우리는 타타르부의 소재지를 철저히 파악할 필요가 있다. 고도로 훈련된 특수부대를 고원 같은 곳까지 파견하여 그들의 동태를 파악하자. 그 다음에 대책을 강구하는 것이다.'

금나라는 그 회의의 결정에 따라 특수부대를 장가구張家口 일대의 만리장성에서 북쪽으로 4백 킬로미터 떨어진 지역으로 보냈다. 그런데 그 부대가 곧바로 실종되었던 것이다. 때문에 금나라는 긴장했다.

'도대체 몽골고원에서 무슨 일이 일어난 것일까?'

도저히 종잡을 수가 없었다. 그러나 확실한 것은 모든 것을 받아들일 정도의 강력한 무력 집단이 북쪽에 존재한다는 사실이었다. 그 무력 집단은 말할 수 없는 커다란 공포감을 금나라 군대에게 안겨주었다. 하지만 그 군대의 실체가 무엇인지 알게 되면서 위소왕이 느끼던 공포감은 크게 줄어들었다.

위소왕은 즉시 서북 방면의 총사령관인 점합합타(粘合合打)를 칭기스칸에 대한 사자로 파견하며 명령했다.

"그 야만인을 만나 분명히 전하라. 우리 금나라는 몽골국의 대군주국이니 당장 전군의 무장을 해제하고 나에게 사자를 보내 신하의 나라로서의 예를 취하라고……."

"알겠사옵니다. 폐하."

중도를 떠난 점합합타는 만리장성 북쪽의 무주에서 다시 북상하여 케룰렌 강가에 있는 칭기스칸의 본영을 찾아갔는데, 그가 받아온 대답은 '칭기스칸이 화의를 거절했다'라는 것이었다.

"뭐가 어째? 그 야만족의 대장 녀석이 감히……."

위소왕은 분노로 인해 몸을 떨며 소리쳤지만 강화 제의를 거절당한 뒤의 대응책이 얼른 생각나지 않았다.

'칭기스칸은 머지않아 우리 금나라를 침공할 생각인가본데, 그놈들은 도대체 어느 방향에서 공격해 오려는 걸까?'

불안해 하면서 허둥대던 위소왕은 감옥에 가두었던 납합매주를 데리고 오게 하더니 명령했다.

"지금 당장 임지로 돌아가 몽골군과 합세할 가능성이 있는 서하군의 움직임을 저지하라."

"그렇게 하겠사옵니다."

납합매주는 머리 숙여 위소왕에게 절을 하고는 서하와의 국경 지대 주변에 있는 임지로 돌아갔다. 하지만 그의 마음은 감옥에 갇혀 있는 동안 바뀌어져 있었다. 그는 서하의 군대가 금나라를 공격하는 사태가 발생하면 그들과 힘을 합쳐 위소왕의 목을 치기 위해 싸우겠다는생각을 하고 있었다.

위소왕은 이어서 평장정사平章政事 독길천가노獨吉千家奴, 참지정사參知政事 완안호사完顏胡沙, 서경유수西京留守 흘석렬호사호紇石烈胡沙胡를 불러 칭기스칸에 대한 요격 대장들로 임명했다.

그 같은 움직임에 대한 소식은 만리장성 경비를 맡고 있는 엉구트의 알라코시 디에트코리에게 즉시 전해졌으며, 그것은 다시 칭기스칸에게 전해졌다.

칭기스칸은 여러 곳에서 속속 들어오는 정보들을 분석하면서 금나라 공격을 위한 새로운 준비를 진행시켰다. 서하에서 카라코룸을 거쳐 케룰렌 강가로 돌아온 지도 어느덧 일 년이 지나고 있었다. 때는 어느덧 가을로 접어들고 있었으며, 몽골고원에는 몇 번째인가 눈이 내리고 있었다.

칭기스칸은 긴 겨울 동안 신하들을 본영으로 불러 작전 회의를 거듭했다.

그리하여 전투 방법에 대한 결론을 얻게 되었는데, 그것은 서하에서 시도했었던 공성전과 푸른 늑대 본래의 전투 방법을 함께 사용한다는 것이었다.

제32장

금나라로 진격하다

1211년 3월.

대지를 휩쓸며 울부짖던 봄의 폭풍이 드디어 사라지자, 몽골고원의 각지에서 만호장관과 천호장관이 이끄는 12만 명의 푸른 군대가 케룰렌 강변으로 모여들었다. 그리고 자신들의 선조를 무자비하게 학살하고, 사랑하는 처자와 아이들을 끌고가 노예로 팔아먹었던 금나라에 대한 보복을 결의했다.

채찍을 든 칭기스칸이 선언했다.

"드디어 복수할 때가 왔다. 여기 모인 몽골의 백성들이여, 모두 힘을 합쳐 금나라와의 싸움에 임하라,"

"우!"

"와아!"

장병들이 소리 높여 함성을 올리는 것과 함께 50개나 되는 북들이 일제히 울려대며 큰 소리를 냈다.

"둥둥둥! 둥둥둥!"

12만의 기마군단.

몽골 부족의 초대 족장인 카불칸, 2대 족장인 암바카이칸, 3대 족장인 코톨라칸 중의 누구도 생전에 그처럼 많은 병력을 이끌어 본 적이 없었다.

후방의 잔류 부대는 군사조직을 재편성했을 때 전통사의 우두머리로 임명되었던 토쿠차르가 맡게 되었는데 병력은 겨우 2천 기였다. 몽골제국의 사활이 걸린 싸움이었기에 푸른 군대의 전투력 거의 모두가 원정군에 투입된 것이다.

이윽고 일정한 사이를 두면서 징소리가 울려 퍼지자 각 부대의 대장들이 한 사람씩 계단 위로 올라가 커다란 의자에 앉아 있는 칭기스칸 앞에 서서 힘찬 목소리로 선서했다.

"나는 부하들과 함께 목숨을 바쳐 싸울 것을 맹세합니다."

칭기스칸은 서하의 영토를 거치지 않고 직접 금나라와의 국경 지대로 향하려고 했으며, 서하군은 일단 원정에 참여시키지 않기로 했다.

다음 날 아침, 백마를 죽여서 제물로 삼아 천제에게 바친 칭기스칸은 부르칸산을 향해 무릎을 꿇고 큰 소리로 기원했다.

"아아, 영원한 천제님이시여, 우리는 드디어 암바카이칸의 원수를 갚기 위해 금나라로 떠나게 되었습니다. 부디 하늘에서 두 손을 뻗어 저에게 힘을 주시옵소서."

그리고는 곧바로 허엘룬의 게르로 찾아갔다.

허엘룬은 '텝 텡게리 사건' 이후 극도로 몸이 쇠약해져 항상 침대에 누워 있었는데, 칭기스칸이 들어서자 조용히 눈을 떴다.

"어머니, 드디어 금나라를 정벌하러 떠나게 되었습니다."

"그래?"

몸을 일으키면서 한 마디 하던 허엘룬이 기침을 했다. 칭기스칸은 그녀의 몸을 받쳐주면서 다시 말했다.

"이번 원정은 제법 오래 걸릴 것으로 예상됩니다. 부디 몸조심하면서 승리했다는 소식을 기다려주십시오."

"암, 당연히 그래야겠지."

허엘룬은 마른 나뭇가지처럼 앙상해진 손으로 칭기스칸의 두 손을 쥐면서 대꾸했다.

금나라를 정복하고 말겠다는 숙원은 예수게이 바아토르가 건재했을 때부터 그녀의 마음속에서 이어져 왔다고 칭기스칸은 생각하고 있었다.

"카사르도 너와 함께 가겠지?"

"물론이지요. 테무게도 벨구테이도 같이 갑니다. 그들과 힘을 합쳐서 승리했다는 소식을 꼭 전해 드리겠습니다."

칭기스칸은 웃어보이면서 말했지만, 그의 마음 한구석에서는 그것이 어머니와의 마지막 대화가 될 것이라는 느낌이 문득 들어 자기도 모르게 가슴이 조여지는 것 같았다.

허엘룬은 석별의 아쉬움으로 가득찬 눈으로 말했다.

"테무진, 내가 낳은 아이들이 모두 기운찬 모습으로 돌아오기를 기다리고 있겠다."

다음 날, 칭기스칸은 친척과 신하들의 가족들을 초대하여 송별과 승리를 기원하는 목적을 겸한 연회를 베풀었다.

금나라의 영토는 광대하기 때문에 누구나 원정군이 귀환할 때까지 최소한 2년은 걸릴 것이라고 생각하고 있었다. 따라서 낮은 목소리로 이야기들을 나누며 석별의 정을 나누는 모습들을 여기저기서 볼 수 있었다. 버르테도 예외는 아니었다. 주치를 비롯한 아들들을 하나씩 불러 금나라와의 싸움에서 승리하여 꼭 살아서 돌아오라고 격려하고 있었다.

이틀째의 축하연은 장수들과 멀리서 달려온 우두머리들을 초대하여 금나라 정벌에 관계되는 최종적인 검토를 겸하는 자리가 되었다.

12만 명이나 되는 대군이 원정하는 것인 만큼 서하를 공격했을 때처럼 바꾸어 탈 군마들을 많이 끌고 갈 여유가 없었다. 장병들은 모두 갈아탈 말을 두 마리만 끌고 가게 되었다.

칭기스칸은 알라코시 디기트코리가 제공한 정보에 의해 금나라는 군마를 사육하는 방목지만은 성벽을 둘러치지 않는다는 사실을 알고 있었다. 때문에 그 목초지로 쳐들어가 군마들을 현지 조달할 생각이었다.

그들이 동남쪽으로 약 650킬로미터를 지나 거대한 고비사막을 가로지르면 금나라의 북쪽 국경이 만리장성의 품안에 자리하고 있었다. 군수물자를 운반하는 낙타는 약 3천 마리였는데, 서하 원정 때 고비사막을 넘으면서 물 부족으로 고생했었기 때문에 물이 든 가죽부대들을 대량으로 준비했다. 아울러 물이 썩을 경우에 대비하여 눈 녹은 물이 흐르는 냇물의 위치들을 조사시켜 지도에 기록해 두었다.

드디어 금나라를 향해 떠나는 날 아침, 칭기스칸은 흰 말총 영기에 마유주를 부어 천제에게 승리를 기원한 뒤에 말에 올라탔다. 엄청나게 많은 큰 깃발들이 초원의 바람을 맞으며 펄럭이고 있었다. 49세의 칭기스칸은 대군단을 스윽 훑어보면서 오른손을 높이 들어올렸다.

"자아, 가자."

"출발!"

선발대를 이끄는 제베가 큰 소리로 명령하자, 장병들은 일제히 함성을 질러댔다.

"와!"

"와아!"

5천기인 제베군은 두 마리의 말이 끄는 전차대 3백 승(乘)이 포함된 정예부대였다. 전차에는 고삐를 다루는 병사와 두 사람의 사수들이 한 조가 되어 타고 있었다.

푸른 군대는 거침없이 남하를 시작했다. 전위부대를 한참 앞선 곳에서 정찰대가 길잡이 역할을 했다. 무엇보다 보안이 중요했기 때문에 길을 지나는 사람은 모두 잡아 구금하거나 처형해 버렸다.

정찰대 다음으로는 야간 숙영지를 고르고 물과 음식이 충분한 곳을 확보하는 병참 무관인 유르트치가 그 뒤를 이었다. 유르트치 다음으로 전위 만호들이 뒤따랐는데 이들은 넓게 퍼져서 행군하면서도 동일한 목표물, 즉 만리장성의 동쪽 돌출부를 향했다. 전위부대를 이끌던 수부타이가 1만호를 지휘하는 동안 모칼리와 제베는 2만 호를 맡았다. 그리하여 총 3만 명의 몽골 기병이 만리장성을 향해 돌진했다. 칭기스칸이 직접 지휘하는 9만 명의 강한 본대는 진로와 최종 목적지를 금나라에 들키지 않도록 멀찍이 떨어져서 뒤쫓아갔다.

22마리의 소들이 끄는 칭기스칸의 이동식 군영은 강처럼 긴 모양을 한 행렬의 약간 전방에 위치해 있었다. 칭기스칸의 아들인 주치와 차가타이, 어거데이, 톨로이의 부대들은 그 앞에서 행군하고 있었고 카사르와 테무게, 벨구테이의 부대들은 바로 뒤에서 움직이고 있었다.

그들이 행군을 시작한 지 며칠이 지나자 초원이었던 주위의 경치는 어느덧 벌거벗은 산이나 모래와 자갈뿐인 대지로 바뀌기 시작했다. 그리고 전방에 끝없이 펼쳐진 고비사막이 보이기 시작했다.

병사들의 절반 정도는 고비사막을 지나가는 것이 처음이었다. 그곳은 3월인데도 한여름처럼 느껴졌으며 내리쬐는 햇볕은 뜨거웠고 목도 타는 것처럼 말랐다.

그로부터 며칠 동안 더 행군하게 되자 보급 부대의 일부가 대열에서 벗어나 지도에 표시해 놓은 연못이나 개울을 찾아 물을 구해 가지고 다시 본대에 합류하곤 했다.

케룰렌 강변을 떠난 지 어느덧 한 달이 지나고 있었다. 5월, 몽골의 푸른 군대는 금나라의 변방에 도착했다. 동방의 화려한 나비였던 문명 대국 금나라는 몽골제국이라는 새로운 문명의 탄생을 위해 그 찬란한 무늬를 접어야 하는 운명의 순간을 맞게 되었다.

"생포하라."

제베가 소리치자 두 대의 전차가 바람처럼 앞으로 달려나갔다. 푸른 군대의 전차군을 본 금나라 병사들이 놀라 도망쳤지만 두 대의 전차는 모래 먼지를 일으키며 그들에게 들이닥쳤다. 서로 간의 거리는 순식간에 좁혀졌고, 전차의 사수들은 위협을 가하기 위해 화살을 쏘아댔다. 겁을 먹은 금나라의 정찰병은 결국 말고삐를 당기며 그 자리에 멈춰서고 말았다. 제베 앞으로 끌려온 두 정찰병은 보오르추에게 넘겨졌으며 그의 심문을 받게 되었다.

"순순히 대답하면 마실 물을 주겠다."

보오르추는 두 사람을 발가벗겨 내리쬐는 태양의 반사열이 뜨거운 땅바닥에 앉히고는 심문을 시작했다. 정찰병들은 처음에는 입을 열지 않았지만 물을 마시고 싶은 욕구를 이겨내지 못하자 입을 열었다. 그리하여 금나라가 만든 것들 중에서 가장 크고 견고하게 만들어진 것은 대수락에 만들어진 '보새'라 는 사실을 털어놓았다. 그것은 엉구트의 알라코시 디기트코리가 보낸 정보와 일치했다. 두 포로는 그 대수락에서 파견된 정찰병들이었다.

대수락의 수비 대장의 이름은 정설定薛이며, 1만 3천여 명이나 되는 국경 수비대는 카라바라가순(무주:撫州)에서 파견되었다는 사실도 알아냈다.

제33장

폭풍, 폭풍

　계절은 어느 샌가 여름철로 들어서고 있었다. 휴식을 끝낸 몽골군은 국경선을 과시하려고 흙을 쌓아서 만든 계호를 넘기 위해 진군을 개시했다.

　계호를 통과하여 금나라로 들어선 칭기스칸은 큰 소리로 말했다.

　"드디어 금나라가 제멋대로 정한 국경선을 넘었다. 이대로 계속 남하하면 카라바라가순에 이른다. 우리는 그 전에 금나라의 군마들을 빼앗아야 한다."

　서둘러서 행군한 몽골군은 얼마 후 군마를 방목하는 목장에 도착했다.

　위소왕은 푸른 군대가 군마로 사육하고 있는 말떼를 빼앗을 것이라는 생각은 전혀 하지 않았기 때문에 약간의 병력밖에 배치하지 않고 있었다. 그곳에서도 금나라의 포로들이 경비병들과 싸웠기에 쉽게 이겼다.

　몽골군이 금나라에 들어와서 얻은 군마들은 무려 10만 마리에 달했다. 바꾸어 탈 말들이 단번에 늘어나자 장병들은 크게 기뻐했으며 사기도 고조되었다.

칭기스칸은 이윽고 신하들을 모아 놓고 바꾸어 탈 많은 말을 얻으면 실행하고자 했던 계획을 발표했다.

"여기서 우리의 병력을 셋으로 나누겠다. 모칼리여, 그대는 좌익군을 이끌고 동쪽으로 향해 난하 상류의 창주, 환주 방면을 공격하라. 나의 아들인 주치와 차가타이, 어거데이는 우익군으로서 서쪽의 산서 북부를 공격하라. 나는 중군을 이끌고 카라바라가순으로 향하겠다. 금나라의 포로들은 정확하게 3등분하는데 거란족의 포로들은 내가 맡겠다."

칭기스칸은 원정의 제1단계를 처음부터 대흥안령 서쪽 사면의 고원 초지인 석림강錫林江 일대로 정하고 있었다.

"반드시 창주와 환주를 함락시켜 보이겠습니다."

좌익군의 지휘를 맡은 모칼리가 주먹으로 가슴을 두드리면서 말하자, 우익군의 대장인 주치도 가슴을 펴면서 말했다.

"동생들과 일치단결하여 금나라 군대에게 이기겠다고 맹세하겠습니다."

"한 가지 말해둘 것이 있다."

칭기스칸이 신하들 쪽으로 시선을 돌리면서 말을 이었다.

"계호에서의 전투 때 거란인 포로들을 전선에 내보내지 않은 것은 그들을 효과적으로 활용하기 위해서였다. 즉 거란인 병사들은 지금은 비록 금나라 군대에 편성되어 있지만, 여진족에게 정복당한 원한을 지금까지 잊지 않고 있기 때문이다. 위소왕은 여진족 출신이며 아직까지도 여진족에게 머리가 눌려 있는 거란족은 언젠가 반드시 원한을 풀려고 기회를 노리고 있을 거라고 생각한다. 말하자면 거란인 포로들이 더욱 많아지면 그들을 이용하여 반란을 일으키게 하자는 것이다."

"아, 그런 생각도 하고 계셨었군요?"

신하들은 모두 머리를 끄덕이면서 더없는 존경심을 얼굴에 드러냈다.

그로부터 7일 후의 이른 아침, 모칼리 군단과 칭기스칸 아들들의 군단은 각 부대에 지시된 방면을 향해 출발했다. 칭기스칸도 차례가 되자 출발했다.

정찰병들을 파견하면서 동남쪽으로 진군을 계속한 칭기스칸의 중군은 20여 일 후 무주 부근에 이르렀다.

"칭기스칸의 군대가 다가오고 있습니다."

정찰병들이 달려가 보고하자, 무주를 지키고 있던 독길천가노와 완안호사는 공포감으로 인해 초점이 흐려진 눈으로 중얼거렸다.

"이젠 이 땅도 안전하지 못하다."

며칠 전에 몽골군에 대한 소문을 들었기 때문이다.

두 사람은 즉시 여진인 장수들을 모아 놓고 말했다.

"우리는 위소왕과 담판하여 원군을 얻기 위해 잠시 동안 성을 떠난다. 너희들은 원군이 도착할 때까지 몽골군과 싸워 성을 사수하라."

"수도 방위를 최우선으로 생각하는 위소왕을 설득하는 것은 매우 힘든 일이다. 때문에 둘이서 함께 가야 한다."

장수들은 이미 두 사람의 생각을 꿰뚫어보고 있었지만 상대는 위소왕의 사령을 받은 평장정사와 참지정사여서 저지하지 못하고 잠자코 배웅할 수밖에 없었다.

두 사람은 푸른 군대가 오는 방향을 피하기 위해, 그리고 중도로 간다고 장수들을 속이기 위해 일단 남쪽으로 약 3분의 1에 해당하는 3천 5백여 명의 호위병들을 이끌고 1시간 정도를 더 달려가다가, 이윽고 말머리를 북쪽으로 돌렸다.

창주에 도착한 두 사람은 푸른 군대의 내습이 없어 크게 안심하고 있었는데 위소왕으로부터의 명령이 전달되었다.

"오사보를 버렸으며 무주를 수호하기를 포기한 독길천가노를 평장정사직에서 파면한다. 완안호사는 야호령野狐嶺의 수비를 철저히 하라.”

“마음에 들지 않으면 파면시키는 재주밖에 없군!”

독길천가노는 위소왕을 욕하면서 허세를 부려 보았지만, 결국 몸 둘 곳이 없어졌으며, 야인이되고 말았다

칭기스칸은 드디어 만리장성의 남쪽 관문 거용관을 향해 진군하기로 했다. 때는 이미 10월에 접어들고 있었으며 주변의 경치에는 초겨울 빛이 짙어지고 있었다. 하북河北 평야 부근의 언덕 지대에 위치한 거용관은 몽골고원에서 침공해 오는 북방 유목민족을 한 사람도 접근시키지 않겠다는 듯이 위압감을 보이며 우뚝 서 있었다.

칭기스칸이 향하는 지역의 장성은 높이가 8.5미터, 바닥의 두께는 6.5미터였다. 정상에는 높이가 1.78미터인 성가퀴(성 위에 낮게 쌓은 담)가 이어져 있고 총안銃眼이 입을 벌리고 있었다. 또한 120미터 간격의 돈대墩坮(감시대)에 부대가 주둔하고 있었다.

거용관 주변의 돈대에 있던 감시부대는 3일 전부터 봉화를 보고 푸른 군대가 접근한 것을 확인하고 있었다. 하지만 그것이 엉구트와의 연락 수단이라는 생각은 전혀 하지 못했다. 푸른 군대가 떨어져 있는 우군에게 집결하라고 재촉하는 신호라고 판단하고 있었다.

금나라의 군대는 몽골의 푸른 군대가 어느 쪽에서 공격해올지 감을 잡지 못한 채 수비 태세를 굳히고만 있었다. 또한 알라코시 디기트코리는 ‘몽골군의 내습을 경계하기 위해서’라는 이유로 거용관 남쪽 입구에 5천의 병력을 보내 놓고 있었다.

수부타이는 거용관 동쪽 3백 미터가 되는 곳에서 진군을 중지시켰다. 거용관의 성가퀴에는 금나라군의 병사들이 빈틈없이 배치되어 있었다. 그 수는 대략 2만 명 정도로 판단되었는데, 성가퀴의 뒤쪽은 네 마리의 말들이 가로로

서서 지나갈 수 있을 만큼 폭이 넓다는 정보가 있었다.

군단은 말을 타고 활을 쏘는 부대와 사다리를 들거나 괴자목패나 투석기 등을 다루는 보병 부대로 나뉘어졌다. 각각 30대인 괴자목패와 전호차에 병사들이 배치되고 15문의 투석기들도 성벽과의 거리를 가늠하며 조준을 끝내자, 수부타이는 긴 칼을 뽑아들며 소리쳤다.

"가자!"

"와!"

"와아!"

푸른 군대는 요란하게 함성을 질러대며 만리장성을 향해 돌진해 갔다. 수부타이가 이끄는 선봉대는 빠른 속도로 만리장성에 접근하여 성가퀴에 있는 적병들을 향해 긴 화살을 쏘아대는 세찬 공격을 퍼붓기 시작했다. 금나라의 병사들은 연노를 이용해 화살을 무더기로 쏘아대면서 저항했다. 그리고 투석기들은 커다란 돌을 발사했다. 15문의 투석기에서 날아간 돌은 커다란 원을 그리면서 성벽의 여기저기를 강타했다.

선발대가 괴자목패와 전호차를 몰면서 전진하자, 금나라의 병사들은 화창까지 쏘아대면서 반격했다. 불에 놀라서 날뛰는 푸른 군대의 말에서 떨어지는 병사들이 속출했다. 그로부터 얼마 후 만리장성 서쪽에서 끔찍한 소식이 전해졌다. 만리장성 동쪽에서 감행된 수부타이의 진격과 시위는 속임수였던 것이다.

금나라의 주력군이 만리장성의 동쪽으로 집결해 싸우는 동안 서쪽으로 200킬로미터 정도 떨어진 곳에서 칭기스칸과 몽골군의 본대가 화살 한 발도 쏘지 않고 만리장성을 넘은 것이다. 이 부분의 성곽은 금나라의 군대가 아니라 몽골족과 친족 관계인 엉구트부의 군대가 지키고 있었는데, 그들은 칭기스칸이 몇 년 동안 공들여 맺어놓은 동맹이었다.

금나라에 계속해서 충성하며 몽골의 대군과 싸울 것인지 아니면 몽골 편에 설 것인지를 결정해야 할 기로에 놓였던 엉거트부는 결국 몽골군과 손을 잡고 몽골군을 서쪽 충안흉벽으로 순순히 통과시켰다. 동쪽에서는 수부타이가 한동안 금나라 군대와 싸우다가 어딘가로 사라졌다.

칭기스칸은 마침내 만리장성 위에 섰다.

장성 위에 높이 세운 흰 말총 영기와 푸른 군대의 깃발이 겨울바람을 맞으면서 펄럭이기 시작했다. 칭기스칸은 말로 형언하기 힘든 커다란 감동을 느끼면서 붉게 물든 석양을 바라보며 중얼거렸다.

"어머니, 저는 지금 아버지 예수게이 바아토르도 서 보지 못했던 만리장성 위에 이렇게 서 있습니다."

제34장

선종을 항복시키다

만리장성을 돌파한 몽골군은 그로부터 3년 동안 금나라의 땅을 누비며 적의 군대들을 하나하나 살육하며 쓰러뜨렸다. 금나라의 황제는 여전히 항복을 거부하고 있었고, 수도인 중도의 거대한 성채도 저항을 멈추지 않았다. 때문에 곳곳에서 금나라의 장수들이 몽골로 이탈해 어느새 몽골군을 돕는 46개의 금나라 사단이 생겨났다.

이 많은 부대들 중에는 공성 부대도 분명히 있었을 것이므로 몽골이 처음으로 금나라의 세련된 공성병기와 그것을 운용하는 방식을 제대로 알게 된 것은 바로 이 시기라고 볼 수 있다. 이 때 얻은 지식은 훗날 이슬람과 서구와의 싸움에 활용된다.

칭기스칸은 군대를 세 개의 기동부대로 나누어 금나라 영토의 곳곳에 파견했다. 그 중 칭기스칸의 동생 카사르가 이끄는 부대는 동쪽으로 이동해 만주 남부 지역으로 향했고, 칭기스칸의 아들인 주치가 이끄는 부대는 산시성의 고원을 지나 남쪽으로 이동했다. 이 기동 부대들은 반년 만에 90개 도시와 요새들을 점령하고 불태웠으며 농촌까지 황폐화시켰다. 때문에 시체들이 들판에서 썩어가거나 강물에 떠내려갔다.

금나라는 끔찍한 피해를 입었음에도 불구하고 항복을 거부했고 황제는 여전히 수도의 성벽 안에서 안전하게 살고 있었다. 중국처럼 땅덩어리가 넓은 나라를 본 적이 없었던 몽골은 금나라의 저항력에 당황하게 되었다. 칭기스칸은 자신의 군대로는 방대한 중국 땅을 결코 정복하고 지배할 수 없을 것임을 깨닫기 시작했다.

그러나 막대한 피해를 입은 금나라의 전력이 크게 약화된 것은 사실이었다. 칭기스칸은 금나라가 전력을 회복해 다시 몽골을 위협하기까지는 몇 년이 걸릴 것이라고 생각했다. 그래서 금나라와 평화 협정을 벌여 휴전을 이끌어냈다. 칭기스칸으로서는 전리품을 가지고 만리장성 너머로 병사들을 후퇴시키는 것만으로도 만족이었다.

하지만 때를 놓친 대칸은 고비사막에 찌는 듯한 무더위가 다시 찾아오자 돌론노르(뒤룬:多倫)로 물러나 여름이 지나가기를 기다렸다. 그리고 함께 데리고 온 수천 명의 금나라 군사들 및 민간인 포로들을 먹여 살려야 하는 것이 힘들어 입을 줄이기 위해 즉시 그들을 처형하라고 명했다.

다시 심한 눈보라가 치는 겨울이 찾아왔다. 칭기스칸은 60킬로미터 전방에 있는 중도를 향해 그대로 진군하지 않고 군단을 둘로 나누어 하나는 서쪽의 서경부로 가게 하고, 자신은 선덕주宣德州를 공략하기로 했다.

푸른 군대가 선덕주를 향해 진군한다는 보고를 들은 위소왕은 당황하며 행성行省을 진산현繒山縣으로 옮기는 동시에 거용관의 북쪽 입구인 팔달령으로 대군을 보냈다. 수도와 가까운 팔달령이 함락되었을 경우의 위험성을 뒤늦게나마 예상했기 때문이었다.

푸른 군대의 별동대는 과감하게 서경부를 공격했다. 하지만 방어 상태가 견고하여 함락시키지 못했다.

전령이 달려와 그 같은 사실을 알리자, 칭기스칸은 여유있게 말했다.

"서경부는 중도 다음 가는 큰 도시이니 고전하는 것이 당연하다. 무리하지 말고 철수하라. 서경부를 칠 기회는 얼마든지 있을 테니까."

별동대를 합류시켜 대군단이 되어 선덕주에 도착한 칭기스칸은 테베와 구이구네스를 선봉대로 내보내면서 말했다.

"적병들을 한 놈도 남기지 말고 다 죽여라. 단 아녀자들은 죽이지 말고 생포하라."

두 장수는 선덕주도 어렵지 않게 함락시켰다. 금나라의 수비대를 철저하게 무찌른 푸른 군대는 선덕주로 입성하여 아녀자들을 제외한 남자들은 모두 죽였다. 그곳에서 값진 재화들을 약탈한 푸른 군대는 며칠 후 남동쪽에 위치한 덕흥주德興州를 공격하기로 했다.

푸른 군대의 선두에 세워진 것은 선덕주에서 사로잡은 3백 명 정도의 여자들이었는데, 그들은 크게 소리 지르며 울부짖었다.

"제발 우리를 살려주세요."

"싸움이 시작되면 제일 먼저 죽습니다."

덕흥주의 수비대는 결국 뜻대로 공격할 수가 없었으며 도시를 내주게 되었다.

겨울 날씨는 본격적으로 추워지고 있었다.

칭기스칸은 계속된 격전으로 인해 지친 병사들과 말에게 휴식을 주기 위해 덕흥부에서 겨울을 나기로 했다.

얼마 후 케룰렌 강변에서 전령이 왔다.

그는 칭기스칸이 무엇보다도 두려워하던 일에 대해서 말했다. 그것은 계속해서 병석에만 누워 있던 허엘룬이 세상을 떠났다는 소식이었다.

이 소식을 들은 칭기스칸은 흐르는 눈물을 멈출 수가 없었다.

"어머니, 제가 너무나도 먼 곳에 있어 임종을 지켜보지 못했습니다. 용서해 주십시오."

그리고는 일단 케룰렌 강변으로 돌아가기로 했다.

자기의 손으로 어머니의 장례식을 치르기 위해서였다.

거의 1년 동안이나 어머니의 명복을 빈 칭기스칸은 이윽고, 두 번째로 금나라 원정길에 올랐다. 이듬해인 1212년 초가을이었는데 병력은 금나라와의 싸움에서 생포한 거란인 포로들을 합친 15만 명이었다. 고비사막을 남하한 푸른 군대는 거용관의 서쪽에 해당되는 서경부를 향해 진군해 갔다.

"몽골군이 다시 서경부를 향해 오고 있습니다."

정찰병의 보고를 받은 위소왕은 다시 악몽 속에 빠졌다. 그는 서경부가 함락되면 중도가 위험해질 것이라는 생각에 수도 방위군의 일부인 6만의 병력을 환아취로 보내 서경부로의 침입을 저지하고자 했다.

하지만 전보다 사기가 높아진 푸른 군대는 환아취의 금나라 군대를 어렵지 않게 격파하고는 서경부 가까이로 진출했다. 그러자 서경부의 원수 좌감군인 오둔양은 10만여 명의 대군을 이끌고 부성府城에서 나와 그들을 맞아 싸웠다.

격렬한 전투를 벌인 푸른 군대는 결국 사력을 다해 저항하는 오둔양의 군대를 부성으로 밀어붙였다. 성 안으로 도망친 오둔양의 병사들이 견고한 철문을 닫아버리고 방어 태세를 취하자, 푸른 군대는 성곽 도시를 포위하고는 공격을 시작했다.

서경부는 원래 12만의 병력을 가지고 있었는데 위소왕이 보내준 지원군이 합세했기 때문에 방어력이 강했으며 5일이 지나고 10일이 지나도 함락되지 않았다.

"일단 병력을 철수시켜 다른 도시를 공격하고 중도로 향하는 것이 어떨 까요?"

보오르추가 진언했지만, 칭기스칸은 오히려 군사들에게 엄하게 명령했다.

"적의 식량이 떨어질 때까지 철저하게 공격하라."

칭기스칸이 그의 별동대가 고전했던 서경부를 함락시키려고 하는 의욕은 지나칠 정도로 강했다.

드디어 서경부를 함락시킨 푸른 군대는 파죽지세로 진군했으며 순식간에 거용관의 북쪽에 이르렀다.

금나라 군대는 전에 있었던 공방전에서의 교훈을 살려 입구 전방의 평지에 가시가 있는 풀을 빈틈없이 깔아놓고 있었는데, 그 길이는 무려 10킬로미터 정도나 되었다. 때문에 푸른 군대는 말을 타고 진군할 수가 없었다. 불을 붙여 태워버리려고 했지만, 푸른 군대 쪽으로 불어오는 바람은 멈출 기미를 보이지 않았다.

칭기스칸은 어쩔 수 없이 병력의 일부를 북쪽 입구 주변에 머물게 하여 금나라 군대의 움직임을 감시하게 하고는 중군을 이끌고 서쪽으로 이동했다. 그들은 낮에는 움직이지 않고 밤에만 간도^{間道}를 통과하는 작전으로 비호령을 향해 진군했다.

그즈음 금나라 내부에서는 큰 사건이 벌어졌다. 앞서 패전의 책임을 추궁 당해 서경 유수직에서 파면된 홀석렬호사호가 구천여 명의 병력을 이끌고 수도인 중도의 황성^{皇城}으로 쳐들어가 위소왕을 살해한 것이다.

파면당한 것에 대한 앙갚음을 한 홀석렬호사호는 지체없이 제 5대 황제인 세종의 손자이며 장종의 배다른 동생인 선종^{宣宗}을 황제의 자리에 앉혔고, 스스로 문무 양면에서 최고의 자리인 태사^{太師} 상서령^{尚書令} 겸 도원수^{都元帥}가 되었다.

위소왕이 암살되었다는 소식은 비호령에도 전해졌다.

비호령의 장수인 조규는 그 소식을 듣자마자 싸워보지도 않고 항복을 요청해 왔다.

칭기스칸은 한동안 장병들을 쉬게 하고는 제베와 구이구네스를 선봉으로 하여 팔달령을 공격하게 했다. 위소왕이 죽기 전에 원군을 파견해 두었던 팔달령은 예상했던 것보다 견고한 수비를 하고 있었다.

하지만 그들은 2년 전에 있었던 선덕주에서의 전투와 마찬가지로 제베와 구이구네스의 유도작전에 걸려들고 말았다. 두 장수의 병사들이 마름쇠를 대량으로 뿌리며 열세를 가장하고 후퇴하자, 금나라의 군대는 그 장소를 우회하여 바싹 추격해 왔다. 푸른 군대가 처음에 출발했던 덕흥주 가까운 산등성이까지 도망해 오자, 칭기스칸은 일부 병력만을 주둔지에 남겨 놓고는 즉시 출전했다.

칭기스칸이 손수 진군해 오는 것을 본 제베는 말고삐를 당기며 구이구네스에게 말했다.

"이제 슬슬 공격으로 전환합시다."

푸른 군대가 갑자기 반격에 나서자, 금나라 군대는 뒤늦게 속은 것을 깨달으며 말머리를 돌렸다.

그들은 황급히 말머리를 돌리며 팔달령으로 도망치려고 했다. 하지만 1분 동안에 열 개 이상의 화살을 발사하는 전투력을 가진 푸른 군대의 궁수들은 그들을 그대로 내버려두지 않았다. 칭기스칸이 손수 지휘하는 푸른 군대는 적이 팔달령에 이르기까지 적병들을 죽이고 또 죽였다.

선봉장인 제베와 구이구네스가 팔달령을 완전히 제압하자, 칭기스칸은 말들이 좋아하는 풀들이 많은 용호대에 군영을 설치하고 잠시 둔영하기로 했다.

장병들이 충분히 휴식을 취하고 나자, 칭기스칸은 이윽고 선언했다.

"다음에 공격할 곳은 수도인 중도다."

중도 공격도 역시 제베가 선봉을 맡게 되었다.

남하하기 시작한 푸른 군대는 도중에 만나게 된 크고 작은 성들을 압도적인 강세로 함락시키며 진군했다. 말발굽에 짓밟힌 도시들에서는 푸른 군대의 병사들에 의해 많은 재화가 모아졌으며, 성인 남자들은 살해되고 젊은 여자들은 무차별 강간을 당했다.

칭기스칸은 이윽고 중도에 도착했으며 수도를 포위했는데 금나라 조정에서는 그동안 커다란 사건이 다시 발생했다. 위소왕을 살해하고 실권을 잡았던 흘설렬호사호가 술호고기逑虎高琪라는 장수에 의해 살해된 것이다.

흘석렬호사호는 그에게 군사들을 주어 몽골군과 싸우게 했는데 소극적으로 행동하자 못마땅해 하며 그를 사형에 처하도록 했다. 하지만 선종은 그때까지의 활동을 참작하여 술호고기의 죄를 용서했다.

하지만 그런데도 흘석렬호사호가 선종의 뜻을 거역하면서까지 처벌하려고 하자 크게 화가 난 술호고기가 흘석렬호사호의 집에 침입하여 그를 암살했던 것이다. 자신을 황제로 만들어준 사람이지만, 그의 횡포에 대해서 못마땅하게 생각하고 있었던 선종은 그의 목을 들고 온 술호고기를 부원수의 자리에 앉혔다.

그런 사건들이 이어지면서 내우외환에 처한 금나라 조정에는 갖가지 알력이 생겼으며, 결과적으로는 내분을 발생시키는 결과를 가져왔다. 푸른 군대는 중도를 몇 개월 동안 포위한 채 황하 이북의 모든 지역을 휩쓸면서 대학살을 자행했다.

푸른 군대가 공격을 계속하자 승상인 완안복흥完顔福興이 선종에게 건의했다.

"하늘과 신의 뜻에 따라 우리 금나라의 황제도 바뀔 때가 된 것 같습니다."

"그게 도대체 무슨 소리인가?"

신뢰하는 신하가 갑자기 뜻밖의 말을 하자, 옥좌에 앉아 있던 선종은 놀라면서 벌떡 일어났다.

"수도를 포위한 몽골군의 힘은 상상했던 것 이상으로 강하여 우리의 군대를 쉽게 무찔렀으며, 백성들을 잔인하게 살해하고 있습니다. 다시 싸워 봤자 패배할 뿐입니다."

"이 중도가 그렇게 쉽게 함락될 수 있는 도시란 말인가. 믿을 수 없는 일이로다."

그러나 푸른 군대를 격퇴시킬 수 있는 묘책이 없는 선종의 목소리는 작아지고 있었 다.

"그들과 싸우면 파멸을 초래할 뿐입니다. 서둘러 다른 도시에서 병사들을 끌어온다고 해도 몽골군은 굶주린 늑대들처럼 끝까지 추격하며 모두 죽일 것입니다."

"……."

"황제께서 허락하신다면 더 늦기 전에 몽골의 황제에게 사자를 보내 항복하겠다는 뜻을 전하는 것이 좋을 거라고 생각합니다."

"먼 곳에서 원정해 와 몇 해나 걸려 수도를 포위한 칭기스칸이 쉽사리 교섭을 받아줄까?"

선종 황제는 결국 칭기스칸에게 강화를 요청하기로 했다.

몽골고원의 모든 남자들을 죽이고 싶어했던 금나라의 황제 세종, 하지만 그의 손자인 선종은 1214년 3월, 칭기스칸에게 목숨을 살려 달라고 애원하게 되었다.

완안복흥은 그날 저녁때 성에서 나와 야영지의 군영에 있는 칭기스칸을

만났다. 그는

"우리의 황제께서는 더 이상 부질 없는 희생자를 내지 않도록 하기 위해 칭기스칸에게 항복하겠다고 말씀하셨습니다."

라고 말하고는 선종의 딸인 기국 공주를 칭기스칸에게 바쳤다. 그리고 황금과 백은, 견직물, 재화 외에 젊은 남자 5백 명, 소녀 5백 명, 말 3천 마리를 선물하고 해마다 공물을 바치겠다고 맹세했다.

완안복흥의 제의를 수락한 칭기스칸은 일단 군대를 철수하기로 했다.

칭기스칸이 그의 요구를 쉽게 받아들인 이유는 '숨이 막힐 것 같은 성곽의 도시'에 머물러 있는 것이 싫었고, 농경민족을 지배할 생각도 없었기 때문이다.

완안복흥은 칭기스칸에게 미인을 바치겠다고 말했는데, 선종이 보낸 여자는 미녀라고 말할 수가 없는 여자였다. 더욱이 그녀는 선종의 친딸이 아니라, 선제 위소왕의 딸을 서둘러서 양녀로 삼아 칭기스칸에게 내놓은 것이었다.

금나라의 황제는 궁지에 몰려 있으면서도 마음속으로는 변함없이 몽골인을 업신여기고 있었다.

20일 정도 걸려서 공물을 모두 받은 칭기스칸은 전군을 이끌고 실린 고르 초원을 향해 일단 출발했다. 완안복흥은 황제를 대신해서 거용관의 북쪽에 있는 무주까지 칭기스칸군을 배웅했다.

하지만 금나라와의 화평은 오랫동안 계속되지 않았다. 몽골과 평화 협정을 맺은 지 1년도 못되어 금나라 황제가 수도를 중도에서 황허강 너머에 있는 카이평부로 옮긴 것이다.

중도는 몽골의 공격을 받아 몹시 취약해진 데 반해 카이평부는 방어성이 더 좋고 몽골군과의 거리도 더 많이 떨어져 있었는데, 반란을 일으킨 거란인들의 우두머리 초다가 칭기스칸에게 그 같은 사실을 알리며 도움을 청했기 때문이었다.

제35장

천도遷都가 부른 재앙

칭기스칸은 말이 좋아하는 풀들이 많은 실린 고르 초원에 대군을 넓게 산개시켜 둔영하고 있었다. 그의 군영은 몽골인들이 '호수의 공원'이라고 말하는 경치가 매우 뛰어난 장소에 자리잡고 있었다.

한편 초다가 보낸 전령이 발이 빠른 말로 달려 그곳에 도착한 것은 6월 하순경이었다.

"선종은 황태자만을 남겨 놓은 채 변경으로 천도했습니다. 우리들 거란인들은 그에게 반기를 들고 중도로 되돌아가 수도 방위군과 싸웠습니다만, 적의 병력이 너무나 많아 고전하고 있습니다. 아무쪼록 원군을 보내주시기 바랍니다."

전령이 말하자, 칭기스칸은 노했다.

"뭐라고? 나에게 아무런 말도 없이 제멋대로 천도를 했단 말이냐?"

선종의 대리인 완안복흥의 말을 그대로 받아들이고 중도에서 철수했던 칭기스칸은 그때의 일을 후회했다. 변경으로 천도했다는 것은 공납하겠다는 약속을 무효로 하고 전쟁 재개를 계획하는 조짐으로 보인다는 뜻을 가지고 있었다.

칭기스칸이 잔뜩 굳어진 얼굴로 신하들을 둘러보자, 한때는 흘석렬호 사호의 척후 대장이었던 석말명언이 금나라의 동포들이 반기를 들었다는 사실에 놀라며 투지를 불태웠다.

"지금 당장 출전하여 완안복흥을 무찔러 주십시오."

"드디어 때가 왔군요."

역시 거란인인 야율아해도 침착한 어조로 말했다,

"금나라에게 정복당한 우리들은 오랜 세월에 걸쳐 이런 날이 오기를 기다려 왔습니다."

이어서 야율아해의 동생인 야율독화가 말했다.

"최근에 황제들이 잇따라 바뀌는 바람에 금나라군은 사기를 잃고 있습니다. 금나라의 모든 영토를 빼앗을 수 있는 좋은 기회입니다."

야율 형제의 조부는 항주의 군사장관이었고, 이미 작고한 아버지는 중앙 정부에서 실력을 인정받아 황제의 측근에서 일하던 사람이었다. 가계가 요나 라의 왕족인 야율아해는 이미 오래 전에 귀순하였으며, 칭기스칸의 신임을 얻게 되자 동생인 독화를 불러들였다. 둘은 모두 무술에 뛰어났으며, 야율유가 못지 않은 학식도 가지고 있었다.

칭기스칸은 제멋대로인 선종의 태도에 화가 났지만, 지금은 냉정히 대처 해야 할 때라고 생각했다.

'거란인 반란군에게 몽골군을 원군으로 보낸다면 중도를 함락시키는 것은 가능할 거다. 하지만 선종은 그것을 이유로 삼아 우리가 화의를 깼다고 주장 하며 조공을 거부할 것이 틀림없다. 그렇게 되면 우리는 빈 항아리와도 같은

중도만을 얻게 되는 것이다.'

칭기스칸은 중도를 함락시킴으로서 조공이 들어오지 않게 될 뿐만 아니라 몽골군 병사들까지 잃게 되는 것을 걱정하고 있었다. 더욱이 원군을 보내지 않으면 야율 형제와 석말명안뿐만 아니라, 야율유가도 군대를 이끌고 칭기스칸에게 반항하게 될 가능성을 가지고 있었다.

"나에게 잠시 생각할 여유를 주게."

무슨 일에 있어서나 민첩하게 대처했던 칭기스칸은 보기 드물게 결단을 뒤로 미루고는 초다의 전령에게 잠시 머물면서 결과를 기다리라고 말했다.

며칠 후 칭기스칸은 신하들과 거란인들을 군영으로 불러 결론부터 먼저 말했다.

"반란군에게 원군을 보내기로 했다."

"고맙습니다."

야율아해가 감사하는 뜻으로 큰절을 올렸다.

칭기스칸이 다시 말했다.

"선봉대는 석말명안이 인솔한다. 야율야해와 야율독화는 중군을 맡으라. 우리 몽골군은 후군 부대가 되어 살지우드 씨족의 사무카 바아토르가 지휘하도록 한다."

그 같은 결정은 칭기스칸이 손수 출전하여 금나라의 내분에 군사적인 개입을 하지 않는다는 것을 나타낸 것이었다. 하지만 순수한 몽골인의 피를 이어받은 살지우드 씨족의 사무카 바아토르를 출전시켜 자기의 역할을 대신하도록 조치한 것이기도 했다. 때문에 칭기스칸은 일부러 씨족의 이름을 거명한 것이었다.

중도의 수비군을 토벌하기 위한 준비는 즉시 갖추어졌다.

석말명안의 부대를 선봉대로 하여 출전한 원군은 얼마 후 초조해 하면서 기다리고 있던 거란인 반란군과 합류했다.

급히 열린 회의석상에서 초다가 말했다.

"우리는 금나라 군대와의 직접적인 전투는 피하며 성 안으로 들어가려는 상인들을 내쫓는 일에 주력하고 있었습니다. 식량이 고갈되면 병사들의 사기도 당연히 떨어지게 되니까요."

"잘 하셨소. 앞으로 보다 철저한 식량 공급 차단 작전으로 나갑시다. 그 작전이 어떻소?"

석말명안이 야율 형제에게 동의를 구하자, 그들은 두 말없이 찬성하며 대답했다.

"중도의 생명선은 바로 식량이오. 그 생명선을 끊는 것은 싸우지 않고 금나라 군을 항복시키는 것과 같소."

도유수인 완안복흥은 병사들을 성 밖으로 내보내고 싶어도 전번보다 훨씬 많이 늘어난 대군을 보고는 결단을 내리지 못하며 걱정했다.

"적은 이 성에 대해서 잘 알고 있는 거란인, 우리 군대의 병법에도 정통한 그 놈들과 싸우는 것은 매우 힘든 일이다."

말연진충이나 출호고기도 전투 의욕이 왕성한 장수들이었지만 한 발이라도 성 밖으로 나가면 병사들을 잃게 될 뿐이라는 것을 잘 알고 있었기에 함부로 병사들을 움직이지 못했다.

그 무렵 대군을 이끌고 요서遼西로 향한 모칼리는 야율유가와 만나고 있었다.

"칭기스칸께서는 성곽 도시에서 사시는 것을 싫어하시니 우리들이 중도에 거란인 왕국을 세워야겟소."

야율유가가 두 주먹을 불끈 쥐며 의욕적으로 말하자, 모칼리는 머리를 끄덕이면서 대답했다.

410

"그렇게 되면 칭기스칸도 기뻐하실 겁니다."

그날부터 야율유가의 부대와 합세한 모칼리의 부대는 요서 방면에서 금나라 군대와 싸우면서 동쪽과 남쪽의 성곽 도시들을 차례대로 점령해 나갔다. 그리고 변경에 있는 선종에게 '중도가 또다시 몽골군과 거란인 반란군에게 포위되었다'라는 소식이 연이어서 전해졌다.

'그대로 두면 아들의 생명이 위험하다.'

선종은 그제야 황태자를 걱정하는 마음이 생겨 어떻게 해서든지 활로를 열어 변경으로 오라면서 사자를 보냈다.

하지만 사자는 중도에 들어서기도 전에 반란군의 병사에게 잡히는 몸이 되었다. 그런데 선종이 황태자에게 보내는 편지를 읽어본 야율야해는 즉시 사자를 풀어주고는 성 안으로 들어가는 것을 허락했다. 뿐만 아니라 황태자가 변경으로 도망치는 것도 못 본 척했다. 그가 사자에게 요구한 조건은 단 한 가지뿐이었다.

'황태자는 대낮에 말을 타고 성에서 나갈 것.'

물론 그것에는 야율야해의 계산이 숨겨져 있었다. 밝은 대낮에 몇 명의 중도 백성들을 거느리고 떠나는 황태자의 모습을 본 중도 사람들은 망연자실했다. 도성에서는 커다란 소동이 일어났다.

"이제 이 도읍의 주인은 없어졌다."

"우리들은 결국 황제에게 버림받은 것이다."

"황태자가 없어졌으니 언젠가 식량이 공급될 것이라는 희망도 없어졌다."

황태자 한 사람을 붙잡아 놓는 것보다 백성들 사이에서 커다란 혼란이 일어나도록 하는 것이 효과적이다. 그것이 바로 야율야해가 노린 점이었다.

더 이상 도성에 머물러 있어야 할 의미를 상실한 백성들은 입은 옷 외에는 아무것도 갖지 않고 다른 도시로 도망쳤다. 남게 된 것은 의지할 데가 없는

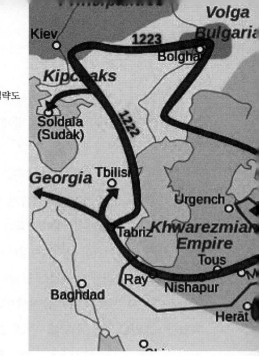

몽골의 침략도

백성들과 성 밖으로 나갈 수 없는 장병이나 관리들 뿐이었다.

　변경에 도착한 황태자에게 적이 감행하는 작전은 식량 공급 차단이라고 들은 선종은 원수 우감군인 완안석영과 좌도감 오고경수 두 장군을 원군으로 보내고 어사중승인 이영에게 대군을 주어 대명부大名府로부터 중도의 식량을 운반하도록 했다.

　어느덧 가을이 끝나고 눈이 쏟아지는 겨울이 왔다.

　식량이 떨어진 중도의 백성들은 쥐를 잡아먹었다. 그것도 잠시뿐, 굶어죽은 사람의 고기를 뜯어먹는 지옥 같은 나날들이 계속되고 있었다. 반란군이 포위를 풀 기회를 조금도 보이지 않자, 금나라군의 병사들 중에서 투항하는 자들이 생겨나게 되었다. 성 안의 식량도 역시 하루가 다르게 바닥을 드러내고 있었다. 완안영석과 오고경수는 중도 가까이까지 오기는 했으나 엄청난 대군이 도성을 포위하고 있는 것을 보자 더 이상 접근하기를 꺼리며 진군을 멈추고 있었다.

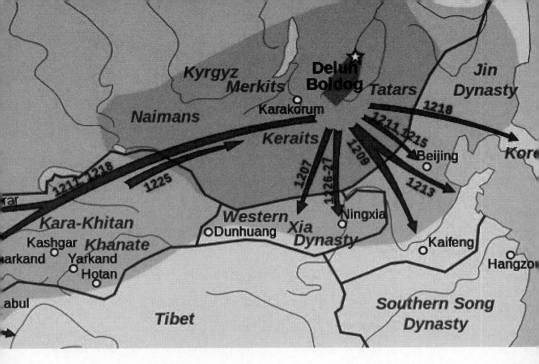

이영은 1천 5백 대 이상의 마차에 식량을 싣고 중도로 향하기는 했지만 적어도 적의 포위망을 뚫고 중도에 식량을 전해야 하는 막중한 임무에 중압감을 느껴 출발했을 때부터 항상 술에 취해 있는 나날을 보내고 있었다.

정찰병의 보고를 통해 금나라 수송부대가 접근해 오는 것을 알게 된 사무카 바아토르는 즉시 병사들을 이끌고 야습을 감행했다. 양식 수레를 호위하던 부대는 순식간에 궤멸되었으며 술에 취해 있던 이영은 제일 먼저 목이 달아났다.

그 같은 사실을 알게 된 완안영석과 오고경수는 이젠 적과 싸워봤자 승산이 없다고 생각하며 병력을 철수시켰다. 그들도 결국 우유부단한 선종은 가망이 없는 인간이라고 결론을 내린 것이다. 언젠가는 식량이 도착할 것이라고 확신하고 있었던 완안복흥은 수송부대가 눈앞에서 전멸 당하는 것을 보자 완전히 희망을 잃고 있었다.

성 안의 식량은 이미 바닥이 나 있었는데, 그런 상황에서도 여느 때처럼 충실히 직무에 열중하는 인물이 있었다. 좌우사원 외랑이라는 하급의 문관인 야율초재耶律楚材라는 청년이었다.

나이가 25살인 그는 장종 황제 때 중국의 고등 문관시험인 과거에서 장원으로 급제한 수재였다. 일찍부터 선종禪宗을 믿기 시작했으며 유교와 불교에 두루 정통했다. 뿐만 아니라 역학과 의학, 점성술에도 조예가 깊은 보기 드문 지식인이었다.

먹을 것이라고는 우물의 물밖에 없는 지경이 되자, 완안복흥은 잠시 후 서재에 들어가 황제 선종에게 보내는 유서를 쓰더니 상서성령인 사안석師安石에게 맡겼다. 그리고는 금나라의 역대 황제들을 모신 영묘에 들어가 조상과 가족에게 이별을 고하는 말을 남기고는 독을 마시고 스스로 죽었다.

완안복흥이 죽었기 때문에 중도를 지키는 책임은 말연진충에게로 넘어갔다.

"으음, 쌀이 한 톨도 없는데 어떻게 더 이상 지탱한단 말인가?"

말연진충은 결국 병력을 총동원시켜서 포위망을 뚫고 변경으로의 탈출을 감행할 수밖에 없는 지경까지 몰리고 말았다.

성 안의 궁전에는 위소왕 때부터의 후궁들이 많이 살고 있었는데 말연진충이 변경으로 떠난다는 말을 듣자, 모두들 목소리를 합쳐 사정했다.

"제발 우리도 데려가 주세요."

"좋습니다."

말연진충은 선선히 승낙했다. 하지만 허겁지겁 출발 준비를 하는 후궁들을 보고 있는 동안에 그의 생각은 바뀌어지고 말았다. 여자들은 탈출하는데 있어서 걸리적거리는 존재이기 때문이었다.

"우리 부대가 먼저 나가서 돌파구를 마련할 테니……."

말연지충은 그럴 듯한 구실을 후궁들에게 던지고는 부하들과 함께 성 밖으로 뛰어나갔다.

그의 부대를 본 반란군이 일제히 공격을 개시했다. 하지만 말에 채찍질을 하면서 맹렬하게 돌진하는 말연지충의 부대는 사력을 다해 포위망을 돌파했다. 그리고 순식간에 남쪽의 먼 곳으로 사라졌다.

말연진충의 부대는 놓쳤지만 반란군은 활짝 열린 풍의문豊宜門을 통해 성 안으로 진입할 수 있었다.

석말명안은 입성하기 전에 전군에 명령했다.

"성 안에는 많은 금나라군의 병사들이 남아 있을 것이다. 굶주림으로 인해 시달리고 있는 그들을 거칠게 다루지 마라. 친절하게 대해 주어 우리들의 편으로 만들게 하라."

때문에 거란인 반란군의 입성은 매우 조용하게 이루어졌다.

한편 말연지충은 부하들과 함께 무사히 변경에 이를 수 있었다. 하지만 그곳에서 그를 기다리고 있었던 것은 중도와 후궁들을 제대로 지키지 못한 것에 대한 책임 추궁에 이은 죽음이었다.

칭기스칸은 여름의 더위를 피하기 위해 와 있었던 환주에서 사무카 바아토르와 거란인들이 중도를 함락시켰다는 보고를 들었다.

시키 코도코가 칭기스칸의 명에 의해 중도로 가서 전리품의 내용을 조사하고 돌아온 날 야율아해가 신장이 2미터 가까이 되는 젊은이를 데리고 군영으로 찾아왔다.

"견뎌내기 힘든 배고픔 속에서도 묵묵히 집무를 계속하고 있던 유능한 인재를 소개하겠습니다. 좌우사원 외랑이라는 하급문관에 불과합니다만, 우리에게 유용한 큰 재목이 될 것이라고 생각합니다."

야율아해가 그를 소개하자, 칭기스칸이 물었다.

"이름이 뭔가?"

"야율초재라고 합니다."

"요나라 왕족의 피를 이어받았다고?"

"그렇습니다."

"그대의 조상인 요나라의 왕가와 금나라의 왕가는 대대에 걸친 원수였다. 몽골군이 금나라를 평정했으니 내가 그대의 원수를 갚아준 셈이 된다. 그대는 나에게 감사해야 되지 않을까?"

"맞는 말씀입니다만……."

눈에서 지성적인 빛을 발하는 야율초재는 긴 수염이 있는 얼굴로 칭기스칸을 똑바로 보면서 말했다.

"저의 조상은 증조부대에서부터 금나라의 조정을 섬겨왔습니다. 따라서 금나라의 조정은 저에게 있어 군주입니다. 그러니 어찌 원수를 갚아 주어서 고맙다고 칭기스칸에게 말씀드릴 수 있겠습니까?"

"……."

자기 앞에서 감히 군신간의 의에 대해서 의연하게 말하는 야율초재를 보면서 칭기스칸은 단번에 매혹되었으며, 그를 중신으로 삼아 곁에 두기로 했다.

몽골군이 석방한 사안석이 변경으로 찾아가 완안복흥의 자살과 중도가 함락된 것에 대해서 보고하자, 선종은 칭기스칸에게 다시 항복하기로 했다.

황태자는 선종의 명에 따라 중신들 백 명을 이끌고 칭기스칸의 군영으로 찾아갔다. 칭기스칸은 선종이 황태자를 인질로 내놓으며 다시 강화를 청했고 공물도 어김없이 바치겠다고 맹세했기 때문에 금나라에서 완전히 철수하여 본토로 돌아가기로 했다.

1216년 어느 날, 칭기스칸은 케룰렌 강변에서 또다시 코릴타를 열었다. 그 코릴타에서 다음과 같은 매우 중요한 결정이 이루어졌다.

우리는 서하를 복속시켜 동서 교역로를 확보했다. 중원이라는 물자 생산 기지도 확보했다. 그러니 이제는 처음에 계획했던 것처럼 페르시아 지역을 장악하자. 서하의 옆에 있는 콰레즘에 사신을 파견하여 우리를 따르라고 통보하자.

칭기스칸은 그 같은 결정을 실행하기 전에 큰아들인 주치로 하여금 제국의 배후에 위치한 삼림 부족들을 정복하기로 했다. 그리고 제베와 수부타이에게는 나이만부의 잔당을 추격하여 섬멸하라고 명했다.

중원을 쓰러뜨렸던 거대한 피바람이 서서히 페르시아 쪽을 향해 불기 시작한 것이다. 그리고 한 가지 이야기가 더 있다.

푸른 군대는 1217년에 다시 금나라에 나타났다. 그런데 그들의 행동이 매우 이상했다. 그들의 일부가 고향에서 챙겨 가지고 온 이삿짐을 풀더니 금나라의 곳곳에 터를 잡기 시작한 것이다.

금나라는 절망했다. 이제 푸른 군대가 그 땅의 주인이 된 것이다. 그들은 전처럼 그들의 고향으로 돌아가지 않았다. 금나라에 짐을 푸는 부대의 지휘관은 모칼리였다. 그는 자기를 칭기스칸으로부터 모든 권력을 위임받은 권황제權皇帝라고 칭했다.

장군 모칼리! 그는 배고픈 고려 유민의 아들이었다. 그의 선조는 배고픔과 멸시만이 존재하는 땅을 떠나 찬바람이 몰아치는 이역만리를 유랑해야 했었던 고려의 천민이었다.

칭기스칸은 가난한 모칼리를 매우 사랑했었다. 그를 자기 주변에 포진한 사준마四駿馬 중의 하나라면서 항상 칭찬했으며, 결국에는 자기를 대신해서 금나라를 통치할 수 있는 권한을 주었다. 권황제 모칼리는 칭기스칸이 서아시아에서 돌아오기 전인 1223년 파란만장한 일생을 끝내고 눈을 감았다.

학자들의 주장에 의하면 현재 몽골의 동부지방인 할힌골에는 먼 옛날 고려족들이 흥안령을 넘어 만주로 이동해 갔다는 구전 설화가 전해지고 있다고 한다.

　　현재의 행정구역으로는 도르노트 아이마크의 할힌골에 해당하는 이 지역은 올란바아토르로부터 약 1천 킬로미터 정도 떨어져 있다. 몽골 지도에서 동쪽으로 콧부리처럼 툭 튀어나온 곳이다. 이곳에서 구전되는 고려족의 이동 설화는 다음과 같다.

　　할힌골 유역은 농경과 어로, 수렵과 목축을 겸할 수 있는 곳이다. 이 지방은 중국이나 만주로 이동하는 길목 역할을 하고 있다. 그래서 옛날부터 수많은 민족이 이 지방을 거쳐서 갔다.

　　아주 오랜 옛날에 고려 사람들이 이곳에서 살았다. 보이르 호숫가에는 지금도 '고려 왕의 초상'이라고 하는 람촐로(석인상)가 남아 있다. 이 람촐로를 경계로 해서 동쪽에는 고려 사람들이 서쪽에는 몽골 사람들이 살았다.

　　할힌골에 살고 있는 몽골인과 고려인들 간에는 왕래가 잦았으며 결혼을 하기도 했다.

　　예를 들자면 초원에서 양쪽의 여자들이 오줌을 누다가 서로 만나면 몽골 여자들은 왼손을, 고려 여인들은 오른손을 흔들어 우의를 표시했 다.

　　고려인들은 할힌골에 성을 쌓고 살았다. 그 성터의 흔적이 지금도 어딘가에 남아있다고 들었는데, 지금은 잊어버려 기억할 수가 없다. 그리고 고려인들은 이곳에 오랜 세월 동안 머물지 않고 동남쪽으로 이동해 갔다.

제36장

후계자를 정하다

칭기스칸은 1217년에 서역 상인들을 통해 페르시아로 들어가는 길목에
위치한 콰레즘 황제에게 편지를 보냈다. 내용은 다음과 같았다.

  그대는 나의 가장 사랑하는 아들이니, 나의 길을 미리 준비하라.

콰레즘의 황제 술탄 무하마드는 분노했다. 그럴 수밖에 없는 것이 그는
동방에서 그동안 어떤 일이 있었고, 어떤 일이 새롭게 벌어지고 있는지 전혀
모르고 있었던 것이다. 그것은 비극이었다. 칭기스칸은 중원과는 달리 점과
점으로 이루어진 이 나라의 약점을 눈여겨보고 있었다. 사막과 오아시스,
그리고 평원과 대상로隊商路로 구성된 콰레즘의 국토는 대학살을 당하게 되는
비극을 불러들일 수밖에 없는 운명의 땅이었다.

1218년 봄, 칭기스칸이 파견한 대규모의 통상 사절단이 콰레즘의 국경 도

시인 오트랄에 이르렀다. 통상 사절단의 단장은 콰레즘 출신인 오코나였는데, 그는 술탄 무하마드의 분노를 불러일으킨 칭기스칸의 편지를 전한 사람이기도 했다.

한데 오트랄의 총독 이날축 카이르칸은 술탄 무하마드의 친척이었다. 그는 술탄 무하마드의 뜻에 따라 오코나 일행을 첩자 혐의로 체포하여 모두 살해한 뒤 그들이 가지고 온 재물을 압수했다.

몽골 통상 사절단의 단장에 선임된 것으로 보아 그는 몽골에서 특별한 지위에 있었던 것 같은데, 그는 전쟁 구실을 만들려는 칭기스칸의 고도의 계산에 의해 희생된 인물이라고 말할 수 있다. 앞으로 이슬람 문명을 물들일 붉은 핏물은 그렇게 오트랄에서부터 말없이 흐르기 시작했다. 그를 피살한 사건은 결과적으로 칭기스칸이 콰레즘을 침략할 수 있는 명분을 제공해 주었다.

1219년 봄, 칭기스칸은 푸른 군대를 오논 강변에 모이게 하여 코릴타를 열었다. 그리고 그들은 중원의 유교 문명에 필적하는 이슬람 문명을 파괴하기로 결정했다. '붕괴'시키는 것이 아니라 파괴하기로 한 것이다. 따라서 공격하는 방법도 서하나 금나라의 경우와는 달리 적의 심장부를 강타하여 수뇌부를 말살시키는 방법을 택했다. 푸른 군대는 몽골을 지켜주는 '푸른 하늘'에 그 같은 결의를 지키겠다고 서약했다.

그날 밤, 칭기스칸과 함께 침실에서 술을 마시던 타타르부 출신의 애첩 예수겐이 불쑥 말했다.

"오늘 당신이 내린 결정을 다시 한 번 고쳐서 생각할 수는 없나요?"

"코릴타에서 결정한 사항은 번복할 수 없는 것임을 당신도 잘 알고 있지 않은가?"

칭기스칸이 의아해 하며 대꾸하자, 예수겐은 잠시 뭔가 생각하는 표정을 짓고 있다가 다시 말했다.

"당신은 어느덧 57세가 되었으며 콰레즘의 병력은 40만이나 된다고 들었습니다. 만일 당신이 혹시 불의의 부상을 당해 돌아가시기라도 한다면 떼지어 다니는 참새와도 같은 몽골의 백성들은 누가 지켜줍니까?. 칭기스칸, 당신이 콰레즘과의 전쟁에서 이기지 못했을 경우 우리 백성이 어떤 운명이 될 것인지에 대해서 냉정하게 생각해 주세요."

칭기스칸은 그 말을 듣자 눈물이 쏟아질 것 같은 감동을 받았다.

"예수겐, 그대는 나의 형제나 아들들, 그리고 모칼리나 보오르추도 해주지 않았던 말을 감히 해주었구나. 오랜 세월에 걸쳐 싸움에만 몰두하다보니 내 뒤를 이을 후계자를 결정하는 일에 대해서 전혀 신경을 쓰고 있지 않았구나. 내게도 언젠가 죽음이 찾아올 것이라는 사실을 외면하고 있었다."

다음 날 칭기스칸은 다시 코릴타를 소집하고는 말했다.

"콰레즘으로 원정을 떠나기 전에 나의 후계자를 정하고자 한다."

이어서 칭기스칸은 장남인 주치에게 시선을 보내면서 말했다.

"너의 의견을 먼저 듣고 싶다."

그러자 주치가 입을 열기도 전에 차남인 차가타이가 말했다.

"그의 의견을 제일 먼저 들으시려는 것은 그를 후계자로 삼으려고 생각하시기 때문입니까?"

"……."

칭기스칸은 그의 발언이 풍기는 이상한 냄새를 느끼며 아무런 대답도 하지 않았다.

"저는 그가 칸의 후계자가 되는 것을 인정할 수 없습니다."

"그 말의 뜻은 뭐지?"

주치는 단번에 얼굴이 붉어지면서 자리에서 일어나더니 차가타이의 멱살을 잡았다. 그러자 칭기스칸이 엄한 목소리로 말했다.

"주치는 장남이다. 장남을 모욕하는 말을 해서는 안 된다."

"하지만, 그는 메르키트의 피를 이어받은 자라는 의심을 받고 있습니다. 몽골의 많은 백성들도 알고 있는 사실이어서 숨길 수도 없습니다."

"무슨 말을 하고 싶은 거냐?"

칭기스칸은 후계자 문제가 거론되면 그 같은 사태가 발생할 지도 모른다고 생각하고 있었기에 냉정한 태도로 대처했다.

"칭기스칸의 후계자로는 어거데이를 추천하고자 합니다. 어거데이라면 성격도 좋아서 몽골의 백성들을 잘 다스릴 거라고 생각합니다."

주치를 '메르키트의 자식'이라고 생각하며 진정한 형으로 대우하지 않았던 차가타이는 어거데이와는 사이가 좋았다. 싸움터에 나가서도 둘은 서로 힘을 합쳐서 싸우고는 했었다.

엉뚱하게도 자기가 마음속에 담고 있던 생각을 차가타이가 말해 주었기 때문에 칭기스칸은 다행스러운 일이라고 생각하며, 셋째 아들에게 물었다

"어거데이, 너의 생각은 어떠냐?"

"그, 글쎄요."

어거데이는 얼떨떨해 하며 중얼거리더니 진지한 태도로 말했다.

"저는 제가 만일 후계자가 된다면 최선을 다해서 노력하겠다는 것 밖에는 드릴 말씀이 없습니다."

칭기스칸은 다시 막내아들에게 말했다.

"톨로이, 너도 할 말이 있으면 해 봐라."

톨로이는 지체없이 대답했다.

"저는 아버지가 결정하신 일에 따를 뿐입니다. 몽골제국의 2대 황제가 된 형이 잊은 것이 있으면, 그것을 일깨워줄 것이며 잘못된 길로 가려고 하면 올바른 길로 가도록 진언하겠습니다."

"그래?"

칭기스칸은 이윽고 커다란 목소리로 선언했다.

"어거데이를 나의 후계자로 정한다. 나에게 사고가 생기면 어거데이의 명령에 따라 행동하도록 하라. 어거데이는 몽골의 백성들을 위해서 온몸이 가루가 되도록 일하라."

이어서 칭기스칸은 주치와 차가타이 및 막내아들인 톨로이에게 어떤 일이 있어도 이 결정에 이의를 제기하지 못한다는 확약을 받아냈다.

어게데이는 처음부터 네 아들 중에서 가장 경쟁력이 있는 후보였다. 칭기스칸은 자기의 아들들에 대해서 다음과 같은 평가를 남기고 있다.

차가타이는 군대를 아끼지만 교만하고 호전적이다. 톨로이는 훌륭한 전사이지만 인색하고 잔인하다. 어거데이는 어릴 때부터 남에게 잘 베풀었고 도량이 넓은 성품을 가지고 있다. 누구든 부귀를 찾으려면 어거데이에게로 가라.

칭기스칸은 그가 피땀을 흘려서 이루어 놓은 제국의 안전을 해칠 수 있는 가장 위험한 점은 황금씨족으로 불리는 그들 일족 간의 내분이라고 판단했다. 큰아들 주치는 출생이 의심스러워 형제간의 화합을 이룰 수 없었다. 둘째 차가타이는 주치와 사이가 나빴다. 막내 톨로이는 장수로서 탁월한 공을 세우기는 했지만, 형들이 그의 권위를 인정하지 않을 수도 있었다.

형제간의 화목만이 후계자를 선택하는 유일한 기준은 아니었다. 비대해진 대제국은 칭기스칸의 시대와는 달리 힘보다는 지혜, 일벌백계보다는 관용과 용서, 약탈보다는 동정하고 베푸는 것을 마다하지 않는 합리적인 관리자를 필요로 했기 때문이었다. 화합이 가장 중요했던 것이다.

그래서 다른 형제들보다 뛰어난 전사도 아니고 의지력이 부족한 데다 주연과 향락이 지나치다고 칭기스칸 자신이 몇 번이나 꾸짖었던 어거데이를 후계자로 선택한 것이었다. 힘보다는 타협할 줄 알고 넉넉한 도량을 가진 자만이 방대한 제국을 이끌어 갈 수 있다는 판단 때문이었다.

제37장

콰레즘의 멸망

1219년의 늦은 봄, 푸른 군대는 마침내 제베와 수부타이의 저승사자 군단을 앞세우고 물밀듯이 서방으로 떠나기 시작했다. 그리고 여름에 이르티쉬강을 통과해 가을에는 비극이 발생했던 오트랄성 부근에 이르렀다.

그곳에서 푸른 군대는 콰레즘의 백성들을 향해 선포했다.

"해가 뜨는 곳에서 해가 지는 곳까지 우리의 칸께서 통치하시도록 하늘이 명했다. 신의 아들에게 항복하는 자들은 살려줄 것이다! 그러나 반항하는 자들은 철저히 도륙될 것이다."

칭기스칸은 작전을 개시하기에 앞서서 카라코룸에서 데리고 온 콰레즘의 상인들 네 명으로 하여금 푸른 군대보다 먼저 오트랄에 들어가게 했다. 푸른 군대가 황후 테르켄이 있는 우르겐치와 국왕 무하마드가 있는 수도 사마르 칸트를 우선적으로 공격한다는 소문을 퍼뜨려 백성들의 공포심을 유발시키도록 한 것이다. 동시에 장군이나 관리들 중에 투항하려는 자들이 있으면 정중히 데리고 오게 하였다.

　그 작전은 제대로 맞아떨어졌다. 푸른 군대의 침공에 대한 공포감은 콰레즘의 모든 곳에 널리 퍼졌고, 국경 도시 오트랄에 있던 페르시아와 아라비아 상인들은 앞을 다투며 국외로 탈출했다.

　그런 와중에 황후 테르켄이 군대를 보내 전쟁의 원인을 만든 국왕 무하마드를 제거하려고 한다는 제법 근거가 있는 소문까지 나돌게 되었다. 그것은 물론 푸른 군대에 투항해 온 바들 웃딘이라는 관리를 이용하여 시도한 계책의 결과였는데, 당사자인 국왕 무하마드의 머릿속에 생겨난 혼란은 극에 달했다.

　'어머니가 아들인 나를 죽이려 한다니…….'

　이미 푸른 군대가 사마르칸트로 쳐들어온다는 보고를 듣고 있던 무하마드는 커다란 공포감으로 인해 의지할 곳이 없어지게 되었다. 그는 결국 점성학자를 부르게 되었다. 자기의 머리 위에서 행운의 별이 빛나고 있다는 말을 듣기 위해서였다. 하지만 점성학자의 점괘는 그를 실망시켰다.

　"별이 떠 있는 위치가 나쁩니다. 몽골군과의 싸움은 별의 위치가 바뀌어진 뒤에 하시지요."

　따라서 무하마드는 사마르칸트에서 탈출하여 점성학자가 말하는 좋은 시기를 기다리는 것이 현명한 방법이라고 생각하게 되었다.

　푸른 군대는 그즈음 시르강 전방 50킬로미터가 되는 곳에서 행군을 중지하고 있었다.

　칭기스칸은 작전 회의를 진행하면서 말했다.

　"전군을 4개의 군단으로 나누어서 움직이겠다. 제1군은 차가타이와 어거데이가 지휘하여 오트랄을 공격하라. 제2군은 주치가 이끌며 북서쪽에 있는 젠트와 수크나크를 공격하라. 제3군은 알라크와 수게트, 토카이가 함께 지휘하여 바나카토를 공격하라. 나는 톨로이와 함께 중군을 이끌고 부하라를 공격하겠다."

그들은 군대를 나누어 곳곳에 늘어서 있는 콰레즘의 변방 도시들을 공격하면서 수도인 사마르칸트로 진격한다는 작전을 세웠다. 사마르칸트를 함락시킨 뒤, 다시 후방에 있는 변방 도시들을 공격한다는 제2전략도 마련했다.

그 같은 전략에 따라 푸른 군대는 4개의 거대한 기마 군단으로 분리되어 빠르게 흩어져 갔다. 차가타이와 어거데이가 이끄는 제1의 기마군단은 시르다리야 강변에 건설된 난공불락의 성채 오트랄을 포위했다.

무하마드는 이날축 카이르칸을 오트랄 시의 총사령관으로 임명해 놓고 있었다. 이날축은 국경 도시인 오트랄이 함락 당하면 푸른 군대가 단번에 국내로 밀어닥친다는 것을 너무나 잘 알고 있었기 때문에 부하 장병들에게 되풀이해서 명령해 놓고 있었다.

"몽골군은 야전에 강하다. 어떤 경우에도 적의 유도에 말려들어 성 밖으로 나가면 안 된다."

차가타이와 어거데이가 지휘하는 푸른 군대는 오트랄 성을 여러 겹으로 포위한 뒤에 공격을 가하기 시작하고 있었다. 하지만 오트랄 수비대의 저항이 만만치 않아 치열한 전투는 무려 5개월 동안이나 계속되었다. 하지만 싸움의 결말은 뒤늦게 갑자기 매듭지어지고 말았다. 화살도 투석할 돌도 모두 떨어진 수비대가 이날 축의 명령을 무시하고 성문을 열고 뛰어나가 백병전을 감행했기 때문이었다.

그것은 푸른 군대가 기다리고 있던 절호의 기회였다. 야전에 강한 푸른 군대는 싸우기 시작한 지 단 하루 만에 오트랄의 수비대를 전멸시켰다. 성 안으로 들이닥친 푸른 군대의 병사들은 애첩들과 함께 지붕을 타고 도망치는 이날 축을 생포했으며, 그는 즉시 사마르칸트 교외에 주둔하고 있는 칭기즈칸에게 압송되었다.

칭기스칸 앞에 서게 된 이날축은 대단사관인 시키 코도코에 의해 '오트랄 사건'의 책임을 추궁당하는 재판을 받은 뒤에 곧바로 사형이 확정되었다.

시키 코도코는 더없이 준엄한 목소리로 말했다.

"몽골의 친선 사절단 일행을 죽인 자는 당연히 극형에 처해져야 한다!"

이날축은 결국 눈과 귀에 펄펄 끓는 은銀이 부어져서 죽었다. 그 같은 처형 방법을 생각해 낸 사람은 바로 시키 코도코였다.

주치가 이끄는 제2의 기마군단은 시르다리야강을 따라 북상해 갔다. '초원의 진주'라는 뜻을 가진 시르다리야강이 아랄해로 들어가는 지역에 젠트와 수크나크라는 큰 도시가 있었는데, 젠트의 백성들은 투항했고 수크나크의 백성들은 저항했다.

수크나크의 백성들은 투항을 권유하는 몽골측의 사신까지도 주치가 지켜보는 앞에서 살해했다. 살해된 시신은 바로 칭기스칸이 너무나도 아꼈던 이슬람 상인 아산이었다. 주치의 푸른 군대는 아산의 복수를 하겠다고 외치며 수크나크의 백성들을 모두 죽였다.

주치의 군대는 수크나크의 성벽을 완전히 파괴한 뒤 2차 집결지인 사마르칸트로 향했다. 알라크가 이끄는 제3의 기마군단은 바나카토를 함락시킨 뒤에 호젠트를 공격하고 있었는데, 그곳의 수비 대장은 콰레즘에서 최고의 맹장이라는 티무르 말리크였다. 그는

"몽골군 따위에게 당할 수는 없다."

라면서 시르강의 중지도中之島에 있는 견고한 성에서 몽골군에 항전했다. 그러자 알라크는 호젠트의 주민들로 하여금 돌을 나르게 하여 강을 매립했다.

강이 점차적으로 매립되어가자, 티무르 말리크는 결국 보유하고 있던 70여 척의 배에 병사들을 태우고는 한밤중에 탈출했다.

마지막으로 칭기스칸의 막내아들 톨로이가 이끄는 중앙군단은 사마르

칸트의 뒤에 위치한 부하라를 향해 떠나갔다. 자세하게 설명하자면 먼저 떠난 세 개의 기마군단들은 이 중앙의 군단이 대우회 작전을 펴 사마르칸트를 조용히 포위할 수 있도록 적의 관심을 유도하는 역할을 맡고 있었다.

이 세 개의 기마군단들은 기술자를 제외한 모든 사람들을 죽였다. 또 성을 공격할 때는 포로로 잡은 백성들을 최전선에 세워 인간 방패로 삼는 등 잔인한 공격술을 모두 동원했다. 그것은 콰레즘군이 중앙 군단의 행로를 눈치 채지 못하게 만드는 일종의 위장 전술이기도 했다.

1220년 2월의 어느 날, 푸른 군대의 중앙 군단은 소리없이 부하라에 도착했다. 작은 강변에 위치한 오아시스 도시 부하라는 사마르칸트와 쌍벽을 이루는 중계 무역 도시이자 교통의 중심지였다.

'사원'이라는 뜻을 가진 도시 부하라는 자신도 모르는 사이에 푸른 군대에게 포위되었다.

칭기스칸은 원래 사마르칸트를 먼저 공격하려고 했었지만, 그곳은 3중 성벽으로 방어되고 있어서 함락시키기까지 너무나 많은 시간이 걸릴 것이라고 판단되었다. 때문에 똑같은 3중 성벽이 둘러져 있지만 안쪽 성벽이 낡아 부서진 부분이 많은 부하라를 먼저 공격하기로 했다. 부하라의 수비 병력은 2만여 명, 칭기스칸이 이끄는 중군은 그것보다 두세 배 많은 7만여 명이었다.

푸른 군대가 며칠 동안 계속해서 강도 높은 공격을 가하자 더 이상 싸워 봤자 승산이 없다고 판단한 수비대의 일부가 동쪽 성문을 열고 나와 필사의 탈출을 기도했다. 하지만 그들은 추격해 온 푸른 군대에 의해 아무 강가에서 전멸되었다.

몽골군은 그로부터 얼마 지나지 않아 성 안으로 들어갈 수 있었는데 성문을 열어준 것은 아름다운 도시 부하라가 방화와 살육의 거리로 변하게 되는 것을 두려워한 그곳의 주민들이었다. 부하라는 주민들의 통곡 속에서 함락되었다.

내성에는 콰레즘의 병사들이 약간 남아 있었는데 푸른 군대는 그들을 한 사람도 남기지 않고 모두 죽였다.

백마를 타고 입성한 칭기스칸은 대 모스크 옆에 자리잡고 있는 첨탑 '콜리안의 탑'을 보자 눈을 크게 뜨면서 톨로이에게 말했다.

"저 탑은 파괴하지 말아라. 그 외에는 너의 마음대로 해도 좋다."

"네!"

아름다움을 자랑하는 콜리안의 탑은 칭기스칸의 명령 덕분에 파괴되지 않았으며 후세까지 그대로 남아 있게 되었다.

톨로이는 주민들을 모두 교외로 내쫓고 나서 병사들로 하여금 시내의 집들을 뒤져서 얻은 재물들을 한 곳에 모으게 했다. 시내의 재물들을 모으는 작업은 20일 이상이나 걸렸으며 철저하게 계속되었는데, 톨로이는 그 같은 작업이 끝나자 불을 질러 도시를 태워 버렸다.

칭기스칸은 부하라의 주민들 중에서 공예가와 무기 기술자, 금은 세공사 등을 모아 장수들에게 나누어 주었으며, 몸이 건강한 남자들은 노예로 삼아 사마르칸트까지 끌고 가기로 했다.

칭기스칸의 중군은 제라브샨강을 향해 진군하는 도중에 차가타이와 어거데이가 이끄는 제2군과 합류했다.

1220년 3월, 칭기스칸의 푸른 군대는 사마르칸트를 포위했다. 그곳은 11만 명에 이르는 콰레즘군이 주둔하는 거대한 요새였다. 총사령관은 황후 테르켄의 동생인 토카이칸이었다. 성벽으로 둘러싸인 도시 사마르칸트에는 성문들이 북쪽과 남쪽에 각각 하나, 서쪽에는 두 개가 있었다.

사마르칸트를 포위한 몽골군은 금나라를 공격했을 때와 같이 수많은 인간 방패들을 제물로 삼는 전술을 사용했다. 칭기스칸은 제베와 수부타이로 하여금 이틀 동안 성을 공격하게 하다가 사흘째 되는 날 전군을 후퇴시켰다.

그러자 망루에서 내려다보고 있던 토카이칸이 소리쳤다.

"몽골군이 후퇴한다. 추격하라!"

서쪽에 있는 두 개의 문이 열리면서 쏟아져 나온 사마르칸트의 군대 1만 명 정도가 추격해 오기 시작하자 푸른 군대는 제라브샨강과 반대쪽이 되는 남쪽의 초원으로 후퇴해 갔다.

사마르칸트군이 해일이 밀려오는 것처럼 돌진하여 초원의 한복판에 이르렀을 때 그들의 뒤쪽에서 갑자기 커다란 함성이 일어났다.

"와! 와아!"

"이런, 함정이었구나!"

사마르칸트군의 위와 좌우에서 새로운 기마군단이 갑자기 모습을 나타내고 있었다. 그들의 추격을 받으며 도망치던 부대도 방향을 바꾸어 돌아서면서 돌진해 왔다. 푸른 군대는 10만이나 되는 병력으로 1만의 사마르칸트군을 공격했기 때문에 싸움은 얼마 지나지 않아서 끝났다.

그 소식을 들은 성 안의 군사들은 계속해서 전의를 상실했으며, 1년 내에는 누구도 함락시킬 수 없을 것이라던 이 요새는 4일만인 다음날에 함락되었다. 당당하게 입성한 푸른 군대는 모든 주민을 성 밖으로 몰아낸 뒤에 내성에 남아 있던 콰레즘의 병사들을 보이는 대로 잡아 죽였다. 그것은 역사서에 기록될 정도로 잔인한 살육이었다.

토카이칸은 그날 저녁 생포되어 칭기스칸에게 항복을 청했다. 하지만 칭기스칸은 그의 청을 들어주지 않았다.

"항복하려면 좀 더 일찍 했어야 했다. 그대가 항복하는 시기가 늦었기 때문에 우리는 많은 사상자가 생기게 되었다."

토카이칸은 즉시 처형되었다.

사마르칸트는 그림처럼 아름다운 도시였다. 운하가 시내의 한가운데를 가로 지르며 흐르고 있었고, 여기저기에 있는 분수대들은 시원스럽게 물을 뿜어 올리고 있었다.

칭기스칸은 사마르칸트에서도 공예가와 무기 기술자, 금은 세공사, 직물공들을 사로잡았는데, 그들의 수는 무려 6만 명이나 되었다. 기술자 포로들 중에서 공성포 제조와 관련된 3만 명은 성을 공격할 때 대포를 발사하는 특수부대로 편성되었다. 그들이 바로 역사상 유명한 회회포回回砲 군단이다. 나머지는 푸른 군대의 각 부대에 배치되었다.

칭기스칸은 사마르칸트를 함락시킨 후 술탄 무하마드가 전투 개시 전에 이미 성을 떠나 북쪽으로 도주했다는 사실을 알았다. 그는 즉각 저승사자들인 제베와 수부타이에게 술탄 무하마드를 추격하라는 명령을 내렸다.

"우리는 이곳이 아닌 아름다운 고향의 초원에서 다시 만날 것이다. 무하마드가 가는 곳이라면 그곳이 하늘의 끝이나 바다의 끝이라 해도 반드시 따라가 그의 목을 베어 오라! 내가 지시한 대로 행하라."

제베와 수부타이가 이끄는 저승사자 군단 3만 명은 즉시 본대에서 갈라져 나와 카스피해 쪽으로 향했다. 술탄 무하마드의 악몽이 시작된 것이다. 저승사자 군단은 정말로 집요하게 술탄 무하마드를 추격했고, 무하마드는 오직 도주만을 계속했다. 후사나를 거쳐 발프로 도망쳤던 무하마드는 다시 서쪽에 있는 도시 나샤푸루로 옮겨갔다. 이 때가 4월 18일이었다.

무하마드는 그곳에서 3주일 정도 머물렀는데, 몽골군에 대한 공포감 때문에 국왕으로서의 직무를 완전히 포기하고 있었다. 매일같이 연회를 열어 춤추는 무희들의 모습을 보면서 술을 마시며 괴로움을 잊고 있다가 나샤푸르를 버리고 카스피해의 남쪽에 위치한 카빈으로 도망쳤다.

사마르칸트에서부터 따라온 호위병들의 대부분은 이미 무하마드를 버렸는데, 나머지도 그 이상의 수행은 거부하고 있었다. 때문에 무하마드와 동행하는 자들은 몇 명 정도밖에 안 되는 측근들 뿐이었다.

　두 패로 나누어 대학살을 전개하며 추격해 왔던 제베와 수부타이의 부대들은 현재 이란의 남부 도시인 레이에서 합류했으며, 무하마드가 카룬에 있는 어떤 성에 숨어 있다는 정보를 얻었다.

　무하마드는 그곳에서 다시 바그다드로 도망 가려고 성에서 몰래 나왔는데 몽골군의 첩자에게 들키고 말았다. 공포에 질린 술탄 무하마드는 카스피해의 조그마한 섬인 아바스쿤으로 도주했다. 저승사자 군단도 역시 카스피해 연안에서 배를 만들며 그를 추격할 채비를 갖추었다.

　그러나 저승사자 군단이 도달하기 직전인 12월 어느 날, 술탄 무하마드는 그 지긋지긋한 도피의 생을 마감하듯 숨을 거두었다. 도피하는 중에 얻은 폐병으로 피를 토하며 죽은 것이다. 콰레즘의 황제였던 그는 생전에 천당과 지옥을 동시에 맛본 인물이었다. 화려한 이슬람의 문명은 그렇게 무너져갔다.

　제베와 수부타이가 술탄 무하마드를 추격하고 있는 동안 푸른 군대는 1220년 가을에 우르겐지를 위시한 아무다리아강 일대의 도시들을 공략했다. 1221년 봄에는 아무라다이아강을 넘어 아프가니스탄과 이란 북부로 진격했다. 1221년을 기점으로 콰레즘 제국은 사실상 숨을 거두었다.

　그러나 칭기스칸은 콰레즘의 왕위를 이은 잘란 알딘을 죽이기를 원했다. 따라서 푸른 군대는 곳곳의 백성들을 도살함으로서 잘란 알딘이 동원할 수 있는 병력의 원천을 말살하려고 나섰다.

　1222년 봄, 각지를 누비던 푸른 군대는 잘란 알딘의 습격을 받아 3만 명이 전멸 당하는 최초의 패전을 맛보았다. 시키 코도코가 이끌어가던 기마 군단의 전멸은 칭기스칸을 노하게 만들었다. 칭기스칸은 직접 대군을 이끌고 잘란 알딘을 추격했다. 그 추격 과정에서 차가타이의 아들이 바미얀에서 화살을 맞아 사망했다. 그로 인해 칭기스칸의 군대를 피해 각 도시로부터 바미얀으로 피난해 있던 모든 백성들이 도륙되었다.

1222년 11월 20일, 칭기스칸이 이끄는 푸른 군대는 인더스 강변에서 잘랄 알딘의 군대와 조우했다. 푸른 군대는 격전 끝에 마지막 남은 콰레즘의 군대를 격멸했다. 위기에 몰린 잘랄 알딘은 말을 탄 채 인더스강 급류로 뛰어들었다. 그 모습을 지켜본 칭기스칸은 추격을 중지시킨 뒤 아들들에게 말했다.

"잘랄 알딘은 훌륭한 용사다. 그대로 놔 두어라."

대군을 잃은 잘랄 알딘은 곳곳을 떠돌다가 1231년 쿠루드 산중에서 한 농부의 칼에 찔려 고난에 찬 일생을 마감했다. 그는 후대에 이슬람 문명을 최후까지 사수했던 영웅으로 칭송받았다.

잘랄 알딘을 격파한 푸른 군대는 각 지방에 다로가치를 두어 통치하기 시작했다. 다로가치란 일종의 행정관을 말하는 단어이다.

제38장

정복자의 끝

1225년 칭기스칸은 몽골로 회군했다. 칭기스칸이 서아시아에서 작전을 전개하고 또 몽골로 회군하는 사이에 제베와 수부타이가 이끄는 3만의 저승사자 군단은 술탄 무하마드의 죽음을 확인한 뒤 기독교 문명이 숨쉬는 러시아 쪽으로 진군했다.

그들은 쿰·하마단·잔잔·카빈 등의 이란 북부 도시들을 도륙한 뒤에 아제르바이잔의 타브리즈 성에 이르렀다. 푸른 군대에게 항복한 타브리즈는 도륙되지 않았다. 이 도시는 페르시아의 몽골제국인 일칸국의 수도가 되었다.

1222년 6월, 제베와 수부타이는 카프카즈산맥을 넘어 드네프강에 이르렀다. 그 지역의 유목부족이었던 킵차크족은 키예프와 영합하여 1223년 5월 31일 칼가 강에서 몽골군을 공격했다. 그러나 그 전투에서 키예프와 킵자크의 연합군은 전멸당했다. 그 전투는 이후 유럽의 기독교 문명에 몰아닥칠 파란의 전주곡이 되었다.

제베와 수부타이군은 초원의 길로 동진해 1225년 귀환 중인 칭기스칸의 대군과 합류했다. 그러나 제베는 칭기스칸을 만나기 직전인 1224년에 파란만장한 생을 마쳤다.

1225년 봄, 대원정을 끝내고 몽골에 돌아온 칭기스칸은 툴 강가의 '검은 숲'에서 승리를 축하하는 대연회를 베풀었는데, 그 자리에서 서하에 대해 못마땅하게 생각하는 발언을 했다.

"콰레즘과의 전쟁이 그처럼 길게 시간을 끈 것은 서하가 원군을 보내 협조하지 않았기 때문이었다."

1226년 정월, 칭기스칸은 마침내 서하를 공격하기로 결심했다.

서하의 왕은 이현李睍으로 바뀌어져 있었다.

칭기스칸은 금나라의 전 국토를 정복했던 것이 아니었다. 때문에 서하를 쳐서 복종케 하여 북쪽과 서쪽에서 다시 금나라를 공격하는 것이 그의 궁극적인 목적이었다. 푸른 군대는 공성전에 익숙해진 상태여서 서하를 무찌르는 것은 그다지 어려운 일이 아니었다. '검은 숲'에서 출발한 몽골의 대군은 쉽게 국경지대를 통과했으며 중흥부를 향해 서서히 육박했다.

칭기스칸은 중흥부가 멀리 보이는 사냥하기 좋은 장소에서 느긋하게 몰이사냥을 즐기면서 좋은 소식을 기다리기로 했다.

푸른 군대가 중흥부를 완전히 포위한 것은 1227년 정월이었는데, 그들의 강함에 대해서 익히 알고 있었던 이현은 칭기스칸에게 화의를 청하기로 했다. 그날 야생마를 잡으려고 몰이사냥을 하고 있었던 칭기스칸은 적갈색의 말을 타고 있었다.

"으-응?"

허리를 들어올려 등자를 밟고 한 손에 말잡이 장대를 든 채 검푸른 색깔의 야생마에게 접근하려던 칭기스칸은 몸의 균형이 갑자기 깨지는 것을 느끼며 다른 한쪽 손으로 힘주어서 고삐를 당겼다.

"히히힝!"

"윽!"

칭기스칸은 세차게 몸부림치는 말에서 떨어지며 땅바닥에 세게 몸을 부딪쳤다. 본능적으로 몸을 일으키려는 그의 눈에 하얀 뱀이 말의 뒷다리를 물고 있는 모습이 보였다. 말에서 떨어져 빠르게 기어온 뱀은 이어서 미처 피하지 못한 칭기스칸의 발목을 물었다.

"아얏!"

"크, 큰일났다!"

호위병 두 사람이 소스라치게 놀라며 달려와 뱀을 밟아 죽이고는 칭기스칸을 급히 군영으로 옮겼다.

1227년 8월 25일,

칭기스칸은 저세상으로 떠났다. 그의 나이는 그때 65세였으며, 죽은 장소는 현재의 중국 간쑤성 칭수이현이었다. 그의 죽음은 비밀에 부쳐졌으며 살아 있을 때 남긴 명령에 의해 서하의 왕 이현과 그의 일족, 중흥부의 주민들은 모두 푸른 군대에 의해 죽음을 당했다.

칭기스칸의 유해를 담은 관은 몽골로 운반되었는데 푸른 군대의 병사들은 그 같은 사실을 숨기기 위해 가는 도중에 만나게 된 사람들 뿐만 아니라 생명이 있는 것들은 모두 죽였다. 그 같은 행위는 그들로 하여금 칭기스칸의 사후 생활을 돕게 한다는 뜻을 가지고 있었다.

칭기스칸의 죽음이 알려진 것은 유해가 케룰렌강의 원류 가까운 곳에 있는 호르도에 도착했을 때였다. 유해는 먼저 정비인 버르테의 게르에 놓여졌으며 콜란, 예수이, 예수겐의 게르로 옮겨지면서 안치되었다.

칭기스칸에게 충성을 맹세했던 모든 종족들과 신하들의 참례가 끝나자 그의 유해는 성스러운 부르칸산의 한 장소에 매장되었다.

몽골제국의 각지에서 칭기스칸의 죽음을 애도하며 참배하러 오는 자들이 그치지 않았지만 무덤을 지키게 된 우량하이 씨족의 천호장관은 그 누구도 가까이 접근하는 것을 허락하지 않았다. 따라서 칭기스칸의 무덤의 위치는 세월이 흘러가면서 비밀 속에 묻혀지고 말았다.

영국의 한 역사책에는 칭기스칸에 대해 이렇게 기록되어 있다.

'몽골족은 사막을 휩쓰는 바람도, 산이 막히고 바다가 막힌 어려움도, 무섭게 내리쬐는 태양도 두려워할 줄 모르는 부족이다. 굶주림과 병에도 상상할 수 없을 만큼 잘 견뎌 내는 민족이기도 하다. 그 중에서도 칭기스칸은 역사상 하나의 새로운 힘을 보인 인물이다. 그 힘은 그의 손자 쿠빌라이칸에까지 이어졌다.'

칭기스칸의 손자인 쿠빌라이는 1279년에 중국의 송나라를 멸망시키고 원나라를 세워 황조(시조)가 되었다.

쿠빌라이는 아시아의 넓은 대륙을 거의 다 원나라의 영토로 만들었을 뿐만 아니라 유럽에까지 그의 세력을 뻗쳤다. 대초원을 무대로 하여 뻗기 시작한 몽골의 세력은 약 100년 동안 세계에서 가장 크고 강한 나라로 군림하며 세력을 자랑했던 것이다.